博雅文丛

唐宋派文学思想研究

刘尊举 著

人民文学出版社

图书在版编目(CIP)数据

唐宋派文学思想研究 / 刘尊举著. -- 北京 : 人民文学出版社, 2023
(博雅文丛)
ISBN 978-7-02-018352-4

Ⅰ. ①唐… Ⅱ. ①刘… Ⅲ. ①中国文学-文学思想史-明代 Ⅳ. ①I209.48

中国国家版本馆 CIP 数据核字(2023)第 215078 号

责任编辑　**杜广学**
责任印制　**张　娜**

出版发行　**人民文学出版社**
社　　址　**北京市朝内大街 166 号**
邮政编码　**100705**

印　　刷　**河北环京美印刷有限公司**
经　　销　**全国新华书店等**

字　　数　**266 千字**
开　　本　**880 毫米×1230 毫米　1/32**
印　　张　**11.25　插页 3**
版　　次　**2023 年 11 月北京第 1 版**
印　　次　**2023 年 11 月第 1 次印刷**

书　　号　**978-7-02-018352-4**
定　　价　**60.00 元**

如有印装质量问题,请与本社图书销售中心调换。电话:010-65233595

目　　录

引　言

唐宋派无疑是明代文学史上的一个重要环节。学界已经作出较全面、深入而卓有成效的研究，但在一些基本问题上仍然存在较大的分歧，主要包括以下四个方面：一，唐宋派的成立与称名问题。通常所说的“唐宋派”究竟能不能称为文学流派？“唐宋派”是不是一个适当的称名？其核心成员当如何界定？二，唐宋派的代表性文学思想问题。“载道说”“法度说”和“本色论”，究竟何者最能代表唐宋派的文学思想？三者之间是何关系？分别在唐宋派文学思想中占有何等地位？三，唐宋派的性质或主导倾向问题。唐宋派的基本性质是“文学”的还是“道学”的？其主导倾向是“文以明道”还是“以道弘文”？抑或道是道，文是文，各行其是？四，唐宋派的历史定位问题。唐宋派与明中期的文学复古和晚明文学思潮之间究竟有何异同？在明代中后期的历史舞台上究竟扮演了什么样的角色？事实上，作为历史事实的唐宋派的文学活动、理论主张与文学观念并没有这般复杂，很多分歧实则源于研究者的学术观念、学术立场或具体的研究动机的差异。若对其作历时性的考察，分别还原到具体的学术语境中，会发现很多看似对立的学术观点其实并不冲突，而是在不同的层面或侧面，不同程度地加深了我们对唐宋派的认知。因此,我们有必要首先回顾学术史,弄清楚分歧之所由来,以免陷入无端的纷争;在此基础上明确当下的学术动向和研究目的,与此前的学术成果展开坦率而不失敬意的对话,或许能为唐宋派研究打开一种新局面。

一、建构与质疑:唐宋派学术史回顾

“唐宋派”的概念,经历了长期的建构过程,从明代嘉靖朝起,直到今天。早期主要是意义的建构,近代以来才有了“唐宋派”的称名。其间有三个时期格外值得关注。第一个时期,明嘉靖、隆庆年间,我们可以从中发现亲历者眼中的“唐宋派”。第二个时期,明万历至清乾隆期间,“唐宋派”的轮廓逐渐清晰并趋于稳固。第三个时期,20 世纪 20 年代以来,在现代学术的视野下,“唐宋派”逐渐成为一个通用的文学史概念,相关研究和认知不断深化,质疑的声音也随之而起。

(一)最初的建构:嘉、隆时期的批评与赞誉

唐宋派最初的建构者自然是王慎中、唐顺之、茅坤等流派成员自身,他们关于诗文创作的探讨与交流,及其相互之间的评价和响应,是这一文学流派得以成立的基本前提。当然,这些内容通常会被视为唐宋派的本体研究,而学术史的回顾或许还是从他者的评述谈起为宜。最早将王、唐并称的,大约就是王世贞、李攀龙了。王世贞在作于刑部任上的《与陆浚明先生书》中谈到:“海内王参政、唐太史二君子号称巨擘,觉挥霍有余,裁割不足。”①

① 王世贞《弇州山人四部稿》卷一百二十五,沈乃文主编《明别集丛刊》第三辑第三十五册,黄山书社,2016 年,第 99 页。

李攀龙则在作于嘉靖三十一年(1552)的《送王元美序》中称:"以余观于文章,国朝作者,无虑十数家称于世。即北地李献吉辈,其人也,视古修辞,宁失诸理。今之文章,如晋江、毗陵二三君子,岂不亦家传户诵?而持论太过,动伤气格,惮于修辞,理胜相掩。彼岂以左丘明所载为皆侏离之语,而司马迁叙事不近人情乎?"[①]很显然,他们已经把王、唐二人视为一个有共性的整体,认为他们"持论太过,动伤气格,惮于修辞,理胜相掩","挥霍有余,裁割不足",即谓其热衷于说理而忽视修辞,并导致平冗散漫的文风。李攀龙还将王、唐置于李梦阳的对立面,并对他们背离《左传》《史记》传统的做法提出质疑。薛应旂在大约作于隆庆六年(1572)的《遵岩文粹序》中谈到:"乃思荆川子往称遵岩之文类子固者,岂直以子固之文为极致哉?盖以昔人谓子固文章本原六经,要之非诬。而遵岩高才殊质,岂不能凌跨西京、掩迹东都?其文乃独与子固相类者,盖不溺于习尚,不逐于时好,而卓有定见,其于道也几矣。"[②]他同样关注王、唐明道的倾向,却是高度认可的。王世贞、李攀龙批评王、唐"理胜相掩",乃是出于"文辞"的要求。薛应旂肯定他们"卓有定见于道",则是基于道学的立场。虽然他们褒贬态度不同,却共同认识到王、唐文章的道学色彩,为后世质疑唐宋派的文学属性埋下了伏笔。

其门人洪朝选所撰行状,应当是唐顺之最早的传记资料,明确陈述了其于古文方面所受王慎中的影响:"文初学《史》《汉》,

① 李攀龙著,包敬第标校《沧溟先生集》卷十六,上海古籍出版社,1992 年,第 394 页。

② 薛应旂《方山薛先生全集》卷十三,沈乃文主编《明别集丛刊》第二辑第五十五册,第 175 页。

字句模拟。休官后会王公慎中于南都,相与论文。王公尽变其说,公颇以为讶。王公曰:‘此难以口舌争也,第归取七大家文读之,当自有得耳。’公初谓不然,然素信王公,归取七大家文闭户读之,数月尽得其法,始知向之所谓学《史》《汉》,特其皮毛,而七大家文真得《史》《汉》之精髓者也。后复见王公,两人语合,遂皆以文章擅天下。”[①]文字不免繁琐,却也叙述详尽。李开先也在王、唐二人的传记中记述了这一经过。他在《荆川唐都御史传》中谈到:“(荆川)素爱崆峒诗文,篇篇成诵,且一一仿效之。及遇王遵岩,告以自有正法妙意,何必雄豪亢硬也?”[②]又在《遵岩王参政传》中谈到:“曩惟好古,汉以下著作无取焉。至是始发宋儒之书读之,觉其味长……但有应酬之作,悉出入曾、王之间……未久,唐亦变而随之矣。”[③]李开先明确地指出,王、唐二人早年都有追随李梦阳师法秦汉文的经历,后来王慎中率先体会到宋文的好处,遂发生文风之转向,进而影响了唐顺之。行状与传记的写作时间均在王世贞、李攀龙的评述文字之后,但洪、李与王、唐过从甚密,是其早年文学思想的见证者,所以他们的认知和判断,其形成时间实则更早一些。不同于王世贞、李攀龙仅仅关注王、唐的创作特征,他们更加清晰地描述了其创作倾向的转变过程,并明确地指出其转变之后的师法对象——唐宋

① 洪朝选《明都察院右佥都御史巡抚凤阳等处地方提督军务前右春坊右司谏兼翰林院编修荆川唐公行状》,马美信、黄毅点校《唐顺之集》附录三“传记资料”,浙江古籍出版社,2014 年,第 1048 页。

② 《闲居中集》卷十,卜键笺校《李开先全集》,文化艺术出版社,2004 年,第 788 页。

③ 《闲居中集》卷十,《李开先全集》,第 783 页。

七大家[1]，尤其是曾巩、王安石和欧阳修。结合洪朝选、李开先的记述和李攀龙、王世贞的批评，可知王慎中和唐顺之生前即被视为一个具有流派性质的团体，他们反对李梦阳等人剽袭、模拟秦汉文的创作方式，转而以唐宋文尤其是欧、曾文为主要的师法对象，在实际的创作中则呈现出比较浓重的道学色彩。亦可知唐宋派在建构伊始就开始受到质疑，主要是关于其文学性的质疑。

（二）明万历至清乾隆：群体特征及历史地位的勾画

在关于唐宋派的早期叙述中，核心成员只有王慎中和唐顺之。万历以降，茅坤和归有光先后进入这一序列当中。无独有偶，最早将茅坤纳入这一序列的也是王世贞。他在给茅坤的信中谈到："承大诲谆谆，拜诵《白华楼续稿》，神气殊王。毗陵之后，主盟独公矣。"[2]王世贞究竟多大程度上认可唐顺之和茅坤的文坛地位，我们姑且不论，但他把茅坤视为唐顺之的衣钵继承人，应该是真实的判断。袁宏道则将唐顺之和归有光并陈："有为王、李所摈斥，而识见议论，卓有可观，一时文人望之不见其崖际者，武进唐荆川是也。文词虽不甚奥古，然自辟户牖，亦能言所欲言者，昆山归震川是也。"[3]尽管没有明确地表达唐、归具有相同的创作主张或倾向，却将其共同置于后七子的对立面，这一

---

① 李绍《重刊苏文忠公全集序》称："古今文章，作者非一人，其以之名天下者，惟唐昌黎韩氏、河东柳氏、宋庐陵欧阳氏、眉山二苏氏及南丰曾氏、临安王氏七家而已。"其所谓"七家"不包括苏洵。洪朝选所言"七大家"或即此之谓。

② 王世贞《茅鹿门》，《弇州山人续稿》卷一百九十，沈乃文主编《明别集丛刊》第三辑第三十九册，第 300 页。

③ 袁宏道《叙姜陆二公同适稿》，钱伯城笺校《袁宏道集笺校》卷十八，上海古籍出版社，2008 年，第 695—696 页。

叙述本身即意味着袁宏道意识到二人具有某种共同的特征。他推重唐顺之，着眼于其“识见议论，卓有可观”；肯定归有光，则称其能“自辟户牖，亦能言所欲言”。固知袁宏道眼中的“唐宋派”并不在于学秦汉、学唐宋而已，而是看重其独具识见的一面。艾南英则将唐顺之、归有光和王慎中并称。他在与陈子龙的论争中极力为三人争地位：“足下又痛诋当代之推宋人者，如荆川、震川、遵岩三君子。嗟乎！古文至嘉、隆之间坏乱极矣，三君子当其时，天下之言不归王，则归李，而三君子寂寞著书，傲然不屑，受其极口丑诋不少易，志古文一线得留天壤，使后生尚知读书者，三君子之力也。”并批评王世贞、李攀龙“决裂以为体，饾饤以为辞，尽去自宋以来开阖首尾、经纬错综之法，而别为一种臃肿窘涩浮荡之文”[①]。可知，在艾南英看来，唐、归、王主要是学习宋文，并传承了其“开阖首尾”“经纬错综”之法。朱鹤龄“荆川遵岩与熙甫，沿溯均出欧曾规”[②]，表达了类似的观点。吴伟业则将唐、归、茅并称，独不及王慎中：“至古文辞，则规先秦者失之摸拟；学六朝者失之轻靡；震川、毗陵扶衰起敝，崇尚八家；而鹿門分条晰委，开示后学。”[③]则是着眼于“古文辞”，将归、唐、茅与“规先秦”“学六朝”者较得失，肯定其创作或理论成就。黄淳耀则从文统的角度论述了唐、归诸人的历史地位：“盖太仆之学韩、欧，犹韩、欧之学西汉，皆所谓师其意不师其辞者也，皆

① 艾南英《答陈人中论文书》，《天傭子集》卷一，沈乃文主编《明别集丛刊》第五辑第三十九册，第 27、29 页。

② 朱鹤龄《宁都魏凝叔惠贻易堂诸子文集》，虞思徵点校《愚庵小集》卷三，华东师范大学出版社，2010 年，第 50 页。

③ 吴伟业《致孚社诸子书》，李学颖集评标校《吴梅村全集》卷五十四，上海古籍出版社，1990 年，第 1087 页。

所谓自得者也。由汉以后有唐宋诸公,由唐宋以后有国初方、宋诸公。国初诸公既没,当删去何、李、王、李之文,而直接以荆川、震川诸公。欲观海者必溯江湖,欲登岸者必由津筏,此不易之论也。”①实则给予唐宋派双重的定位,近之将其置于前、后七子的对立面,远之则将其置于由西汉而唐宋,由唐宋而明初,再由明初而嘉靖以来的文章统序中,其内在理由则是“师其意不师其辞”,而皆有所“自得”。综合来看,从万历到明末,在前此认知的基础上,或称王、唐、茅,或称王、唐、归,要之以王、唐、茅、归为核心的流派框架逐渐成型,其中唐顺之和归有光的地位尤为突出;其反对七子的立场被不断强调,并且被置于一个自西汉而来、更加久远的文统当中;除了师法宋文和文以明道的特征之外,能言其“自得”,以及“开阖首尾”“经纬错综”之法,也越来越引起论者的重视。

入清之后,论者愈发注重从有明一代,乃至历来的文章发展中,审视王、唐诸人的历史地位。黄宗羲认为明代文章有三个盛期,“有明之文莫盛于国初,再盛于嘉靖,三盛于崇祯”,而嘉靖之盛则在于“二三君子振起于时风众势之中”②,“昆山、毗陵、晋江者起,讲究不遗余力”③。其判定标准,一则曰“一往深情”,一则曰“以学力为浅深”。汪琬以唐宋古文为文章正宗,以此辨析明文得失:“前明二百七十余年,其文尝屡变矣。而中间最卓卓知名者,亦无不学于古人而得之:罗圭峰学退之者也;归震川学

① 黄淳耀《与归元恭书》,《陶庵全集》卷一,《景印文渊阁四库全书》第1297册,台湾商务印书馆,1986年,第629页。

② 黄宗羲《明文案序上》,《黄宗羲全集》第十册,浙江古籍出版社,1985年,第18页。

③ 黄宗羲《明文案序下》,《黄宗羲全集》第十册,第20页。

永叔者也;王遵岩学子固者也;方正学、唐荆川学二苏者也。其他杨文贞、李文正、王文恪又学永叔、子瞻而未至者也。前贤之学于古人者,非学其词也,学其开阖呼应、操纵顿挫之法而加变化焉,以成一家者是也。后生小子不知其说,乃欲以剽窃模拟当之,而古文于是乎亡矣。"①其所推崇的明代作家,皆为师法唐宋者,或师韩,或师欧,或师曾巩,或师二苏,王、唐、归均列其中;至于他们的共同特点,他将其概括为学唐宋文"开阖呼应""操纵顿挫"之法,然后加以变化、自成一家。黄宗羲和汪琬都将王、唐、归视为明文正宗,落脚点却很是不同,在一定程度上呈现了唐宋派的多面性。当然,在唐宋派古文正统地位被不断建构的同时,也不乏批评的声音。比如,李光地(1642—1718)就毫不客气地讲:"看归震川、王道思古文,拖沓说去,又不明白,两三行可了者,千余言尚不了,令人气闷。"②的确击中了唐宋派的要害。

《四库全书总目》对各种总集、别集的评述,可以视为对明万历至清乾隆时间关于唐宋派阵容认知的一次较为集中的总结。它往往着眼于创作风格或成就,将王、唐、归并称。如《文编》叙录中所论:"日久论定,言古文者终以顺之及归有光、王慎中三家为归。"③又如评于慎行文,"终未能与唐顺之、王慎中、归有光等并据坛坫"④。再如其引述曹一士论文之旨,称"潜溪、遵

① 汪琬《答陈霭公书二》,《钝翁前后类稿》卷十九,李圣华笺校《汪琬全集笺校》,人民文学出版社,2010年,第485页。

② 李光地著,陈祖武点校《榕村语录》卷二十九,中华书局,1995年,第523页。

③ 永瑢等《四库全书总目》卷一八九,中华书局,1965年,第1716页。

④ 永瑢等《四库全书总目》卷一七九,第1609页。

岩、荆川、震川，其文词之近时者甚多，不以此损其古意”①，等等皆是。其论茅坤，既肯定他与唐、归同调，又认为其古文成就逊于诸人，曰：“根柢少薄，摹拟有迹。秦汉文之有窠臼，自李梦阳始。唐宋文之亦有窠臼，则自坤始……古文之品终不能与唐顺之、归有光诸人抗颜而行也。”②无论褒贬，这种以唐、王、归为核心，以茅坤为羽翼的判断，至此遂成定论，一直影响到近代的文学史叙述。

还有一点格外值得注意的是，清人逐渐把唐、归诸人的古文与八股文联系起来。如田雯（1635—1704）论明代八股文发展历程云：“八股沿习三百余年，其源流正变固自了然。试为多士约略言之。明初风气始开，文近训诂，乃有直写《集注》语成篇者。至王文恪而能自出机法，准之古人，其变化离合，骎骎乎昌黎矣。荆川纡徐顿挫，几入庐陵之室。昆湖深沉温雅，酷似南丰。方山出入经史，其陡健直逼临川。后人尊此四家，号为文章正宗，洵不诬也。震川本文恪之派，而出入于唐宋大家，其说理则程、朱也，其行文则曾、王也，体大思精，词流气达，真制义中之豪杰矣。”③很显然，在田雯看来，援引唐宋古文文法入时文，是明代八股文不断发展的重要前提，而唐顺之和归有光则是其中杰出的代表人物。方苞《钦定四书文》评归有光《吾十有五而志于学一章》云：“以古文为时文，自唐荆川始，而归震川又恢之以闳肆。如此等文，实能以韩欧之气达程朱之理，而吻合于当年之

① 永瑢等《四库全书总目》卷一八五，第1677页。

② 永瑢等《四库全书总目》卷一七七，第1592页。

③ 田雯《学政条约序附十五则》，《古欢堂集》卷四，《清代诗文集汇编》第138册，上海古籍出版社，2010年，第426—427页。

语意。纵横排荡,任其自然,后有作者,不可及也已。”①“以韩、欧之气达程朱之理”,是方苞对归有光“以古文为时文”创作特征的具体说明和充分肯定。当然,批评的声音同样有源于此者。黄宗羲十分推崇归有光,然而对其“明文第一”的评价却有所保留,主要理由即是“时文境界,间或阑入”②。《四库全书总目》称《唐宋八大家文钞》“大抵亦为举业而设”,同样带有轻视的意味。时至今日,八股文究竟为唐宋派的古文观念及创作带来怎样的影响,依然是一个颇为含混而有待深入探究的问题。

综上所述,万历以降,至清代中叶,尽管没有人提出“唐宋派”的概念,却大都将王慎中、唐顺之、茅坤和归有光视为一个具有相同或相近古文观念及创作风格的流派。他们最受关注的特征依然是与前、后七子的对立,及其唐宋八家的取法路径。更加具体的创作特征,如“开阖首尾”“经纬错综”的行文法度,和“师其意不师其辞”的“自得”之言,也分别被不同的批评者论及。有明一代乃至唐宋以来的文章正统,则是推崇者给予他们的历史定位。其古文与八股文的关系,也受到清人广泛的关注。应该说近代以来所讨论的唐宋派的大部分特征,在明清时期已经被初步地揭示出来并在一定程度上达成共识。近代以来的研究理应有新的角度和立场,但对于明清时期形成的一些基本判断,还是应该保持足够的尊重。

(三)民国至今:现代文学流派的建构与质疑

民国时期的一些文学史、文学批评史著作通常都会论及唐

---

① 方苞《钦定正嘉四书文》卷二,王同舟、李澜校注《钦定四书文校注》,武汉大学出版社,2009年,第113页。

② 黄宗羲《明文案序上》,《黄宗羲全集》第十册,第18页。

宋派，最初大都是沿袭明清以来的成说。郑振铎《插图本中国文学史》称王慎中、唐顺之“倡为古文，以继唐、宋以来韩、欧、曾、苏诸家之绪”[1]；陈柱《中国散文史》称之为“八家派”，“始之者为王慎中，继之者为唐顺之、茅坤，而归有光集其大成焉”[2]；朱东润《中国文学批评史大纲》指出荆川、震川、遵岩“三人主张唐宋，文字一归于典实”[3]；刘大杰《中国文学发展史》则把王慎中、唐顺之的文学活动称作“宋文运动”，并认为“茅坤、归有光为之羽翼”[4]。这些都是比较稳实的评述，大致遵循了明清人的意见。

此期比较重要的进展主要体现为两点，一是“唐宋派”称名与体系的确立，一是“本色论”的被发现。1922 年，夏崇璞在《学衡》上发表《明代复古派与唐宋文派之潮流》，曰：“窃谓吾国自唐以来，文学界有三大运动，退之之变骈俪、永叔之更西昆及有明前后七子与唐宋派之冲突是也。”[5]最早提出“唐宋派”的概念。尽管他所讲的“唐宋派”不只是王、唐、茅、归，还包括王守仁、艾南英以及公安三袁等人，但他强调他们与前、后七子的对立，及其推重唐宋文尤其是以欧、曾为归的创作倾向，却符合通常所谓“唐宋派”的基本特征。不过，真正意义上给唐宋派以定名并作出系统阐释的，当属郭绍虞的《中国文学批评史》。该著明确使用“唐宋派”的概念，视唐顺之、王慎中、归有光为主要代表人物，并且通过与“秦汉派”对比，详尽地阐述了他们的文学

---

① 郑振铎《插图本中国文学史》第 4 册，人民文学出版社，1957 年，第 939 页。

② 陈柱《中国散文史》，商务印书馆，1998 年，第 274—275 页。

③ 朱东润《中国文学批评史大纲》，上海古籍出版社，2001 年，第 240 页。

④ 刘大杰《中国文学发展史》，百花文艺出版社，2007 年，第 481 页。

⑤ 夏崇璞《明代复古派与唐宋文派之潮流》，《学衡》1922 年第 9 期。

主张:“盖秦、汉派之所重在气象;气象不可见,于是于词句求之,于字面求之。求深而得浅,结果反落于剽窃摹拟。唐、宋派之所重在神明;神明亦不可见,于是于开阖顺逆求之,于经纬错综求之,由有定以进窥无定,于是可出新意于绳墨之余。这便是‘秦、汉’与‘唐、宋’二派的分别。”①在郭绍虞先生看来,“开阖顺逆”“经纬错综”之法正是唐宋派与秦汉派最大的区别,也是其创作成就之所以能够超出前、后七子的主要原因。除对唐宋派有此整体的把握,他还对唐顺之的“本色论”、王慎中的“义法论”以及归有光在唐宋派中的地位等一系列重要问题展开了深入的探讨。唐宋派至此始以系统而明晰的面目出现在现代学术视野中,这是其研究史上一个至关重要的节点。

唐顺之的“本色论”在明清时期较少受到关注,但在现代学术史上却被视为唐宋派最重要的文学理论构成。钱基博《中国文学史》已论及“本色”,却还只是将其视为“师法唐宋”的衍生观念。② 宋佩韦《明文学史》也是重点论述“师法唐宋”,论唐顺之又称其“论文章本色,颇多特见”,大段征引《答茅鹿门主事书》相关文字,却又未展开讨论。③ 方孝岳的《中国文学批评》始将“本色论”作为唐宋派的主要文学思想,并且意识到“本色”与“法度”的关系问题。著者在导言中阐明了其著述义例:“以史的线索为经,以横推各家的义蕴为纬。”④其整体结构自然是以史为经,而具体到各家则是集中阐述其典型理论,故其于唐宋派

① 郭绍虞《中国文学批评史》下卷,百花文艺出版社,1999 年,第 207 页。

② 钱基博《中国文学史》,中华书局,1993 年,第 882—883 页。

③ 宋佩韦《明文学史》,商务印书馆,1934 年,第 127—129 页。

④ 方孝岳《中国文学批评》,生活·读书·新知三联书店,1986 年,第 167—172 页。

格外关注较具创新意义的“本色论”,而对其完整的面目却不甚留意。郭绍虞《中国文学批评史》也展开讨论了“本色论”的理论内涵,并且把问题引向深入。首先,他明确地指出“本色论”是唐顺之晚年文论“别走一路”,与早年“唐宋欧曾”与“开阖顺逆”的主张迥然有别,更接近李卓吾、公安派的论调。其次,他认知到“本色论”与阳明心学的关系,认为“只须于王学有所会得,自会走上这一路去”。这两点判断,虽然论述简略,却对此后的唐宋派研究产生了极为深远的影响。

建国后的很长一个时期内,各种文学史、文学批评史著作,通常都把唐宋派作为明代中期一个重要的文学流派,以唐顺之、王慎中、茅坤、归有光为主要成员,重点关注其“师法唐宋”和“本色论”的文学思想。这一时期,唐宋派通常是以代表着先进文学观的流派形象出现在文学史叙述中。唐顺之的“本色论”以及心学思想的影响,归有光抒情意味浓重的散文创作,都与晚明文学思潮有着千丝万缕的联系。他们“师法唐宋”的创作主张,往往也在与前、后七子“文必秦汉”口号的对比中,被贴上“反摹拟”“反复古”的标签。应该说,这是唐宋派学术史上一个重要的建构期,对其理论和创作意义的积极阐发均超出了明清以及民国时期的认知。然而,其背后现代文学观念的影子,及其对部分历史真实的遮蔽和曲解,也是显而易见的。直到 20 世纪 80 年代之后,这种局面才被打破,建构与质疑的声音并存,开始了多元和对话的时代。

这一时代首先在质疑声中展开,主要包括三个方面:一是对其流派属性的质疑,二是对流派称名的质疑,三是对流派构成的质疑。马积高《宋明理学与文学》率先对唐宋派文论的文学性提出质疑,认为他们的文论“仍是南宋以来那些不反对学文的理学家的旧见解"[①]。章培恒、骆玉明主编《中国文学史》进一步强调了"道学"性质在唐宋派文学思想中的比重,认为他们实际上是"宗宋派",是"道学派",因为"他们真正推崇的,首先是宋代理学而不是文学";并明确指出:"唐、王的文学理论的核心,乃从维护道学的立场出发,重弹宋儒以来'文道合一'论的老调。"[②]这样,唐宋派的身份界定就成了问题,他们似乎不应该再被称为文学家或者文章家,而应该是"道学家"了。这种对唐宋派身份和性质的质疑,既是对明清人"惮于修辞,理胜相掩"的批评声音的呼应,也是对其理论内涵和文学价值的重新审视和发现。尽管这种判断并不是十分全面、准确,却对唐宋派研究的进一步发展有着极为重要的启发意义。一方面,有利于正视其"非文学"的一面,更加客观地认识其文学思想的全貌;另一方面,可引发更加深入的思考,探讨唐宋派文学思想中的文道关系问题。对唐宋派的流派性质有不同理解,势必会导致对其流派名称合理性的质疑,如上文所述"宗宋派""道学派"的提法即是。还有文章通过辨析唐宋派命名之缺失,证明唐宋派不是一个严格意义上的文学流派。[③] 事实上,中国古代原本就很少有所谓严格意义上的文学流派,命名之缺失几乎是每一个流派都难以避免的问题,所以我们还是要更加慎重地对待这一问题。[④]还有一些研究,着眼于主要成员之间的差异,对唐宋派是否成立

---

① 马积高《宋明理学与文学》,湖南师范大学出版社,1989 年,第 175 页。

② 章培恒、骆玉明主编《中国文学史》下册,复旦大学出版社,1997 年,第 248 页。

③ 贝京《唐宋派称名论略》,《求索》2005 年第 4 期。

④ 参见宋克夫、余莹《唐宋派考论》(《湖北大学学报》2005 年第 3 期)、罗书华《"唐宋派"辨略——兼说文学流派研究中的称名问题》(《燕山大学学报》2013 年第 2 期)。

及其流派成员提出质疑，其中一个焦点问题是归有光究竟是不是唐宋派成员。[①] 这种质疑对于推动唐宋派研究向着更加精细化的方向发展有积极的作用。至于我们究竟应该依据什么样的标准来判断一个流派的成立，恐怕首先还是要思考清楚流派研究的目的和意义，否则很容易陷入自说自话的境地。

当然，建构性的研究依然是主流方向。近二十年来，涌现出一大批专门的学术成果，其中包括多种从各个角度分别研究王、唐、茅、归的学位论文。这些研究大都是在默认唐宋派成立的基础上，对各个流派成员及相关学术问题展开了更加深入、细致的探讨。也有部分学者通过系统地阐述其文学思想体系，论证唐宋派成立的合理性。相关学术进展主要体现为三个方面：一是相关学术命题的细化和深入，二是文学观念的整体观照，三是思想文化背景的深入探讨。第一个方面，如各家的著述和生平，"本色""心源""法""情至""文统""风神""逸调"等重要范畴的理论内涵，师法对象及其所受古文传统的影响，选本与评点，诗文创作特征等系列问题都有突破性的研究成果出现[②]，对于唐宋派的建构无疑具有至关重要的基础性的意义。

第二个方面，对唐宋派文学思想的整体观照，也取得了很多突破性的成果。熊礼汇《唐宋派新论》论及唐宋派与台阁派的关系、理学与其文学思想的关系、创作艺术性、八股文的影响、对

① 参见陈建华《中国浙江地区十四至十七世纪社会意识与文学》（学林出版社，1992 年，第 78 页）、黄毅《归有光是唐宋派作家吗?》（《中国典籍与文化》1997 年第 1 期）、何天杰《归有光非唐宋派考论》（《华南师范大学学报》2005 年第 3 期）。

② 此类研究成果多有建树，然数量众多，恕不能一一胪列，只能在具体问题的论述中分别介绍或引用。

唐宋古文的继承和心学影响等一系列核心问题，全面而系统地阐述了唐宋派的文学主张与创作。[①] 左东岭师指出，唐顺之固然是唐宋派的代表作家，但并不意味他全部的文学思想都属于唐宋派的文学思想，“本色论”并不能代表唐宋派的文学主张，而是唐顺之接受心学后形成的一种新的文学思想。他认为唐宋派的文学思想可以概括如下：“他们都主张由学习唐宋之文而上溯至史汉之文，都主张道与文并重，都讲究法与意的兼顾，而最欣赏的学习对象是欧阳修与曾巩等等。”[②]这里有一个潜在的概念界定，“唐宋派的文学思想”是指那些唐宋派因之能够称为“唐宋派”的文学思想，而不是流派成员全部的文学思想。这一概念界定对于唐宋派的建构有极其重要的意义。倘若没有这样一个合理的界定，而把每一成员不同阶段的文学思想一概纳入“唐宋派文学思想”的范畴中，再据此认为“唐宋派”的称名不足以全面概括其文学思想，就会不可避免地限入一个循环悖论中。黄卓越先生也充分地认识到唐宋派文学思想的复杂性，但他更倾向于兼顾其差异性和连续性，将其视为一种“相对存在的多层次构成”，其中“载义论”和“心本论”是两个具有统摄意义的基础性命题，而“自得与模仿”“心性与情感”和“心意与法度”则是相对次一级的重要命题。[③] 理论的建构具有较大的阐释空间，不同的研究者可能会有不同的解读方向，但黄卓越先生的阐释无疑是迄今为止最具理论建构性的成果之一。黄毅《明代唐宋派研究》（上海古籍出版社，2008 年）是第一部综合研究唐宋

① 熊礼汇《唐宋派新论》，《文学评论》2000 年第 3 期。

② 左东岭《王学与中晚明士人心态》，人民文学出版社，2000 年，第 451 页。

③ 黄卓越《明中后期文学思想研究》，北京大学出版社，2005 年，第 165—181 页。

派的著作，全面探讨了唐宋派的形成与发展过程、文学理论、文学创作及其地位与影响，具有十分重要的学术史意义。罗宗强先生则把唐宋派的文学思想置于明代中期两个复古思潮之间多元并存的文学思潮中加以审视，整体上将其视为“以言道、经世为出发点的文学思想”，具体探讨了其“重自我、重抒情、重本色”“明道与经世致用”“重建文统”和“散文法度”等几个方面的思想内容，是对唐宋派文学思想的全面总结和定位。[①] 杨遇青《明嘉靖时期诗文思想研究》第三章“儒家心学思潮影响下的诗文思想”立足于儒家思想与文学的关系，揭示出唐宋派“折中于宋学、本原于心学到逐渐疏离于儒学的发展脉络”，无疑是对唐宋派文学思想整体的发展过程所作的一种准确而明晰的描述。[②]

第三个方面，研究者对唐宋派思想文化背景的思考，突破了“反对七子”的单一论调，涉及各种可能的层面，包括心学思想、政局与士人心态、科举制度与八股文和文学自身发展需求等。阳明心学对唐宋派文学思想的影响问题是20世纪90年代以来唐宋派研究中的一个热门话题，阳明心学对唐宋派文学思想有深远影响，目前已经成为学界的共识。[③] 然而，阳明心学究竟在多大程度上、在何种层面影响了唐宋派？对不同成员、不同阶段

---

① 罗宗强《明代文学思想史》，中华书局，2013年，第387—444页。

② 杨遇青《明嘉靖时期诗文思想研究》，三秦出版社，2011年，第153—234页。

③ 如廖可斌《唐宋派与阳明心学》（《文学遗产》1996年第3期）、左东岭《王学与中晚明士人心态》、黄卓越《佛教与晚明文学思潮》（东方出版社，1997年）、周群《论王畿对唐宋派文学思想的影响》（《齐鲁学刊》2000年第5期）、宋克夫《论唐顺之的天机说》（《湖北大学学报》〔哲学社会科学版〕2004年第2期）、雍繁星《阳明心学与唐宋派》（《首都师范大学学报》〔社会科学版〕2006年第1期）等论著先后对这一问题做了深入的探讨。

有何不同的影响？这些问题依然有待进一步厘清。上文谈到，郭绍虞先生认为“本色论”是唐顺之晚年文论“别走一路”，左东岭师指出“本色论”并非唐宋派的代表理论，都是对此问题更加冷静的辨析与认知。再如，陈广宏先生认为，尽管王慎中较早受到王畿等阳明弟子的影响，但其学术思想的主导倾向“仍是程朱理学而非阳明良知之学的理念”①。这样的思考与判断，对于客观、准确地认知阳明心学与唐宋派文学思想之间的关系具有十分重要的启发意义。

正、嘉时期的政局，士人心态和学术思想的整体变化，是另一广受关注的唐宋派文学思想的文化背景。左东岭《王学与中晚明士人心态》在阐述嘉靖朝心学思想之流变的过程中，深入地辨析了该时期政治、士风和学术思想之间的关联，全面、细致地论述了当时士人在新的历史境遇和人生遭际中对生命价值、生活方式和学术思想的种种不同的思考与选择，对于理解明代中期包括唐宋派文学思想的发展有极为深刻的影响。黄卓越《明永乐至嘉靖初诗文观研究》末章论证了正、嘉之际由文学向理学的社会精神结构的转变，指出“前七子的转向理学已为唐宋派的崛起铺填了充分的思想与方法的基础”②，对深入理解唐宋派兴起的原因有十分重要的价值。罗宗强《明代后期士人心态研究》第一章以“皇权之不受制约与谏臣之传统心态”为题，通过对若干个案深入、细致地分析，充分地展现了那个时期士人的生存困境与精神面貌。③ 胡吉勋《“大礼议”与明廷人事变局》

① 陈广宏《王慎中与闽学传统》，《文学遗产》2009 年第 4 期。

② 黄卓越《明永乐至嘉靖初诗文观研究》，北京师范大学出版社，2001 年，第 297 页。

③ 罗宗强《明代后期士人心态研究》，南开大学出版社，2006 年，第 3—51 页。

（社会科学文献出版社，2007年）、尤淑君《名分礼秩与皇权重塑：大礼议与嘉靖政治文化》（台湾“国立政治大学”历史学系，2006年）等史学专著对“大礼议”这一重大历史事件及其对嘉靖朝的政治伦理和政治文化的深刻影响作了全面、深入的研究，均对理解嘉靖朝的士人心态和文学思想有十分积极的作用。

关于唐宋派文学思想与科举制度之间关系的研究，不再简单地将其视为批判八股文或“以时文为古文”的代表，而是在古文与时文的交互影响中探讨其间的深层关联。如李光摩《八股文与古文谱系的嬗变》通过对“以古文为时文”观念的辨析，探讨了唐宋派区别台阁文的新文统的建构及其自身在其后的文统中地位的升降沉浮，很有启发意义。[①] 再如余来明《唐宋派与明中期科举文风》认为唐宋派文学主张的提出主要就是为了“指导八股文创作”“矫正明代中期的科举文风。[②] 其结论未必稳妥，却能为我们理解唐宋派的形成提供另一种视角，深入思考两者之间究竟有什么样的关系。

将唐宋派置于当时或更久远的文学发展中探讨其生成原因与特征，是近一时期又一个研究热点。这一类研究，我们可以根据时期的远近将其分为三类，一是对嘉靖初文学尤其是“嘉靖八才子”的研究，二是对唐宋派与明中期文学关系的研究，三是对唐宋派对《史记》《汉书》和唐宋古文的接受研究。王慎中和唐顺之都是嘉靖八才子成员，随后又成为唐宋派的代表人物，因此嘉靖八才子的研究，对唐宋派形成原因与过程的考察来说，自

① 李光摩《八股文与古文谱系的嬗变》，《学术研究》2008年第4期。

② 余来明《唐宋派与明中期科举文风》，《武汉大学学报》2009年第2期。

然有不容忽视的意义，故而引起学界的广泛关注。[①] 不过，关于二者之间的关系，学者们的意见却颇不相同。有人认为唐宋派脱胎于嘉靖八才子，也有人认为唐宋派的形成与嘉靖八才子并没有直接的关系；有人认为嘉靖八才子反对前七子并启发了唐宋派的文学思想，也有人认为他们总体上依然是延续了前七子文学复古的思路。显然，这一问题还有待做进一步的辨析。还有一些论著集中探讨嘉靖前期的文学思想，对于我们理解唐宋派的生成背景亦具重要的价值。[②] 在明代中期整体的文学发展历程中审视唐宋派的形成原因与文学思想是另一种重要的研究思路。事实上，最初郭绍虞先生就是通过与前七子文学主张的对比来阐述唐宋派文学理论之特征的。近来一些相关的学术专

① 曾远闻《论李开先与唐宋派》(《上海师范大学学报》1985 年第 1 期)，大约最早论及唐宋派与“嘉靖八才子”的关系。其后梁海柱《李开先与嘉靖八才子交往考论》(广西师范大学 2001 年硕士论文)、刘尊举《“嘉靖八才子”的分化与唐宋派文学思想的形成》(《2005 明代文学国际学术研讨会论文集》，学苑出版社，2005 年)、郑利华《“嘉靖八才子”与明代正、嘉之际文坛的复古取向》(《深圳大学学报》2007 年第 2 期)、杨遇青《论“嘉靖十才子”的文学活动和创作趋向——以唐顺之早期文学思想演变为中心》(《中国文学研究》2009 年第 4 期)、杜志强《“嘉靖八才子”考论》(《嘉兴学院学报》2019 年第 3 期)等，陆续专门探讨了“嘉靖八才子”及其与唐宋派的关系问题。又有黎春林《明代任翰诗文初探》(《内蒙古农业大学学报》2010 年第 6 期)、杜志强《论赵时春》(《甘肃理论学刊》2011 年第 6 期)、唐桂英《陈束研究》(湘潭大学 2014 年硕士论文)等分别研究“嘉靖八才子”的重要成员。廖可斌《明代文学复古运动研究》(上海古籍出版社，1994 年)、黄毅《明代唐宋派研究》(上海古籍出版社，2008 年)、王伟《唐顺之文学思想研究》(北京语言大学 2008 年博士论文)、何宗美《文人结社与明代文学的演进》(人民出版社，2011 年)等也纷纷论及这一问题，一时蔚为大观。

② 如孙学堂《嘉靖前期承前启后的文学思想》(《殷都学刊》2001 年第 3 期)、雷磊《明代六朝派的演进》(《文学评论》2006 年第 2 期)、余来明《嘉靖前期诗坛研究》(武汉大学出版社，2009 年)、杨遇青《明嘉靖时期诗文思想研究》(三秦出版社，2011 年)等。

论多会在明代文学复古思潮的视野下观照唐宋派的形成及其文学思想，如廖可斌《明代复古运动研究》、郑利华《前后七子研究》（上海古籍出版社，2015 年）等。黄卓越《明中后期文学思想研究》深入地辨析了唐宋派和前七子在错位“对话”中的关联与歧异，对于理解唐宋派文学思想的生成原因及历史地位有十分重要的价值。[①] 基于唐宋派的文学主张，详尽探讨其对《史记》《汉书》和唐宋八大家的理解与接受，是近来唐宋派研究的又一热点。这些研究对于我们更加精准地把握唐宋派文学思想之内涵同样具有十分重要的意义。[②]

通过对唐宋派学术史的梳理和分析，我们可以发现将唐宋派视为一个文学流派是明清以来的主流认知，但在不同的历史时期人们对唐宋派的理解又各有不同。在明清人眼中，唐宋派主要是一个古文流派，以师法唐宋八家尤其是欧、曾为基本的文学主张，强调文章的明道功能，注重“开阖首尾”“经纬错综”的行文法度，与前、后七子的文学主张相对立。其“言所欲言”与“一往深情”的特征也受到相应的关注，只不过并非主流。民国以来，唐宋派逐渐被建构成一个现代文学观念下的文学流派，阳

① 黄卓越《明中后期文学思想研究》，第 181—212 页。相关研究，如冯小禄《唐宋派和前七子派关系原论》（《上海交通大学学报》2006 年第 5 期）、陆德海《文法理念差异与秦汉派、唐宋派之争》（《江西社会科学》2011 年第 6 期）等，亦颇具参考价值。

② 如全华凌《论唐宋派对韩文的接受》（《中国文学研究》2010 年第 1 期）、邹书《明代唐宋派论曾巩散文》（福建师范大学 2014 年硕士论文）、纪田田《唐宋派〈史记〉接受研究》（西南大学 2017 年硕士论文）、王齐《〈归评史记〉对〈史记〉的接受》（《文艺研究》2005 年第 6 期）、吴正岚《归有光的文学思想与欧阳修经学的关系》（《南京大学学报》2011 年第 2 期）、朱志先《明代“〈史〉、〈汉〉风”与归有光著述探析》（《湖南科技学院学报》2011 年第 9 期）、莫山洪《论茅坤对柳宗元文章的接受》（《钦州学院学报》2013 年第 1 期）等。

明心学影响下的唐顺之的“本色论”渐次成为理解唐宋派文学思想的关键,其对主体精神的强调被视为晚明文学思潮的开端。与之相反,有的学者把“文以明道”作为唐宋派文学思想的主旨,甚至认为唐宋派其实就是“宗宋派”或“道学派”。其实,这两种看似孑然对立的观点,都是依据现代文学的观念审视唐宋派的性质,只不过分别看到它不同的方面罢了。我们究竟是应该以更接近唐宋派本身的明清人的眼光主要将其视为一个古文流派,还是应该依据现代的文学观念推扬或否定其文学性进而判断其于“文学史”上意义?面对其文学思想的复杂与多变,我们应该做分别的理解和对待,还是努力将不同的层面贯通起来从而建构一个尽可能圆融的理论体系?这些问题的解决当然首先要建立在史实的基础上,但很大程度却又取决于我们的学术立场和研究目的。公安派和桐城派,两个审美旨趣与创作风貌迥然不同的文学流派,居然同样能从唐宋派那里汲取经验,自然是因为他们有不同角度的理解与接受。当然,他们的解读和判断主要不是出于学术研究的目的,而是为自身的创作主张寻求历史的依据,我们自然也不必批评其理解之偏差。事实上,尽管现代的学术研究更强调客观性和规范性,但同样不可避免也理应允许有不同的立场和动机。只是现代的研究者应该有理论的自觉,对自身的学术理念、研究目的和研究方法有更加清醒的认知,这有助于对历史叙述和价值判断作出更加清楚的界分,并在必要的学术对话中避免一些错位的或无意义的纷争。唐宋派的研究也不例外,应该在对具体问题的辨析过程中始终保持理论和方法的自省。

二、流派研究与文学思想史

本课题的主要研究方法和论证思路乃是建立在文学思想史的学术理念和研究范式的基础之上。经过近四十年不断的探索与实践,罗宗强先生所创立的文学思想史研究方法不断完善,一系列高质量的学术成果证明这是一种极其有效的研究中国古代文学的方法体系。当然,任何成功的研究方法总是在具体的研究过程中摸索出来的,运用于新的研究领域和研究对象时也还会遇到种种新的问题。事实上,迄今为止,文学思想史的研究方法依然在不断地解决新问题的过程中逐步完善。本课题接受和运用的是文学思想史研究基本的学术理念和那些具有普遍指导意义的研究方法,而具体的论证思路及撰述方式还要结合流派研究以及唐宋派自身的特点来确定。

关于文学思想史的研究对象,罗宗强先生曾有这样的表述:“它要研究个人的文学思想,也要研究各个文学流派的文学思想,更要研究左右一个时代的文学思想潮流。有时候,还要研究不同地域不同文学环境中文学思想的不同传承和不同走向。”① 因此,首先在理论上,文学思想史的研究方法是可以用来进行个体研究的。左东岭师《李贽与晚明文学思想》、孙学堂《王世贞与十六世纪文学思想》等优秀的博士论文也在事实上证明了文学思想史的研究方法对个体研究的适用性。但总的来说,文学思想史的研究方法还是倾向于对思想主流的把握,力求避免因

① 罗宗强《我与中国文学思想史》,《因缘集》,南开大学出版社,2004 年,第 8 页。

枝节的琐碎而导致叙述的散乱。而上述成功的个体研究均是选取了某一时期最有代表性或对当时及后世有重大影响的人物作为研究对象,并将其置于一个更为宽广的历史空间中加以探讨,这是文学思想史的研究方法成功地运用于个体研究的重要前提。本课题以文学流派为研究对象,又会面临着新的问题,既要顾及流派成员之间的差异和流派发展的阶段性问题,又要特别关注那些令该流派得以成立的因素,还要借以窥知一个时期的文学思潮或一种文学传统的发展情势。首先,既然是流派研究,首先要把流派自身作为一个相对独立的研究对象,要弄清楚该流派何以会成为此一特定流派。它一定不是若干作家组合在一起那么简单,而是因为他们有某种共同的主张或特质。我们要特别关注这种共性,而不能等同对待其他的个体化特征,否则便把握不住这一流派的特性,流派研究也就失去了根基。另一方面,流派成员的文学观念或特征不可能都与流派共性一致,也不可能总是一成不变的,但这些个别的、变化的特征对于那个时代来说却未必没有意义,甚至有可能具有比流派共性更重要的意义。因此,为了全面了解当时的文学思潮,我们又要尽可能完整地把握流派成员全部的文学思想。换一种角度,我们要把唐宋派视为两种不同层面的历史存在,一种是史实的存在,一种是观念的存在。自历史发生的角度而言,史实存在是观念存在的前提;但自学术发生的角度来看,观念存在却是史实存在的逻辑起点。有了关于唐宋派的一系列历史事件的发生,才有唐宋派观念的形成;但我们研究唐宋派,却首先是因为已经存在一个相对稳定的唐宋派的观念,才让我们回过头来考察其史实的存在,并据此观念划定相应的史实的界限和范围。这两个层面又有显著的区别,史实的存在一经确定,就具有原生性和相对的恒定性,我们可以由它观察更真实也更丰富的历史面相;而观念的存在则具有明显的指向性,我们可借以聚焦某些特定意义的生成。前文已经大体厘清“唐宋派”概念的建构过程和多个层面,本课题则要在全面地考察唐宋派文学思想的发展过程、理论内涵与思想体系的基础上,分别阐述不同层面或侧面意义的生成与影响,及其如何导致了形态各异的观念存在。

求真求实,即力求还原文学思想史的本来面貌,是文学思想史研究最根本的学术理念。我们努力发现唐宋派文学思想真实的存在状况,首先是要突破理论分析的局限,同时从创作实践中发现其真实的文学创作倾向。比如,本课题将展开讨论唐宋派“文以明道”的文学观,不只作单纯的理论分析,而是结合其实际创作具体分析他们要明什么道、如何明道以及相应地具有什么样的风格取向等。这是我们所熟知的文学思想史研究方法的基本要求,主要是就思想内涵的完整性与准确性而言。在此基础上,本课题进一步强调力求呈现其“现实的存在形态”。当然,具体的存在情形已经不可能原原本本地再现于我们面前,但我们却可以借助“过程”与“关联”尽其所能地描述其立体的形态。论述唐宋派文学思想的形成与发展过程,首先要分别弄清楚“文以明道”“师法唐宋”与“本色论”等核心理论的形成、转变及其发生影响的先后时间。其次,还要将“过程”研究延伸到王、唐诸人对文学出路的探索与思考活动中,不惟考察其作为思考结果的文学思想,还要尽量推究其思考的过程,以及思考中的困惑与矛盾,这将有利于发现其提出某种理论学说的真实动机。如果说“过程”主要体现了唐宋派纵向的发展轨迹,那么横向的存在情形则由各种不同层面、不同特征的文学思想之间的相互关联来体现,即“文以明道”“师法唐宋”与“本色论”等核心理论或主张分别以怎样的“角色”存在于其整体文学思想中，以及它们之间具有怎样的关系：平行、递进、逆转，抑或其他更为复杂的关系。当然，我们还可以将“关系”进一步延伸，讨论其与相关的历史文化及文学理论背景之间关系，这是文学思想史研究另一层面的要求。总之，倘若能把种种过程与关系弄清楚，大约就能比较清楚地描述唐宋派文学思想实际的存在状况了。

通过士人心态的变化透视历史文化背景对文学思想的影响，是文学思想史研究的另一特点。影响士人心态的因素有很多，比如政治、经济、社会思潮、生活风尚及个人的生命遭际等，都有可能对士人心态产生深刻的影响。而心态变化作用于文学思想，大约有两种基本的形式：一种是生命价值取向的转变，往往会影响士人对文学的根本看法，比如文学的性质、文学的价值以及文学应该表现的主题等；另一种是精神面貌的转变，通常会影响到审美旨趣的变化。前者是一种较为自觉和理性的意识与行为，通常能形诸理论；而后者往往是在潜移默化中发生作用，更有可能通过文学风貌的变化体现出来。我认为，生命价值取向的转变是影响文学思想最根本的因素，因为它往往能引起士人对文学更为深层的思考。尤其是在宋明时期，士人对自身的生命价值有着更为自觉的思考和追求，并且往往会波及到他们对待文学的态度。唐顺之等人生命价值观的转变与其文学思想的发展过程之间即有着十分密切的关系。因此本文的重要思路之一，就是把唐宋派的文学思想置于其整体的生命价值追求之中加以把握。唐宋派对文学风格及创作模式的探索过程，与其对生命价值的追求与理解过程是并行而交错进行的。需要特别说明的是，唐宋派的许多文学主张一方面明显带有时代的特征，但同时又承载着文学自身传统的深远影响。在久远的历史流程中，文学经验在点点滴滴之中愈积愈厚，逐渐形成相对独立的自身传统。随着时代的变迁，此种力量与历史背景之影响力的对比优势也在不断地加强，到了明代有很多文学观念已经作为一种思维定势存在于文人的头脑中。与此相关，王、唐诸人都有多重的身份认同。其中，他们对自身文人身份的态度最是微妙，往往会掩饰甚至拒斥这一身份，但又经常不自觉地引以为豪。文人身份在他们心中的真实的地位，很大程度上决定了他们对待文学的态度及其文学思想的结构关系。因此，身份认同将是本课题又一个观察视角。

三、撰述方式与基本观点

研究目的和研究对象之复杂特征共同决定了本课题的撰述方式。全面、准确地阐述唐宋派的文学思想，并以之观照明代嘉靖朝文学思想的总体走向，是本课题整体的研究目的。我所期望呈现的是一种立体的、真实的存在形态，而不是一系列现象、概念和命题的排列组合。既要说明唐宋派文学思想形成、发展与转向的演变过程，及其在此过程中的思考与调整；还要了解其确切的存在情形，即各种理论主张分别以怎样的姿态存在于整体的文学思想之中，以及它们之间或关联、或对立的复杂关系。“演变过程”是历时性的、动态的发展历程，“存在形态”则是共时性的或某一特定阶段静态的存在形式与状态。后者似乎是一个空间概念，但我们不太可能对思想观念类的东西做出形状描述。我们所能做到的只是说明唐宋派文学思想的表现形式与思想内涵，各种理论之间的相互关系，以及它们是以怎样的“角色”存在于唐宋派文人的价值观念与生命活动之中的。

然而，由于唐宋派文学思想内部交织着种种思想侧面与观念差异，欲对其演变过程和存在形态作一整体描述，却是一件颇不容易的事。唐宋派的四个代表人物，其文学思想各具特征，发展转变的情形也各有不同，甚至还存在着一些明显的错位或矛盾。比如，嘉靖二十五年（1546）前后，唐顺之已经转入"本色论"的文学思想，而茅坤却于此时开始接受其"师法唐宋"的创作主张。况且，唐宋派的三种核心的创作主张——"文以明道""师法唐宋"和"本色论"之间，无论是演变过程、理论内涵还是实际存在状况，都存在着错综复杂的关联与差异。这就要求我们既要从整体上把握其发展变化过程，以及各个成员、各种理论之间的相互关联，又要照顾到各自独特的理论内涵及存在形态。具体来说，在唐宋派的整体文学思想中，"文以明道"与"师法唐宋"有着大致相同的生成背景与形成时间，发展过程也大体一致，思想内涵则互为依托，而"本色论"的形成则明显晚于前两者，属于另一个阶段。但"本色论"的形成，与前两者的发展、变化，却都是在阳明心学的影响下发生的；而且"本色论"与"文以明道"之间，在理论形态上存在着极其密切的关联。各成员之中，王慎中对唐宋派"文以明道"和"师法唐宋"的文学主张的形成有开创之功，唐顺之与王慎中有大致相同的生命与思想背景，因而很快接受了他的主张。而在此后，王慎中的学术与文学思想都没有发生太显著的变化。而唐顺之的学术思想在阳明心学的影响下不断地发生变化，于是其"文以明道"与"师法唐宋"的文学主张也发生了相应的改变。"文以明道"的观念几经转变，最后形成了全新的文学理论——"本色论"，"师法唐宋"观念的演变则表现为对待法度越发灵活的态度。王慎中在一定程度上理解并部分地接受了唐顺之的转变，茅坤则从一个特定角度、以他自己的方式变相接受了唐顺之的影响。归有光与其他三人并没有多少实质性的交往,更像是在文学思想上与之不谋而合,他对道的重视、师法对象的选择、对待法度的态度及其在心学思想的影响下文学思想的变化,都与唐、王诸人有着许多相似之处。所有这些纷繁复杂的关系,都是本文在论述过程中所要顾及的。

针对上述问题,本文采取历时共时相结合的模式安排篇章结构,在理清唐宋派发展演变之史实的基础上分别辨析“文以明道”“本色论”和“师法唐宋”三个核心理论命题,进而讨论其文学思想之实质及其完整面貌。具体思路如下:第一章考察唐宋派文学思想的历史背景及其生成、发展、演变的重要事实,第二章阐述“文以明道”这一传统命题在唐宋派手中生发的新质素,第三章探析唐顺之“本色论”的真实内涵与理论张力,第四章论述唐宋派“师法唐宋”主张的具体内涵与变化过程,第五章揭示唐宋派文学思想的实质内涵与完整面貌,结语部分讨论唐宋派文学思想发展的几个理论问题。

本文的基本观点是,唐宋派的文学思想不是一个静态的、多层面的思想体系,而是一个不断变化的发展过程,在一些重要的理论问题上,其变异成分甚至要比共性还要显著。然而,虽然其内部存在着种种难以弥合的裂痕,但它依然可以被视为一个文学流派。因为,面对共同的社会文化与文学背景,其主要成员作出了大致相同的回应,虽然他们的文学思想各具特征,但却存在着十分明确的相互影响乃至继承关系。就在其曲折而复杂的演变过程中,唐宋派无意间扮演了明代中、后期文学思想从格法向性灵转变的一个过渡性角色。

本文的创新之处约有以下数端:

一、完整地描述了唐宋派文学思想的形成与发展过程。唐宋派文学思想的发展经历了两次重要的转变,分别是从“文以明道”向“本色论”的理论转向和从重“道”向重“文”的创作倾向的转变。唐顺之“本色论”的提出,形成了唐宋派对传统文学理论的重大突破,并为当时文学思想的发展提供了多种可能。茅坤对“本色论”的独特理解与接受,及其对“师法唐宋”创作主张的全面继承,使得唐宋派从最初对文学性的偏离再度回归到正常的文学发展轨道上来。

二、对唐宋派三种主要文学理论作出整体观照,深入辨析了“文以明道”“师法唐宋”的创作主张与“本色论”之间的逻辑与事实关系。“文以明道”和“师法唐宋”创作主张的提出,标志着唐宋派文学思想的形成,两者分别从功能与法度规定了唐宋派初期的主导思想。“本色论”在“文以明道”的基础上发展而来,又对其形成了重大的理论突破。“师法唐宋”与“本色论”在理论上是相互冲突的,但事实上前者却贯穿了唐宋派文学思想发展的始终。

三、对几个重要的理论问题作出了新的理解。首先,王慎中“文以明道”的创作思想,并不意味着唐宋派对文学的彻底背离,其中包含着对创作方法与文章风格的种种具体要求。其次,唐顺之“本色论”的原初内涵与理论价值之间存在着很大的落差,这导致了唐宋派文学思想的内在紧张及其巨大的理论张力,并为当时的文学发展提供了多种可能。再次,阳明心学对唐宋派文学思想的影响或许并不像通常理解的那样积极,它只是在某一阶段对其产生深刻影响,而且也并非总是正面的。

四、在对以上具体问题作出详尽分析的基础上,本文提出了对唐宋派文学思想的整体认识:严格意义的唐宋派,是一个主张型的流派,他们明确地反对前七子,主张学习唐宋文,既强调文章的明道功能,又重视其与法度之间的平衡关系。明清人对唐宋派的界定与评价,大都是建立在以上认知的基础上。通过这样一种特定的文学现象和明清时期的相关批评,我们可以了解明清人重点关注的"文学"问题,以及一种古文传统的形成。宽泛意义的唐宋派,是指这样的一个文学群体,他们因相似的文学主张而组合,但他们各自文学思想的总和,要远远超出严格意义上唐宋派的文学思想。它并不是一种简单明了的静态存在,而是经历了一个不断变化的发展过程,并在此过程中呈现出多个侧面。而且,在这些阶段与侧面之间甚至存在着一些无法调和的矛盾。我们可以通过唐宋派成员全部的文学思想,观察这一时期文学思潮的发展趋势。任何一种试图以某种单一理论完整地概括唐宋派文学思想的做法,都将是缺乏说服力的。事实上,正是这种理论指向的多样性与不确定性,使得唐宋派无意间扮演了明代中、后期文学思想从格法向性灵转变的一个典型的过渡性角色。

第一章　唐宋派文学思想的历史考察

唐宋派的文学思想经历了一个颇为复杂的发展过程，过程性的清晰呈现是我们准确理解其理论价值与历史地位的重要前提。文学思想之转变总是发生在特定的历史场景中，唯有弄清其与当时政局、思想、社会风气之间的关联，才能真正理解这些变化与发展。本章的任务即是考察唐宋派文学思想整体的发展过程及其生成背景，为下文理论阐释和观念辨析的展开建立系统的、历史的基础。此处所讲的“唐宋派文学思想”，主要是就史实存在的层面而言，是指唐宋派主要成员不同阶段、不同层面的文学思想的发展面貌。当然，学术史意义上的“唐宋派文学思想”，也会随之浮出水面，逐步清晰。

第一节　“大礼议”与嘉靖士人的生存困境

学界对唐宋派历史文化背景的探讨和认知，大致包括以下几个方面：前七子文学复古运动之反动，阳明心学的兴起，科举制度及八股文的影响，嘉靖朝的政局和士风。其中，关于唐宋派与前七子诗文理论及创作之关系，已有全面而透彻的研究。阳明心学对明代中后期文学思想的整体影响，及其对唐宋派本身之影响，也得以深入的探讨。其间一些细微的异同尚可作进一步的辨析，将于具体的理论阐释中展开。至于科举与明代文学的关系，尽管我们深信其间必有深刻之关联，却很难将其落到实处。此一问题姑且悬置，俟来日做专门之研究。正德、嘉靖两朝的政局动荡与士风变化，包括嘉靖初"大礼议"的性质与影响，也受到学界的广泛关注。唐宋派诸人的生命价值取向和文学宗尚的转变，均与"大礼议"及其所影响的嘉靖朝的政治生态和士人风气密切相关，尚有待做具体的探析。

关于"大礼议"的性质，学界有种种解读，或视之为皇权与阁权的冲突，或认为是道统与政统之争，或理解成阳明心学与程朱理学的较量，还有学者将其解释为革新派与守旧派之间的交锋。[①] 笔者认为，上述解读除"革新说"较为激进外，其他或是着眼于对抗双方之政治力量，或是着眼于其背后的政治伦理或思想文化，均能在特定层面有效地阐释"大礼议"的性质。倘若回到事件本身，详审各方势力在此事件中的动机、手段与作用，及其对明代政治文化与士人心态的影响，我们还可以发现一些更加具体、也许也更加实质的问题。历史学界已经对"大礼议"事件之过程与性质作出详尽的考述，本文着眼于议礼过程中各方势力之消长，着重从不同阶段的推动力、各方的议礼动机和解决纷争的手段等方面，审视这一重大历史事件所展现的政治生态及其对嘉靖朝士人风气的影响。

① 参见胡吉勋《"大礼议"与明廷人事变局》"关于'大礼议'研究之学术回顾"，第2—30页；尤淑君《名分礼秩与皇权重塑：大礼议与嘉靖政治文化》"研究回顾"，第4—11页。

一 “大礼议”的几个阶段:政治势力之消长

以嘉靖皇帝推尊兴献王之进程为着眼点,宽泛意义的“大礼议”包括两个阶段,第一个阶段从嘉靖即位之初至嘉靖三年(1524)“左顺门事件”前后,以定兴献王尊号“恭穆献皇帝”、嘉靖改称其为“皇考”为结果,可以将其概括为“加皇称考”;第二个阶段则由此至嘉靖二十四年,以“献皇帝”嘉靖十七年定庙号为“睿宗”和嘉靖二十四年升祔太庙为标志性事件,可概称为“称宗祔庙”。“加皇称考”历时短,却是激荡起伏,又包含若干具体阶段,每个阶段都有其特定的推动力。“称宗祔庙”的阶段持续时间长,却没有太过激烈的冲突,可以视为前一阶段的延续。

(一)从“兴献大王”到“兴献帝”:初步的试探与妥协

早在继位的过程中,皇帝与礼部官员就在入门、登基礼仪的问题上产生了严重的分歧,这是君臣之间最初的试探与交锋。正德十六年(1521)四月二十一日(壬寅),朱厚熜自兴邸抵达京师,因不满礼部所拟入门、登基礼仪而止驾于京郊。按照礼部所拟礼仪状,朱厚熜当以藩王身份从东安门入居文华殿,以皇太子即位礼登基。然而,他本人却认定是以嗣天子而非孝宗嗣子的身份继承皇位,拒绝了礼部的安排。二十二日(癸卯)内阁首辅杨廷和等人奔赴行在说明原委,朱厚熜依然拒绝了他们的请求。僵持之下,慈寿皇太后出面斡旋,命礼部妥协,改在行殿受笺劝进,由大明门(明皇城正南门)进入皇城,即皇帝位。劝进笺称:

> 奉《皇明祖训》之典,稽兄终弟及之文,佑启圣人,传授神器。敬惟殿下聪明天纵,仁孝性成,以宪宗皇帝之孙,绍

孝宗皇帝之统，名正言顺，天与人归。①

通常来说劝进笺只是官样文章，但这段文字却是暗藏玄机。首先，笺文再度明确了选立新君的宗法依据——“兄终弟及”。其次，表明了继位者身份的独特性——“以宪宗皇帝之孙”“绍孝宗皇帝之统”。此处强调“宪宗皇帝之孙”，却避言其与孝宗、武宗之关系；只声称“绍孝宗皇帝之统”，却不明言究竟是继承其君统还是宗统。朱厚熜显然是抗拒孝宗皇帝嗣子身份的，只承认继承了他的皇位。劝进笺的写作过程我们已不得详情，无疑是继任皇帝与内阁、礼部相互妥协的产物——在这事关帝国治乱安危的关键时刻，谁也不敢节外生枝。朱厚熜不敢公然否认他与孝宗皇帝的宗嗣关系，内阁诸人也不敢强迫他明确承认嗣子身份，首要之务是保证皇权的顺利交接，其他事情只得留待来日从长计议。② 在与内阁和礼部的初次较量中，嘉靖皇帝明显占据了上风。他既在官方文献中含糊地处理了其与孝宗皇帝的宗统关系，又在登基过程中成功地规避了册封皇太子的环节，直接以嗣天子的身份即皇帝位。这就明白地传递出这样一种政治信号：他的皇帝资格，不是源于他与孝宗的关系，而是因为他是宪宗皇帝之孙；换言之，在武宗皇帝既无子嗣又无同胞兄弟的情形下，他因自身的皇室血统与伦序地位获得了继承皇位的资格，而这血缘来自他的父亲兴献王和祖父宪宗皇帝。这种姿态为他

① 《明世宗实录》卷一，正德十六年四月癸卯，台湾“中央研究院”历史语言研究所影印，1962 年，3a。

② 《明史·杨廷和传》记载了其草拟即位诏书的一处细节：“诏草言‘奉皇兄遗诏入奉宗祧’，帝迟回久之，始报可。”可见一斑。张廷玉等《明史》卷一百九十，中华书局，1974 年，第 5036 页。

日后在兴献王尊号的问题上加皇称考、称宗祔庙的行为定下了基调。更重要的是,自此他正式成为大明帝国的皇帝,便拥有了最高的权力与权威,再没有人能够轻易对他形成真正的挑战和威胁。事实上,自张太后与杨廷和议定并公布皇帝继任人选之日,他们就已经失去了主动权,因为武宗遗诏一旦颁布就绝无更改之可能。至于其中一些有争议的问题,最大的解释权终究属于新任皇帝,而不是拟定遗诏的杨廷和等人。[①]

甫一完成登基大典,嘉靖皇帝就急迫地发起关于兴献王尊号问题的讨论。正德十六年四月二十七日(戊申),嘉靖皇帝即位五日,即敕谕礼部集议正德皇帝尊谥,同日命礼部集议兴献王主祀及封号。廷臣主张以宋代“濮议”为范例,以孝宗为皇考,称兴献王为“皇叔父兴献大王”,兴献王妃为“皇叔母兴献王妃”。嘉靖皇帝十分不满,反复命其再议,而其本人却不能提出明确的主张。直至七月三日(壬子),观政进士张璁上疏反驳杨廷和等人的意见,主张“继统不继嗣”、以兴献王为皇考,嘉靖皇帝才获得理论的支持,并提出自己的主张,欲追尊兴献王为“兴献皇帝”,兴献王妃为“兴献皇后”,祖母邵太妃(宪宗贵妃,兴献王生母)为“寿安皇太后”。[②] 对此,杨廷和等阁臣坚决反对。嘉靖皇帝也不打算继续妥协,一度以退位相威胁,最终假借昭圣皇太后的名义,尊称兴献王为“兴献帝”,兴献王妃为“兴献后”,邵太妃为“皇太后”。张璁又进呈《大礼或问》,详尽论证了其“人情论”的理论和“继统不继嗣”的主张,受到鼓舞的嘉靖皇帝则

---

① 嘉靖三年二月,礼部尚书汪俊上议,明确阐释“兄终弟及”的含义,曰:“祖训‘兄终弟及’,指同产言。今陛下为武宗亲弟,自宜考孝宗明矣。”(《明史》卷一百九十一,第5058页)却为时已晚,已然无法扭转事件的走向。

② 谷应泰《明史纪事本末》卷五十,中华书局,1977年,第736页。

再度要求在兴献帝、后的尊号上追加“皇”字。内阁首辅杨廷和、吏部尚书乔宇等极力反对，君臣双方僵持不下。直至嘉靖元年正月十一日，兴献后居住的清宁宫发生火灾，群臣纷纷宣称此乃天降警示，嘉靖皇帝的意志遂有所动摇，暂时与廷臣达成妥协，以孝宗为皇考，昭圣皇太后为圣母，上邵太妃尊号“寿安皇太后”，本生父母尊号“兴献帝”“兴国太后”，“诏告天下，咸始闻知”。①

嘉靖皇帝显然是“大礼议”的发起者。起始阶段，议礼各方纷纷提出自己的主张，并在初步的较量中暂时达成妥协。以内阁、礼部为首的文官集团，坚持皇帝以孝宗为皇考，称兴献王为“皇叔父兴献大王”。嘉靖皇帝则要为兴献王争取“兴献皇帝”的尊号。以张璁为代表的“人情派”支持皇帝的主张，并进一步提出以兴献王为皇考的主张。一番较量之后，暂时达成妥协——以孝宗为皇考，称兴献王为“兴献帝”。嘉靖皇帝主动发起这场论争，虽未能尽遂其愿，却明确地传达出其政治意图，并获得部分文官的支持。张熜等人虽势单力薄，并遭受政治打压，却成功地吸引了皇帝的注意，为日后的异军突起埋下了伏笔。

（二）从“兴献帝”到“本生皇考恭穆献皇帝”：嘉靖皇帝的步步为营

嘉靖皇帝虽然以诏告天下的方式论定大礼，却显然并不满意于这一结果。在随后的一个时期内，他不断地通过更定礼仪细节，逐步强化兴献王作为皇帝的身份特征。嘉靖元年十二月，邵太后薨，二年二月葬于茂陵。按照明代礼制，只有皇帝元后或后继君主的生母才有资格祔葬。邵太后是宪宗贵妃，她能祔葬宪宗，就意味着兴献帝是宪宗的继任者。嘉靖二年二月二十四

① 《明世宗实录》卷十二，嘉靖元年三月壬戌，6b—9a。

日(乙未),命兴献帝陵庙改用黄瓦;四月二十四日(乙未),命兴献帝家庙乐用八佾;三年三月十二日(丁丑),改松林山墓为显陵。这一系列举动都有一个共同的指向,那就是逐渐把兴献王塑造成一个“真正的皇帝”。这些行为,一方面在事实上提升了兴献王的地位,另一方面也是在传递一种政治信息——皇帝不满于现行关于兴献王身份的官方定位。他在等待时机,既是等那些反对他的力量逐渐消退①,也是等人领会他的心思再度发起大礼之争②。

嘉靖二年十一月,南京刑部主事桂萼上《正大礼疏》,主张称孝宗为皇伯考,兴献帝为皇考,兴国太后为圣母,在大内立庙祭祀兴献帝。③ 嘉靖三年正月二十一日(丙戌),嘉靖皇帝命文武群臣集议前后奏章,再度发起大礼议。礼部尚书汪俊等极辩桂萼等议礼之非,疏上留中。同时,嘉靖皇帝亟召桂萼、席书、张璁、霍韬进京④。二月,杨廷和黯然致仕。面对嘉靖皇帝的强大

---

① 与即位之初的态度不同,嘉靖皇帝对那些支持“濮议”论的大臣不再坚持挽留,而是听任其致仕。在此情境下,嘉靖二年二月礼部尚书毛澄致仕,七月刑部尚书林俊致仕,十月兵部尚书彭泽致仕。虽然此时还没有进行大规模的人事更替,但的确已经呈现出这样的征兆。

② 据沈朝阳《皇明嘉隆两朝闻见记》记载,嘉靖皇帝曾派太常寺丞周璧转告张璁:“诏虽下,圣心未慊也。”是否确有其事,无从证实。事实上,即使没有这样明确的示意,张璁也能从嘉靖皇帝的上述行为中探知他的心意。

③ 《明史》本传:“萼以是二年十一月上疏,明年正月手批议行。”《明世宗实录》系之三年正月,实则下廷议之时日。

④ 《明世宗实录》系之嘉靖三年二月十三日(戊申):“礼部尚书汪俊等遵诏会文武大臣、科道官上大礼议,极辩桂萼等议礼非是……议上,留中。有旨亟召桂萼、席书、张璁、霍韬于南京。至是,旬有五日。乃下谕曰:‘朕承奉宗庙,正统大义不敢有违,第本生至恩,情欲兼尽,其参众论,详议至当以闻。’”则二月十三日是嘉靖皇帝下谕的时间,汪俊上疏的时间大约是正月二十八日,召桂萼等进京当是在正月底或二月初。

威压，群臣试图与之妥协。吏部尚书乔宇等提出称孝宗为“皇考”，称兴献帝为“本生考”，以求两全。[①] 礼部尚书汪俊等则提出可以为兴献帝和兴国太后的尊号追加“皇”字，以示尊崇。[②] 不料，嘉靖皇帝不惟照单全收，且得寸进尺——三月一日（丙寅），嘉靖皇帝敕谕礼部，圣母昭圣皇太后加尊号为“昭圣康惠慈寿皇太后”，同日降谕加称兴献帝为“本生皇考恭穆献皇帝”，兴国太后为“本生母章圣皇太后”，并降旨“于奉先殿侧立一室，以尽朕以时追孝之情”，即于宫中为兴献帝立庙祭祀。[③] 较之先前“兴献帝”的称号，“本生皇考恭穆献皇帝”主要有三层变化，一曰加“皇”，二曰去“兴”，三曰称“考”。如果说加“皇”主要是提升其尊崇程度，那么去“兴”则意味着消除藩王身份，称“本生皇考”则是明确父子关系，为撇清与孝宗的宗嗣关系张本。而立庙大内则意味着嘉靖皇帝将继续担负兴献帝的祭祀活动，在事实上维持了其宗嗣关系。

礼部尚书汪俊再度上疏，反对立庙大内，并提出应该保留“兴”字以别正统，而对“本生皇考”的名分已不敢提出异议。即便如此，还是令嘉靖皇帝震怒，责令自陈，汪俊不得已具疏伏罪。三月四日（己巳），翰林院修撰唐皋、编修邹守益、礼科都给事中张翀、御史郑本公等纷纷上疏，反对称兴献帝皇考、立庙大内，同样遭到嘉靖皇帝的严酷打压。三月五日（庚午）、十四日（己卯）汪俊两度上疏，三月十五日（庚辰）掌詹事府事翰林学士石珤上疏，二十一日（丙戌）吏部尚书乔宇等上疏，均反对立庙大内，但

① 《明世宗实录》卷三十六，嘉靖三年二月乙丑，10b—11a。

② 《明世宗实录》卷三十七，嘉靖三年三月壬戌，1b。

③ 《明世宗实录》卷三十七，嘉靖三年三月丙寅，1a。

也都回避了“本生皇考”的问题。三月十七日(壬午)、十八日(癸未),内阁大学士毛纪、礼部尚书汪俊先后请求致仕,未允。三月二十八日(癸巳),礼部拟上昭圣康惠慈寿皇太后、章圣皇太后尊号仪注,意味着廷臣事实上已经妥协,最终接受了嘉靖皇帝更易兴献帝、后尊号的主张。无奈之下,首辅大学士蒋冕提出致仕请求,言辞颇为激烈。嘉靖皇帝表示挽留,但同时坚持“建室礼仪,朕自有处置”[①]。四月十九日(癸丑),嘉靖皇帝颁诏天下,正式追尊兴献帝“本生皇考恭穆献皇帝”,兴国太后“本生圣母章圣皇太后”[②]。五月八日(壬申),定奉先殿西室名为“观德殿”,用以奉安献皇帝神主。

此一阶段是“大礼议”的一个重要转折期。桂萼等人主动配合皇帝,再度发起大礼之争。皇帝则顺水推舟,提出新的主张,并频频施加威压,迫使廷臣步步退让。于是,嘉靖皇帝逐渐占据了上风,为兴献王争取到“本生皇考恭穆献皇帝”的尊号,明确地宣示了其宗嗣关系。与此同时,开启了人事的调整与布局,听任杨廷和、汪俊致仕,并特召张璁、桂萼、席书、霍韬等人赴京任职,逐渐改变议礼双方的力量对比。此后,人事纷争遂成为“大礼议”的一项重要内容。

(三)去“本生”,改“皇考”:颠覆性的转变

嘉靖三年(1524)三月二十一日(丙戌),嘉靖皇帝将先前张璁、桂萼主张称孝宗为皇伯考、兴献帝为皇考的奏疏下礼部集议。礼部尚书汪俊再求致仕,嘉靖皇帝责以“违悖正典,肆慢朕

① 《明世宗实录》卷三十七,嘉靖三年三月癸巳,15b。

② 《明世宗实录》卷三十八,嘉靖三年四月癸丑,8b—9a。

躬”[①]，准其致仕。吏部推举吏部左侍郎贾咏、右侍郎吴一鹏接替汪俊，嘉靖皇帝却下特旨召南京兵部右侍郎席书出任礼部尚书。前此，嘉靖皇帝以大礼已定，诏令张璁、桂萼不必来京。当时二人已在凤阳道上，遂上疏主张去“本生”二字[②]。至此，复命其来京。见此情形，群臣纷纷弹劾张璁、席书等人。四月一日（乙未），给事中张嵩、曹怀、张侨、安磐等上疏，请斥逐张璁、霍韬、席书、方献夫、桂萼，并及立庙事，疏下所司。四月四日（戊戌），九卿吏部尚书乔宇等合疏，请皇帝收回成命，挽留汪俊，宽宥言官，席书等人各任原职，疏入报闻。四月八日（壬寅），礼部会文武群臣，请罢建室之议，立庙安陆，将张璁、桂萼付法司论治，嘉靖皇帝严厉斥责他们党同欺君。四月二十二日（丙辰），吏部尚书乔宇等上疏，抨击席书等“以曲学邪说妄议章典”，桂萼、张璁“朋奸乱政”[③]。张璁、桂萼也作出反击，指责廷臣欺君罔上。

嘉靖三年五月二十四日（戊子），张璁、桂萼抵京，双方争斗日趋激烈。张、桂二人联名上疏，条陈“七事”，继续论证去本生、以献皇帝为皇考，改称孝宗为皇伯考的合理性，批评廷臣“始之以不学无术，终之以相助匿非”，阴指杨廷和等大臣“擅拥立功”“欺天甚矣”[④]。六月五日（戊戌），礼科都给事中张翀等三十余人连章上奏，猛烈抨击张璁、桂萼，斥责他们“赋性奸邪，

---

① 《明世宗实录》卷三十七，嘉靖三年三月丙戌，9a。

② 参照张、桂随后奏疏中“伏睹圣谕已加称兴献帝为‘本生皇考恭穆献皇帝’，兴国太后为‘本生母章圣皇太后’”字样，应是在三月一日后。《明世宗实录》卷三十七，嘉靖元年三月戊子，9a—9b。

③ 《明世宗实录》卷三十八，嘉靖三年四月丙辰，13a。

④ 《明世宗实录》卷三十九，嘉靖三年五月戊子，8a—9b。

立心险恶，变乱宗庙，离间宫闱，诋毁诏书，中伤善类”，“诡言巫诞”，“妄意更张”，“乘机献谀，阳流议礼之文，阴怀干进之路”，比之汉之冷褒、段犹，宋之章惇、蔡卞。[①] 六月九日（壬寅），张璁、桂萼复同上疏，批评廷臣“相率甘为权臣鹰犬，甚可耻也”[②]。嘉靖皇帝也开始有所行动，明确地表达了他的态度。六月十三日（丙午），任命桂萼、张璁为翰林学士，方献夫为侍读学士。于是翰林院学士丰熙等上疏乞归，拒绝与之同列。御史刘享谦称桂萼等“曲学偏见，骤得美官”，“天下士自此解体”，“宜赐罢黜，以惩奸党”[③]。吏科给事中李学曾等二十九人、御史吉棠等四十五人并疏，讥刺桂萼等“以一言之合骤迁美秩”，“以传奉而及学士”，“其为圣德之累不小”。御史段续、陈相又特疏极论席书等人罪状，正请典刑。刑部尚书赵鉴也主张置诸法司论治。[④] 张璁、桂萼也不甘示弱，条陈“十三事”，罗织廷臣十三条“欺妄”罪状。[⑤] 廷臣在抨击张、桂的同时，矛头又逐渐指向皇帝本人。六月十八日（辛亥），吏部尚书乔宇上疏，批评皇帝降内旨超擢席书、桂萼等人的做法，言及“大内降恩泽，多施于佞幸之人”[⑥]。七月六日（己巳），试监察御史王时柯则直接批评皇帝“乏包荒之量”[⑦]。

面对张璁等人以退为进的辞呈，嘉靖皇帝温旨宽慰。而对那些参与议礼或批评张璁、桂萼等人的言官，其态度则越发强

---

① 《明世宗实录》卷四十，嘉靖三年六月戊戌，1b—2a。

② 《明世宗实录》卷四十，嘉靖三年六月壬寅，3b。

③ 《明世宗实录》卷四十，嘉靖三年六月丙午，4b。

④ 《明世宗实录》卷四十，嘉靖三年六月辛亥，5b—6a。

⑤ 《明世宗实录》卷四十，嘉靖三年六月辛亥，8a—9b。

⑥ 《明世宗实录》卷四十，嘉靖三年六月辛亥，5b。

⑦ 《明世宗实录》卷四十一，嘉靖三年七月己巳，3a。

硬,或切责,或罚俸,或责令对状,或贬谪,或下镇抚司拷讯。对吏部尚书乔宇和刑部尚书赵鉴也丝毫不留情面,或切责,或勒令自劾,最终于七月六日(己巳)听任乔宇致仕。与此同时,似乎他已经下定决心要按他个人的意志彻底解决大礼问题。嘉靖三年七月十二日(乙亥),降谕礼部:"本生圣母章圣皇太后更定尊号曰圣母章圣皇太后,于七月十六日恭上册文,遣官祭告天地、宗庙、社稷,即具仪以闻。"①这是一个重要的信号,圣母去"本生",随之而来必然是"本生皇考"去"本生",进而改称孝宗"皇伯考",这就彻底推翻了之前的议礼结果。此诏一下,举朝震惊,朝臣纷纷上疏,极言"本生"二字万不可去。疏入,俱留中。内阁大学士毛纪、石珤也上疏力谏,得报有旨而已。七月十五日(戊寅),群臣跪伏左顺门,乃至哭谏,试图迫使皇帝收回去"本生"之成命,最终引发了影响明代士人心态至为深远的"左顺门"事件。嘉靖皇帝震怒,严惩跪伏群臣,四品以上停俸,五品以下一百三十四人,及修撰杨慎等首倡哭谏者七人廷杖;编修王思、给事中张原等十七人杖死,翰林学士丰熙、修撰杨慎等十一人充戍,给事中安磐等三人削籍。内阁大学士毛纪致仕,吏部左侍郎何孟春调南京工部,亦因"左顺门"事件所致。经此变故,坚持"濮议"论的官员大受挫折,中坚力量损失殆尽。嘉靖皇帝和主张"人情"论的势力则彻底占据了上风:七月十六日(己卯),更定圣母尊号"章圣慈仁皇太后";七月二十一日(甲申),迎献皇帝神主至京师,奉安于观德殿,上尊号"皇考恭穆献皇帝"②;九月五日(丙寅),始定大礼,称孝宗为"皇伯考",昭圣皇

① 《明世宗实录》卷四十一,嘉靖三年七月乙亥,4a。

② 《明史纪事本末》卷五十,第753页。

太后为“皇伯母”，称献皇帝为“皇考”，章圣皇太后为“圣母”[①]；九月十五日（丙子），“布告中外，咸使闻知”[②]。至此，嘉靖皇帝既为兴献王争得“皇帝”的尊号，又明确了其“皇考”的身份，获得暂时的满足。大礼之议，告一段落。

这是“大礼议”的高潮阶段，廷臣与皇帝及张熜等人的斗争进入白热化，又迅速地落下帷幕。此前，经过不断的妥协与退让，廷臣基本接受了兴献王“本生皇考恭穆献皇帝”的称号，但以孝宗为皇考是他们要坚守的底线。当嘉靖皇帝在张熜等人的支持下，试图突破这一底线时，他们爆发出惊人的力量，发起激烈的抗争。然而，他们的抵制不断升级，皇帝的震怒与威压更是不可阻遏。他们的坚守与节义，面对专横、暴虐的皇权，几乎全无抵抗力，迅速地败下阵来。嘉靖皇帝得偿所愿，摆脱了“孝宗—武宗”之宗统，并开启了“宪宗—‘献皇帝’—嘉靖”的帝系的建构之路。

（四）“称宗祔庙”：帝系的篡改与虚构

嘉靖皇帝通过暴力手段沉重地打击了反对他的廷臣，赢得大礼之争。然而他却没能取得舆论上的胜利，大部分廷臣受武力震慑，不敢再议大礼，但在观念上并不认同皇帝的做法。在这种情形下，无论是嘉靖皇帝本人，还是主张“人情”论的官员，都需要在理论上证明朝廷行为的正当性。于是在嘉靖皇帝的主导下，先后编纂《大礼集议》《明伦大典》，以官修史书的形式在舆论上给“大礼议”定了调，同时又完成了人事的清洗，支持他的

① 《明世宗实录》卷四十三，嘉靖三年九月丙寅，2a。

② 《明世宗实录》卷四十三，嘉靖三年九月丙子，7a。

加官进爵，反对他的公开定罪并严加惩治。[1] 无论是个人意志之实现，还是实际的权力运作，嘉靖皇帝都实现了其预期目标，似乎应该心满意足了。然而，独夫之心，何厌之有？况且，他刚刚在政治运作中尝到甜头，既稳固地掌控了朝廷的局面，又熟练地掌握了恩威并施、进退自如的操控之术，自然不肯就此收手。兴献王被追尊为“皇考恭穆献皇帝”，却毕竟只是一个虚名，既无庙号，也不能入祀太庙。于是，如何在礼制上彻底消弥兴献王与真正的皇帝之间的差异，就成了嘉靖皇帝下一个目标。

早在嘉靖元年九月二十六日（己巳），吏部听选监生何渊即上言，请依周祀文王遗意，于太庙东北立世室，奉兴献帝神主。嘉靖四年春，时任光禄寺署丞的何渊再度上书，请为献皇帝立世室，入祀太庙。下礼部议，遭到包括席书、张璁等人在内的群臣的反对。四月十九日（戊申），礼部尚书席书等议覆，力驳何渊之谬。他指出世室之缘起，乃因周文王、周武王有开国之功，故建世室于三昭、三穆之上，与始祖后稷之庙皆百世不迁。而献皇帝由藩王追称帝号，未为天子，未有庙号，自不当入祀太庙，更不可比拟于太祖、太宗。[2] 嘉靖皇帝却坚持立世室，甚至派宦官私下转告席书：“必祔庙乃已。”[3]君臣双方僵持不下，几经反复，最终达成妥协，以“建世庙”替代“立世室”，于太庙临近之地别立祢庙，以天子礼祭祀献皇帝。按照礼部的意见，世庙出入不可与太庙同门，方位不可与太庙并列，祭祀世庙当于太庙次日。[4] 然

---

① 尤淑君《名分礼秩与皇权重塑：大礼议与嘉靖政治文化》、胡吉勋《“大礼议”与明廷人事变局》均有论述。

② 《明世宗实录》卷五十，嘉靖四年四月戊申，5a—6b。

③ 夏燮《明通鉴》卷五十二，中华书局，1959 年，第 1393 页。

④ 《明世宗实录》卷五十一，嘉靖四年五月庚辰，11a—11b。

而,在嘉靖皇帝的一再坚持下,最终世庙与太庙同门[①],祭用同日[②],祀用八佾[③],几乎具备了完全同等的规制。

其后的二十年中,嘉靖皇帝又先后主导了郊祀、庙制、明堂制的变革[④],通过一系列令人眼花缭乱的操作,终于在嘉靖十七年六月使得献皇帝获得享祭太庙的资格[⑤],并于同年九月获庙号"睿宗",谥"知天守道洪德渊仁宽穆纯圣恭俭敬文献皇帝"[⑥]。然而,这时候"献皇帝"还没有真正入祔太庙,其神主依旧供奉于太庙一侧的"献皇帝庙"中,只是在行大祫礼时才得与孝宗同居昭位接受祭祀。嘉靖二十年四月五日(辛酉),太庙遭火,群庙俱毁,献庙独存。[⑦] 嘉靖皇帝趁机恢复"同堂异室制",并正式将"睿宗"皇帝供入太庙中。嘉靖二十四年六月二十八日,定太庙位次,太祖居中,左四成祖、宣宗、宪宗、睿宗,右四仁宗、英宗、孝宗、武宗。[⑧] 至此,兴献王最终称宗祔庙,正式跻身于明代帝王的行列。嘉靖皇帝也最终遂了心愿,此后再无重大变更。

此一阶段似乎是嘉靖皇帝的独角戏,席书、张璁、夏言、严嵩等权臣偶尔提出不同的意见,也会很快在皇帝的威逼利诱下顺从他的旨意。经由"左顺门"事件,以及《明伦大典》的颁行,嘉靖皇帝基本肃清了朝中在大礼问题上反对他的力量。那么,他

① 《明世宗实录》卷五十六,嘉靖四年十月癸丑,11b。

② 《明世宗实录》卷六十九,嘉靖五年十月辛亥,1a。

③ 《明世宗实录》卷六十六,嘉靖五年七月壬寅,10a。

④ 尤淑君《名分礼秩与皇权重塑:大礼议与嘉靖政治文化》第三章对嘉靖皇帝的一系列礼制改革及其真实动机有深刻的剖析。

⑤ 《明世宗实录》卷二百一十三,嘉靖十七年六月丙辰,8b。

⑥ 《明世宗实录》卷二百一十六,嘉靖十七年九月辛未,1a。

⑦ 《明世宗实录》卷二百四十八,嘉靖二十年四月辛酉,5a。

⑧ 《明世宗实录》卷三百,嘉靖二十年四月辛酉,8b—9a。

为何不直接为兴献王拟定庙号并堂而皇之地奉入太庙，而是如此周折迂回、耗时费力地完成这一过程呢？很大程度上是因为，尽管那些奋力抗争的官员被逐出朝堂，但他们所依恃的宗法制度及观念，依然根深蒂固地存在于每个人的头脑中，即便是席书等人乃至嘉靖皇帝本人，也不得不不同程度地受其左右。可以讲，在这一漫长的时期，嘉靖皇帝是在同深植人心的宗法观念作斗争，而他本人同样依存于这一强大的传统之中。

二 动机与手段:政治伦理之潜移

“大礼议”显然不是单纯的礼仪争纷问题，而是一场复杂的政治博弈，博弈的三方分别是嘉靖皇帝、皇帝的反对者和皇帝的支持者。三方的态度都很明确，而各自动机则要隐秘而复杂得多。深入探析其动机及手段，能够最大程度上揭示事件的深层本相。

(一)嘉靖皇帝的意志与策略

嘉靖皇帝的动机是最明确的。尽管他在不同时期有不同的具体诉求，并且总是不断地掩饰其真实动机，但基本思路却十分清楚，那就是通过不断地抬高兴献王的政治身份，确立自身的正统地位，并强化皇帝个人权威。在这样一场旷日持久的政治角力中，嘉靖皇帝体现出极强的耐力和意志力，随着事态的变化不断地调整策略，目标却始终如一。

最初，作为皇位继承人的朱厚熜，拒绝执行礼部拟定的入门和登基礼仪，坚持以嗣天子而非皇太子的身份完成登基典礼，即十分清楚地透露出他的政治意图——明确其皇位之来源，源于祖宗，源于天命，而非源于武宗与孝宗。即位之初，他就急切地欲议定兴献王的主祀与封号，同样是在传达一种政治信号，通过虚构兴献王的政治地位,并明确其与兴献王的父子关系,间接地否认其与孝宗、武宗的宗嗣关系。只有摆脱了其与孝宗、武宗的关联,才能强化其皇权的独立性。与之同时,为了证明其皇权的合法性,他把自身的宗统追溯到宪宗皇帝,而在他与宪宗之间显然有一个不可回避的环节,那就是他的父亲兴献王。因此,给兴献王一个皇帝的名分就是不可或缺的了。在内阁的主导下,礼部官员引经据典,主张尊称兴献王为"皇叔父兴献大王"。显然,这完全不符合皇帝的心意,但他又无力批驳,提不出明确的建设性意见,只能愤愤地说道:"父母可更易若是耶!"[①]这大概是嘉靖皇帝一生之中最孤立无援的时刻了,然而他依然在倔强地等待时机。直到张璁提出"继统不继嗣"的主张,并系统地论证了"人情"论的合理性,嘉靖皇帝才得到理论的支持,遂坚定了其推尊兴献王的决心。此后,经过长达二十余年的不懈努力,最终把兴献王的神主送进太庙,获得完全的皇帝的称号与祭祀礼仪。

在此过程中,随着事态的变化,嘉靖皇帝不断地调整其策略与手段。他最初试图打温情牌,通过拉拢大臣实现其政治意图。正德十六年七月甲子,召杨廷和等,礼遇有加,谕之曰:"至亲莫如父母,卿等宜体朕意。"[②]九月丙子,复谕杨廷和等:"朕受祖宗鸿业,为天下君长,父兴献王独生朕一人,既不得承绪,又不得徽称,朕于罔极之恩何由得安?始终劳卿等委曲折中,为朕申其孝情。务加追尊美号,于安陆立祠,以为永久奉养,使朕心安而政

① 《毛澄传》,《明史》卷一百九十一,第5056页。

② 《明世宗实录》卷四,14a—14b。

治，父神有所依倚。”[①]十二月己丑，面对杨廷和等人的劝谏，嘉靖皇帝道：“卿等所言至意，朕已悉知。但哀哀之情，不能自已；罔极之恩，报亦无方。可承朕命，以表衷肠，慎无再拒，勉顺施行。”[②]戊戌，又道：“卿等所言，皆推大义；朕之所奉，昊天至情。不必拘于史志，可为朕申明孝义，勉录皇号施行，庶安朕母子哀心。卿亦毋托此为辞，宜照旧办事，辅襄国政。”[③]可知，最初嘉靖皇帝并未打算在道理上与廷臣论辩，也不拟采取强硬措施，而是回避争议，委婉恳求，试图以人情打动他们。面对诸大臣的抗章求退，也一律优诏慰留。然而，他的柔软姿态并未换来廷臣的退让，于是就逐渐改变了应对方式。

引经据典，他自然不是儒臣的对手。而作为帝国的最高统治者，人事调整是他最有力的武器。面对大臣以退为进的致仕请求，他不再一味勉留，而是顺水推舟，听任其便。嘉靖三年二月，杨廷和黯然致仕。这是一个十分重要的政治信号，也是一个转折点。嘉靖皇帝位登大宝，杨廷和居功至伟，他在士人中亦有极高之威望，是“大礼议”中反对皇帝的核心人物。嘉靖皇帝在这个时候听任杨廷和致仕，显然是要排除异己力量，坚决推行自身意志。此后，他一改初期温和的态度，先后切责吏部尚书乔宇、礼部尚书汪俊、刑部尚书赵鉴等大臣，并听任汪、乔及内阁大学士蒋冕等致仕，对那些直言切谏的御史、给事中、翰林院等中下层官员，则通过各种政治手段予以打击，或切责，或罚俸，或贬谪，或下镇抚司拷讯，不一而论。与此同时，先后召张璁、桂萼、

① 《明世宗实录》卷六，11a—11b。

② 《明世宗实录》卷九，4b。

③ 《明世宗实录》卷九，13b—14a。

席书等人赴京任职,并不断地破格拔擢。于是,君臣之间,反对者与支持者之间,围绕"大礼"问题的人事斗争愈演愈烈,皇帝的态度则日趋强硬。① 最终,经由"左顺门事件"沉重地打击了反对派官员,并逐步完成彻底的人事清洗。嘉靖皇帝彻底掌控了局面。

嘉靖皇帝主要是依靠强权获得"大礼议"的胜利,但他不肯落下一个专横、粗暴的名声。因此,他所有的政治运作都尽可能在现行的体制规则下进行。如其在与群臣的争论中反复申辩

① 嘉靖三年三月,礼部尚书汪俊致仕,吏部推吏部左侍郎贾咏、右侍郎吴一鹏继任。嘉靖皇帝却下特旨命南京兵部右侍郎席书任礼部尚书,遭到群臣的激烈反对。九卿吏部尚书乔宇等合疏:"顷罢汪俊,召席书,取桂萼、张璁、霍韬,黜谪马明衡、李本、陈逅等,举措异常,中外骇愕。夫以一二人之偏见,挠天下万世之公议。内离骨肉,外间君臣,名曰效忠,实累圣德。且书不与廷推,特出内降,升为尚书,百余年来所未有者。请收回成命,令俊与书各守职如故,矜宥明衡等,止召萼、璁。"嘉靖三年六月,嘉靖皇帝任命桂萼、张璁为翰林学士,方献夫为侍读学士,再度遭到群臣的抵制。翰林院学士丰熙、修撰杨惟听等不欲与之同列,上疏乞归。御史刘谦亨言:"萼等曲学偏见,骤得美官,天下士自此解体。宜赐罢黜,以惩奸党。"桂萼、张璁、方献夫各上疏辞学士。皇帝答复:"迁秩非以汝议礼,而汝亦非用是说以希进者。忠议学行,简在朕心,故特抡置翰林,以成朕纳贤之治,不必再辞。"吏部尚书乔宇再度上疏:"前者席书以内旨升尚书,臣等已久陈其不可。今复有升萼等学士之命。大内降恩泽,多施于佞幸之人。皇上御极,凡先朝传旨升官,虽匠役军校亦尽黜华。若士大夫一与其列,即不为清论所齿。今言官论劾萼等前后凡二十疏,夫圣朝养士当以名节自爱。翰林学士之职,其选甚重,而使萼等居之,则凡储材翰苑者,谁复与之共列班行哉?乞寝其命。"皇帝切责之,且曰:"任用才贤,自古帝王之治,萼等执经论礼,岂悦朕心以干进者?其即令视事。"吏科都给事中李学曾等二十九人、河南道监察御史吉棠等四十五人联合上疏:"萼等皆曲学偏见,紊乱典章,在圣世所必诛,岂得以一言之合,骤迁美秩?矧以传奉而及学士,其为圣德之累不小。"御史段续、陈相也上疏极言席书、桂萼等人罪状,请正典刑。皇帝大怒,诘责李学曾等,并令其对状。不得已,李学曾等上疏伏罪。而段续、陈相则以"欺罔妒贤"的罪名遭到逮捕,下镇抚司拷讯。吏部员外郎薛蕙亦因言获罪,被责以"出位妄言,轻率浮躁",逮送镇抚司考讯。

“朕承奉宗庙，正统大义不敢有违”①“朕恭膺天命，入继大宗，祗奉祖考，孝养宫闱，专意正统，罔敢违越”②“朕奉太庙宗祀，岂敢间越”③“朕祇奉宗祀，罔敢违礼”④，其初也的确奉孝宗皇帝为皇考、尊昭圣皇太后为圣母。他不惟清楚地了解宗法制度之要求，且以尊奉“正统大义”相标榜，但这并不符合他的真实想法。之所以有这样的表态，一方面大约是由于他对朝廷的掌控尚不十分牢固，另一方面应该是一种主动的策略——努力获得廷臣的认可，在此基础上徐徐图之、层层渗透，最终体面地实现自身的目的。事实上，他所有的决策，都试图通过礼部来完成。正因如此，他才会不顾群臣的抗议，坚持任命席书——他最忠实的支持者——出任礼部尚书。而当其“立世室”的主张遭到席书反对时，则通过私下施压的方式逼其就范，并最终以“建世庙”的方案达成妥协。在其后二十余年的时间里，嘉靖皇帝以制礼作乐的姿态，在效祀、太庙、明堂制度上大费周章，正是要在礼法制度的体制中实现其政治目的。其实，他孜孜不倦地坚持为兴献王“正名”，本身即是其宗法观念的体现，只是他要在宗法的躯壳下树立自身的宗统。

恩威并施是嘉靖皇帝的惯用手段。对反对他的官员，他自然是毫不留情，轻则切责、罚俸，重则下狱、拷讯，“左顺门”事件中更是施以重手，廷杖、充戍、削籍，无所不用其极。对依顺他的官员，则是不断地破格拔擢，席书、张璁、桂萼等人骤至显贵，卑鄙小人如陈洸、何渊辈，也能肆无忌惮、指手画脚。当然，他对待

① 《明世宗实录》卷三十六，3b—4b。
② 《明世宗实录》卷三十七，1a。
③ 《明世宗实录》卷三十七，5b。
④ 《明世宗实录》卷三十七，6b。

张璁等人乃至后来的夏言、严嵩，亦非一味地恩宠有加，时时施以威吓以震慑之。虽其态度变化无端，规则却是始终如一，那就是是否顺从皇帝本人的心意。于是，皇帝的个人意志逐渐左右了朝廷的发展态势，是否持有足够的恭顺态度也日渐成为皇帝在重要职位上的选人标准。

（二）廷臣的意图与依恃

嘉靖初以内阁为首的文官集团，坚决反对皇帝推尊兴献王，自然不是刻意忤逆皇帝的旨意，也与兴献王朱祐杬的个人品行无关。从表面上，其所依据的理由主要有两点，一是汉定陶王、宋濮王故事，一是“为人后者为之子”的经学阐释，即六科给事中俞敦等“稽经订史，酌古准今”之谓[①]。但这两点理由都不是无懈可击，遂遭到了张熜的理论挑战。在这种情形下，杨廷和将其上升到天下大义的高度，曰“为人后者为之子……盖天下万世之公议，诚不可以一人之私情废也”，是将“公议”与“私情”对立起来。[②] 其所谓“忘所后而重本生，任私恩而弃大义”，正是主张崇大义而抑私情。[③] 其后论及“大义”，则往往落在“正统”上，如乔宇等所论“正统大义，惟赖皇字以明，若加于本生之亲，则兴献、正统混而无别”[④]，毛澄所言“于正统之亲混同无别，恐不可以告于郊庙，而播之天下也”[⑤]，皆是此义。其所谓“正统”，自然是指从太祖到孝宗再到武宗的皇明正统。嘉靖皇帝本人也屡

① 《明世宗实录》卷四，19a。

② 《明世宗实录》卷四，14b。

③ 《明世宗实录》卷九，13b。

④ 《明世宗实录》卷九，16b—17a。

⑤ 《明世宗实录》卷十，6a。

屡称“虽传序之统义有所专，而天性之恩自不容已”①“正统大义不敢有违，本生至恩情欲兼尽”②。故知，廷臣坚持嘉靖考孝宗，反对其推尊兴献王，主要是出于维护皇朝正统的目的，从根本上亦是对皇权合法性以及对核心政治秩序的维护。鸿胪寺右少卿胡侍在与张璁、桂萼的辩论中论道：“若皆以未尝受命为子，曰吾自继统非为后也，而不以臣子之礼事其先君，则将使后世亡嗣者皆不忍以国与其宗，而宗人之乘其崩殂之时，无论疏亲昭穆皆可援以自立，是兆祸无穷也。”③更加清楚地表达了这种目的。可知，廷臣如此一般坚持他们的意见，虽或不免有维护孝宗、武宗正统地位的意图，亦或接受武宗朝的教训，有意管束好年轻的皇帝，避免正德乱政的再现，应该也有对个人名节的追求乃至执念，少数位高权重者大概也能从中体验操纵权力的快感；但他们决无更大的政治野心，他们的主要目的还是要维护明王朝正统的传续与稳固的礼法秩序，他们所依恃的则是传统礼制和祖宗法度，以及他们对朝廷的忠诚。

然而，在嘉靖皇帝看来，他们对明王朝的忠诚，远不如对他本人的恭顺更重要；而他们在理论方面的论证并不周密，既未能切中肯綮，也未能对相左的意见做出及时的回应。在一个较长的时期内，他们只是反复强调正统大义之正当性，理所当然地认为应该重大义而轻私恩。张璁则依据《礼记》所论“礼非从天降，非从地出也，人情而已”，充分强调人情的重要性；又区分“统”与“嗣”，称“统乃帝王相传之次，而嗣必父子一体之亲”，

① 《明世宗实录》卷十二，6b。

② 《明世宗实录》卷三十六，4b。

③ 《明世宗实录》卷四十，11b。

从而推导出这样的结论:“今孝宗之统传之武宗,武宗之统传之皇上,一统相承,万世无穷者也。又何必强置父子之名而后谓之继统也哉?”嘉靖皇帝亦据此要求兼顾大义、私恩,如其所谓“卿等所言,皆推大义;朕之所奉,昊天至情”①,“正统大义不敢有违,本生至恩情欲兼尽”,正是堂而皇之地主张大义与私恩并重。这些言论似乎并未引起杨廷和等人的重视,他们只是泛泛地强调“本生所后,势不俱尊;大义私恩,自有轻重”②,“若私厚于本生”,将“紊一代纲常,拂万世公论”。③ 这些空洞的口号,较之张璁的论辩,显然缺乏足够的说服力。直到嘉靖三年,方有薛蕙、胡侍、何孟春等作出系统的回应,却是大势已去了。至如他们所树立的汉哀帝、宋英宗的典范,张璁指出他们都是“预立素养,明为人后”,与今日之事体“大不相类”,轻而易举就动摇了其合理性。进而又论证历代故事之不足征:“以经议礼,犹以律断狱,则凡历代故事,乃其积年之判案耳。苟不别其异同,明其是非,概欲以故事议礼而废经,犹以判案断狱而废律也。是又何足与议也!”④进一步断了他们以故事作比类的理路。关于“兄终弟及”的宗法依据,无论内阁还是礼部,都理所当然地理解为嘉靖当以武宗嫡亲兄弟的身份继承皇位,所以也就没做任何解释。张璁则曲折、盘绕地将其套用于孝宗与兴献王的关系上⑤。张璁的论证并非无懈可击,但他显然在理论阐释上做足了功夫,故能处处占据主动。况且,他所论证的,正是皇帝预期的;双方

① 《明世宗实录》卷九,13b。

② 《明世宗实录》卷十,6b。

③ 《明世宗实录》卷九,4b。

④ 《明世宗实录》卷八,14a。

⑤ 《明世宗实录》卷四,4b—6a。

的论证目标，无非是说服皇帝；而作为仲裁者的皇帝本人即有鲜明的立场，则文官集团自然是步步被动了。这对他们的士气，无疑是沉重的打击。他们也试图通过人事或舆论手段打压异见者，但人事上自然不是皇帝的对手，舆论压力也未能左右皇帝的意志。杨廷和一度把张璁发往南都，却无法阻拦皇帝将其召回并委以重任。嘉靖三年春、夏间，廷臣对张璁、桂萼等发起强大的舆论攻势，口诛笔伐，必欲逐之而后快，却只能眼睁睁看着他们在皇帝的偏护下步步超擢。迫不得已，他们或以辞官，或以强谏的方式，发出最后的搏击，终究似飞蛾扑火，惨烈地败下阵来。廷仗而死者自不必言，那些充戍、削籍的官员，大都终嘉靖一朝也未得到皇帝的宽恕。文官集团在"大礼议"中的败落，对嘉靖士风的消极影响是不言而喻的。

（三）张璁等人的动机与手段

以张璁为代表的皇帝的支持者，其议礼动机着实更加复杂、微妙。我们无法否认他们的确有那样的理论认知，礼本人情在儒家的思想体系中自有其理论依据，当下事体与历史成例具体情形也不尽相合，兴献王的尊号问题或许也的确有灵活处理的空间。但这并不意味着张璁等人的议礼动机一出于公心。详览其数篇奏疏，确有高明之处，亦多妄生穿凿，刻意迎合皇帝并借以打击对手之意图也十分明显。

如上文所述，张璁等人在理论阐释上下足了功夫，在与廷臣辩论的过程中取得明显的优势，但他们毕竟无法回避一个至关重要的问题：嘉靖皇帝究竟依据什么获得皇位的合法继承权？其最直接的依据当然是杨廷和拟定的《武宗遗诏》，其中涉及皇位继承问题的文字如下："皇考孝宗敬皇帝亲弟兴献王长子厚熜，聪明仁孝，德器夙成，伦序当立。已遵奉祖训兄终弟及之文，告于宗庙，请于慈寿皇太后与内外文武群臣合谋同辞，即日遣官迎取来京，嗣皇帝位。”[①]这段文字中有两个关键词，一是“兄终弟及”，一是“嗣皇帝位”。“嗣皇帝位”宣告朱厚熜将继任大明皇帝，这一点是明白无疑的。“兄终弟及”则是说明选定朱厚熜的理由，他乃是以武宗皇帝之弟的身份继承大统。《皇明祖训》对“兄终弟及”有明确的说明：“凡朝廷无皇子，必兄终弟及。须立嫡母所生者。庶母所生者，虽长不得立。”[②]庶母所生尚不在考虑之列，遑论叔伯兄弟。因此，“兄终弟及”原则之适用，有一个潜在的前提，那就是朱厚熜必须过继到大宗，名义上成为孝宗之嫡子、武宗之胞弟。或许在杨廷和等人看来，这一点是不言自明的，所以在《武宗遗诏》中没有明确指出朱厚熜当以孝宗嗣子的身份入继大统。张璁先是在“兄终弟及”的定义上做文章，其于《大礼或问》中论道：“方武宗宾天，群臣定议，以迎我皇上也。遵祖训也，兄终弟及之文也。何也？孝宗，兄也；兴献王，弟也。献王在则献王天子矣，有献王斯有我皇上矣。此所谓伦序当立，推之不可，避之不可者也。”[③]强行将“兄终弟及”套用在孝宗皇帝与兴献王的身上，其牵强附会显而易见。汪俊等云：“祖训兄终弟及指同产言，则武宗为亲兄，皇上为亲弟，自宜考孝宗、母昭圣。”[④]其义甚明。桂萼则又提出“统为重，嗣为轻”，称夏、商之时皆立弟以及子，是立贤而长者，是“重继统之得人，而不重己之得嗣”；若“以继嗣私情为重”，则“国无长君而宗社沦丧”，是

① 《明武宗实录》卷一百九十七，正德十六年三月戊辰，6a—6b。

② 《皇明祖训》，“法律”，张德信、毛佩琦主编《洪武御制全书》，黄山书社，1995 年，第 401 页。

③ 《明世宗实录》卷八，8b—15a。

④ 《明世宗实录》卷三十六，4a。

以太祖皇帝“深惩其失，独取法于二帝、三王，以兄终弟及之文定为祖训”，故嘉靖皇帝以“以兴献帝长子缵祖宗之统，事法三代，义合唐虞，无容议矣”①。是以“兄终弟及”比拟三代之制，实属无稽之谈。礼部《建室议》直斥其非：“当大明传子之世，而欲做尧舜传贤之例，拟非其伦。”②桂萼、张璁至京，复同上疏云：“夫献皇帝实孝宗亲弟，虽未尝有天下以传皇上，而皇上之有天下实以献皇帝之子也。高皇帝虽未尝以天下授皇上，皇上之有天下实以高皇帝之训也。”③依然是模糊处理“兄终弟及”的概念，避开正德与嘉靖，绕到孝宗与兴献，并将皇位继承的合法性直接追溯到太祖高皇帝，不可不谓深得嘉靖皇帝之心，而其左支右绌、刻意逢迎之态也毕现无遗。至如其于凤阳道中亟论当去“本生”，终获诏入京任职，更可见其投机干进之心。

张璁、桂萼在迎合皇帝的同时，处处架词诬控，有意激起他对廷臣的愤恨，用心颇为毒辣。张璁于南京任上疏云：“皇上遵祖训入继大统，固非执政大臣之所能援，亦非执政大臣之所能舍也。”既投其所好，强调嘉靖因祖训而入继大统；又含沙射影，暗批执政大臣擅援立之功。继而又批评“言者不顾礼义，党同伐异，宁负天子而不敢忤权臣”④，既抨击了言官，又把矛头引向执政大臣。入京之后，更是直论大臣“擅拥立功者，欺天甚矣”⑤！廷臣攻之甚急，复上疏辩解：“今臣等所据者，先王之礼也。群众所挟者，奸臣之权也。奸臣之权敢以胁天子，先王之礼独不足

① 《明世宗实录》卷三十七，8b。

② 《明世宗实录》卷三十八，5b—6b。

③ 《明世宗实录》卷三十九，8a。

④ 《明世宗实录》卷三十七，7a。

⑤ 《明世宗实录》卷三十九，8a。

以臣权臣乎？祖宗言官之设，为天子耳目。乃今相率甘为权臣鹰犬，甚可耻也！”[①]抨击权臣协迫天子，言官甘做权臣鹰犬，处处挑动皇帝的敏感神经。后复论礼官“十三欺妄”，中云“古者三公论道，九卿分治，台谏明目达聪，今连名之疏，岂议论尽同哉？朋党比周耳”，几欲将朝臣一网打尽。复云：“祖训皇后许内治中宫，宫门外事毋得干预。立君继统，实遵祖训。议者假昭圣懿旨为词。”不惟诬陷廷臣，且将祸水引向昭圣皇太后。无怪乎廷臣怒斥其“赋性奸邪，立心险恶”！[②]

别有意味的是，尽管张璁等人不惜与整个文官集团为敌，极力迎合皇帝的旨意，但他们的认知毕竟还有底线，而这些底线其后却一一被皇帝所突破。张璁《大礼或问》论道：“今别为兴献王立庙，所以祭祢也，非毁庙，不当复立也。何天灾之足惧乎？谓别立庙，则固未尝升兴献王主于太庙也。何两庙争较之嫌、鲁僖跻闵之失乎？不其谬哉！”[③]方献夫《大礼论》亦云：“夫皇上虽继武宗而考献帝者，不以尊尊害亲亲也；虽考献帝而不得入太庙者，不以亲亲害尊尊也。然则昭圣、庄肃、兴国相接之礼若何？曰：孝宗传之武宗，武宗传之皇上者，外之统也；昭圣传之庄肃，庄肃传之今皇后者，内之统也。兴国虽得称母，而不得抗礼乎两宫，犹献帝虽得称考而不得入太庙，此正统之别也。”[④]“左顺门”事件之后，霍韬犹奏曰：“臣愿陛下以臣等建请之情上启圣母，曰昭圣慈寿皇太后实大统嫡宗，至尊无对，伏愿圣母时自谦抑，以示尊敬至意。庄肃皇后母仪天下十有六年，圣母接见之仪不

---

① 《明世宗实录》卷四十，3b。

② 《明世宗实录》卷四十，1b。

③ 《明世宗实录》卷八，12b。

④ 《明世宗实录》卷三十八，16b。

可轻忽。凡三始贺寿，圣母每至谦让，不敢受纳之意。俾宫闱大权，一归昭圣，而圣母若无与焉，则天下万世称颂懿德，与天无极。”[①]孰料昭圣皇太后几陷于嘉靖皇帝之手，“兴献帝”最终也堂而皇之地跻身太庙之中。在此过程中，席书、张璁等人也曾提出反对意见，却最终屈从于皇帝的威逼利诱。这实在是一个莫大的反讽！

在“大礼议”整个的发展过程中，嘉靖皇帝的意志始终是最根本的推动力。尽管在某些关键阶段，比如议礼之初嘉靖举棋未定之时，及其暂时满足于“本生皇考恭穆献皇帝”的尊号时，张璁等人的支持令其获得继续推进的理由与动力，但根本原因还是在于他意志的呈现让投机者看到了值得冒险的机会。张璁等人也的确起到了推波助澜的作用，但随着皇帝熟悉了游戏规则并稳固地掌控了权力，他们也就彻底沦为他的棋子。在整个过程中，两种力量是相互促成的，缺少任何一方都可能会导致不同的结果，但最终还是取决于皇帝的意志。以内阁、礼部为核心的文官集团，怀着对国家、社稷的忠诚与“崇大义而抑私恩”的信念，执著地与一任私恩的皇帝做抗争，或许能在一定阶段一定程度上抑制皇权的无限膨胀；但当面对完全掌控权力且意志坚定的皇帝时，他们的抵制显然是苍白无力的。吊诡的是，嘉靖皇帝似乎比明代其他任何一个皇帝都更加重视礼法，他的目标就是以礼法的形式确立其新的皇统，也试图在礼法的框架下实现这种政治意图；而他的实际行为，却是利用强权不断地破坏现行的礼法制度。正德、嘉靖两朝专制皇权对士人摧残之惨烈可谓旗鼓相当，而嘉靖朝“大礼议”及相关政治事件对明王朝政治秩

① 《明世宗实录》卷四十二，4b。

序和士人风气的破坏却又远甚前者。如果说明武宗更多地是以蛮横、顽劣之姿态,凭一自之力以及依附于他的宦官或武将,与整个文臣集团相对抗,搅乱现有的相对稳定的政治秩序,那么明世宗则以更高明的政治手腕,威逼利诱,分化士人群体,通过经典阐释和礼制革新,执拗而持续地涂抹明王朝的宗统,从根本上动摇了整个权力体系赖以存在的宗法制度和政治体制。或许,这就是封建专制制度无可逃避的宿命。

三　嘉靖士人的生存困境

关于"大礼议"对明代政治风气的影响,学界已有很多论述。通常认为,"大礼议"导致皇权的加强,酿成谄谀之风,激化了官僚集团内部矛盾,加剧了正、嘉以降至明末的政治危机。胡吉勋认为,世宗皇帝通过一系列的人事布局和舆论宣传,将朝廷的政治伦理"从遵从和忠于文官制度和礼法向对皇帝个人表达忠心上转变",进而导致政治风气的变化,"朝中增长了越来越多的以揣摩皇帝心意为主的现象","朝臣也更多地以私益结成不同的政治团体,形成愈演愈烈的党争"①。尤淑君指出皇权的私化使得官僚体系无力藉由祖制或礼法来约束皇帝先私后公的行径,也难以劝阻皇帝不得破坏政务推行的公义原则,君臣关系趋向冷漠疏离的状态;官僚体系中政治资源的分配也越来越不平均,容易造成党争的渊薮。② 均是十分深刻的学术见解。本文在此基础上进一步审视其对嘉靖朝士风与文坛的影响。

① 胡吉勋《"大礼议"与明廷人事变局》,第552页。

② 参见尤淑君《名分礼制与皇权重塑——大礼议与明嘉靖朝政治文化》,第387—393页。

“大礼议”对嘉靖士人最直接的影响是对其仕途的打击。嘉靖三年的“左顺门”事件，以及前后系列人事变动，对朝中士人群体造成莫大之冲击。早在“左顺门”事件爆发之前，内阁大学士杨廷和、蒋冕、毛纪，礼部尚书毛澄、汪俊，吏部尚书乔宇，刑部尚书林俊，兵部尚书彭泽等已先后因议礼致仕。“左顺门”事件中，先后遭逮系及待罪者二百二十余人，四品以上罚俸，五品以下廷杖，十七人杖卒，十一人充戍，三人削籍。其中不乏学术、政绩或文学卓然可观者，如王思、毛玉、丰熙、杨慎等。杖卒者惨烈死去，削籍者终身不获起用，充戍者大都卒于戍所，或得释归，复冠带者毋德纯一人而已。还有很多参与哭谏的官员，虽未即刻获罪，却在其后的仕宦生涯中不断地受到打压，或外任或贬谪，不一而论。嘉靖七年六月，《明伦大典》书成，敕定议礼诸臣之罪：

> 比者命官纂理《明伦大典》，书成进览，其间备述诸臣建议本末，邪正具载。奉天行罚，以垂戒后之人，乃朕今日事也。然犹不欲为已甚之举，姑从轻以差定罪。杨廷和为罪之魁，怀贪天之功，制胁君父，定策国老以自居，门生天子而视朕，法当戮市，特大宽宥，革了职，着为民。次则毛澄病故，削其生前官职。又次蒋冕、毛纪、乔宇、汪俊，俱已致仕，各革了职，冠带闲住。林俊也革去生前职衔。何孟春虽佐贰而情犯特重，夏良胜虽系部属而酿祸独深，都发原籍为民。其余两京翰林、科道、部属大小衙门官员，附名连佥入奏，然有彼人代署而已不与闻者，有心知其非而口不敢言者，事干人众，情类胁从，间有四五党助之者，亦原于势利所夺，俱从宽不究。其间实有出辅臣之门，受其指使，号召众

> 人以济其恶者，当时已正法典，或边戍充军，或削职为民，兹不再究。呜呼！叙典秩礼，圣贤之大道；赏善罚罪，天子之大权。若一概置而不问，无以彰上天讨罪之公，必如是而或可。[①]

表面上看，只是严惩杨廷和、毛澄、蒋冕、毛纪、乔宇、汪俊、林俊等主要大臣，以及何孟春、夏良胜等最坚定、最激烈地反对皇帝的官员，其余翰林、科道、部属等大小衙门官员则视同“情类胁从”，“势利所夺”，“俱从宽不究”。但事实上，嘉靖皇帝并没有放过他们，前后数年间，在张璁、桂萼等人的配合与协助下，通过封疆之狱、陈洸案、李福达狱、科道互纠、翰林外除等一系列事件或举措，展开了持续而相当彻底的人事清洗。[②] 我们不妨通过陈洸案来管窥议礼官员的处境与心境。

关于陈洸案之始末及政治影响，胡吉勋已有详尽的探讨，兹择其要，观照当时朝政之畸态。《明世宗实录》嘉靖三年八月载：

> 癸巳朔。命原任给事中于桂、陈洸、史道、阎闳、御史曹嘉等俱复原职，降南京太仆寺少卿夏良胜三级，调外任。先是洸奉使回籍，居二年，始复命。在道已闻升湖广佥事，犹以旧衔上疏，言：“主事张璁等危言论礼，出于天理人心之正。而当道者目为逢君，曲肆排沮，且群结朋党，必欲陛下与为人后，亏父子之恩，又短寿安皇太后之丧，使陛下不得

---

① 《明世宗实录》卷八十九，3b—4a。

② 胡吉勋《“大礼议”与明廷人事变局》详尽地考察了内阁、吏部、礼部、兵部、三法司、科道和翰林参与哭谏的官员在“大礼议”之后的政治遭遇，并深刻揭示了这批官员的遭遇对嘉靖朝政治所产生的影响。

> 伸承重之仪。”又言：“内阁、铨衡，所系自重，宜择人居之。今尚书乔宇、郎中夏良胜，用舍任意，挤排豪杰，今缺则专于己，外补则推于人。科道于桂、阎闳、史道、曹嘉素称刚直，或升外任，或摈远方。陛下取用席书等，交章拥足，以为不由吏部会推，专擅可见。乞削去宇、良胜官职，召还桂等，以作敢言之气。”章下吏部，侍郎何孟春言：“洸已外补，犹冒旧衔，假以建言，紊乱国典，宜行究问，以绝他觊。”上不从，特命桂等复职，而出良胜为茶陵州知州。①

首先，陈洸上疏的时机与动机耐人寻味。他在家居二年之后，回朝复命途中，得闻转迁湖广按察司佥事，遂上疏攻击吏部尚书乔宇和文选郎中夏良胜。其真实动机自然是留任京职，却采取迂回策略，先从大礼论起，改变其早期立场，转而支持皇帝，以换取其支持。随后话锋一转，剑指吏部，诋诃乔宇、夏良胜“用舍任意”“挤排豪杰”“专擅可见”，进而为同是科道官而调外任的于桂、史道等人鸣不平，其用意不言自明。这种情形与前此张璁、桂萼于赴京途中上疏去“本生”何其相似！其次，他准确地揣摩并巧妙地利用了皇帝的喜恶。他之所以要借助于桂、史道等人的翻案实现自己留京任职的目的，首先自然是因为他们有相似的遭遇，都是由科道官而调外任；更重要的是史道、阎闳和曹嘉曾于嘉靖元年上疏攻击杨廷和，而出于对杨廷和的愤恨，嘉靖皇帝无疑容易对史道等人产生好感。他攻击乔宇、夏良胜的重点是“专擅”，且专门拈出席书出任礼部尚书受阻一事，故意以“不由吏部会推”激起皇帝的愤怒。当然，更深层的原因在于嘉靖

① 《明世宗实录》卷四十二，1a—1b。

皇帝对乔宇、夏良胜在议礼问题上不合作态度的愤恨。陈洸此举果然奏效，一度成功地留京任职，同时也给皇帝提供了打击议礼诸臣的借口。八月甲寅，改任给事中的陈洸再次上疏，公然以议礼挑起党争：

> 近日议礼之臣，大肆欺罔，甚至跪门叫哭，致伤国体。皇上虽罪谴数人，犹未尽其党。如大学士费宏持本生之议而主其决，礼部左侍郎吴一鹏助汪俊之忿而抗廷论。以杨廷和心腹而得司马者，兵部尚书金献民也。往复内阁，而强毛纪等已出跪者，礼部右侍郎朱希周也。侍郎汪伟以汪俊亲弟而居吏部，是谓朋奸。尚书赵鉴承毛纪风旨而欲置桂萼于狱，是为比党。倡率跪门，高声叫哭，则礼部郎中余才、吏部郎中刘天民。附和礼官，妄排正论，则吏部员外郎薛蕙、给事中郑一鹏。之数臣者，皆为邪党，乞亟赐诛谴。臣又访得致仕南京兵部尚书廖纪之清介，服满南京礼部尚书邵宝之正守，皆尝因议礼而见忘于权奸。服满吏部右侍郎胡世宁之刚明，养病祭酒鲁铎之德学，致仕都御史林廷玉之才略，皆素以名望而见嫉于邪党。养病南京吏部郎中姜清，兵部员外郎梁焯，御史马津，服满监丞蔡宗兖，致仕参政王济，朝贺到京参议方鹏，佥事李阶，皆卓然有见而达此礼者也。原任左给事中今升参议熊浃，原任都给事中今升参政邵锡，原任御史今升副使张瀚，皆建议此礼而被外迁者也。乞将廖纪等急赐起用，姜清等行取来京，方鹏、李阶即留京改用。仍乞敕谕廷臣，自兹以往，务和一德，开诚布公，共图政理。①

① 《明世宗实录》卷四十二，9b—10a。

陈洸于此主动激化矛盾，鼓动皇帝严惩议礼诸臣，称“虽罪谴数人，犹未尽其党”，乞请“亟赐诛谴”，词及大学士费宏，尚书金献民、赵鉴，侍郎吴一鹏、汪伟、朱希周，郎中余才、刘天民，员外郎薛蕙，给事中郑一鹏，以及已经致仕的杨廷和、毛纪、汪俊等。又荐举廖纪、邵宝、胡世宁、鲁铎、林廷玉、姜清、梁焯、马津、蔡宗兖、王济、方鹏、李阶、熊浃、邵锡、张瀚等在议礼过程中支持皇帝或对议礼新贵相对温和的官员。十月壬寅，复上疏荐举致仕大学士谢迁以及前述廖纪、胡世宁、姜清等，并弹劾新任吏部尚书杨旦以及汪伟、吴一鹏、刘天民等。吏部侍郎何孟春为杨旦等辩解，斥责陈洸“皆目为小人，欲一网尽去之”，并揭发陈洸居乡秽行，“以外补夤缘还职，乃复诪张大言，欲以‘微暖’风闻，变置公卿，援立私党”，认为“必有奸邪欲得其处，故嗾洸使言”。[①] 据《明世宗实录》，“先是陈洸奉使回籍，居二年，始复命”[②]，则嘉靖元年至三年间，陈洸大部分时间居乡，因此无论是对大礼议的参与还是了解程度，都不足以支撑他做出如此精确的打击与依附。况且，他复职后出任户科给事中，虽是言官，毕竟只是小臣，却公然对朝廷的人事布局大肆指画，勇气何由而至？无怪乎何孟春指斥他“诪张大言”“援立私党”。然而，这等荒诞不经的奏疏，却获得嘉靖皇帝大力的支持——杨旦、汪伟致仕，刘天民外调，并切责何孟春“阿私奏辩”[③]。廷臣被陈洸的无耻行径激怒，交章论其居乡恶行，虽有皇帝百般回护，但其罪行历历俱在，还是落得“发回原籍为民”的处置。[④] 然而，陈洸的苦心经营并非全

① 《明世宗实录》卷四十二，3b。
② 《明世宗实录》卷四十二，1a。
③ 《明世宗实录》卷四十四，3b。
④ 《明世宗实录》卷五十八，5b。

无用处，一来已经被从宽发落，二来博得议礼新贵的亲近与同情，为此后的翻案埋下了伏笔。嘉靖六年，在张璁、桂萼等人配合下，嘉靖皇帝借李福达案再度打击议礼过程中反对他的官员。桂萼等人嗅察到为陈洸翻案的机会，遂奏请重审，并再度得到嘉靖皇帝的支持。陈洸果然成功地翻了案，而那些参与审理或弹劾过陈洸的，如叶应骢、周宣、熊兰、涂相、唐升等一众官员，几乎全都遭受惩治或打压。嘉靖皇帝何以如此不遗余力地袒护陈洸这样一个风评甚差的官员呢？在其此前的仕宦生涯中，既没有做出突出的政绩，也没有体现出过人的品节，甚至明显地暴露出见风使舵的墙头草属性。嘉靖皇帝在为他辩护时称"洸乡行不能无过，第狱情起于议礼，朋比成冤"[①]。可见皇帝亦知其案情属实，转而强调因议礼而兴起狱情，故因朋党比周造成冤案。这种说辞自然难以自圆其说，却明确地透露出皇帝的真实态度——只要在议礼问题上支持他，就会获得他的庇护，哪怕是如陈洸这般品行不端的人。他庇护张璁，庇护桂萼，庇护席书，庇护郭勋，是因为他们在大礼议中为他立下汗马功劳。而陈洸只是在大局已定的形势下，带着明确的目的性，跳出来摇旗呐喊。即便如此，嘉靖皇帝还是坚定地维护他。而那些正直的官员，如叶应骢、熊兰等，却遭受到无情的惩治或打压。则此一事件所传递的政治信息，无论是表层还是深层，都是十分消极的。表面上看是政治原则的黑白颠倒、是非混淆，实质上则是大礼议的延续与影响。那些在大礼议中反对皇帝的官员，遭受来自皇帝或议礼权贵直接或变相的打击报复，以及奸佞小人无底线的倾轧、构

① 《陈洸》，《皇明史概》，朱国桢《皇明大事记》第三十二卷，江苏广陵古籍刻印社，1992 年，第 1415—1416 页。

陷，其无助与愤懑心境不难想见。

事实上，无论是“封疆之狱”还是“李福达狱”，都比“陈洸案”的影响大。“封疆之狱”直指致仕内阁大学士杨廷和及所谓以其为中心的“蜀党”，并导致内阁大学士费宏、石珤致仕，已致仕刑部尚书金献民落职。“李福达狱”更是导致刑部、都察院、大理寺大批官员遭受逮系、榜掠，判处戍边、削籍、革职闲住者四十余人，其中不乏尚书、侍郎、副都御史、寺卿、少卿等高阶官员，内阁大学士贾咏也因受牵连而致仕。其实，李福达只是一个小人物，并不足以引起皇帝的眷顾。案件本身也不复杂，初审结果也得到皇帝的认可。只因郭勋徇私涉案，招致朝臣弹劾，乃声称因议礼遭受廷臣的诬陷、报复，以谋求皇帝的庇护。于是，在嘉靖皇帝的亲自干预下，张璁等人罔顾事实，强行翻案，并借机打击了一大批在议礼中反对皇帝的官员。谷应泰对此有清醒的认识：“永嘉、安仁是举也，果为平反冤狱乎哉？亦党武定，仇诸台谏尔。当其议大礼时……游言一唱，鼓簧宸聪，则帝亦以勋为心膂臣矣。及福达狱起，而台谏诸臣乃力攻勋，必欲置之连坐。此其所以反覆追谳，必翻释而后已也。永嘉等主之，必永嘉等成之。非为福达，为武定耳。武定获伸，则诸臣之窜削有弗恤矣。”[①]则案情之判断，实与事实本身无涉，完全取决于议礼中的立场与态度。诚如孟森所言：“兴献皇帝更以称宗祔庙为终极，而凡附和大礼者，皆可挟为颠倒是非报复恩怨之用，其事不胜列举。”[②]陈洸狱以此，李福达狱亦以此。由此，大礼议的影响可以延伸到朝廷事务的每一个角落，皇帝的意志与喜恶，以及那些迎

① 谷应泰《明史纪事本末》卷五十六，第875—876页。

② 孟森《明史讲义》，上海古籍出版社，2002年，第218页。

合皇帝的议礼新贵们的利害倾向,会很大程度上替代公理与公义,成为判断人事是非的标准。当然,政治从来都不是简单的理念的产物,通常是公义与私利、群体与个体、规则与权变相互妥协的结果。然而,如果个体意志与私利从隐蔽处走到明面,体制与规则遭到公然的蔑视与破坏,那么政治秩序就很容易走向极端或混乱;尤其是在以仁道与礼法为支撑的政治思想体系中,这种现象很容易导致正统士人思想信念的迷茫与倾颓。"大礼议"对明代士风的影响是灾难性的,最根本的问题在于对士人生命价值的系统性地割裂。皇权日趋私化,内阁依附皇帝,朝廷无公是非,士人惟顾私欲,党争之端遂启,门户之见日深,的确是明代政治与士风的一大转捩。在这种情形下,嘉靖士人政治热情的消退便成为顺理成章的事。遂形成生命价值取向的转向,其生活的重心或从积极的政治参与转向性命之修养,或竟致于走向颓放、逸乐。嘉靖朝的文坛格局动荡乃至文学趣味转移均与此有密切之关联,唐宋派也正是在这样的大背景下形成与发展的。

第二节　"嘉靖八才子"与唐宋派文学思想的形成

唐宋派文学思想的形成,首先是一个文风转移的问题,同时又与正、嘉之际的学术思潮密切相关。正、嘉之际的文坛,有两种文化潮流对此后的文学思想走向产生了重要的影响。其一是弃文入道的思想转向①,其二是诗风取向从盛唐向初、中唐及六

① 参见黄卓越《明永乐至嘉靖初诗文观研究》第六章"前七子后期思想转换与理学思潮"。

朝的转移[①]。嘉靖十二年前后,王慎中、唐顺之对文学出路的独立探索,即是从改变文风入手。包括王、唐在内的“嘉靖八才子”,是“初唐派”的重要力量。通过对“嘉靖八才子”创作倾向的分析,我们可以清楚地了解唐宋派与当时文学思潮之关联。

一　“嘉靖八才子”与嘉靖初文学思想的转变

(一)“嘉靖八才子”考略

“嘉靖八才子”是活跃于嘉靖初期的一个松散的文学团体。李开先在《吕江峰集序》中最早述及“嘉靖八才子”的称名由来、活动时间、具体成员及其创作得失:

> 古有建安七子、大历十才子,今嘉靖十年后,更有“八才子”之称。八人者,迁转忧居,聚散不常,而相守不过数年,其久者亦止八九年而已,不知天下何以同然有此称。详其所作,任忠斋以奇警,熊南沙以简古,唐荆川以明畅,而陈后冈之精细,王遵岩之委曲,赵浚谷之雄浑,各随其材力。吕江峰独以雅致擅名。七子所长,果是不可及。但任失之靡丽,熊失之悭啬,唐失之软弱,而失之深晦者陈,失之疏荡与缠绕者乃赵与王也。吕亦自谓有方板之失,其短处自不可掩。[②]

① 参见孙学堂《崇古理念的淡退——王世贞与十六世纪文学思想》(天津古籍出版社,2004 年版,第 58—66 页)、雷磊《明代六朝派的演进》(《文学评论》2006 年第 2 期)、余来明《嘉靖前期诗坛研究》(武汉大学出版社,2009 年,第 200—225 页)、杨遇青《明嘉靖时期诗文思想研究》(三秦出版社,2011 年,第 79—106 页)、郑利华《明代诗学思想史》(上海古籍出版社,2022 年,第十一章“复古轨辙的调整与移易”)。

② 《闲居集》卷五,《李开先全集》,第 445—446 页。

李开先明确地列出“嘉靖八才子”的成员，其中王慎中、赵时春是嘉靖五年进士，唐顺之、李开先、陈束、熊过、任瀚、吕高是嘉靖八年进士。他又在《遵岩王参政传》中称王慎中“交游如众称‘八才子’外，更有今大司马李克斋，给谏曾前川，提学江午坡，学士华鸿山、屠渐山”[①]，在《荆川唐都御史传》中称唐顺之嘉靖十八年返京时“向所交游者多半凋散，世所指‘八才子’者，独少二人”[②]，均传达出一个信息——“嘉靖八才子”是一个获得广泛认可、成员明确的文学团体。至于这一说法究竟多大程度是对事实的陈述，多大程度是基于李开先个人意图的建构，我们已难能详知。但出于两点理由，我们可以将其作为一个合理而有效的文学史概念来接受。首先，种种史料表明，李开先所列八人的确有较为密切的往来，且在当时文坛有较大之影响。这就意味着“嘉靖八才子”这一概念符合当时文学发展的实际情形，能够描述嘉靖文坛之一端。其次，钱谦益《列朝诗集小传》、朱彝尊《静志居诗话》、陈田《明诗纪事》以及《明史·文苑传》纷纷沿用“嘉靖八才子”的提法，遂形成一种诗歌史的叙述成例。同时期文献中还有“十才子”之说，李选《中溪李先生元阳行状》称：“先生既迁户部主事，与翰林常州唐顺之、浙陈束、屠应埈、吏部郎山东李开先、蜀任瀚、熊过、闽王慎中作诗会，时号‘十才子’。”[③]虽略有出入，亦可作“八才子”存在之佐证。

① 《闲居集》卷十，《李开先全集》，第783页。

② 《闲居集》卷十，《李开先全集》，第789页。

③ 焦竑《国朝献征录》卷八十九，《续修四库全书》第530册，上海古籍出版社，2002年，第83页。杨遇青《论“嘉靖十九子”的文学活动和创作倾向——以唐顺之早期文学思想演变为中心》认为“嘉靖十才子”是更准确的称名。

“嘉靖八才子”尽管核心成员稳定，总体上却是一个松散的、开放性的团体，既体现于活动时间的时断时续，又表现为团队成员的聚散无常。参与者似乎并无明确的宗派意识，其关系主要建立在个人情谊的基础上，更兼之对诗文创作的热衷与大致趋同的文学趣味。王慎中和赵时春是嘉靖五年进士，同年进士有袁袠、华察、屠应埈等，他们开始介入并逐渐引领京城的文学活动。嘉靖八年，唐顺之、陈束、任瀚、李开先、熊过、吕高等中进士，为“嘉靖八才子”储备了第二波力量。唐顺之、陈束、任瀚名列二甲前三，廷试策问获皇帝御批，名动一时；选授庶吉士，受权臣阻挠，改授部曹。共同的殊荣与波折，为他们的密切交往提供了特别的契机。李开先和吕高授户部主事，王慎中亦任职户部，其间往来颇多便利，王、李一生的深厚情谊自当始于此时。同年，赵时春回京赴任，始与唐顺之结交。其于《明督抚凤阳等处都察院右佥都御史荆川唐先生墓志铭》中记载：“冬腊，余自刑部主事调武库，与先生朝夕讲习。”[1]赵时春调任兵部武库司主事，正是在嘉靖八年。王慎中于嘉靖十一年自广东返京途中作《与陈约之》，可知其与陈束亦早有往来。以上迹象表明，“八才子”的文学活动自嘉靖八年起已逐渐展开，只是尚未形成太大的规模和影响。嘉靖九年，唐顺之以疾乞归，赵时春罢黜为民。嘉靖十年，李开先饷边宁夏，王慎中主试广东。核心人物流离奔波，“八才子”此期的文学活动相对低落。嘉靖十一年至嘉靖十四年是“嘉靖八才子”的活跃期。嘉靖十一年，唐顺之、李开先、王慎中先后返京，除赵时春外，其余七人齐聚京城。尤其重要的是，王慎中与唐顺之始相结识，这既是嘉靖五年与嘉靖八

① 杜志强整理《赵时春文集校笺》卷十，天津古籍出版社，2012 年，第 487 页。

年两科进士标志性意义的交集，也是文学风气传递与转折的关键点。李开先《荆川唐都御史传》记述了唐顺之所受王慎中的影响及其转变："素爱崆峒诗文，篇篇成诵，且一一仿效之。及遇王遵岩，告以自有正法妙意，何必雄豪亢硬也？唐子已有将变之机，闻此如决江河，沛然莫之能御矣。故癸巳以后之作，别是一机轴，有高出今人者，有可比古人者，未尝不多遵岩之功也。"①王慎中先行进入主流文学圈，更早了解当时的文坛新动向，遂对其早年追随前七子的创作行为作出反思，进而影响了唐顺之，对"嘉靖八才子"的诗文创作实则有引领风气之作用。嘉靖十二年，唐顺之、陈束改任翰林院编修，得以与众词臣优游诗酒，对于他们扩大影响有积极的意义。唐顺之在《春坊中允方泉李君墓表》中追忆："癸巳之岁，乃得君等十有一人。于是此十有一人者，入则陪侍经幄，退则校雠东观，景从响附，人思自竭以报殊恩。暇则相与接杯酒，或限韵赋诗，分曹壶弈，或杂以诙谐嘲笑，以极文儒墨士之乐。"②关于选补翰林之事，《明世宗实录》记载如下："（七月）庚午，改吏部考功司主事唐顺之、礼部仪制司署外郎陈束、户部山西司主事杨瀹、兵部车驾司主事卢淮、武选司主事陈节之、河南道监察御史胡经试、御史周文烛俱为翰林院编修。先是，上以翰林侍从人少，诏吏部博采方正有学术为众望所归者充其选。于是部臣疏顺之等十人名上，诏七人改补如拟。其报罢者三人，任翰、王慎中、曾忭也。仍命更推择老成端慎者数人以备简用。"③又："（十月）乙酉，改礼部郎中屠应埈、

① 《闲居集》卷十，《李开先全集》，第788页。

② 《荆川先生文集》卷十六，马美信、黄毅点校《唐顺之集》，浙江古籍出版社，2014年，第704页。

③ 《明世宗实录》卷一百五十二，5b。

王汝孝、兵部郎中华察俱为翰林院修撰，吏部员外郎李学诗为翰林院编修。”[①]则唐顺之所言“十有一人者”，除他本人和陈束，还有屠应埈、华察二人，同“八才子”过从甚密；任翰、王慎中则与翰林官失之交臂，殊为可惜。然则仕途之泰否并未影响其交游与创作热情，唐顺之、陈束、屠应埈、华察等在翰林院酬唱往来，同时又与在京任职的王慎中、李开先、任翰、熊过、吕高、高叔嗣、陆铨、李遂、曾忭、江以达、田汝成、皇甫涍等密切往来、切磋唱和，一时蔚然称盛。[②]“嘉靖八才子”的成名，大约主要就是得益于这一时期的创作。可惜这种盛况没有持续太久。嘉靖十三年秋，王慎中谪判常州，其后数月间唐顺之削籍，李遂、曾忭、陈束先后遭贬谪，一时间星零雨散，“嘉靖八才子”的文学活动迅速地消歇下来。嘉靖十八年，唐顺之复官翰林原职，寻改右司谏右春坊；赵时春也被重新起用，任翰林编修兼司经局校书；陈束病后还朝，一度留京待职。除王慎中外，其余七人复聚首京城。然而，经此数载，他们各自思想与心态均发生了重大的变化，再无当初的锐气与热情。嘉靖十九年陈束病逝，任翰、唐顺之、赵时春先后罢归，属于“嘉靖八才子”的时代遂走到了

① 《明世宗世录》卷一百五十五，5b。

② 李开先《遵岩王参政传》：“以其改官礼曹，更得一意文事。交游如众称‘八才子’外，更有今大司马李克斋，给谏曾前川，提学江午坡，学士华鸿山、屠渐山，相与切磋琢磨，各成其学。”李开先《后冈陈提学传》：“迁员外郎，改翰林院编修，日与少洲所述数子（王、唐、陈、吕）并熊南沙、屠渐山、田豫阳游衍，竞为奇古诗文。”张时彻《陈约之传》：“已复改编修，乃日与屠文升、唐应德、田叔禾、王道思三数子者，更相过从，考镜鸿蒙，陈说艺文，侈论宏议，至达旦不休，倦则便相枕卧，率以为常。”高叔嗣《任吏部集序》：“乙未春，得以觐事，祗役阙下……时则翰林唐君应德、陈君约之、司勋李伯华，咸相综理文艺，启发微言，一朝大振。”（《闲居集》卷十，《李开先全集》，第445—446页）并可见诸人交游盛况。

尽头。

可知,“嘉靖八才子”是一个松散的、非自觉的文学群体,主要成员是以王慎中、赵时春、唐顺之、陈束、任翰、李开先、熊过、吕高为代表的嘉靖五年和嘉靖八年的进士。他们无意于组建具有某种共同宗旨的文学团体,只是因个人情谊及相近的创作倾向而相互唱和。其创作活动的时间亦因主要成员的聚散离合而时断时续。大体而言,嘉靖五年后王慎中、赵时春已在文坛崭露头角,嘉靖八年后其主要成员之间的唱和活动已逐步展开,嘉靖十一年至十四年是他们创作活动的活跃期,遂形成较大影响并因之成名。李开先称“今嘉靖十年后更有‘八才子’之称”,却又“不知天下同然有此称”,正说明其本无明确的宗派意识却因创作活动而逐渐得名的团体特征。然而,参与这一文学活动的文人并非仅此八人而已,较为活跃也较有影响的文人还有高叔嗣、屠应埈、华察、田汝成等;而八人之中,吕高的文学成就似乎与其他数人有较大差距①,赵时春嘉靖九年至十八年罢官乡居,实则缺席了“嘉靖八才子”最重要的唱和活动。则“嘉靖八才子”何以为“八才子”?“八才子”又何以是此八人而非其他人?这的确是不太好说得清楚的问题。“八才子”中李、吕关系尤为密切,据此判断李开先有意藉此揄扬吕高,不是没有可能,但也没有依据。赵时春成名甚早,十八岁举嘉靖五年会试第一,选庶吉

① 钱谦益《列朝诗集小传》丁集上称吕高“不堪与诸子骖乘”。《明史》卷二百八十七载吕高事迹:“历官山东提学副史。乡试录文,旧多出学使者手。巡按御史叶经乞顺之文。高心憾,寓书京师友人言经纰漏。严嵩恶经,遂置之死。及后大计,诸御史谓经祸由高,乃斥归。于八子中,名最下。”其所论“名最下”,似乎主要是就人品而言。而就叶经“乞顺之文”的不合惯例的做法来看,大概至少吕高的时文水平与唐顺之有较大差距。

士，且较早与唐顺之等人交游，唐顺之对其赞誉有加，称“宋有欧、苏，明有王、赵”①，故其名列“八才子”不难理解。李开先在各传记中并不回避高叔嗣、屠应埈等同“八才子”之间的密切关系，但又明确地将其排除在“八才子”之外，则李开先或当有确切之依据，当时或的确有这样的称名。如上文所言，“八才子”并不是一个自觉的团体，主要是因其影响而得名。所以我们不妨接受“嘉靖八才子”这一称名，而将其视为一个开放性的文学群体。这一群体主要由嘉靖五年和嘉靖八年的一批文才出众的进士构成，少数嘉靖二年、嘉靖十一年的进士亦参与其中，王慎中、唐顺之、陈束等八人是代表人物；他们主要活动于嘉靖五年至嘉靖十九年间，其中以嘉靖十一年至嘉靖十四年间为活动活跃期。

（二）“嘉靖八才子”与正、嘉之际的诗风转向

尽管“嘉靖八才子”组织形式较为松散，聚集活动时间短暂，诗文创作也风格各异，但他们还是有着大体一致的诗歌创作主张：效仿六朝、初唐，矫正李、何诗风。钱谦益《列朝诗集小传》云：“嘉靖初，王道思、唐应德倡论，尽洗一时剽拟之习。伯华与罗达夫、赵景仁诸人左提右挈，李、何文集，几于遏而不行。”②且不论王、唐诸人在当时的影响是否有如此之大，以至于李、何之集“遏而不行”，至少他们针对前七子的弊端而寻求诗风变化应该是符合实情的。李开先《后冈陈提学传》云：“大抵李、何振委靡之弊而尊杜甫，后冈则又矫李、何之偏而尚初

① 李贽《佥都御史赵公时春》，张光澍点校《续藏书》卷二十六，中华书局，1959年版，第511页。

② 钱谦益《列朝诗集小传》丁集上，上海古籍出版社，1983年，第377页。

唐。"[①]唐元荐亦称:"约之初与应德辈倡为初唐,以矫李、何之弊。"[②]陈田《明诗纪事》引王世贞评唐顺之语云:"近时毗陵一士大夫始刻意初唐,精华之语,亦既斐然。"[③]钱谦益《列朝诗集小传》论王慎中诗云:"道思诗体初宗艳丽,工力深厚。"[④]朱彝尊《静志居诗话》评价陈束"取组六朝,亦称典则"[⑤],王慎中"五古文理精密,足以嗣响颜、谢"[⑥],唐顺之"初入馆局,诗学初唐"[⑦],屠应埈"取才六代,具体初唐"[⑧]。这说明,模仿六朝、初唐,以矫正李、何诗风,正是嘉靖八才子的基本文学主张。

而在嘉靖初,试图改变前七子文风的士人亦不限于嘉靖八才子。陈田《明诗纪事》云:"前后七子执盟骚坛,海内附和,翕然成风。余采升庵、苏门、君采、稚饮、鸿山、梦山、子安、少玄数君子诗,次于李、何之后,王、李之前,别为一集,以见豪杰能自树立者,类不随风会为转移也。"[⑨]可知在正、嘉之际,除"八才子"之外,还有杨慎、高叔嗣、薛蕙、王廷陈、华察、杨巍、皇甫涍[⑩]等人力图转变前七子影响下的文学风气。而高叔嗣、华察、皇甫涍等人,嘉靖十二年都在京师,且与王慎中、唐顺之有密切往来。[⑪]

---

① 《闲居集》卷十,《李开先全集》,第778页。

② 钱谦益《列朝诗集小传》丁集上,第373页。

③ 陈田《明诗纪事》戊签卷九,第1535页。

④ 钱谦益《列朝诗集小传》丁集上,第374页。

⑤ 朱彝尊著,黄君坦校点《静志居诗话》卷十二,人民文学出版社,2007年,第333页。

⑥ 朱彝尊著,黄君坦校点《静志居诗话》卷十二,第330页。

⑦ 朱彝尊《明诗综》卷四十三,中华书局,2007年,第2107—2018页。

⑧ 朱彝尊著,黄君坦校点《静志居诗话》卷十二,第326页。

⑨ 陈田《明诗纪事》戊签卷一,第1399页。

⑩ 按:皇甫涍字子安,号少玄,陈氏并置之,疑为笔误。

⑪ 参见唐鼎元《明唐荆川先生年谱》卷一,1939年唐肯仿宋排印本。

上述诸人，杨慎是正德六年进士，薛蕙是正德九年进士，王廷陈是正德十二年进士，高叔嗣是嘉靖二年进士，王慎中、赵时春、华察等皆为嘉靖五年进士。这说明，嘉靖八才子反拨前七子文风的文学活动实则有着更为深广的背景：就参与者而言，不止彼等八人而已，而是有着一个更为广泛的士人群体；从时间上看，亦非始于王、唐，而是有一个较为久远的发展历程。这样一种文学活动在嘉靖十二年前后发展为一个颇具声势的文学运动，以王、唐为首的嘉靖八才子以及与他们往来密切的高叔嗣、华察、皇甫涍等人则是这一运动的主要参与者。然而，他们扭转文风的途径又不尽相同，分别持有效法六朝、初唐与中唐的主张，嘉靖八才子主要属于前者。[①] 无论是学习六朝、初唐还是中唐，都是以另一种艺术风格取代原有的文学风格：学六朝、初唐者以藻思丽逸为尚，学中唐者以冲淡清远为美，都回避了前七子最为推崇的汉魏、盛唐，及相应的雄豪浑厚的审美风格。

因审美风格而引起的争论早在前七子内部就已存在，李、何之间的往复辩难，正是由其在诗歌风格上的分歧而引发。[②] 何景明《明月篇并序》即通过与初唐诗的对比论证杜诗的局限，出自何氏门下的樊鹏更是大力推崇初唐诗。[③] 樊鹏与康海论诗云：“初唐诗，如春园草木杂生，未放之花，含蓄浑厚，生意勃勃。盛唐则淘洗锄治，条理可观，生意稍薄矣。近日名家，冠绝海内，

① 胡应麟《诗薮》云：“嘉靖初，为初唐者，唐应德、袁永之、屠文升、王汝化、任少海、陈约之、田叔禾等。为中唐者，皇甫子安、华子潜、吴纯叔、陈鸣野、施子羽、蔡子木等。”（《诗薮》续编卷二，上海古籍出版社，1958 年，第 363 页。）其中，唐顺之、任瀚、陈束皆为“嘉靖八才子”成员，袁、屠等人亦与之关系密切。

② 参见郭绍虞《中国文学批评史》上卷相关论述，百花文艺出版社，1999 年，第 168—171 页。

③ 参见黄卓越《明永乐至嘉靖初诗文观研究》，第 188—190 页。

自许古人之上。或失之粗者，棱角峭厉，而乏温柔敦厚之旨；或失之易者，流丽光泽，而少含蓄浑成之趣。所以然者，孜孜于杜，未尝引而上之也。”[①]所谓“近日名家”“棱角峭厉”，显然是针对李梦阳而发。且不论初唐诗是否果然优于杜诗，亦不论其能否开创诗歌新局面，至少体现了李梦阳之后以初唐诗扭转其雄豪诗风的一种诗学思路。薛蕙虽亦处于复古阵营中，诗风却自成一家，《四库全书总目》称其诗“独以清削婉约介乎其间”[②]。他也明确表达了对李梦阳粗豪诗风的不满，有《戏成五绝》，其四云：“海内论诗伏两雄，一时倡和未为公。俊逸终怜何大复，粗豪不解李空同。”[③]杨慎则以六朝诗风对抗七子，《列朝诗集小传》称其“沉酣六朝，揽采晚唐，创为渊博靡丽之词，其意欲压倒李、何，为茶陵别张壁垒”[④]。

可见，在正、嘉之际，对李梦阳粗豪诗风的反思逐渐成为一种普遍现象。但此时文人主要关注的还只是艺术风格、师法对象等表面化的问题，而很少会深入思考“拟古”的创作方式本身所存在的问题[⑤]。因此，正、嘉之际诗歌创作的多元化格局，只是对不同艺术风格及模仿对象的不断更替而已，并没有超出“拟古”的诗学思路，因而也很难真正为当时的诗坛开创一个崭新的局面。包括王、唐在内的“嘉靖八才子”也不例外，他们认识到作诗“何必雄豪亢硬”，却只能从对初唐诗的模仿中去寻找出路。但模仿初唐诗又何尝不会导致相应的弊端呢？《列朝诗

① 转引自朱彝尊著，黄君坦校点《静志居诗话》卷十，第263页。

② 永瑢等《四库全书总目》卷一百七十二，第2317页。

③ 薛蕙《考功集》卷八，《景印文渊阁四库全书》第1272册，第91页。

④ 钱谦益《列朝诗集小传》丙集，第354页。

⑤ 虽然李、何之争涉及所谓“登岸舍筏”的问题，却并非其争论焦点。

集小传》引唐元荐论明诗云："李、何一出，变而学杜，正变云扰，剽拟雷同，比兴渐微，风骚日远。箴其偏者，唐应德也。嘉靖初更为六朝、初唐，而纤艳不逞，阐缓无当，作非神解，传同耳食。议其后者，陈约之也。"[①]陈束本与唐顺之等共倡初唐之体，其后则深感其繁缛、阐缓之流弊，转而"心折于苏门"[②]，向中唐寻求新路子。但这又与当初以初唐取代汉魏、盛唐有什么本质的区别呢？王、唐的诗学思想的转变较之陈束更为显著。《明诗纪事》引陈子龙云："应德气象爽迈，才情俊发，使能深造，当有超乘。其后驰骛功名，诡托讲学，遂颓然自放。"[③]王世贞则称其"中年忽自窜入恶道"[④]。钱谦益亦称王慎中"归田以后，掺杂讲学，信笔自放，颇为词林口实，亦略与应德相似云"[⑤]。其实，这正是后来唐宋派"文以明道"的文学思想在诗歌创作中的体现。

（三）王慎中、唐顺之文学思想的初步转变

王慎中和唐顺之都有过一段追随前七子的创作经历，但在嘉靖十二年之后，二人先后对此作出反思，并努力探寻诗文创作的新路。李开先在《荆川唐都御史传》中对这一转变作出了较为明确的叙述：

> （荆川）素爱崆峒诗文，篇篇成诵，且一一仿效之。及遇王遵岩，告以自有正法妙意，何必雄豪亢硬也？唐子已有将变之机，闻此如决江河，沛然莫之能御矣。故癸巳以后之

① 钱谦益《列朝诗集小传》丁集上，第 373 页。

② 钱谦益《列朝诗集小传》丁集上，第 373 页。

③ 陈田《明诗纪事》戊签卷九，第 1536 页。

④ 陈田《明诗纪事》戊签卷九，第 1535 页。

⑤ 钱谦益《列朝诗集小传》丁集上，第 374 页。

> 作,别是一机轴,有高出今人者,有可比古人者,未尝不多遵岩之功也。①

这段文字屡被征引,通常被用来说明两个问题:一,受王慎中的影响,唐顺之的文风发生转变,唐宋派文学思想逐渐形成;二,唐宋派的文学思想形成于嘉靖癸巳,即嘉靖十二年。其实,这两种理解都不够准确。其中存有两个问题:一,唐顺之此期的文风转变究竟是怎样的转变?二,这种转变能否作为唐宋派文学思想形成的标志?

唐顺之此期的转变,往往被想当然地认为是其由"效仿秦汉"向"师法唐宋"的转变。就其更长远的转变方向而言,这是没有问题的;但从当时的实际情况来看,这么讲显然是不够准确的。实际情况是,嘉靖十二年,唐顺之的确已经摆脱了对前七子的追随,但与"师法唐宋"的文学思想却还有着相当大的距离。既然唐顺之的文风转变是在王慎中的影响下产生的,显然还要从王慎中这一时期的文学思想说起。事实上,王慎中"师法唐宋"的创作主张是在嘉靖十四年之后才逐渐形成的,所以此期其所影响唐顺之的自然不可能是有关"师法唐宋"的文学思想。关于王慎中"师法唐宋"文学思想的形成时间,将于下文详加说明,此处则要重点说明王、唐此期的文学思想究竟是怎么一种状况。

我们首先要面临的一个理论问题是:王、唐究竟是针对前七子何种风气而萌生了改变文风的想法呢?这似乎是一个不言自明的问题。通常的答案是:反对前七子模拟秦汉的创作风气。

① 《闲居集》卷十,《李开先全集》,第788页。

那么,他们究竟是不喜欢秦汉文章的风格,还是反对模拟的创作方式本身呢?很显然,他们对秦汉散文并无反感,即便是在主张“师法唐宋”的时候,对秦汉散文,尤其是《史》《汉》文章,也是推崇有加的。但如果说他们反对模拟的创作方式,也是难以成立的,因为他们所提供的对策同样是模拟的,只是模拟的对象发生变化罢了。进一步的解释是:前七子模拟秦汉散文,是字模句拟,是机械的模仿;而唐宋派则是模仿唐宋古文的行文法度,是灵活的模仿。那么他们为何不以这种灵活的方式来模仿秦汉散文呢?对此,还可以,也的确有进一步的解释:由于古今语言的差异,唐宋散文更易于被明人模仿。这样的解释,的确能在一定程度上解释唐宋派对师法对象的选择;若用来说明其转变文风的最初动机,似乎却已经绕得太远了。其实,之所以学者们大都会认为王、唐反对前七子是因为他们不满于其模拟的创作行为,是由于他们的文集中都有较多批评其模拟行为的文字,并且在若干年后对此一时期思想转变的追述中都涉及到创作方法的问题。但事实上,所有这些文字往往都出现在较晚时候他们形成了新的文学思想之后对之前文学风气的反思中,因而并不能完全代表他们改变文风的最初动机。比如,王慎中自陈早年“徒知掇摭割裂以为多闻,模效依仿以为近古”①,表面上是对“模效依仿”的创作方式的反思,其实主要是对其早年不知向学而“妄意于文艺之事”的追悔。唐顺之亦称“尝从诸友人学为古文诗歌,追琢刻镂,亦且数年”②,也是就一般意义上的诗文创作活动

① 王慎中《再上顾未斋》,《遵岩先生文集》卷三十六,《北京图书馆古籍珍本丛刊》第105册,书目文献出版社,1998年,第1016页。

② 唐顺之《答顾东桥少宰》,《荆川先生文集》卷五,《唐顺之集》,第180页。

而言。李开先对这一问题的叙述显然要具体一些,如上文所引:“及遇王遵岩,告以自有正法妙意,何必雄豪亢硬也?”所谓“正法妙意”究竟何指已不可确知,但其所反对的东西却是十分明确的,那就是“雄豪亢硬”的诗文风貌。雄豪亢硬,正是以李梦阳为代表的前七子诗文创作的典型风格。王、唐最初的转变文风,主要就是因为他们不满于前七子影响下的雄豪亢硬的单一文风而欲有所突破,他们参与嘉靖八才子的文学活动可以充分地说明这一点。这并不是说李开先作为旁观者的记述比王、唐本人的记述更加可靠,而是因为其叙述角度各自不同。王、唐主要是从生命行为的角度陈述其弃文从道的经历,是对文学创作活动的整体反思。而李开先则是对他们嘉靖十二年前后在文学的领域之内对文章风格的反思与调整。由于李开先与王、唐交往密切,且是他们该时期的文学活动的重要盟友,所以他的记述还是比较可靠的。

至此,我们可以对王、唐此期的文学思想稍加总结。嘉靖十二年前后,王慎中、唐顺之先后摆脱了对前七子的追随,并对其“雄豪亢硬”的诗文风格作出反思。同正、嘉之际的很多士人一样,他们最初也只是试图通过师法对象的改变,以另一种诗风取代原有诗风。在嘉靖十二年至十四年间,其主要文学活动是与嘉靖八才子其他成员共同倡作六朝、初唐诗。很少有材料可以说明他们在此期间散文的创作情况,或许此时其主要精力都投入到诗歌创作中了吧。倘若一定要对其散文的创作情况作一些推测的话,那么最有可能的是,他们同样对前七子师法秦、汉散文的做法进行了反思,只是还没有找出新的出路。应该说,效仿六朝、初唐所体现的诗学思路,与他们此后“文以明道”与师法唐宋古文的文学思想之间,并没有多少必然的联系;但他们毕竟摆脱了前七子的影响，迈出了独立探寻文学出路的第一步，并在此后的不断探索中，由对其主导文风的质疑导出了对其文学思想的整体不满。

二　“嘉靖八才子”的政治遭遇及其生命价值分化

“嘉靖八才子”因政治变故而解散，此番挫折所带给他们的不仅仅是形式上的解体，更导致了生命价值取向上的分化，进而形成了不同的文学思想。王慎中和唐顺之在嘉靖十四年前后的政治遭遇，是唐宋派文学思想形成的重要契机。倘若没有这些变故，说不定他们还会在一种较为平静的状态下，循着效法初唐的道路继续走下去，或者像陈束那样转向中唐也未可而知。然而，仕途上的挫折改变了他们惯常的生活轨迹，促使他们对包括生命价值、处世方式等在内的许多问题重新作出思考与调整。

嘉靖八才子大都以气节自负，多为权贵所厌恶。据钱谦益《列朝诗集小传》记载，李开先“在铨部，谢绝请托，不善事权贵人”；陈束远避权势，“诸老恨之，呼为轻薄小黄毛”；赵时春“极论时政阙失，下狱，放归”。[①] 嘉靖八才子其他成员继王慎中之后亦纷纷遭到罢免或贬谪。李开先《游海甸诗序》对此有详细记述：“王遵岩慎中，年十八举进士，负时名，颇能违众自立，久为当国者所不悦……票拟获谴，谪判毗陵。将行，丁属同志饯别海甸。夙闻其胜，而未尝一游，过此则终身或无复见期。于是，武选吴皖山檄、吕江峰高、熊南沙过、翰林唐荆川顺之、陈后冈束、礼部张少室元孝、李克斋遂及予共八人，以嘉靖乙未三月望日，出阜成门，至则荒凉殊甚……未久，七人相次罢谪，皖山幸而

① 钱谦益《列朝诗集小传》丁集上，第 377 页、373 页、378 页。

独免。”[①]要之，虽然具体时间各有不同，但在嘉靖十四年之后，嘉靖八才子均遭受到政治上的严重挫折，且大都与其坚持气节的行为方式有密切关系。其中又以王慎中、唐顺之二人最为显著。

王慎中十八岁举嘉靖五年进士，历任户部、礼部主事，嘉靖十年升任礼部主客司员外郎，嘉靖十二年改吏部考功员外郎，循资升验封司郎中。[②] 可知其早年仕进颇为顺畅。然而，在这平静之中，却也埋下了许多隐患。嘉靖十三年秋冬之际，首辅张孚敬借故将其贬为常州通判。[③] 关于此事，《明史》记述如下：“十二年，诏简部郎为翰林，众首拟慎中。大学士张孚敬欲一见，辞不赴，乃稍移吏部，为考功员外郎，进验封郎中。忌者谗之，孚敬因复议真人张衍庆请封疏，谪常州通判。”[④]看来，王慎中此时的遭遇，早在嘉靖十二年就因得罪张孚敬而埋下了祸根。李开先《遵岩王参政传》对此有更为详尽的记述：“朝议改格用人，将取部属充馆职，诸部属无如仲子者。权贵人欲其一见即定之，仲子固不肯往，曰：‘吾宁失馆职，不敢轻易失身也。’已乃改吏部，以塞众望。仲子在吏部，不过一员外耳，以其才高，事事得与谋。少宰霍渭厓，独举其名，称于众中。循资升验封郎中，称其职。同列多有忌之者，短于罗峰张相国。因复议方山张衍庆请封奏本，谪判常州。实则恶其阻挠，不欲其为考功、文选耳。”[⑤]据此

① 《闲居集》卷十，《李开先全集》，第516—517页。

② 嘉靖十年之升迁据《礼部志稿》卷四十三（《景印文渊阁四库全书》本），其余皆据《明史》本传（《明史》，第7367—7368页）。

③ 据唐鼎元《明唐荆川先生年谱》卷一。

④ 《明史》卷二百八十七，第7367页。

⑤ 《闲居集》卷十，《李开先全集》，第783页。

可知，王慎中遭贬斥大约有三方面的原因：一，因其性格耿直，不肯追附权贵，因而受到首辅张孚敬的猜忌；二，才高气盛，勇于任事，而不够内敛，故遭到同僚的嫉妒；三，大约遵岩有改任考功或文选郎中之可能，此二职乃明代官员正常升降之要塞。所谓“实则恶其阻挠，不欲其为考功、文选耳”，则王慎中持正不阿的处世方式或许妨碍了某些人谋取政治利益。但说到底，其耿直的性格及坚持操守、任才负气的行为方式是其仕途受挫的根本原因。

就性情耿介而言，较之王慎中，唐顺之是有过之而无不及，其仕途亦因之愈为曲折。唐顺之二十三岁举嘉靖八年进士，会试第一名，殿试二甲第一名，依惯例选为庶吉士，后因权臣相互倾轧而作罢。[①] 遂选除兵部主事，不久即因与上司不和而告归。嘉靖十一年补吏部主事，十二年改翰林编修。嘉靖十四年二月，以疾告归，着以吏部主事致仕，永不起用。[②] 唐顺之究竟因何告归，已不得而知。[③] 对明代官员来说，因种种原因而告归本是极

---

① 李开先《荆川唐都御史传》对此事有以下记载：“选作庶吉士，一二大臣不相能，遂即罢之。主者犹以二甲制策曾经御览，欲各授以检讨。唐子力请同罢，一事同罢而去留非体，始进即能恬退如此。”（《闲居集》卷十，《李开先全集》，第787页）盖罢选庶吉士一事，主要是由权臣间的相互倾轧据而导致；而主事者犹有意留唐顺之于翰林院，授以检讨之职。据《明史·职官志》，编修、检讨由一甲进士除授，或以庶吉士期满留馆者任之，则唐顺之以二甲进士授翰林职是不合体例的。然而，其制策曾经皇帝御批，张璁或以此为由笼络荆川，庶几可信。倘若果然如此，唐顺之何以固辞？或如李开先所言因此举“去留非体”，或如《明史·选举志》所云不肯趋附张璁，大率与其直道而行、坚持气节有关。

② 据唐鼎元《明唐荆川先生年谱》卷一。

③ 关于唐顺之告归的原因，大约有三种说法。一种说法是，唐顺之以直道自任，耻出权臣之门；另一种说法是，唐顺之自认为学问文章未成，意常思归；又一种说法是，族子唐音会试期近。倘若是认真的，似乎这三种说法都不能够成为告归的充分理由；倘若只是一种姿态，则似乎后一种说法更为可能。

其平常的事，但着以原职致仕，且云永不叙用，却不是寻常现象，必然另有原委。《明史》本传记载：“……校累朝实录，事将竣，复以疾告。璁持其疏不下。有言顺之欲远璁者，璁发怒，拟旨以吏部主事罢归，永不复叙。”[①]是说唐顺之上疏告归，张璁本有意挽留，却有人从中挑拨离间，激怒张璁，故将其贬斥。至于唐顺之对张璁的刻意疏远，大约也确有其事。李开先《荆川唐都御史传》论及此事云：“居官尚节概，而持己厉廉隅，兼且议论英发，人虽有忌之者，然而颇服其才，称其公，不至不能容耳。罗峰张国老，虽会试举主，恶其不相亲近，有庆贺事，远投拜简，跃马径过其门，因其上疏养病，则票一旨意云：‘唐顺之方改史职，又见校对训录，乃辄告病，着以原职致仕去，不许起用。’”[②]则唐、张二人之间的嫌隙自是由来已久[③]。因不肯趋附而得罪张璁，应该是唐顺之这次罢归的主要原因，而其他官员趁机排挤构陷同样是有可能的。此前，其由吏部主事改任编修，即有受同僚排挤之嫌。李开先对此事有以下记述：“唐子之所谓贤，乃当道之所不喜；其所谓不才，乃当道之所私厚。于是堂僚多不便，且畏其以清相形。会改翰林，遂得为编修，意实外之，非进之也。”[④]可知唐顺之因其任才负气、直道而行，既受上官猜忌，又遭同僚排挤；如此一来，他在嘉靖十四年的罢归自然是在所难免了。

明代士人一向以气节著称，尤以正德、嘉靖两朝为著。气节

① 《明史》卷二百〇五，第5422、5423页。

② 《闲居集》卷十，《李开先全集》，第788页。

③ 《明史·职官志》更将其间嫌隙与罢选庶吉士一事联系起来：“盖顺之等出张璁、霍韬门，而心以大礼之议为非，不肯趋附，璁心恶之。璁又方欲中一清，故以立党之说进，而故事由此废。”（《明史》卷七十，第1707页）罢选庶吉士一事，或不至于由其不肯亲附而起，而两人之间的过节却有可能自此时而生。

④ 李开先《康王王唐四子补传》，《闲居集》卷十，《李开先全集》，第803页。

的真正涵义在于对道义的坚持，然而却必须经由对抗方能彰显。正、嘉两朝士人正是在与皇帝及权贵的不断对抗中显现出其刚劲气节。武宗皇帝的恣意妄为导致了宦官与佞臣的专权，造成了空前的朝政混乱。出于强烈的政治责任心，士人们竭尽全力阻止皇帝的荒唐行为，而任性的正德皇帝又绝不肯向群臣低头。于是在文臣集团与皇帝以及以皇权为依托的宦官、佞臣之间发生了长期的激烈对抗，这种对抗几乎贯穿了整个正德朝。嘉靖朝君臣间的对抗则因“大礼议”而起。围绕着继统还是继嗣，以及如何追尊世宗皇帝生父兴献王的问题，在皇帝与文官集团之间展开了一场旷日持久的争论，并伴随着一系列激烈的压制和抗争。之所以群臣会有这么大的勇气与皇权对抗，固然与弘治朝对士气的培养有关，我认为最重要的原因还在于理学思想的长期影响，坚定了明代士人对道义的尊崇与信念，使他们敢于以“道”的名义与以皇权为代表的“势”进行坚决的抗争。文官集团的不懈抗争在一定程度上限制了皇权的恶性膨胀，但在几场关键的权力较量中最终却是皇权取得了压倒性的胜利。缺乏强有力的制度保障，面对强势的皇权，道义自身终究是脆弱无力的。这样的局面，从根本上说是由士人们的政治理念与政权体制之间的错位与落差造成的。自幼及长的儒家思想教育，培养了士人以“道”治国（落实到制度层面上即是以礼法治国）的政治理念。而明朝的政权体制却赋予皇帝过大的权力，而当皇帝不愿意遵从传统的礼法制度时，文官体制却对其缺乏必要的约束力。这种理念与体制的错位及其导致的政治冲突，造就了明代士人的气节壮举，更导致了这些气节之士的尴尬与悲剧性命运。

明朝中期，就体制而言，真正能对皇权产生一定制约作用的是内阁。然而内阁成员的任免却掌握在皇帝手中,有时还会被宦官或佞臣操纵。面对任性而顽强的皇帝,阁臣的态度往往会决定他们的政治命运。比如,内阁大学士刘健、谢迁对正德皇帝的放纵行为予以坚决的阻止,结果在元年十月即遭罢黜,唯有"脂韦顺从"的李东阳得以留任。杨廷和继李东阳为首辅,虽于朝政多所匡救,对正德皇帝及诸佞臣之荒唐行径亦无可奈何。嘉靖初,杨廷和、蒋冕、毛纪等阁臣重新燃起了以道约束皇权的希望。但面对刚愎自用的世宗皇帝,他们很快就再度败下阵来,先后于嘉靖三年二月、五月和七月被免职。其后,又有石珤勇于直谏,亦于嘉靖六年被逐出朝廷。此后,阁臣再没有敢于抗旨进言者。[①] 大部分时候,反倒是那些中、下层文官具有比较坚决的抗争态度,但他们所能左右皇帝行为的力量更是微弱。而且,他们坚守气节的行为往往又带有意气用事的成分,有时候非但于事无补反倒会进一步激化矛盾。以正德十四年与嘉靖三年两次大规模的冲突为例。正德十四年三月,世宗皇帝欲以"威武大将军太师镇国公朱寿"的名义巡视两畿、山东各地,阁臣、言官谏阻无效。于是很多五品以下文官联名上疏,发起了一场群体性的抗争行动。疏文言辞激烈,直指正德皇帝的痛处,极大地激怒了皇帝本人及其宠幸的佞臣。上疏者先后有三十八人被投入诏狱,并与其他一百〇七人罚跪午门外五日。群臣跪后又受廷杖之刑,十一人杖死,其余戍边贬黜有差。而在他们被罚跪的时候,除了内阁与户部尚书石砎例行公事般地上疏救免之外,廷臣

① 石珤本传云:"自珤及杨廷和、蒋冕、毛纪以强谏罢政,迄嘉靖季,密勿大臣无进逆耳之言者矣。"(《明史》卷一百九十,第5049页)

莫有敢言者。[①] 嘉靖三年七月，群臣跪伏左顺门强谏，激怒世宗皇帝。先后一百四十二人下诏狱，为首者戍边，四品以上夺俸，五品以下一百八十余人廷杖，编修王相等十七人杖死。[②] 面对这样的历史现象，我们可以批评儒家的政治理想根本就是一种遥不可及的乌托邦，也可以分析明代政权体制的种种缺陷，而本文关注的问题是这样的政治遭遇对当时的士人心态造成了怎样的影响。

类似的历史悲剧总是一幕幕不厌其烦地上演，正、嘉时期气节之士的遭遇在整个政治史上似乎也算不上什么了不起的大事，但它对当时士人的政治信仰与价值观念来说却是一场实实在在的深重的灾难。正、嘉士人是如何来应对此般沉痛打击的呢？一些贪恋富贵、缺少气骨的士人，放弃了自己的理想与原则，依附权势，蝇营狗苟，小心翼翼地维护着自己的禄位。正如以上引文所言："脂韦淟涊，持禄自固。"其实，面对横暴的皇权，以个体之卑微，为生活计，这样的行为似乎也不必大加指斥。毕竟，他们是那般的隐忍、无奈与屈辱。有些士人终生坚守品节，然而却在政治理想破灭之后，深陷于精神的极度空虚苦闷之中，只能在诗酒中，在佯狂与抑郁中度过余生。晚年的李梦阳即饱受了这样的心灵折磨。更有些士人从激愤走向放浪，以一种极端的方式发泄心中的苦闷。康海、王廷陈、李开先等，莫不如此。[③] 当然，还有很多士人在失望、苦闷之余，试图在政治理想之外寻求生命的价值。一种比较普遍的行为是由外在的政治关

① 据孟森《明史讲义》记述，上海古籍出版社 2002 年，第 198—200 页。

② 据谷应泰《明史纪事本末》记载，第 750—753 页。

③ 左东岭在《王学与中晚明士人心态》中对此数人的心态变化有详尽的阐述，参见该著第 146—157 页。

怀转向对自我性情的关注。对明代士人来说，关注自我性情，至少有三种思想资源可供汲取，分别是道家思想、佛学思想与儒家的性命之学。应该说在儒家的价值观念中，对外在的事功与伦理道德和对内在的性命修养是并重的，而宋明理学则进一步强化了其性命之学的色彩。对于那些主要由程朱理学培养出来的明代士人来说，儒家的心性之学当然是其首选。于是，在正、嘉之际，出现了一股"弃文入道"的潮流。当然，这种思潮的实质内涵是相当复杂的，其中即有心性主义的需要，也有实用主义的追求，还有道德主义的崇尚。① 但结合当时士人所面临的历史境遇来看，心性修养的需要必是其中极其重要的因素。换个角度来说，正、嘉之际士人精神活动向理学思想的转移，是他们探寻精神出路的重要途径之一。而所谓"弃文入道"，绝不能简单地理解为"道"对"文"的完全取代，只能是士人们对"道"的关注挤压了"文"在其精神活动中的存在空间而已。

当然，嘉靖八才子的气节行为与此前的士人又不尽相同，其所面临的政治局势及士人风气也已发生变化。虽然正德及嘉靖初士人的行为中也存在着一些矫厉自饰的成分，但总的来说还是一种以"道"抗"势"的群体行为，而嘉靖八才子的气节行为似乎与其恃才傲物的个性气质有着更为密切的关系。但他们不趋附权贵的行为，及其对自我品节的坚守，同样是对道义的坚持。其间区别主要是表现形式的不同，主要也是由政治风气的变化造成的。嘉靖六年，费宏、石珤致仕，此后张璁、夏言相继用事。《明史》卷一百九十一赞云："蒋冕、毛纪、石珤，清忠鲠亮，皆卓然有古大臣风。自时厥后，政府日以权势相倾。或脂韦淟涊，持

① 参见黄卓越《明永乐至嘉靖初诗文观研究》第六章的相关论述。

禄自固。求如诸人,岂可多得哉!”[①]孟森《明史讲义》亦云:“嘉靖一朝,始终以祀事为害政之枢纽,崇奉所生,已极憎爱之私,启人报复奔竞之渐矣。”[②]这也正是王慎中、唐顺之等人所面临的政治风气。在这样的风气之下,他们能够坚持节操、不附权势,已经是难能可贵了。然而,仅是如此,已不为权臣所能容,纷纷遭受排挤、倾陷。像正、嘉之际的士人那样,他们对待政治挫折也表现出不同的态度。赵时春生性豁达,虽屡遭罢黜,却不改其乐观、进取之心态。其诗亦如其人,不拘格律,挥洒恣肆。[③] 陈束遭贬谪之后性情也没有太大变化,心态却比赵时春悲愤许多。愤懑之余,呼酒买醉,年仅三十三岁抑郁而终。[④] 李开先则在悲观绝望之中,流连于声伎词曲,以消磨时光。[⑤] 稍作比较我们可以发现,陈束的心态与李梦阳极其相似,而李开先简直就是康海的一个翻版。任翰、熊过则醉心于道教服食炼形之术,过起了隐

① 《明史》卷一百九十一,第 5051 页。

② 孟森《明史讲义》,第 224 页。

③ 钱谦益《列朝诗集小传》云:“极论时政阙失,下狱,放归。召补编修,兼太子校书。上疏请朝东宫,又放归。北虏犯边,起领民兵,自副使超拜山西巡抚、佥都御史,罢归。景仁慷慨磊落,抵掌谈天下事,靡不切当。以边才自负,遇战陈被甲跃马,身当虏冲。屏废家居,每闻警,未尝不投袂而起。《浚谷集》诗六卷,大率伸纸行笔,滚滚而出,伉浪自恣,不娴格律。李中麓云:‘浚谷诗有秦声。’信然。”(《列朝诗集小传》丁集上,第 378 页)

④ 李开先《后冈陈提学传》对陈束遭贬谪后的心态有详尽记述:“及抵任,气郁郁不舒,勉强坐公堂,检括案牍。比回衙,则仰屋长啸,愤闷如穷人无所归,家人莫喻其故。第左右罗列图史,置酒一壶,且诵且饮,以致呕血,多或数升。盖失近贵而处远方,宜其不平如此,只凭以酒浇愁,愁不能遣,而病且日增。”(《闲居集》卷十,《李开先全集》,第 777 页)

⑤ 钱谦益《列朝诗集小传》云:“已迁太常,会九庙灾,上疏自陈,竟罢归。归而治田产,蓄声妓,征歌度曲,为新声小令,搊弹放歌,自谓马东篱、张小山无以过也。”(《列朝诗集小传》丁集上,第 377 页)

居遁世的生活。[1] 仕途的挫折同样给王慎中、唐顺之的生命状态带来深刻的影响，却与陈束、李开先、任翰等人大不相同。嘉靖十四年之后，王、唐的精神活动最突出的变化是由“文”而“道”的生命价值转变，以及对早年行为方式的反思与调整。

三　王、唐生命价值之转变与唐宋派文学思想的形成

（一）王慎中、唐顺之生命价值取向之转移

王慎中、唐顺之各有文字记述其于嘉靖十四年之后的思想转变。王慎中的表述尤其清楚：

> 某少无师承，师心自用，妄意于文艺之事。自十八岁谬通仕籍，即孳孳于觚翰方册之间。盖勤思竭精者十有余年，徒知掇摭割裂以为多闻，模效依仿以为近古。如饮酒方醉，叫呼喧呶，自以为乐，而不知醒者之笑于其侧而哀之也。溺而不止，已成弃物。天诱其衷，不即沦陷。二十八岁以来，始尽取古圣贤经传，及有宋诸大儒之书，闭门扫几，伏而读之。论文绎义，积以岁月，忽然有得。追思往日之谬，其不见为大贤君子所弃而终于小人之归者，诚幸矣！愧惧交集，如不欲生。乃尽弃前之所学，潜心钻研者又二年于此矣。[2]

---

① 钱谦益《列朝诗集小传》云：“少海闭门读书，时从幽人文士，徜徉于山水间。道士彭幼朔告我曰：少海入青城山，遇异人授鸿宝修炼秘法。家故贫，盘盂盆盎，皆点化汞银为之，灿然满室，虽陶、猗不是过也。同时熊过叔仁，亦好道家服食炼形之书，私诸箧衍者，家人莫得见。晚年目盲，世庙购求符法秘书，蜀抚臣访之熊氏，叔仁给其家，举所藏悉焚弃之。至今蜀人谈玄说怪者，皆本任氏、熊氏。”（《列朝诗集小传》丁集上，第 376 页）

② 王慎中《再上顾未斋》，《遵岩先生文集》卷三十六，第 1016—1017 页。

王慎中二十八岁是在嘉靖十五年(1536),即其遭受贬谪后的第二年。此年,王慎中的思想状况发生了重要的转变:从专心于“文艺之事”转向潜心研读“古圣贤经传,及有宋诸大儒之书”,即谓其价值观念之重心从“文”转向了“道”。唐顺之也有类似的叙述:“仆迂憨无能人也,过不自量,尝从诸友人学为古文诗歌,追逐刻镂,亦且数年。然材既不近,又牵于多病,遂不成而罢去。及屏居山林,自幸尚有余日,将以游心六籍,究贤圣之述作,鉴古今之沿革,以进其识而淑其身。”[①]概括地讲,王、唐在嘉靖十四、五年间生命价值发生了从“文”向“道”的转移,当然是没有问题的;然而如此叙述却不免显得简单化和概念化。其实,这只是他们对自己生命转变历程中一个重要侧面的简单概括。我们只有对其生活、生命的变化作一整体了解,才能准确地理解他们此期的思想转变。

我们首先需要了解的是嘉靖八才子思想转变之前的生命状态。嘉靖八才子最初大都具有很强的事功心,且有颇为出众的政治才能。唐顺之毕生致力于经济之学,在历法、地利、兵法、算术等实学方面取得了相当大的成就。[②] 赵时春的经世之才也颇为世人推重。据《甘肃通志》:“时春少喜谈兵,读书善强记,凡天文、地理、户口、钱谷多寡之数能历历诵之。”[③]李开先虽然在遭受政治挫折之后颓废逸宕,而其初志却是“雅负经济,不屑称

① 唐顺之《答顾东桥少宰》,《荆川先生文集》卷五,《唐顺之集》,第180页。

② 据本传载:“顺之于学无所不窥。自天文、乐律、地理、兵法、弧矢,勾股、壬奇、禽乙,莫不究极原委。尽取古今载籍,剖裂补缀,区分部居,为左、右、文、武、儒、稗六编传于世,学者不能测其奥也。”(《明史》卷二百〇五,第5424页)

③ 《甘肃通志》卷三十五,《景印文渊阁四库全书》第558册,第342页。

文士”①。王慎中、吕高在历政之初就表现出强烈的政治责任心和非凡的处理实务的能力。② 钱谦益在《列朝诗集小传》中对嘉靖八才子与后七子有如下比较:“嘉靖末,王、李诸人,号为七才子;八才子之名,遂为所掩。然而八才子者,通经史、谙世务,往往为通儒魁士,以实学有闻,以后七子方之,则瞠乎其后矣。”③这种褒贬鲜明的批评态度,不免带有一些门户之见,却也道出这样一种事实:嘉靖八才子大都具有经世致用的才能或理想。虽然由于种种原因没有获得充分展现其经世才能的机会,但他们对经世致用之学的重视态度却是毋庸置疑的。这也只是他们生活的一个方面。在处理好政务的同时,他们又热衷于诗文创作,遂有“嘉靖八才子”之称。李开先《遵岩王参政传》中的一段文字大概最能说明他们此期的生活状态:

> 往时监兑者,惟庸心末务,而国家大计顾不之及。仲子则以转输为重事、侵渔为积弊,疏通禁革,不遗余力。以其暇日,读五经诸子百家言,作为诗文,俱秦、汉、魏、唐风骨,而晋人字书,亦时时模拟之。改官礼曹,更得一意文事,交游如众称“八才子”外,更有今大司马李克斋,给谏曾前川,提学江午坡,学士华鸿山、屠渐山,相与切磋琢磨,各成其学。④

---

① 钱谦益《列朝诗集小传》丁集上,第 377 页。

② 参见李开先《遵岩王参政传》、《江峰吕提学传》,《闲居集》卷五,《李开先全集》。

③ 钱谦益《列朝诗集小传》丁集上,第 379 页。

④ 《闲居集》卷十,《李开先全集》,第 782—783 页。

政务之暇，唱和应酬，大概是历代士人生活之常态。以上对嘉靖八才子早期生命状态的描述，意在说明他们在转变之前也并非只是专意于文艺之事，对政务也是十分用心的。

然而，嘉靖十四年前后的政治遭遇却无情地打破了他们充实而悠游的生活。面对人生的困境，王、唐既没有像陈束那样钻牛角尖，也没有像李开先那样绝望放弃，而是选择了反思与调整。他们对此前的生命行为做出了深刻反省，并试图寻求一种新的精神出路。王慎中对其所面临的政治局势逐渐有了较为清醒的认识，他在《杭双溪诗集序》中谈道："敬皇帝时，治化熙洽，士大夫争以名行相高。天下敦庞无事，士者乐于闲暇而有和平之风，故得大肆于文学。"①文中另有"去年秋谪判常州"的文字，当作于嘉靖十四年。表面上看，这段文字描述的是弘治朝的情形，其实又何尝不是对自己早年生活的追忆与反思呢？虽然自正德朝起明帝国的局势已日趋颓败，但在嘉靖朝成长起来的一批士人最初并无清醒的认识。而个体的政治遭遇则引发了他们对时势的重新审视，遂意识到当下的政治局势已经不容许他们过那种闲暇、悠游的士大夫生活。既然不能在诗文创作上投入太多精力，那么应该拿什么来填补他们的精神世界呢？正是在这种情形下，其精神活动的重心由"文"转向了"道"。

在此转变过程中，王畿的引导发挥了至关重要的作用。唐顺之的学术思想受王龙溪影响极深，《明儒学案》称其"得之龙溪者为多，故言于龙溪，只少一拜"②。他又与罗洪先是同年进士，且交往密切，学术思想亦深受其"归寂说"的影响。王慎中

① 《遵岩先生文集》卷十四，第728页。

② 黄宗羲《明儒学案》卷二十六，中华书局，1985年，第599页。

的思想转变也与龙溪王畿有密切关系，李开先《遵岩王参政传》称其任职南都时“与龙溪王畿讲解王阳明遗说，参以己见，于圣贤奥旨微言，多所契合”[①]。其实，唐、王早在嘉靖十一年就开始与王畿交往，并对阳明心学已有了一些基本的了解。唐顺之在为林春撰写的墓志铭中谈到：“是时缙绅之士以讲学会京师者数十人。其聪明解悟，能发挥师说者，则多推山阴王君汝中；其志行愊实，则多推君与吉水罗达夫。”[②]说明他对阳明心学已经有了相当的了解。而据李贽《佥都御史唐公》所述，嘉靖十一年，王龙溪以阳明先生高第的身份寓居京师，唐顺之则于此时“尽扣阳明之说，始得圣贤中庸之道”[③]。王慎中此年也在京师，且与唐顺之往来密切，亦应于此年与龙溪结识。然而，尽管他们此时对阳明心学有了一定程度的了解，但并没有对他们的思想产生太大的影响。嘉靖十四年之后，在他们遭受了政治上重大挫折时，王龙溪对他们的影响才真正显现出来。当然，倘若没有龙溪先生的引导，或许他们也不会在此时有如此顺畅的转变。两者遇合，便促成了王、唐从“文”向“道”的转变。

王、唐此期对生命活动的反思并不止于诗文创作，还有对其早年行为方式的反思与调整。上文谈到，即便是在转变之前，王、唐亦非只专意于诗文创作，对政事同样是十分用心的。事实上，王、唐此前积极的济世热情、对政事的殷勤投入以及他们对个人品节的坚持，也都是儒家之道的体现。嘉靖十四年之后，他们并没有因为政治挫折而减退对以上价值追求的热情。尤其是

---

① 《闲居集》卷十，《李开先全集》，第 783 页。

② 唐顺之《吏部郎中林东城墓志铭》，《荆川先生文集》卷十四，《唐顺之集》，第 624 页。

③ 李贽《续藏书》卷二十二，第 440 页。

唐顺之，直至嘉靖十九年削籍后，依然不改初衷，甚至更加投入地去研习各种实用才能。唐鼎元《明唐荆川先生年谱》云："公于讨研经术、阐明性理之外，益留心世务，枪棍诸决无不勤而习之。"[①]王慎中也在此后的职任上兢兢业业，尽职尽责。[②] 王、唐此期所反思的，并非早年的政治抱负及其对道义的坚持，而是其作为"气节之士"的行为方式。唐顺之对此有明确的表述：

> 仆禀气素弱，兼以早年驰骋于文词技艺之域，而所恃以立身者，又不过强自努力于气节行义之间，其于古人性命之学，盖殊未之有见也。[③]

可知，王、唐此期生命反思的内容，既包括诗文创作，又包括"气节"行为方式，性命之学则是其思想之新转向。《明唐荆川先生年谱》将此文编入嘉靖二十三年，或不足以证明唐顺之在嘉靖十四年即有如此清醒的认识。而在大约作于嘉靖十八年的《闻复官报寄京师友人》一诗中，唐顺之自称"疏狂自分三宜黜"，虽是自嘲的口吻，却可以说明他对自己的疏狂性情已有所认识。而这样的认识当以始于仕途受挫之时更加合乎情理，而不应该是在复官之时。这在王慎中身上则表现得更加明显一些。初遭贬谪之时，王慎中的心境相当地凄凉与沉寂。作于南下途中的《鸿雁篇》最能表达其当时的心情："寒空历历夜星稀，旅雁酸嘶何处归。霜清露白闻声急，河广江长恨力微。本谓候时依暖去，

① 唐鼎元《明唐荆川先生年谱》卷二。

② 事迹俱见《遵岩王参政传》，《闲居集》卷十，《李开先全集》，第783—784页。

③ 唐顺之《寄刘南坦》，《荆川先生文集》卷五，《唐顺之集》，第185页。

何言中路失群飞。群飞超忽关山迥，只抱离心独耿耿。每向天边泣字文，却从月下疑弓影。孤鸣如和陇头吟，单栖不殊泽畔醒。迁客飘摇靡定居，麃麃雨雪赋其虚。此时遥听人何似，避地翻伤鸟不如。回首瑶池霄汉旁，颉颃玉羽泛清凉。南北欲知悲喜地，但看风失与云翔。”[①]诗人先以寒雁自况，倾诉了一种酸楚、孤立而惊惶不安的凄凉心境，进而又言飘摇不定、人不如鸟，哀怨、失落之情溢于言表。直至任职常州，遵岩尚难以释怀：“兹葵敷正色，韡韡比兼金。细蕊盈方寸，修茎耸直寻。成阴徒卫足，背日枉倾心。犹有孤根在，蓬蒿何太侵。”[②]此诗以葵花自喻，前四句以葵花之美喻其优秀品格，后四句以葵花的遭遇暗喻自身的处境。“成阴徒卫足，背日枉倾心”，可怜其一腔忠诚无可施为；“犹有孤根在，蓬蒿何太侵”，是他对迫害者悲愤的斥责。在这样的处境下，遵岩不免会对生命产生怀疑的情绪，因而发出“英雄百战终归尽，转觉身名只梦中”[③]的哀叹，但更多地是对自己早年行为的反思。《在郡作》诗中云：“直木孤生先得伐，明主太洁易成瑕。”[④]《始至留都作》诗中云：“薪积宜先贱，舌柔悟后存。”[⑤]无不透露着道家全身避祸的思想。作于山东任上的《悔志》诗，则以儒者的身份，作出更加细致、深入的反省，并表达了自我调整的方向：“掉舌常屈人，扼腕独愤世。出言讥王公，慕达不事事。傲倪多脱略，嘲慢无严志。辄希孔门狂，自比周士肆。择术谬毫发，千里遂不啻。反躬尽愆尤，考古何乖异。

① 《遵岩先生文集》卷三，第638页。

② 王慎中《咏署中墙下葵花》，《遵岩先生文集》卷五，第653页。

③ 王慎中《过彭城作》，《遵岩先生文集》卷三，第640页。

④ 《遵岩先生文集》卷八，第681—682页。

⑤ 《遵岩先生文集》卷七，第672页。

多忤岂通方，易盈知小器。不闻长者言，下流良足畏。”[①]前八句描述了其早年孤傲、狂放的行为方式，且公然以狂士自居。接下来是对上述行为的反思：虽立志不差，而择术不精，失之毫厘，谬以千里；深自反省，此般行径，与古圣贤相去何其之远。“多忤岂通方”，则透露出王慎中从孤介向通脱、从狂狷向中行的转变方向。数年之后，遵岩先生的这番努力果然取得了相当好的成效。嘉靖二十年大计罢官，其反应，较之嘉靖十三年，显然要坦然得多。这是因为他此时已将更多的精力投入到性命修养中，不再过于计较事功之得失。王慎中在《与郑海亭》一文中谈到：“《易》之告人未有不正而得吉亨者，而亦多贞凶贞厉之词，是凶厉亦正之所不免也。夫过刚则不吉，多言不免于险阻，而守正亦有凶且厉之时，此所以为《易》之道一也。吾辈处世固不宜必有亨且吉之心，而亦自有免于凶厉之道。每每以此意自检括，颇能不以世故累心。”[②]这则材料可以清楚地体现出王慎中的思想转变，虽然此时的遵岩先生依然坚守正道，却能够注意到“过刚”与“多言”之害，力求避免凶厉加之于身。这样的行为方式，并非只是全身避祸，否则便与老、庄思想无异。事实上，王慎中对儒、道之间的区别还是有着比较清楚的认识的，他在同一篇文章中谈到：“此与老子知雄守雌、大辨若讷之旨何异？但圣人无私心而老氏一意自私其身，所以为不同耳。”在王慎中看来，老、庄只是求其保全一己之身，而真正的儒者不惟要保全其性命，更是要求得心灵的坦然与平静。温和、通脱而不失其正，正是儒家中行的人格追求。在此后的生命历程中，王慎中始终不失儒者本

① 《遵岩先生文集》卷二，第 629 页。

② 《遵岩先生文集》卷三十六，第 1034 页。

色,足以证明其主要的学术思想正是儒家的性命之学。

综上所述,在遭受嘉靖十四年前后的政治挫折之后,王慎中、唐顺之并没有放弃原有的济世热情,只是通过对早年“气节”行为的反思,调整了处世的原则与方式。在此之后,他们逐渐从轻狂、孤傲的“气节”之士向着醇厚、通脱的“中行”儒者转变。而其精神生活的重心也相应地从诗文创作转向了儒家的性命之学。这种转变,对于文学创作来说似乎不是一个乐观的消息,但对他们的生命本身而言却具有极其积极的意义。因为这意味着其生命价值观念正在走向丰富与完整,由此他们的生命亦将变得更加浑厚与圆融。事实上,即便是对其文学思想而言,也不尽是负面的影响,王、唐此后文学思想的转向正与此期思想心态的转变有着极为密切的关系。

需要强调的是,王、唐的思想转变虽然是在心学学者的影响下发生的,但他们此期所接受的性命之学,并不是典型的心学思想,而是融会朱、陆的理学思想。王慎中描述自己的思想转变时,即言“尽取古圣贤经传,及有宋诸大儒之书”而读之。唐顺之也有类似的陈述:“于是取程、朱诸先生之书,降心而读焉。初未尝觉其好也,读之半月矣,乃知其旨味隽永,字字发明古圣贤之蕴,凡天地间至精至妙之理,更无一闲句闲语。”[①]其实,就对内在性命的关注而言,程朱理学与阳明心学之间并无本质区别。王畿引导王慎中修习性命之学,何以会让他读宋儒之书,这也从一个侧面说明了朱学与王学之间大同而小异的微妙关系。因此,当我们判断唐宋派文学思想与阳明心学之间的关系时,就

① 唐顺之《与王尧衢书》,《荆川先生文集》卷五,《唐顺之集》,第213—214页。

要格外谨慎了。

(二)“文以明道”与“师法唐宋”:唐宋派核心创作主张的形成

嘉靖十四年之后,王慎中和唐顺之生命价值的重心从“文”转向了“道”,但这并不意味着他们对诗文创作的放弃。事实上,除了唐顺之一度在有限的几年里废止了文学活动之外,他们大部分时间依然十分投入地从事诗文创作,非但没有真正放弃“文”,而且将其视为一种极有价值的生命活动。王慎中在《与纪山侍御乞集序书》一文中说:“窃谓文之在于世,乃天地所具设、民物所露呈,而圣贤者独能观取而类撰之。故虽圣贤不常出而此文未尝泯绝,以天地常存而人物生成于其间如一日故也。”[①]以“文”为“天地所具设、民物所露呈”,且把“文”未尝泯绝的原因推究为“天地常存”,正与曹丕“经国之大业,不朽之盛事”义同。王慎中不惟推崇“文”的价值,且深以自己的创作才能为傲。他在《与俞虚江》一文中说:“近又从友人唐荆川太史处寄至所为沈公战功传,益慕其人。唐先生德学重海内,又有古法,不轻为人作,以此知沈公信名将也……仆于文不敢让唐先生,待虚江功益多,吾亦当为作一文字,可与沈公并行,以有明于世也。惟勉之,吾已泚笔以俟,临纸及此,令人气壮。”[②]从其勉励俞大猷建功立业的文字中分明感受得到王慎中对自己文字才能的充分自信。唐顺之也在嘉靖十六年写给王慎中的信中称:“仆于文字素非所长,然以猥尝受教于兄,且幽居少事,欲以灌园余力时一为之。又以为既樗散无所用世,幸未即老死,二三年

① 《遵岩先生文集》卷三十七,第1048页。

② 《遵岩先生文集》卷四十,第1082页。

之后或为天所牖，使少有知识，尚当托之于文字。虽不敢望于行远，庶几达鄙陋之意耳焉。是以不能息心于此。"[①]明确表达了继续从事文学创作的愿望。

嘉靖十四年之后，王慎中、唐顺之把"道"作为更为崇高的价值追求，但"文"同样是其极为重要的生命形式。他们重视道，却不肯放弃文，因而便有了"文以明道"思想的形成。王慎中多次表达了文道并重、以文明道的创作思想，如其所云"此文乃明道之文，非徒词章而已。其义则有宋大儒所未及发，其文则曾南丰《筠州》《宜黄》二学记文也"[②]，"至曾南丰《宜黄》《筠州》二记，王荆公虔州、慈溪二记，文词、义理并胜，当为千古绝笔"[③]，等等皆是。唐顺之对文、道关系的态度则更为复杂一些，有时候认为诗文创作是有害于道的，但更多的时候则强调性命修养对于文学创作的意义，基本上还是在传统的"文以明道"的理论范畴下讨论这一问题的。"文以明道"并不是一个内涵单一、外延明确的理论主张，而是代表了一种文、道并重的创作倾向。王、唐对"文以明道"思想的接受，亦非明确地提倡某种特定的理论主张，而是基于他们与古人之间生命价值取向的一致，形成了兼重文、道的创作倾向。因此，其"文以明道"思想的形成，也很难通过对某种言说的考证，来断定一个明确的时间点。我们只能以王、唐兼重文、道思想的形成作为逻辑起点，来推断其"文以明道"思想的形成时间。由以上论述可知，嘉靖十四年之后王、唐精神活动的重心从"文"转向了"道"，但他们并没有

① 唐顺之《答王南江提学》，《荆川先生文集》卷五，《唐顺之集》，第 191 页。

② 王慎中《与李中溪书》其一，《遵岩先生文集》卷三十七，第 1042 页。

③ 王慎中《与汪直斋》，《遵岩先生文集》卷三十七，第 1048 页。

真正放弃诗文创作，而是文、道并重。因此，我们可以大致地推断出其“文以明道”的文学思想也是自嘉靖十五年起逐渐形成。

其实，王、唐“师法唐宋”文学思想的形成，同样与他们文、道并重的生命价值取向密切相关。李开先对王慎中的文风转变有以下描述：

> 升任户部主事，再升礼部员外，俱在留都闲简之区，益得肆力问学。与龙溪王畿讲解王阳明遗说，参以己见，于圣贤奥旨微言，多所契合。曩惟好古，汉以下著作无取焉。至是始发宋儒之书读之，觉其味长。而曾、王、欧氏文尤可喜，眉山兄弟犹以为过于豪而失之放。以此自信，乃取旧所为文如汉人者悉焚之。但有应酬之作，悉出入曾、王之间。唐荆川见之，以为头巾气。仲子言：“此大难事也，君试举笔自知之。”未久，唐亦变而随之矣。①

这段文字最能说明唐宋派文学思想的形成过程。王慎中读宋儒之书，本是为学道而发，却在不经意间发现了宋人文章的好处。于是转而学习唐宋散文，继而影响了唐顺之。王慎中在留都任职，当是在嘉靖十五年，唐宋派文学思想的初步形成即在此年。在这一形成过程中，大约有些偶然的成分，但这种师法对象的取舍，与其生命价值取向，及其长期以来对文章风格的反思与探索之间的确又有着紧密的内在关联。首先，唐宋八家就是主张“文以明道”的，这与王、唐此期文道并重的生命价值取向是完全一致的。其次，曾、欧平和醇厚的文风与王、唐性命之学的思

① 李开先《遵岩王参政传》，《闲居集》卷十，《李开先全集》，第783页。

想转向之间的关系也是显而易见的。王慎中在《虞山奏议序》中的一番议论最能体现其文风转变与其生命价值取向之间的关系。在这篇序文中,他比较了贾谊与刘向奏议风格的不同:“论列谏诤之风,西汉为盛,而贾谊、刘向独冠于廷。然谊犹有策士侠夸之气,而向忧深虑至,剀然出于惇厚谆复。故读谊之书,蹈轹挥斥,恢伟浩博,骤若不知其所统,而伦中体达,条贯具备,有非向之所及。然挟恃所有,睢盱一世,傲乎其无足当意。至于讥切世主,犯至尊之威以快其论,议气势之所极而发其辨,其害于古者进言之理亦不为少。而向无是也。岂独其才使然哉?亦其年方壮,忧患事变之尝试更阅犹浅,而刚心猛气未能以自伏也。如向之于是深矣。故谊当尽下之朝而不能自试其学,向生于讳谏之季,虽其不默,而尚不至于不容,亦其修术之异所致然也。苟二子者易君而事之,向岂有不尽之忧?谊之获罪受谴当不可测,宁复长沙嘉惠之能承也!”①进而称赞陈虞山“其持论主谏常依于平,而有忠厚之风”。通过王慎中对贾谊、刘向的性情与文风的对比,并结合他对自己早年行为的反思,不难发现其于嘉靖十四年前后的政治遭遇,及其在此后所接受的心性之学,对其文风取向所产生的深远影响。王慎中对宋文的选择——喜好曾、王、欧之文而以苏文“过于豪而失之放”,思路与此如出一辙。再次,王、唐长期以来对文风的探索也是其发现唐宋古文好处的重要前提。如上文所论,王慎中、唐顺之自嘉靖十二年前后,即对前七子雄豪亢硬的文风作出反思,并试图探寻诗文创作的新路。在诗歌领域,他们选择了效法初唐以矫空同粗豪之弊;而在散文领域,则似乎并没有找到明确的努力方向。但对文学道路

① 《遵岩先生文集》卷十七,第768页。

的探索使他们保持了对不同文风的敏感，因而能在读宋儒之书的过程中感受到宋文的好处。否则，说不定他们果然会沉浸于儒学的义理之中，而逐渐脱离了诗文创作。

综上所述，嘉靖十四年前后王、唐的政治遭遇，成为他们学术与文学思想的转折点。面对人生的困境，他们对早年的行为方式做出了积极的反思与调整。对当下政治局势的清醒认识，让他们意识到应当将更多的精力投入到对“道”的钻研中，而不该过分沉迷于诗文创作。对早年“气节”行为方式的反思，以及王学学者的引导，则使他们更加关注自我性情的修养，儒家的性命之学逐渐成为他们主要的精神支撑。但他们并没有真正放弃诗文创作，而是继续寻找理想的文学出路。在上述多种因素的共同作用下，大约在嘉靖十五年（1536），王慎中、唐顺之形成了其“文以明道”和“师法唐宋”的文学思想。这标志着唐宋派文学思想的初步形成。

第三节　唐、茅论争与唐宋派文学思想的分化和演变

唐顺之和茅坤在嘉靖二十四年（1545）前后的往复论争，是唐宋派发展过程中最重要的事件之一，其文学思想的传承、分化与演变错综复杂地纠缠于其间。与王慎中、唐顺之的创作经历相似，茅坤最初也走过一段模仿秦汉文的道路。嘉靖二十四年前后，唐顺之与茅坤就文章的师法对象问题展开了一场往复的书信论争。随着讨论的逐步深入，唐顺之明确地提出了“本色论”的创作主张，茅坤则部分地理解与接受了前者的文学思想，并提出“万物之情，各有其至”的散文创作理论。前者将唐宋派的文学理论推向一个新的高度，自身创作却陷入相对沉寂的状

态;后者没有在理论上取得突破性的进展,却在唐宋派的创作倾向从道学向文学的转变过程中发挥了至为关键的作用。

一　唐、茅的反复论争及其非预期效果

茅坤在《复唐荆川司谏书》中对唐顺之"师法唐宋"的文学主张提出质疑:

先生之文,一切缔情结胎,信河流中之逆航矣。然恐不免反之又力,而矫之或过者。尝闻先生谓唐之韩愈,即汉之马迁;宋之欧、曾,即唐之韩愈。某初闻而疑之,又从而思之。其大较虽近,而其中之深入处,窃或以为稍有未尽然者。古来文章家,气轴所结,各自不同。譬如堪舆家所指"龙法",均之萦折起伏,左回右顾,前拱后绕,不致冲射尖斜,斯合"龙法"。然其来龙之祖,及其小大力量,当自有别。窃谓马迁譬之秦中也,韩愈譬之剑阁也,而欧、曾譬之金陵、吴会也。中间神授,迥自不同,有如古人所谓百二十二之异。而至于六经,则昆仑也,所谓祖龙是已。故愚窃谓今之有志于为文者,当本之六经,以求其祖龙。而至于马迁,则龙之出游,所谓太行、华阴而之秦中者也。故其气尚雄厚,其规制尚自宏远。若遽因欧、曾以为眼界,是犹入金陵而览吴会,得其江山逶迤之丽、浅风乐土之便,不复思履殽、函以窥秦中者已。大抵先生诸作,其旨不悖于六经;而其风调,则或不免限于江南之形胜者。故某不肖,妄自引断:为文不必马迁,不必韩愈,亦不必欧、曾;得其神理而随吾所之,譬提兵以捣中原,惟在乎形声相应,缓急相接,得古人操符致用之略耳。而至于伏险出奇,各自有用,何必其尽

同哉！不审高明以为何如？承过爱，敢据案对牍，草草请教，不悉所言。①

在这封信中，茅坤明确地表示不能理解唐顺之对韩愈、欧、曾的推重。他认为欧、曾之文虽自有风调，而较之秦、汉文章却还有一定的差距。他把文章的本源追溯到六经，视之为“来龙之祖”。司马迁的文章则是“龙之出游”，无论是在气势上，还是在规模上，都与六经相去不远。而近世欧、曾之文，则不免流于浅近。可见，茅坤此时的文章观显然还没有摆脱前七子的影响。首先，其所提供的文章家序列，从六经到司马迁，从司马迁到韩愈，再从韩愈到欧、曾，显然是一个历时性的流变谱系，而且明显地表现出崇古抑今的价值倾向。其次，茅坤对司马迁与欧、曾文风的比较，更为明显地透露出其所受前七子文风的影响。他以山川设喻，将六经比作“昆仑”，司马迁之文比作“秦中”，韩愈之文比作“剑阁”，欧、曾之文比作“金陵”“吴会”。他认为其中最重要的区别即在于“小大力量不同”：司马迁之文，“气尚雄厚”，“规制尚自宏远”；而欧、曾之文，则仅得其“江山逶迤之丽”与“浅风乐土之便”。这与李梦阳雄厚、豪壮的风格取向几乎是完全一致的。但茅坤又对前七子的文学思想有明显的突破，集中体现为其“得其神理而随吾之所之”的创作主张。所谓“神理”，即上文所论“龙法”，是指转折起伏、前后照应的行文法度。这显然比前七子在字句上模仿秦、汉文章的做法要高明许多，而与王、唐取法前人的方式更为接近。这也正是他最终能够接受其

① 《茅鹿门先生文集》卷一，张梦新、张大芝点校《茅坤集》，浙江古籍出版社，2012 年，第 191—192 页。

文学思想的重要前提。茅坤甚至还提出“为文不必马迁，不必韩愈，亦不必欧、曾”，似乎又有超越唐宋派文学思想的倾向。但倘若追问一句：文章“神理”去哪里找？恐怕茅坤首先想到的依然是六经、秦汉，绝不会是韩愈、欧、曾。可见，尽管茅坤此时已经在取法古人的方式上对前七子有所突破，但在师法对象及风格取向上却依然与之保持一致，而与王慎中、唐顺之明显不同。针对这种情况，唐顺之在回信中对茅坤进行了委婉的劝导：

> 来书论文一段甚善。虽然，秦中、剑阁、金陵、吴会之论，仆犹有疑于吾兄之尚以眉发相山川，而未以精神相山川也。若以眉发相，则谓剑阁之不如秦中，而金陵、吴会之不如剑阁可也。若以精神相，则宇宙间灵秀清淑环杰之气，固有秦中所不能尽，而发之剑阁，剑阁所不能尽而发之金陵、吴会，金陵、吴会亦不能尽而发之遐陋僻绝之乡，至于举天下之形胜亦不能尽而卒归之于造化者有之矣。故曰有肉眼，有法眼，有道眼。语山川者，于秦中、剑阁、金陵、吴会，苟未尝探奇穷险，一一历过，而得其逶迤曲折之详，则犹未有得于肉眼也，而况于法眼、道眼者乎？愿兄且试从金陵、吴会一一而涉历之，当有无限好处，无限好处耳，虽然，惧兄且以我吴人而吴语也。[①]

唐顺之并没有急于说服茅坤应该如何如何，而是借用同样的比喻说明秦汉文与唐宋文各有千秋。他指出，茅坤的“山川”之论

① 唐顺之《答茅鹿门知县》其一，《荆川先生文集》卷七，《唐顺之集》，第293页。

只是从形貌上作出的判断，而没能真正领略古人文章之精神。若以形貌论，古来文章或各有等差；若以精神论，则各具风神，互不能掩。唐顺之认为，赏析文章有不同的境界、不同的眼光，即有所谓“肉眼”“法眼”“道眼”之别。但他并没有对茅坤提出更高的要求，也没有具体解释究竟何者为“法眼”“道眼”；只是劝导茅坤先将古来文章一一读过、细细照察，认真体会各自神情，自然会发现欧、曾文章的好处。事实上从唐顺之论山川的一段文字中，我们已经可以发现一些“本色论”的影子。其所谓“若以精神相，则宇宙间灵秀清淑瑰杰之气，固有秦中所不能尽而发之剑阁，剑阁所不能尽而发之金陵、吴会，金陵、吴亦不能尽而发之遐陋僻绝之乡，至于举天下之形胜亦不能尽而卒归之于造化者有之矣”，与其论先秦诸子“虽其为术也驳，而莫不皆有一段千古不可磨灭之见”[①]的论调何其相似！然而，或许当时其“本色论”的思想尚未完全成熟，或许他并不想在超越文字的层面上与茅坤讨论这一问题，所以他没有将这种全新的文学思想明确地表达出来，而只是就文章的创作问题本身对茅坤加以引导。而此后茅坤仍然不依不饶地纠缠于这一问题，最终促使唐顺之将其“本色论”的文学思想系统地表述出来。[②] 当然，完全有这样一种可能：虽然唐顺之“本色论”的文学思想在此之前酝酿已久，却没有最终成型；正是在茅坤的激发下，最终提出了这一重

① 唐顺之《答茅鹿门知县》其二，《荆川先生文集》卷七，《唐顺之集》，第295页。

② 唐顺之在写给茅坤的又一封信中谈到：“熟观鹿门之文，及鹿门与人论文之书，门庭路径与鄙意殊有契合。虽中间小小异同，异日当自融释，不待喋喋也。”（《答茅鹿门知县》其二，《荆川先生文集》卷七，《唐顺之集》，第294页。）可见，此时唐顺之已不愿再就师法对象问题与茅坤作进一步讨论，不得已抛出了其“本色论”的创作理论。

要的理论。此后，尽管茅坤终究没能透彻地理解唐顺之的“本色论”，却由此生发出一套比较完备的散文创作思想，并且逐渐接受了其“师法唐宋”的创作主张。他在三年后写给蔡汝楠的信中谈到：

> 近独从荆川唐司谏上下其论，稍稍与仆意相合。仆少喜为文，每谓：当跌宕激射似司马子长，字而比之，句而亿之；苟一字一句不中其累黍之度，即惨恻悲悽也；唐以后，若薄不足为者。独怪荆川疾呼曰：“唐之韩，犹汉之马迁；宋之欧、曾、二苏，犹唐之韩子。不得致其至而何轻议为也？”仆闻而疑之，疑而不得，又蓄之于心而徐求之，今且三年矣。近乃取百家之文之深者按覆之，卧且吟而餮且噎焉，然后徐得其所谓万物之情自各有其至，而因悟曩之所谓司马子长者，眉也，发也。而唐司谏及仆所自持，始两相印而无复同异。①

从茅坤的这一段自我陈述中，我们可以清楚地发现，在茅、唐之间的论争发生之前，其所持有的主要是前七子的文章观；无论是师法对象、取法方式还是风格取向，均与前七子十分相似。虽然茅坤没有当即接受唐顺之的文学思想，却在他的影响下开始关注唐宋古文，并对文章创作问题进行了更加深入的思考。三年之后，茅坤的文学思想发生了明显的转变，并逐渐形成了其独特的创作理论。首先，在对待韩愈、欧、曾文章的态度上，茅坤显然

① 茅坤《与蔡白石太守论文书》，《茅鹿门先生文集》卷一，《茅坤集》，第195—196页。

已经接受了唐顺之的观点。其次，茅坤不但不再仅仅从字句上模仿古人，甚至在一定程度上超越了对古人创作法度的揣摩与效法，而是将其关注的重心转向了文章的表现对象，从而提出了“万物之情，各有其至”的创作理论。虽然这与唐顺之的“本色论”之间有很大的差距，却显然是在其“以精神相山川”及其“莫不皆有一段千古不可磨灭之见”的影响下形成的。此后，“万物之情，各有其至”，以及“得其神理”，便成为茅坤最重要的文学创作理论。

唐、茅二人之间之所以会有如此显著的反差，很大程度上是由其生命价值取向的差异决定的。上文谈到，唐顺之在嘉靖十四年前后发生了由“文”而“道”的生命价值转向，潜心经济和性命之学，不复以文学为能事。而茅坤则始终以能文自矜，从不讳言他在文学上的自信与抱负。[①] 唐顺之站在道学的立场上劝戒茅坤，茅坤却以文人的姿态来理解唐顺之，如此他们在文学思想上的错位便不难理解了。

二　茅坤“万物之情，各有其至”的文学思想

茅坤在嘉靖二十六年致蔡汝楠的信中第一次详尽地阐述了其“万物之情，各有其至”的文学思想：

> 盖万物之情，各有其至，而人以聪明、智慧，操且习于其间，亦各有所近，必专一以致其至，而后得以偏有所擅而成

① 张德建《茅坤的知识世界与精神境界及其散文模式》（《中州学刊》2015 年第 7 期）、陆德海《论茅坤的唐宋派领袖地位》（《苏州科技学院学报》2016 年第 1 期）对茅坤的文人心态及其与唐顺之的区别有精彩的论述。

其名。故世皆随孔氏以非达巷。而仆独谓孔氏之言者,圣学也;今人未能学圣人之道,而轻议达巷者,皆惑也。屈、宋之于赋,李陵、苏武之于五言,马迁、刘向之于文章、传记,皆各擅其长以绝艺后代。然竟不能相兼者,非不欲也,力不足也……大略琴、瑟、柷、敔,调各不同,而其中律,一也。律者,即仆曩所谓万物之情,各有其至者也……今仆不暇博喻,姑取司马子长之大者论之。今人读《游侠传》即欲轻生,读《屈原贾谊传》即欲流涕,读《庄生鲁仲连传》即欲遗世,读《李广传》即欲力斗,读《石建传》即欲俯躬,读《信陵平原君传》即欲好士。若此者何哉?盖各得其物之情而肆于心故也,而固非区区句字之激射者……学者苟各得其至,合之于大道而迎之于中,出而肆焉,而物无逆于其心,心无不解于其物,而譬释氏之说佛法,种种色色,逾玄逾化矣。①

唐顺之论古人文章"莫不皆有一段千古不可磨灭之见",主要是强调文章要抒写超迈情怀或独到见解,其中明显包含着对创作主体自身生命境界的要求。而茅坤所谓"万物之情,各有其至",则是就创作主体的才能特点与天地万物的丰富特征而言。茅坤认为,世人的聪明才智各有所长,因此也就各自有其不同的、适合于自身才能的表现方式。所以必须认清自己的长处,专心致志,将其充分地发挥出来,才能做到青史垂名。落实到文学创作上,同样要弄清楚自己适合于何种文体、何种风格的写作,才能够"各擅其长以绝艺后代"。倘若不自量力、贪大求全,反

① 茅坤《与蔡白石太守论文书》,《茅鹿门先生文集》卷一,《茅坤集》,第195—196页。

倒无法达到自己本来有可能达到的高度。当然,其所谓“万物之情,各有其至”,主要还是就作家对事物特征的体认与把握而言。通过对两汉及唐宋名家文章的反复揣摩,茅坤认为虽然其艺术风格各自不同,却无不能够做到“各得其物之情而肆于心”,并且认为这是文章创作的基本原则。茅坤指出,司马迁的文章最突出的长处,即在于能够刻画出人物的神情,栩栩如生,跃然纸上,能引发读者深深的感动。之所以能取得如此高的艺术成就,正是由于他能够准确地把握住各种人物不同的性格特征,并将其生动地描绘出来;至于其文辞字句之激荡多姿,倒在其次。因此,茅坤认为文章创作的基本原则,就是要准确把握各种事物的本来特征,用心体会、揣摩,从而达到心物交融的境界,这样自然就能写出好的文章来。此后,“万物之情,各有其至”便成为茅坤最重要的文章理论。

仅就创作论的层面而言,“得其神理”,即是茅坤“万物之情,各有其至”文学思想的另一种表述方式,主要是针对当时的形式模拟之风而论。只不过这一命题同时又包含着风格论的涵义。茅坤在与唐顺之的论争过程中就已言及“得其神理”,但主要还是就创作法度而言。[①] 但更多的时候,茅坤言“神理”,是就文章的内容特征及表现对象的精神风貌而言。茅坤在《谢陈五岳序文刻书》中谈到:“即如唐、王以下,颇厌何、李之抗声藻而略神理也,稍稍于欧阳、曾、王,若将共为翱翔袅娜其间,然抑或疲矣。”[②]认为前七子通过字拟句模追求秦、汉文章的规制与气

① 参见上文征引《复唐荆川司谏书》,《茅鹿门先生文集》卷一,《茅坤集》,第191—192页。

② 《茅鹿门先生文集》卷六,《茅坤集》,第321页。

势而忽略了实际内容与内在精神，是唐宋派诸子的共同认识。但他们提出的补救方法却各有不同：王慎中主张“文以明道”，唐顺之提出“本色论”，而茅坤则要“求其神理”。其所谓“神理”，首先是针对“声藻”，就文章的内容而言，却又显然不是泛泛地要求文章言之有物；而是要求生动、鲜活地表现出事物独特的精神与风貌。茅坤在《与郁秀才书》中论到：

> 大都近代以来，缙绅先生好摹画《史记》《汉书》为文章。而于公卿士庶志铭传记，特借《史》《汉》之肤发以为工；而于斯人之神理，或杳焉而未之及。此仆所以面共兄云云，而不敢妄为之属笔点缀于其间也。夜闻兄所云，归辄勒草如别纸。据愚见，业已删其复者、杂出者，并遗其繁芜而无所事者。于先君子平生本末，或稍稍栉丝入杼，得其十五。窃恐兄又不免谫陋之厌，且疑其非《史》非《汉》，而或以为罪也。如何如何！仆尝览中峰禅师所为对镜而像而自为赞，二百年来，犹令人神思飞越，若睹如来者。仆拊掌大笑曰：“世之学士作志传，恐亦须如是，始得其解也。”不审兄谓然否？①

茅坤首先批评了那些摹画《史》《汉》，“肤发以为工”的创作行为，认为他们的志、铭、传、记，虽然在形貌上与《史》《汉》有几分相似，却无法刻画出人物真切而生动的形象与神态，即不能“得其神理”。欲得“斯人之神理”，首先要对此人的履历、性情及言行有真切而细致的体会；而在具体的写作过程中，还要对已经掌

① 《茅鹿门先生文集》卷五，《茅坤集》，第285页。

握的材料进行适当的择汰与剪裁，只有把握住那些最有特点的事件，及其最生动的言行与神态，才能刻画出鲜明的人物形象来，才能令读者“神思飞越”、如睹其面。能够领会这样的创作原则，茅坤称之为“得其解”；其所能达到的艺术效果，则谓之“神动天解”。茅坤在《史记评林序》中论司马迁道：

> 盖天地间，万物之情各有其至，而太史公之才，天固纵之以虬龙杳幻之怪、騕褭超逸之姿，于六艺百家之书无所不读，独能抽其隽而得其解。故于三皇五帝，邈矣；次夏、商以来，治乱兴亡、因革损益之大，王侯将相功罪名实之征，律历、天官、封禅、平准之变，谗言冶色、乱臣贼子之详，班氏父子或不能无讥：要之，其所独得其解处，譬之云汉之蔚而为象，风雷之触而成声，天动神解，洞窍擢髓，孔氏没而上下二千年来，此其风骚之极者已。①

在茅坤看来，司马迁就是一个“得其解”的人，所以他的文章能有“天动神解”的艺术效果。何谓“天动神解”？茅坤在《白坪先生诗序》中说：“曩之所谓‘神动天解’，令人读之而欢者舞蹈，悲者欷歔……”②简单地说，就是能够打动人心。结合其所谓“神思飞越”“虬龙杳幻之怪”“騕褭超逸之姿”，以及“云汉之蔚而为象，风雷之触而成声”，可知茅坤所谓“得其神理”，实则包涵着对一种神采飞扬、遒劲俊逸、极富感染力的艺术风格的追求。而且，它体现了一种近乎纯粹的文学审美意识。茅坤并非认识

① 《茅鹿门先生文集》卷十四，《茅坤集》，第470—471页。

② 《茅鹿门先生文集》卷十四，《茅坤集》，第490页。

不到《史记》的缺点,他认为由于时代久远,司马迁对历史的描述难免会有失实之外,故"班氏父子或不能无讥"。但这只是《史记》作为历史典籍所存在的问题,而茅坤真正关注的却是作为文学文本的《史记》,及其"天动神解,洞窍擢髓"的艺术效果。因此,他将其赞誉为"风骚之极者",却不以《春秋》比拟。茅坤甚至认为,文章本来就是用来描绘天地万物的。他在《五岳山人后集序》中引陈文烛之言云:

> 窃以为文章者,所当天地间日月风霆、山川疆域、昆虫草木之变,而绘之成象,触之成声者也。[①]

茅坤对此深表赞同,称:"然公所自谓,近且不欲为摹画,不欲为沾沾自喜,而独以天地间所当绘而成象、触而成声者,以为文章之旨,此则几于道矣!"[②]他还在《历朝文选序》中称:"代不必先秦、西京,人不必班、马、晁、贾,声不必黄钟、大吕,调不必商彝、周鼎,特其言之感乎情,畅乎心,合之乎机杼,而公所自为解颐处,辄为之搜而入之,又从而镌评之。"[③]倘若把这些文字置换为诗论的话,那只是老生常谈。但作为文论,却有着异乎寻常的价值。一方面,他与王慎中、唐顺之一样,反对当时形式主义的拟古文风,转而关注文章所要表现的内容;但他又摆脱了传统的"文以明道"思想的影响,把文章视为叙事、抒情乃至"解颐"之物。对传统的文章观来说,这确乎是一个重大的突破。

① 《茅鹿门先生文集》卷十四,《茅坤集》,第488页。
② 《茅鹿门先生文集》卷十四,《茅坤集》,第488页。
③ 《茅鹿门先生文集》卷十五,《茅坤集》,第493页。

由以上论述可知,茅坤所谓“万物之情,各有其至”“得其神理”以及“天动神解”,构成了一种相当完备的散文理论。它要求创作者洞察天地万物之特征,将其融会于心,然后通过一定的创作技巧展现于文章中;而且明确地追求一种遒劲俊逸、生动鲜活的艺术风格,并希望它能够有效地感染读者。这里涉及到作家、世界、文本以及读者等几乎所有的文学要素。它强调对事物的细致观察,注重心灵体悟,注意材料的选择与剪裁,追求鲜活、生动的艺术形象,重视文章的感染力及其审美效果,俨然是一部现代散文写作的教科书。让我们感到它是如此一般的耳熟能详、直白浅近,几乎感受不到任何的时代差距。这恰恰说明,茅坤的文章观与我们当下的散文文学观是何等的接近。

唐、茅论争是唐宋派文学思想发展过程中的一个分水岭,两人的文学思想均发生了显著的变化,唐宋派整体的文学思想则在分化过程中继续演进。唐顺之的“本色论”延续了唐宋派早期重视性命修养的思想特征,而对其“师法唐宋”的创作主张则造成了很大的颠覆。茅坤则接受并充分发扬了王、唐“师法唐宋”的创作思想,因而成为唐宋派后期的重要代表人物;同时,他对“本色论”不甚透彻的理解与接受,反而令其将唐宋派文学思想从浓重的“道学”气中引出,向着审美化的方向发展。从道学到文学,是唐宋派后期文学思想最重要的转向,也是茅坤对唐宋派最重要的贡献之一。

第四节　归有光“唐宋派”身份的建构及其文学史定位

通过对王慎中、唐顺之、茅坤三人文学思想形成或转变的标志性事件及若干时间节点的考察,我们可以清楚地发现唐宋派文学思想的发展、演变过程。但归有光的情况比较特殊。一方面,他与王、唐、茅三人交往甚少,很难证明他们之间存在实质性的影响。另一方面,归有光本人的文学思想似乎也没有显著的前后期的转变,这大约与其持续的科考经历以及相对单一的生命状态有关。因此,我们很难在时间线上给归有光一个清晰的定位。更甚之,归有光究竟是不是唐宋派的代表作家,也是一个很有争议的问题。[①] 从流派自觉的意义上讲,归有光的确很难被视为以王、唐、归为代表的唐宋派的成员。然而,如绪论中所分析的那样,唐宋派本身就是一个基于一些基本的共性、经后世不断建构而形成的文学流派,而非在当时就具备自觉的流派意识。因此,我们判断归有光是不是唐宋派的代表作家,除了考察其文学思想之异同,似乎还要格外观照其于流派构建过程中的特征与意义。基于以上考虑,我们对归有光文学思想的历史考察要做出相应的调整,考察重心要从文学思想自身的生成,转向其流派身份的历史建构及其与唐宋派其他成员的关系。

一　历史建构中的归有光与唐宋派

本文的绪论部分梳理了“唐宋派”的建构过程,我们可以结

① 黄毅《归有光是唐宋派作家吗?》(《中国典籍与文化》1997 年第 1 期)提出:“作为一个文学流派,应该起码具有以下特点,即:成员之间有较为密切的交往,具有共同的思想倾向和文学观念,以及相近的创作风格。”基于对以上因素的考察,黄先生认为归有光不能算是唐宋派的代表作家。陈建华《中国江浙地区十四至十七世纪社会意识与文学》(学林出版社,1992 年,第 247 页)、赵伯陶《归有光散文简论》(《苏州大学学报》2001 年第 3 期)、何天杰《归有光非唐宋派考论》(《华南师范大学学报》2005 年第 3 期)持相似观点。

合归有光在明清时期的接受情况审视其与唐宋派的关系。[①]

明隆、万时期的评价已经从不同角度开启了归有光"唐宋派"身份的建构。王世贞《归太仆赞》称归有光古文辞"虽出之自《史》《汉》,而大较折衷于昌黎、庐陵。当其所得,意沛如也,不事雕琢而自有风味"[②],《书归熙甫文集后》称其"志传碑表,昌黎十四,永叔十六,又最得昌黎割爱脱赚法,唯铭辞小不及耳"[③],指出归有光古文与《史记》《汉书》及其与韩愈、欧阳修的渊源关系,及其"不事雕琢而自有风味"的艺术特征。唐时升代王锡爵所作《太仆寺寺丞归公墓志铭》称其"必取衷六经,而好太史公书",所为文章包括"抒写怀抱之文"与"高文大册"[④]两类,比较准确地概括出归有光古文思想与创作的主要面相。其中所论"所为抒写怀抱之文,温润典丽,如清庙之瑟,一唱三叹,无意于感人,而欢愉惨恻之思,溢于言语之外",成为后世评论归有光散文风格的不易之论。袁宏道《叙姜陆二公同适稿》称:"有为王、李所摈斥,而识见议论,卓有可观,一时文人望之不见其崖际者,武进唐荆川是也。文词虽不甚奥古,然自辟户牖,亦能言所欲言者,昆山归震川是也。"[⑤]将唐顺之与归有光并称,其

① 贝京《归有光研究》(商务印书馆,2008年)第一章"明清人对归有光的评价述论"、杨峰《归有光研究》(复旦大学2006年博士论文)第二章"《震川集》的评选本述要"、黄霖《论震川文章的清人评点》(《上海师范大学学报》2007年第1期)、诸雨辰《被塑造的经典——清代文评专书中的归有光》(《求是学刊》2017年第2期)等论著对归有光明清时期的接受情况有深入的研究,可资参看。

② 王世贞《弇州山人续稿》卷一百五十,《明别集丛刊》第三辑第三十八册,第488页。

③ 《读书后》卷四,《景印文渊阁四库全书》第1285册,第56页。

④ 王锡爵《三易集》卷十七,《明代论著丛刊》第三辑,伟文图书出版社,1977年,第798页。

⑤ 《袁宏道集笺校》卷十八,第695—696页。

所关注的是“识见议论，卓有可观”“能言所欲言”的创作风格，及其与后七子的对立关系。

明末清初，在钱谦益、艾南英等人的大力推扬下，归有光在古文领域的影响显著提升，其“唐宋派”的身份也渐趋明晰。钱谦益称归有光“原本六经，而好太史公书，能得其风神脉理”[①]，显然是继承了唐时升的观点；又充分肯定其对唐宋文的喜好与推扬：“士生于斯世，尚能知宋、元大家之文，可以与两汉同流，不为俗学所澌灭，熙甫之功，岂不伟哉！”[②]“其于六大家，自谓可肩随欧、曾，临川则不难抗行。”[③]钱谦益对归有光古文创作倾向的三点总结——“原本六经”“好太史公书”“肩随欧、曾”——已大致勾勒出归有光古文思想的基本轮廓。艾南英在《答陈人中论文书》中指出“夫韩、欧者，吾人之文所由以至于秦、汉之舟楫也”[④]，又于《再答夏彝仲论文书》中称古文之道“至嘉、隆之王、李而大败，得震川、荆川、遵岩救之而稍振”，又称归有光“留心《史记》，摹神摹境，假道于欧。欧者，《史记》之嫡子，而此老则欧之高足也”。[⑤] 此中信息颇为丰富，一是建构了一个从秦、汉到韩、欧再到归、唐、王的文统，二是震川、荆川、遵岩并称，三是视归有光为欧阳修嫡传，几乎满足了唐宋派所有的条件。如果说钱谦益准确地提炼出归有光古文思想的核心特征，那么艾南英则是从文统与文派两个维度给归有光以精确定位。至此，

---

① 钱谦益《震川先生小传》，《列朝诗集小传》丁集中，第 559 页。

② 钱谦益《题归太仆文集》，《牧斋初学集》卷八三，上海古籍出版社，1985 年，第 1760 页。

③ 钱谦益《震川先生小传》，《列朝诗集小传》丁集中，第 559 页。

④ 黄宗羲纂辑，黄灵庚、慈波点校《明文海》卷一百五十九，人民文学出版社，2023 年，第 3224 页。

⑤ 《明文海》卷一百五十八，第 3211、3212 页。

归有光与唐宋派的关系以及唐宋派古文理论的体系已经基本建构完成。

清初名家对归有光多有推重，从不同侧面持续建构其“唐宋派”的身份。吴伟业称：“震川、毗陵扶衰起敝，崇尚八家；而鹿门分条晰委，开示后学。”[①]黄宗羲云：“当王、李充塞之日，非荆川、道思与震川起而治之，则古文之道几绝。”[②]均是将归有光与唐顺之、王慎中或茅坤并称，并视之为古文正统。汪琬十分推崇归有光，其论有明一代文章：“前明二百七十余年，其文尝屡变矣。而中间最卓卓知名者，亦无不学于古人而得之。罗圭峰学退之者也，归震川学永叔者也，王遵岩学子固者也，方正学、唐荆川学二苏者也，其他杨文贞、李文正、王文恪又学永叔、子瞻而未至者也。前贤之学于古人者，非学其词也，学其开阖呼应、操纵顿挫之法而加变化焉以成一家者是也。”[③]明确指出归有光学习欧阳修的创作倾向，并强调他是学习前人“开阖呼应”“操纵顿挫”之法，而非模仿其词句，揭示了其与唐宋派文学思想相一致的另一面。朱彝尊自述其古文创作的经历：“仆少时为文，好规仿古人字句，颇类于鳞之体。既而大悔，以为文章之作，期尽我所欲言而已……乃深有契乎韩、欧阳、曾氏之文，不自知其近于道思、应德、熙甫数子也。”[④]也是将归有光与王慎中、唐顺之并称，并揭示他们与唐宋古文的内在一致性。陈维崧在《归震

① 吴伟业《致孚社诸子书》，《吴梅村全集》卷五四，第1087页。

② 黄宗羲《郑禹梅刻稿序》，《黄宗羲全集》第七册，第66页。

③ 汪琬《答陈霭公书二》，《钝翁前后类稿》卷十九，《汪琬全集笺校》，第485页。

④ 朱彝尊《报李天生书》，王利民等校点《曝书亭全集》卷三十一，吉林文史出版社，2009年，第384页。

川文选》的评点中，常将归有光与唐宋八家相比，又格外重视其悲叹呜咽之情的抒写及其行文淡宕、神韵悠远的特点。[①]

《四库全书总目》中的相关评述大约可以代表当时的官方意见。《震川文集》提要云："初，太仓王世贞，传北地、信阳之说，以秦汉之文倡率天下，无不靡然从风，相与剽剟古人，求附坛坫。有光独抱唐宋诸家遗集，与二三弟子讲授于荒江老屋之间，毅然与之抗衡，至诋世贞为庸妄巨子……自明季以来，学者知由韩、柳、欧、苏沿洄以溯秦汉者，有光实有力焉。"[②]这种说法显然受到钱谦益的影响，突出归有光与后七子尤其是王世贞的对立，并肯定其由唐宋八家上溯秦汉的师法路径。唐顺之《文编》提要云："自正、嘉之后，北地、信阳声价，奔走一世；太仓、历下，流派弥长。而日久论定，言古文者终以顺之及归有光、王慎中三家为归。"[③]将归有光与唐顺之、王慎中并称，同样将他们视为与七子派相区别的古文流派。

桐城派极其推崇归有光，将其视为上承唐宋、下启清代桐城派的关键人物。他们普遍认为唐宋八家是文章正轨，而归有光能接续唐宋，方苞、刘大櫆、姚鼐则上继归氏，延续古文正脉。[④]如薛福成云："国朝康、雍之间，桐城方望溪侍郎独以朴学治古文辞，继明归震川氏，以上接韩、欧阳之绪。"[⑤]马其昶称："自欧公之存，南丰、临川、眉山父子相与为师友，诚可谓极盛。其后数

① 参见杨峰《归有光研究》，复古大学 2006 年博士论文，第 33—34 页。

② 永瑢等《四库全书总目》卷一百七十二，第 1511 页。

③ 永瑢等《四库全书总目》卷一百八十九，第 1716 页。

④ 贝京《归有光研究》第一章第三节"桐城派论归有光"详尽论述了桐城派文人对归有光的评价与接受情况。

⑤ 薛福成《寄龛文存序》，《庸庵文外编》卷二，《薛福成集》，《桐城派名家文集》第十册，安徽教育出版社，2014 年，第 329 页。

百年，明则有归氏，清则有方氏、姚氏、梅氏，此数家者，尤学者所归向。”①均是此意。桐城派文人在突出归有光地位的同时，有意无意地遮蔽了唐、王、茅的存在感。然而，他们所努力建构的“唐宋—震川—桐城派”的古文脉络，与唐宋派建构的文统，以及清人对唐宋派的认知，是完全相符的。

通过考察归有光在明清时期接受情况，我们可以发现明清人认知的归有光大约有以下几个突出的特征：一，原本六经；二，好太史公书，颇能得其风神；三，学习唐宋八家，受欧阳修影响尤著；四，与唐顺之、王慎中、茅坤观点相近，与后七子尤相抗衡；五，擅长抒写欢愉惨恻之思，深婉感人；六，具备质朴自然、神韵悠远的创作风格；七，学习古人“开阖呼应”“操纵顿挫”之法；八，“师其意不师辞”，多所自得。以上特征，三、四、七、八与王、唐、茅诸人相合，二与茅坤尤相契合，一、五、六则颇具个人特征。总体来看，明清人对归有光的认知与对唐宋派的建构基本上是同步的。我们审视归有光在唐宋派中的位置，应当参照明清人的认知，比较其文学思想之异同，进而思考其于文学史与学术史上的意义。

二　归有光与王、唐、茅文学思想之异同

尽管在王慎中、唐顺之、茅坤之间也存在文学观念的分歧或错位，但把他们视为一个有一定的自觉意识的文学流派，应该没有太大问题。归有光的情况则比较特殊，他与王、唐、茅三人没有多少交往，也不曾表达对三人文学观念的赞同，他是被后人追

---

① 马其昶《濂亭集序》，《抱润轩文集》卷四，《马其昶集》，《桐城派名家文集》第八册，安徽教育出版社，2014 年，第 70 页。

认成唐宋派成员的。当然，古人的判断不能完全作为现代学术判断的依据，我们最终还是要辨析归有光与王、唐、茅诸人的文学思想之异同。[①]

在比较归有光与王、唐、茅诸人的文学思想之前，有必要讨论一下“思想倾向”标准的问题。无论是政治观点，还是哲学思想，虽然都会对文学思想形成不同程度的影响，但这种影响只是一种可能性而已，文学思想并不完全由政治观点或哲学思想决定。拥有相同的政治观点或哲学思想，不一定就会具有相同的文学思想；具有相同的文学思想，也并不要求一定要拥有相同的政治观点或哲学思想。因此，政治观点与哲学思想并不足以作为流派成立与否的判断标准。就唐宋派而言，通常认为他们的文学思想深受阳明心学的影响。有学者认为归有光反对心学，并将此作为他不属于唐宋派的依据之一。首先，归有光是否接受阳明心学并不能完全决定他能否拥有与唐宋派其他成员相同的文学思想。比如，茅坤受心学思想的影响其实是很浅的，但这并不妨碍他与王、唐具有十分相近的文学思想。其次，归有光虽然批评阳明心学，其实他受心学思想影响程度之深，绝不在王慎中和茅坤之下。且不论思想倾向能否作为唐宋派的判定标准，至少作为一种事实，归有光在受阳明心学影响这一点上与唐宋派其他成员并无不同。最后，其实也是最重要的一点，阳明心学对他们各自的文学思想究竟形成了怎样的影响，才是心学思想能否作为唐宋派判定标准的决定性因素。

① 本节讨论王、唐、茅、归文学思想之异同，立论的基础是对他们各自文学思想的宏观把握，或者说是结论性的把握。相关理论范畴或命题的详尽论证将于后文展开。

判断归有光是否属于唐宋派,一种简便易行的办法是,以王、唐、茅作为唐宋派的代表成员,将他们相对统一的文学思想作为标尺,来衡量归有光的文学思想,进而判断其流派归属问题。这种判断方法固然便于操作,却在逻辑上预先将归有光置于一种被动的处境中,因为判断标准的确立与之无关。因此,更为慎重的做法应该是,将王、唐、茅、归的文学思想放在同一平面上进行综合对比,看他们对待文学创作的一些根本问题分别持有怎样的主张,并据此判断他们是否可以被视为一个文学流派。如何处理文道关系与义法关系,是贯穿唐宋派文学思想发展的两个核心问题。文道关系主要是体现了文章创作中所包含的生命价值取向问题,能够反映出创作者或批评者最根本的文学态度;义法关系则是一个如何创作的问题,即文章要表现什么以及如何表现等。关于道或义,又涉及到其与阳明心学的关系问题;而文或法,则与其师法对象的选取有密切关系。以下即针对这些问题,由整体到具体,从不同层面比较归有光与王、唐、茅文学思想的异同。

首先,在对文道关系的处理上,虽然唐宋派诸子在两者之间的侧重及程度各有不同,但基本上都是文、道并重的。王慎中一生虽然在政治上没有太大作为,却始终不失儒者本色,尤其重视道德品性之修养,但同时又深以其文学才能而自豪。他既要树立自我之道德人格,培养温和、醇厚之性情,又希望能够充分地展现其文学才能,于是提出"文以明道"的创作主张,以道为文章之义,文词为文章之法,教化为文章之用,试图通过文学创作的方式同时实现其文与道的双重价值追求。而唐顺之却似乎耻于以文人自居,在两者之间明确地偏向于道的一端,甚至数度产生了废弃文学创作的念头。但他终究没能真正放弃对文的追求。从其《文编》的编纂及茅坤《唐宋八大家文钞》中所征引的评语来看,唐顺之对文章之学还是相当用心的。茅坤在这一问题上的态度与王、唐二人颇有不同。虽然他也谈“文以载道”,但事实上他对性理之道并没有多少兴趣。游山玩水、吟诗弄文,是茅坤晚年最主要的生活方式。归有光对待文与道的态度,与三者相比又独具特色。震川一生,极其坎坷,六度乡试,九上公车,年入花甲,方得一第。然而,在这长达四十余年的科考生涯中,尽管归有光也有过许多无奈与愤慨,但他从不曾放弃过由科举求仕进、进而以道济天下的信念。在文学创作上,青年时期的归有光即表现出非凡的天赋,一篇《项脊轩志》流传千古。而且,他对文学亦抱有极大的兴趣,在科考连遭败绩的情况下,始终不曾放弃古文的钻研与创作。从其一生的生命活动来看,他对道与文的追求都是虔诚而尽力的。但他似乎并无意于强行将二者统合起来,只是在不同的方向同时用力而已。那些本来就用来发挥经义、阐明理道的文章,他当然也会强调其明道的作用;而那些讨论实际社会事务的文字,则会强调其实用功能。然而,关键问题在于,归有光并不认为文章天然就是应该用来明道或发挥其他实际功用的。写作摹写人物、刻画性格、抒发情感的优美文字,在归有光看来同样是天经地义的事。而且,无论从理论表述,还是在实际创作中,基本上感受不到他对文与道的任何一方有所偏向。尽管王慎中也是文、道并重,但他却总是试图将文与道关联起来,而且多多少少有些偏向于道的意思。综合而论,文、道并重是唐宋派成员最基本的价值取向,归有光在此问题上与王、唐的主要倾向相当一致;反倒是茅坤,表现出比较明显的重文轻道的思想倾向。

其次,在义法关系问题上,王、唐、茅三人的态度基本上是一致的，那就是以义为本，义法并重。但他们对于文章之义具体内涵的理解却各有不同。王慎中主张“文以明道”，即是把道作为文章所要表现的内容。当然，王慎中并不是要空谈心性、标举义理，而是主张“道其中之所欲言”，强调创作主体真切的道德体验。这体现了阳明心学对其文学思想的影响。但从其理论的论述重心及其实际的创作情形来看，他主要还是要阐发传统的儒家道德、教化思想。唐顺之关于文章之义的论述则更加微妙一些。唐顺之论“本色”，是要抒写自我“真精神”，直接表达自己的真切体会或真实见解。然而，其所谓“本色”，是包含境界要求在内的，而非通常意义上的真面目、真性情。它以心性修养为基础，要求在去除私欲的前提下，体验此圆活、灵明的本心，从而形成超凡脱俗的生命境界，以及高妙卓绝的识见。这是唐顺之“本色”的基本涵义。但在具体的论述过程中，又有着一些较为灵活的表述，比如“开口见喉咙”“瑕瑜俱不容掩”等，似乎“本色”即是本来性情、真实面目的意思。但从其实际创作情况来看，唐顺之并无意于表现个体情感或寻常感触，文章中抒写的基本上都是其对心性的体悟及其对种种事理的独特见解。从性质上说，唐顺之的文章之义，依然没有脱离道的范围；只是具有了更加鲜明的主体性，从外在的教化、伦理之道转化为创作者的真切体悟或独特见解。但到了茅坤那里，文章之义的性质就已悄悄地发生了变化。茅坤的论文宗旨是“万物之情，各有其至”，认为创作者须用心体会万事万物各自神情，并将其融注于心，然后经过精心的剪裁与结撰，方能写出好的文章。从其文学思想的发展历程来看，茅坤此论显然是在唐顺之的启发下提出的。然而，尽管茅坤也强调创作主体的心灵体悟，却只是文学意义上的心物交融，与本体之心相去甚远。但其与唐顺之的“本色论”

之间，最根本的区别尚不在此，而在于文章要表达的内容已发生了根本性的变化。他既不像王慎中那样宣扬传统的儒家之道，又不像唐顺之那样直接表达自我的心性体悟或独特识见；他真正要抒写的是事物的生动形态、优雅的文人情调及其胸中的抑郁不平之气。可见，在茅坤这里，道与文章之义已从重合走向分离，道已不再是文章所要表达的主要内容。由此可知，关于文章究竟应该表现些什么，王、唐、茅三人的主张并不完全一致。王慎中关注伦理，唐顺之侧重于心性，而茅坤则几乎完全摆脱了道学的影响，只是要表现万物之神情。那么归有光在此问题上的态度与三人有何异同呢？首先，归有光也是主张文以明道的，也强调主体心灵对道的真切体验，这与王、唐的观点比较接近。明道的文章，与王慎中关注伦理、唐顺之侧重心性不同，归有光比较看重文章的实用功能。自我心灵的体认与抒写，是影响唐宋派文学思想的最重要的因素之一。王慎中虽然也强调“道其中之所欲言”，但他最终所要表现的依然是外在的道。唐顺之受心学思想影响最深，彻底转向了对本心的关注，其“本色论”即是主张如实地表现自我的心灵体悟与独特见解。但其所谓“本色”是包含了境界要求在内的，而非日常化的心理或情感体验。茅坤虽主张抒写自我的真实感受，却只是典型的文人情怀。归有光主张抒发真情实感，则真正转向了创作主体的内心，而且是个体化、日常化的情感。尽管其所抒写的真挚的亲情、友情依然不出乎传统的伦理道理，但这毕竟是人人可以体验的、真切的日常情感。因此，归有光的文章最具文学品质，也最能令读者感动。这是归有光超出王、唐、茅诸子之处。综上所述，王、唐、茅、归四人对文章之义的理解各有不同：王慎中以“道”为义，认为文章应该能够“发挥乎道德”；唐顺之以“心”为义，主张以文章表达心性体悟与独特识见；茅坤以“神”为义，要求以文章生动形象地体现万事万物的神情特征；归有光则兼以“道”与“情”为义，希望文章或能有益于世道，或能抒写个人的真情实感。从整体上来看，大致经历了一个由外而内、由义理而情感的变化过程。但注重文章的表现内容与创作主体之心灵，是他们共同的文学主张。

再次，对创作法度的重视程度，及其文章之风格取向，也是衡量其文学思想是否一致的重要标准。在古人的生命价值体系中，文与道的关系似乎是互为消长的。其实也不尽然。相对而言，王慎中对文道关系的处理还是比较平衡的，而唐顺之则有明显的重道轻文的倾向。然而，唐顺之对文章创作法度的重视程度及钻研力度绝不在王慎中之下。因此，判断他们对待文学的态度，不能简单地依据其对文道关系的处理方式，还要考虑到其对创作法度的重视程度及其风格取向等因素。王慎中对待文学的态度是相当明确的，他把文章作为生命价值的重要实现方式，在实际的创作过程中对遣词造句、结构布置等创作技法也极为用心，而且有着十分明确的风格取向。唐顺之对待文学创作的态度则要复杂许多。在文与道的对比和选择中，唐顺之始终把道置于首要地位。其“本色论”对法度的颠覆，同样包含着重修养、轻创作的思想倾向。但事实上唐顺之对创作法度却是极其重视的，其《文编》的编纂则为唐宋派“师法唐宋”文学思想的确立奠定了基础。具体而言，王慎中主要是取法于欧、曾，既取其谨严法度，又效其醇厚文风。唐顺之将其师法对象拓宽到唐宋八家，乃至先秦、两汉，主要是追求一种法度精严而浑融无迹的艺术效果。在王、唐这里，法度与风格成为文章审美性最基本的保证。茅坤较为完整地接受了唐顺之关于法度的文学思想，同样以唐宋古文重主要的师法对象，但其侧重点却与之有所区别。对韩愈和苏轼文章的激赏，是唐顺之与唐宋派其他成员的明显区别之一。这应当与其狂者的人格特征，及其对奔放不羁的审美风格的喜好密切相关。茅坤在唐宋作家中最推重欧阳修，这与其文人雅士的身份认同是十分一致的。在唐宋八大家之外，茅坤又极其推崇司马迁，着眼点则在其逸宕、慷慨的艺术风格上。可见，对行文法度的重视，以及“师法唐宋”的取法方式，是王、唐、茅三人共同的创作主张；而风格取向的不同则导致了他们师法对象之侧重点的不同。归有光对师法对象的选择与茅坤比较相似，同样是推重《史记》与唐宋古文，尤其对前者推崇备至。茅、归在这一点上与王、唐的区别应该不是一个偶然，而是与其文章之义的转变有密切关联。王、唐的文章以议论为主，而茅坤则转向了记人、叙事；归有光虽然对议论性文字与叙述性文字同等重视，但他对《史记》的效法却显然是针对后者而来。综上所述，王、唐、茅、归等人，由于其风格取向各有不同，所以具体的师法对象也多有出入；但他们对法度的理解与把握还是大致相同的，主要是指行文、结构之法，且须从唐宋古文及《史》《汉》文章中揣摩得来。可见，归有光对待法度的基本态度，与其他三人并无根本区别；至于具体的审美风格及师法对象，王、唐、茅三者之间的差别，并不比他们分别与归有光之间的差别更小。

通过对王、唐、茅、归文学思想的比较，可知其一致之处主要表现在三个方面：一，在义法关系问题上，以义为本，义法并重；二，在法度问题上，注重文章的结构、布置，以唐宋散文及《史》《汉》文章为主要的师法对象；三，重视创作主体的心灵体验。他们在一些关键问题的分歧也主要表现为三点：一，在文章的表现内容问题上，王慎中主张发挥道德，唐顺之要求表达心性，茅坤要描绘万物神情,归有光既强调文章的实用功能,又要用以抒发个人的真情实感;二,具体的师法对象各有侧重;三,没有统一、确定的风格取向。由上文论述可知,唐宋派诸子师法唐宋古文主要是着眼于其行文、结构之法,而他们在具体的师法对象与风格取向上的差异,主要是由各自的禀性特征与表现内容的不同造成的。抛开各自的创作个性不论,此一差异终究还是由表现内容的不同决定的。在这个问题上,王慎中与唐顺之的观点基本上是一致的,无论是伦理道德还是心性识见,要之都不脱离道的范围。而茅坤所要表现的"万物之情"显然已远离于道,与王、唐有显著区别。倘若可以忽略这种区别,只是根据他们对内容的重视及其对法度的理解,将其视为一个文学流派,那么毫无疑问归有光也应该归属于这一流派。如果着眼于这种区别,仅把王、唐视为唐宋派的代表人物,则茅、归均应排除在这一流派之外;而如果茅坤都被排除在外的话,那么唐宋派或许的确应该称为"道学派"了。那么,唐宋派究竟可否被视为一个文学流派呢?假如是,它又是一个何种性质的文学流派呢?这显然是一个需要认真对待的问题。

三 "唐宋派"的界定与归有光的位置

通过上文的对比可知,王、唐、茅、归等人文学思想的共同之处,主要体现在文章创作的基本法则问题上。具体表现为:以义为本,义法并重;以唐宋古文与《史》《汉》文章作为师法对象,主要学习其首尾呼应、错综变化的行文之法。因此,如果仅从文章学或者散文史的角度出发,我们当然可以将他们视为一个与前、后七子相对立的文学流派,并概括地称之为"唐宋派"。尽管他们的师法对象并不局限于唐、宋时期的散文,但对待唐宋文的态度显然是他们与前、后七子之间最显著的区别。然而，这并不足以概括他们全部的文学思想，只能反映其中的一个侧面。在其他一些重要问题上，包括文道关系、表现对象与风格取向等，四人之间又存在着十分显著的差异。但所有这些分歧又不是完全割裂的，其间存在着种种复杂的纠葛与相互影响。比如，他们都不同程度地受到阳明心学的影响，也都十分重视创作主体的心灵体验，而"文以明道"则是其共同的理论基础。如果做文学史或文学思想史研究，而非单纯的散文流派研究，显然不能将这些重要因素排除在我们的研究视野之外。只有全面把握其文学思想之原貌，方能在嘉靖文坛及整个明代文学思想史上给它一个准确的定位。因此，我们不妨从不同的层面对唐宋派加以界定：唐宋派是明代中期的一个散文流派，主要活动于嘉靖、隆庆两朝。以义为本，义法并重，是他们最基本的创作思想。他们主张文章要言之有物，并格外重视创作主体的真切体验。他们以唐宋古文和《史记》《汉书》为主要的师法对象，从中学习其首尾呼应、错综变化的行文法度。然而，由于流派成员在生命价值取向上存在着较大的差异，故其整体文学思想大致经历了一个从重道到重文的转变过程。另外，该流派的重要代表人物唐顺之，在阳明心学的影响下提出了"本色论"的创作思想，对后世文学的发展产生了极其深远的影响。

在对唐宋派作出明确的概念界定之后，归有光的归属问题便不难解决了。虽然归有光很少与王慎中、唐顺之、茅坤等人交往，但在相同的文学及思想文化背景下，形成了与之大致相同的文学思想。如前文所论，归有光与王慎中、唐顺之一样，都持有"文以明道"的创作思想。尽管他们所要阐扬的内容互有不同——王慎中是要宣扬伦理、教化之道，唐顺之是要表达心性体悟，归有光则比较看重文章实际的社会功效，但若作宽泛的理解，他们都是要以文章承载儒家之道。这既与他们各自的学术思想密切相关，又是他们在文学领域对正、嘉之际“弃文从道”思潮的积极呼应。在师法系统的选择上，归有光与王、唐、茅有着共同的立场；而他们对唐宋古文的学习，主要都是着眼于文章的行文结构之法，与前、后七子形成了鲜明的对比。因此，我们有理由将归有光视为唐宋派的重要成员。然而，由于没有足够的材料可以证明归有光究竟是否受到了王、唐、茅等人的直接影响，所以在唐宋派的流派构成中，他更像是一个遥相呼应者。但这并不意味着归有光只是唐宋派的一个无足轻重的追随者。事实上，他在心学思想影响下对唐顺之“本色论”的呼应与推进，令其成为唐宋派文学思想发展中一个极其重要的环节。“本色论”将文学创作完全引向了主体内心，终究却是以心性体悟作为文章的表现对象；而归有光则将其引入了创作主体的情感世界，为唐宋派与晚明文学思潮的沟通推倒了最后一堵墙。因此，将其视为唐宋派文学思想发展中的一个重要环节，当然不是一厢情愿的事。

第二章　文以明道:传统命题的新内涵

唐宋派从传统的文学思想中继承了“文以明道”的创作观,与“师法唐宋”的主张相结合,构成了其文学思想的主要内容。“文以明道”是唐宋派文人的生命价值取向在其文学思想中最直接的体现,对其文学创作的题材选择、审美倾向及创作方式产生了极其深刻的影响。在唐宋派的几位主要成员中,王慎中对“文以明道”的阐述最为详尽和系统,也最能体现唐宋派在此问题上对传统文学思想的继承与创新。王慎中的“文以明道”说既是唐宋派文学思想的发展起点,又是其理论基础。因此,准确把握其思想内涵与理论创新,是我们了解唐宋派文学思想演变过程与理论内涵的基本前提。

第一节　“文以明道”与中国古代士人的生命价值观

“文以明道”是中国古代文学最重要的同时也是一个充满矛盾的命题:它是一个文学命题,针对文学创作而发,却又背离文学的发展方向;它以明道作为文学创作的目的,却依然是在文学领域发生影响,于道则影响甚微。而那些主张明道的古文家们也大都以文学著称,尽管他们明道的愿望或许是那般的真诚。

“文以明道”究竟体现了怎样的文学思想？最能被人们接受的一种解释是：以雅正的文辞阐述儒家的义理，以达到经世致用或教化的目的。但这也只能说明“文以明道”作为创作主张的基本涵义而已，却不足以说明这一充满矛盾的理论何以能如此广泛地被士人们接受，何以会产生如此深远的影响。想要说明这一问题，必须跳出文学的圈子，从古人的生命价值取向着眼来加以把握。

一　文、道关系的三个层面

“文以明道”是古人处理文、道关系的一种方式，而文、道关系说到底是一个关于生命价值取向的问题。事实上，对古代士人的生命来说，作文与明道都是有意识的创造行为，都是生命价值的实现方式。在文学创作与事功追求或伦理实践中，人们可以分别实现不同的生命价值，体验不同的成就感。通过明道实现人生目标，自然是古人主流的观念，以文章博取声名同样是重要的实现生命价值的途径。今天的文学创作主要是一种职业，一种谋生的手段，但并不排除一些人的创作行为只是为了展现其艺术才华，这在古人的创作动机中更是常见。尽管古人可以凭借出众的文学才能晋身仕途，或是获取颇为丰厚的润笔银，甚至有些下层文人专以捉刀为生，但更多的时候文学创作并不是为了获取实际的利益，而是用来展示自我才华，乃至寄托生命意义。[①] 然而，在中国古代的思想环境中，把文学创作视为一种独

① 蒋寅《以诗为性命——中国古代对诗歌之人生意义的几种理解》一文，深入探讨了诗歌对于中国古代士人生命的独特意义，可作参照。文见蒋寅《古典诗学的现代诠释》，中华书局，2003 年。

立的生命价值是很不容易的。文始终受道的影响——古人总是以道作为参照来衡量文的价值,或者因道的需要而排挤文的生存空间,毕竟道才是他们更加永恒的价值信念。人们对文与道的种种理解、权衡、取舍或调和,就构成了纷繁复杂的文、道关系。

在我看来,古人对文、道关系的思考至少包含三个层面。一,文与道的对比与选择,首先反映的是古代士人对文学自身价值的思考与认知:作为一种重要的生命活动,文学是否具备独立的存在价值?是否只有依附于道才有充分的存在理由?文学与其他的生命追求(比如事功、道德等)之间关系如何?是否相互冲突?等等。二,我们谈论最多的“文以明道”则属于第二个层面的问题,即文至少在得到最低限度的认可后,需要以明道作为价值标准或创作原则。“文以明道”是古人对作为生命活动和价值追求的文与道之间的分化或冲突进行调和与折衷的产物。古人通常会把道作为更为崇高的价值追求,但文同样是其实现生命价值的重要途径;他们重视道,却不肯放弃文,因而便有了“文以明道”理论的形成。其实,大部分时候,古人讲“文以明道”,并非一味地强调以文章阐明理道,而是在思考如何才能实现文采与功用之间的平衡。三,究竟要明什么道,如何明道,是文、道关系的第三个层面,也是最能直接影响文学审美取向的层面。道在古代文化中是一个内涵极其丰富的概念,既具有形而上的意义,有时又只是指现实的事功;即便是形上之道,又有本体之道、自然之道与性理之道的区别。对道的不同理解,其实意味着不同的价值取向,体现于文学创作中,自然会导致题材与审美趣味的不同。而道对文发生影响的途径与方式,则会更加直接地影响到文学的创作方式及审美特征。在这三个层面中,任何不同的理解及处理方式，都会导致文学思想的显著区别。以下试以文学思想史上有关文、道关系的几种最主要的观点对此加以简要说明。

二　文、道疏离与文论家的态度

将文与道置于一处讨论者自先秦有之。《左传·襄公二十四年》载穆叔言："太上有立德，其次有立功，其次有立言。虽久不废，此之谓不朽。"[①]《论语·先进》视其专长将孔门弟子分为四科："德行：颜渊，闵子骞，冉伯牛，仲弓。言语：宰我，子贡。政事：冉有，季路。文学：子游，子夏。"[②]当然，所谓"立言"，是一种宽泛意义上的著述活动，"文学"亦是指对前此文化典籍的学习、研究与传述，均与后世文学有很大的区别。但它们毕竟区别于那些用于沟通、应对的生活语言，而是落实于文字形态的著述或创作。我们可以视之为文学创作的初始形态。况且，孔子格外强调文字的文采特征。所谓"言之无文，行而不远"[③]，"为命，裨谌草创之，世叔讨论之，行人子羽修饰之，东里子产润色之"[④]，正说明孔子对文的高度重视。"立言"尽管列于"立德"与"立功"之后，却同样被确立为生命不朽的依仗；"文学"虽然列于"德行""言语"和"政事"之后，也同样被视为重要的人生成就。换言之，在先秦时期，文与道虽也有轻重之分，但各自的价值都是被充分认同的。并且，由于当时文的概念十分宽泛，文

① 《春秋左传正义》卷三五，《十三经注疏》，上海古籍出版社，1997 年，第 1979 页。

② 《论语注疏》卷一一，《十三经注疏》，第 2498 页。

③ 《春秋左传正义》卷三六，《十三经注疏》，第 1985 页。

④ 《论语注疏》卷一四，《十三经注疏》，第 2510 页。

与道德、事功之间的关系也极为密切，文与道之间尚未呈现出明显的分离趋势，故尚无将二者进行对比和选择之必要。事实上，文、道关系问题的真正形成，乃是以文、道疏离为前提。文的审美特征日益彰显，自身价值越发突出，逐渐呈现出于道之外独立发展的态势，必然会引发这样的思考：美文的创作对于人生究竟有没有足够重大的意义？是否值得为之消耗许多心神？人们是否应该将更多的精力投入到对道德与事功的追求中去？这样，在文、道问题上，中国古代文学思想便发生了第一个层面的分流：对文学的肯定与否定，抑或重视与轻视。

汉大赋无疑是一种具有较高文学品质的创作样式，对待大赋的创作与评价态度也最能体现汉代人的文学思想。创作态度主要是从作品的风貌中体现出来。尽管讽谏是赋体创作之本意，但我们感受最深的往往并非其讽谏意义，而是它的铺排夸张、繁辞丽句。对于这种鲜明的风格特征，创作者不会没有清楚的认识。据《西京杂记》记载，司马相如尝论作赋云："合纂组以成文，列锦绣而为质，一经一纬，一宫一商，此赋之迹也。赋家之心，苞括宇宙，总览人物，斯乃得之于内，不可得而传。"①《西京杂记》近于笔记小说，所载故事并不完全可靠，但以司马相如的创作风貌推测，他完全有可能说出这样的话。《汉书·扬雄传》："雄以为赋者，将以风也，必推类而言，极丽靡之辞，闳侈钜衍，竞于使人不能加也，既乃归之于正，然览者已过矣。往时武帝好神仙，相如上《大人赋》，欲以风，帝反缥缥有陵云之志。"②虽然扬雄对此持批评态度，然而却在事实上说明了汉代人对靡

① 向新阳、刘克任校注《西京杂记》卷二，上海古籍出版社，1991 年，第 91 页。

② 《汉书》卷八十七下，中华书局，1962 年，第 3575 页。

丽、宏肆风格的自觉追求，而所谓的讽谏意图最终化为无奈的反讽。于是，随着讽谏功能的淡化与消退，汉大赋就演变成部分汉代士人逞才和游戏的文字载体。[①] 换句话说，当部分士人无法在朝廷建功立业时，却能通过辞赋创作一展身手，在主流的价值观念体系之外找到了另一种实现生命价值的方式。尽管他们并非心甘情愿，但在这片天地里他们毕竟可以充分展示其超群的艺术才华。而诸如枚皋、东方朔、司马相如，他们近乎俳优的文学侍臣地位，恰恰体现了辞赋创作与政治的疏离。这就意味着文与道已渐行渐远，且具有了独立发展之态势。

建安时期，随着东汉政权的土崩瓦解，大一统的儒家思想对士人精神世界的影响力也急转直下。士人的人生价值、行为准则及至思维方式，重新进入一个变动不居、取无定向的时期。[②] 没有一种思想能够强有力地左右士人的价值观念，"道"的观念及其统治力自然会有所淡化。就在这样的思想背景下，文学却获得了更大的自由发展的空间，并在士人的生命价值体系中占据了更加重要的地位。曹丕云："年寿有时而尽，荣乐止乎其身。二者必至之常期，未若文章之无穷。是以古之作者，寄身于翰墨，见意于篇籍，不假良史之辞，不托飞驰之势，而声名自传于后。"[③]时局的动荡，人生的苦短，思想的混乱，使当时的士人很难找到一种永恒的价值；于是文学就成了他们一种精神的寄托，

① 参见张峰屹《西汉文学思想史》第三章第三节的相关论述，南开大学出版社，2001 年。

② 参见罗宗强《魏晋南北朝文学思想史》第一章第一节的相关论述，中华书局，1996 年。

③ 曹丕《典论・论文》，《文选》卷五十二，上海古籍出版社，1986 年，第 2271 页。

一种生命光辉得以永久流传的载体。此时,对生命而言,文自身即有着崇高的价值,并不依附于道而存在。将文、道之间的这种疏离关系表达得最为生动的,恐怕就要数梁简文帝萧纲了。他在《诫当阳公大心书》中说:"立身之道与文章异。立身先须谨重,文章且须放荡。"[①]这样,文与道就被截然分作两途:写文章只需关注文章自身的东西,而不必理会道;立身处世亦与文章全然无关。《文选》则以对文章的取舍表明了编者对待文学的态度,进而证实了文与道的疏离及其独立价值。从实际的创作风貌来看,此期的文学创作主要体现出三种特征:一,非功利、主缘情的创作倾向;二,对华美、绮丽风格的追求;三,对文学体式的积极探索。非功利、主缘情,说明文学已逐渐确立了自己的生存空间,不再以政教作为文学创作的目的;对华美风格的追求,则突显出文学自身的审美特性;对文学体式与创作技法的积极探索,则是一种更加纯粹的文学行为,表明当时的文人已经将文学创作视为一种十分重要的生命活动。所有这些,都意味着文与道的疏离,表明文逐渐成为士人生命中除道之外的另一种价值体现。这种观念在中国文学思想的发展中是极其重要的,它确立了文学创作在古代士人价值观念中的基本地位,保证了在其后"文以明道"的思想中文不至于完全沦落为道的附庸。

在文与道逐步疏离的过程中,反对的声音也从来不曾中止。先秦时期,反对文饰的声音主要发自墨、法、道三家。墨、法二家对文的反对主要源于他们尚实用、重功利的思想。在尚用这一

① 《全梁文》卷二十七,严可均辑《全上古三代秦汉三国六朝文》,中华书局,1958年,第3110页。

点上,儒、墨、法三家的思想并无二致。他们的区别在于治理理念的不同。概括地说,儒家主张以教化治国,墨、法则主张以威势治国。这种区别决定了他们对待礼乐制度的不同态度。儒家主张以教化治国,能理解并运用先王传下来的礼乐制度,从而为文留下了很大的发挥空间;墨、法主张以威势治国,故一切从现实需要出发,反对礼乐文化,否定或轻视一切带有文饰作用的东西。后世儒家重事功的一派,倾向于从政治功用出发,其反对文学的思路与墨、法二家如出一辙。道家思想对文、道关系的影响则要复杂且有趣的多。先秦道家从本体之道或自然之道出发,反对任何人为的东西,包括各种人文制度、礼乐文化。然而老、庄许多具体的理论,比如大音希声、得意忘言、虚室生白等,都对后世文学产生了极其深远的影响。而后世理论家对其"道"的领会导致截然不同的文学思想。刘勰以自然之道作为文之本原充分肯定了华美文辞的价值,苏轼以道之"自然"赋予"文以明道"理论新的内涵,朱熹则视道为文之根本,文为道之枝叶,从而否定了文学的独立价值。虽然朱子所言之道与老、庄之道在内涵上有本质差别,但其以本体之道否定文的思路却是异曲同工。不过,无论道家思想对后世文学有怎样的影响,他们在当时对文持反对态度却是确凿无疑的。

上文谈到,汉大赋的创作带有明显的游戏与逞才性质,与政教之间呈现出明显的疏离趋向。应该说,以赋逞才,追求铺排、靡丽的作品风格,是当时大赋创作的普遍风气,而同为赋作家的扬雄则对此表达了明确的反感态度。扬雄最初十分景仰司马相如,也曾用心地创作大赋,只不过他更强调赋的讽谏作用。当他最终意识到靡丽的辞赋并不能达到预期的讽谏效果时,便选择了放弃,并在理论上反戈一击,对辞赋提出猛烈的批判,作出

“童子雕虫篆刻”的评价，且称“壮夫不为也”[①]。也就是说，在道与文这两种价值观念中间，扬雄完全是倾向于道的，最终因道而废文。至少在理论上，扬雄是因道废文或轻文的始作俑者。齐梁时期，文与道之间的疏离关系日趋明朗，但同样也有不协调的声音传出。最具代表性的当属裴子野重功利、主质朴的文学主张。裴子野论文重政教功用，对齐梁时期的文学发展持否定态度，视当时的文学创作为“雕虫之艺”。在事功与文学的比较中，曹植也曾表达过倾向于前者的价值观念，但他与扬雄、裴子野之间有根本的区别。或许在理念上曹植更重视事功之价值，但他同时又对文学创作表现出浓厚的兴趣，并在各体文章的实际创作中体现出鲜明的审美追求。即便是在理论上，他也没有因道而否定文学的价值，也没有借文明道或以道弘文的意图。应该说，在曹植的价值体系中，道似乎占有更为重要的位置，而文却依然有其独特的地位，并不必依附于道而存在。而扬雄、裴子野则是要把道的价值强加于文，并且最终否定或摈弃无益于教化的文学创作。

此后，对文学持最彻底的否定态度的，大概是以程、朱为代表的理学家了。程颐从心性主义出发，得出“作文害道”的结论。语录中云：“问：作文害道否？曰：害也。凡为文不专意则不工，若专意则志局于此，又安能与天地同其大也。《书》云：‘玩物丧志’，为文亦玩物也……古之学者惟务养性情，其它则不学。今为文者，专务章句悦人耳目。既务悦人，非俳优而何？曰：古之学者为文否？曰：人见六经便以为圣人亦作文，不知圣人亦抒发胸中所蕴，自成文耳。所谓‘有德者必有言’也。曰：

① 扬雄著，陈仲夫点校《法言义疏》卷三，中华书局，1987 年，第 45 页。

游、夏称文学，何也？曰：游、夏亦何尝秉笔为词章也？且如'观乎天文以察时变，观乎人文以化成天下'，此岂词章之文也？"[①] 程颐明确地把文分成两类：词章之文和圣人之文。词章之文是专务悦人耳目之文，圣人之文是圣人心中之道的自然流露。词章之文分扰精神，有碍于对道的领悟，故"作文害道"。圣人之文，程颐虽不否认其文采天成，然而其所重视的却只是道，文采是无关紧要的。既然词章之文有害于道，自然是要弃之不为的了。可以说，程颐对文学的否定态度是十分明确也相当坚绝的。朱熹的相关论述则要高明一些，其对待文学的态度也复杂与微妙得多。朱熹论文最大的特点是主张文道合一。他说："道者，文之根本；文者，道之枝叶。惟其根本于道，所以发之于文，皆道也。三代圣贤文章，皆从此心写出，文便是道。今东坡之言曰：'吾所谓文，必与道俱。'则是文自文而道自道。待作文时，旋去讨个道来，入放里面，此是他大病处。只是它每常文字华妙，包笼将去，到此不觉漏逗。说出他本根病痛所以然处，缘他都是因作文，却渐渐说上道理来；不是'光理会得道理了'方作文，所以大本都差。"[②]朱熹反对唐宋古文家视道与文为两物，在作文时讲一些道理，即所谓以文明道。而是主张以道为根本，道发而为文，这样的文本身即是道。主张文道一体，讲"文便是道"，似乎是把文提升到了与道同等高的地位，其实完全是以道的价值取代了文的价值。他非但不认为文有独立的价值，并且否认文具有可以明道的功能，文只是道的外化，只是落实于文字的道。不过，有趣的是，朱熹对文、道关系的论证思路居然与刘勰十分相

① 程颢、程颐《二程遗书》卷十八，上海古籍出版社，2000 年，第 290—291 页。

② 黎靖德编《朱子语类》卷一百三十九，中华书局，1986 年，第 3319 页。

似。他在《读唐志》一文中谈到:“夫古之圣贤,其文可谓盛矣。然初岂有意学为如是之文哉?有是实于中,则必有是文于外。如天有是气,则必有日月星辰之光耀;地有是形,则必有山川草木之行列。圣贤之心既有是精明纯粹之实以旁薄充塞乎其内,则其著见于外者,亦必自然条理分明,光辉发越而不可掩。盖不必托于言语、著于简册而后谓之文也。但自一身接于万事,凡其语默动静,人所可得而见者,无所适而非文也。”[①]同刘勰一样,朱熹也是以道为本体,天地万物之文皆是道之所形,从而推导出人文亦是道之文。只是刘勰所论乃自然之道,其用意在于以这样一种本体之道来说明文之华美是天经地义的。而朱熹之道实质上是儒家的伦理之道,意在强调文只是道之所形,天地间并没有一种存在于道之外的文。因而他在论述了文与道的一体关系之后,转而却讲“不必托于言语、著于简册而后谓之文”,终究是取消了文学存在的必要性。而不是像刘勰那样得出“圣因文而明道”的结论,提升了文的存在价值。然而,事实上朱熹却又对文学有着很好的感受力,他无法做到对文之精妙视而不见,也并非全然否定文的价值。关于苏轼之文,他曾有这样的评价:“夫学者之求道,固不于苏氏之文矣,然既取其文,则文之所述有邪有正,有是有非,是亦皆道焉,固求道者之所不可不讲也。讲去其非以存其是,则道固于此乎在矣,而何不可之有?若曰惟其文之取,而不复议其理之是非,则是道自道、文自文也。道外有物,固不足以为道;且文而无理,又安足以为文乎?盖道无适而不存者也,故即文以讲道,则文与道两得而一以贯之,否则亦将两失

① 朱熹著,郭齐、尹波点校《朱熹集》卷六十四,四川教育出版社,1996年,第3653页。

之矣。”[1]朱熹对苏轼文章的文采或文法显然是认可的，但对其文章所明之道却大不以为然。因此，他对苏文的取法策略是，取其文而讲明其道，以彼之文明我之道。这还是将文与道析为两物，而在事实上承认了文自身的存在价值。这与其文道一体的思想显然是矛盾的，却与唐宋古文家“文以明道”的思想十分相似了。其实，否定文学的态度明朗也罢，含糊也罢，都只是程子、朱子站在理学家的立场上对文学做出的理论评价。但理学家并不是他们唯一的身份，他们创作文章时同样是十分注重行文的方式与风格的。毕竟，作为一种价值观念，文学创作意识已深深植根于士人们的心中，他们不会、也不可能将文从其生命价值体系中完全抹除。

三　“文以明道”：文与道的价值折衷

古代士人中，能够彻底地因道而弃文，或论文时能够置道于不顾的，恐怕都不是太多。毕竟，道是他们安身立命之本，文则体现了他们最主要的生命趣味，甚至是其高雅身份的首要标志。因此，更多的情况是，他们采取一种折衷的态度，试图将文与道结合起来，通过文章创作同时实现两种价值追求，于是便有了“文以明道”思想的形成。由于文体特征的不同，诗歌更多地被用来抒情或言志，而各体文章则担负着叙述事实与阐发事理的任务，因此便也更多地与明道联系起来。汉魏六朝是文学审美逐渐趋向独立的时期，赋与骈文堪称中国文学史上最具文学特征的散文文体。六朝时候，人们写文章时主要关注的是创作行为本身，是文章本身，即文章写得好不好。士人的生命力在文学

① 朱熹《与汪尚书》，《朱熹集》卷三十，第1277—1278页。

创作中得以彰显，而无需考虑是否能达到功用的目的。中唐以后，“文以明道”则逐渐成为散文创作最主要的指导思想。人们越来越多地将文与道的价值联系起来，文的价值高低不能再仅以自身的标准衡量，还要看其是否有益于道。这样，随着士人文章价值观的转变，散文的审美特征也不断的淡化、褪色乃至枯萎。好在，大部分时候，以文明道并不是他们全部的创作指导思想，道也不是唯一的文章价值标准；无论在理论上，还是在实际创作中，都还为散文保留了一定的审美空间。而且，“文以明道”本身也不是一个含义确定的概念，而是在长期的沿承、运用过程中不断地变化。因此，今人对它的理解也有狭义与广义之分。狭义的理解，将“文以明道”视为一种严格的功利主义的文章观，就是要求用文章来阐明理道，以达到一定的实用或教化目的。广义的理解，将其视为一种价值取向或创作倾向，只是强调道对于文的意义，道是文的根本，也是文章的精蕴之所在，能体现道应该是文追求的方向。在我看来，如果不只是把“文以明道”视为一个孤立的创作理论，而是将其视为某一作家或一个时期的创作思想的有机构成，那么还是广义的理解更符合当时文学思想发展的实际情形。

最早在理论上明确地提出“文以明道”主张的是刘勰，兼顾文、道的创作思想在其文学理论中得到了淋漓尽致的体现。刘勰在《文心雕龙·序志》中谈到的“两个梦”大概最能说明其人生志趣：“予生七龄，乃梦彩云若锦，则攀而采之。齿在逾立，则尝夜梦执丹漆之礼器，随仲尼而南行。”刘勰是否确曾做过这样的梦，自是无从考证，我们不妨视之为刘勰借以表达其人生志趣的两种隐喻。“彩云若锦”显然喻指文章，“丹漆之礼器”则象征着儒家文化，“随仲尼而南行”即谓宣扬儒学思想于南土。以

“彩云若锦”喻指文章,刘勰显然视辞藻华美为文章最基本的特征。但他又有着那么浓重的儒学情结,竟是如此一般崇仰圣人,云“自生人以来,未有如夫子者也”。上文所言“形同草木之脆,名逾金石之坚,是以君子处世,树德建言,岂好辩哉,不得已也”,则体现出他迫切的建功立名的入世情怀。因此,他又不可能仅仅将文学视为抒发一己之情或是审美、娱乐的艺术品。就这样,刘勰艰难地徘徊在两者之间。将两者折中起来,恐怕是他最好的、也是唯一的办法了。于是,他先把文的本原追溯为自然之道,是说文合该如此摇曳生姿;进而又推导出“道沿圣以垂文,圣因文而明道”,作为以文宣扬儒家之道的理论依据。应该说,在这一论证过程中,刘勰巧妙地偷换了道的概念,将自然之道悄悄地置换为政治伦理之道。这也恰恰透露出其力求兼顾文、道的虔诚心态。尽管文与道之间总有些难以弥合的缝隙,尽管刘勰的“折衷”理论存在着这样那样的矛盾,但其文、道并重的文学价值观却是不容置疑的。

通常认为,“文以明道”是唐宋古文运动标志性的散文创作主张。其实,这是一种极其含混的表述。准确地说,作为文学群体,唐宋古文家最突出的文学思想特点之一,是格外关注文与道的关系,强调道对于文学创作的重要意义,并表现出以文明道的创作倾向。如果仅仅从字面意义上理解,“文以明道”只能部分地表达上述特点。所以,如果我们乐于以“文以明道”来概括唐宋古文家关于文、道关系的文学思想,就必须赋予它更丰富的内涵,而不能简单地理解为“以文章阐明儒家之道”。以韩愈的文学思想为例。韩愈多次表达了自己对古之道与古文辞的态度:

愈之志在古道,又甚好其言辞。[①]

然愈之所志于古者,不惟其辞之好,好其道焉尔。[②]

愈之为古文,岂独取其句读不类于今者邪?思古人而不得见,学古道而兼通其辞;通其辞者,本志乎古道也者。[③]

所有这些表述,都是韩愈在解释自己为什么会喜好古文辞。依据韩愈的解释,他喜好古文的根本原因乃在于喜好古人之道。韩愈一向以再建道统者自居,他声称志在古道,应该是没有什么值得怀疑的。但是他喜好古文辞是否就是因为志在古道呢?从上述引文来看,似乎只是一种托辞而已。况且,即便是因其关注古道而留心古文辞,进而引起莫大的兴趣,那么他对古文辞的喜好也只是因为古文辞本身的优美,而非古文辞能够明古道的缘故。当然,我们可以由此推测,韩愈可能由此生发出以文以明的思想,但他本人并没有明确地表达这一层意思。因此,所有这些文献只是说明韩愈文、道并重,并不足以说明他有以文明道的创作主张。在《争臣论》中,韩愈似乎表达了以文明道的愿望:“君子居其位,则思死其官;未得位,则思修其辞以明其道。”[④]但这里是在论君子之行,是说君子不得其位应当通过著书立说来阐明理道。其叙述重心并不在文,至多只能说明可以通过写文章来明道,却不能表明韩愈以明道来要求文学创作。当然,结合理论上的种种迹象及其实际创作情况来看,韩愈的确表现出一些

① 韩愈《答陈生书》,马其昶校注,马茂元整理《韩昌黎文集校注》卷三,上海古籍出版社,1986年,第176页。

② 韩愈《答李秀才书》,《韩昌黎文集校注》卷三,第176页。

③ 韩愈《题欧阳生哀辞后》,《韩昌黎文集校注》卷五,第304—305页。

④ 《韩昌黎文集校注》卷二,第112—113页。

以文明道的创作倾向，但这并不是唯一的、硬性的创作原则。至少在他看来，文除了明道之外，还可以抒写胸中不平之气，甚至还可以用以游戏嘲谑。“不平则鸣”的创作主张和《毛颖传》的创作实践足以说明这一点。其实，韩愈对文与道的会通，主要不表现为“以文明道”，而是表现为“以道弘文”。何谓“以道弘文”？即以道充实生命涵养、提升人生境界，发而为文，使其具有深厚的底蕴和盛大的气势。韩愈在《答李翊书》中集中地表达了这种创作思想。他首先指出，学作古文非朝夕之功，而是要从充实生命涵养入手，即所谓“养其根而竢其实，加其膏而希其光”。接着讲述了自己的进学之路：“始者非三代两汉之书不敢观，非圣人之志不敢存，处若忘，行若遗，俨乎其若思，茫乎其若迷。当其取于心而注于手也，惟陈言之务去，戛戛乎其难哉……然后识古书之正伪，与虽正而不至焉者，昭昭然白黑分矣，而务去之，乃徐有得也。当其取于心而注于手也，汩汩然来矣……如是者亦有年，然后浩乎其沛然矣。吾又惧其杂也，迎而距之，平心而察之，其皆醇也，然后肆焉。虽然，不可以不养也。行之乎仁义之途，游之乎《诗》《书》之源，无迷其途，无绝其源，终吾身而已矣。”[①]从内容上讲，此亦不外乎传统的“有德者必有言”和“原道”“宗经”的儒家文艺思想。但经其如此一番发挥，就成为一套清楚的、提升文学修养的方法。并且，他又将一个传统的哲学兼文学范畴“气”置于道与文之间，从而使其理论成为一种完整的文学方法论。他说：“气，水也；言，浮物也。水大而物之浮者大小毕浮。气之与言犹是也，气盛则言之短长与声之高下者

① 《韩昌黎文集校注》卷三，第170页。

皆宜。”[①]则前文所谓“浩乎其沛然”“不可以不养也”都有了着落，皆是就气而言。可知，韩愈以道为文之根本，强调道对文的重要意义，并不是要从儒家之道中截取一些东西放入文中去讲说；而是以之充实创作主体的生命涵养，使其达到格高、气盛的理想境界，则发而为文，无所不宜。这也正是韩愈“文以明道”思想的主要内涵。

应该说，韩愈对儒家之道的尊崇与向往，及其对事功的积极追求，都是极其真实的，但这并不影响他对文的嗜好与执著。他强调道对文的重要意义，有将二者会通起来的愿望，却没有因道而轻文，也没有简单地把文视为明道的手段或工具。他的确有以文章阐明理道的创作倾向，但这并不是一种完全的、硬性的创作法则。他强调儒家之道对于文章创作的积极影响，但其关注点依然是文而不是道。相比较而言，柳宗元“以文明道”的主张更加明确一些，但其整体的文学思想也与韩愈十分相近。欧阳修似乎更注意文与道之间的平衡，苏氏父子则偏向于文的一端，王安石与曾巩分别强调事功与道德，表现出明显的以文明道的倾向。但总的来说，他们都不是仅仅把文视为阐明政治伦理之道的工具，而是有着相当自觉的文学创作意识和艺术风格追求。因此，如果我们以“文以明道”来概括唐宋古文家关于文、道关系的文学思想，就不能将其理解得过于狭隘，而是要将上述文学思想都包容于这一命题之中。概括地说，唐宋古文家试图将文与道两种不同的价值观统一于文章创作中，在具体的创作过程中则表现为对功用与审美的平衡之追求。至于这样的创作思想究竟会给文学审美带来积极的还是消极的，以及多大程度上的

① 韩愈《答李翊书》，《韩昌黎文集校注》卷三，第171页。

影响，则要视其对“道”的内涵的不同理解，以及不同的“明道”，或曰调合文、道关系的具体方式而定了。

主张“文以明道”，将另一种价值观念引入到文学创作中，势必会对文学自身的性质、评价标准以及创作方式带来很大冲击，也必然会对其审美功能带来诸多制约与消解。但道对文的影响并不总是消极的，因为它同时也丰富了文学作品的表现内容，如果能够很好地将道融入文学创作中还有助于提升文的境界。当然，究竟道能给文带来怎样的积极影响，还要视创作者对“道”以及“明道”方式的理解而定。唐宋古文家虽然都主张文以明道，但他们对道的理解并不完全相同。而对道的不同理解，则可能导致表现内容及文章风格的不同。比如，韩愈之所谓道，主要是就传统的儒家仁义之道而言，且带有强烈的文化担当意味，因而他的论辩文长于气势而富于鼓动性。而柳宗元强调“辅时及物之道”，更加关注社会现实问题，因此他的论辩文则以析理精密见长。① 世称韩文雄肆、柳文峻切，与其对道的理解不无关系。王安石论明道，主张“有补于世”，强调实用，其政论文大都论点鲜明，逻辑严密，简洁峻切，与柳文有几分相似，而形象性颇嫌不足。曾巩之道，强调道德，注重明心养性，道学气最重，因此他的文风温厚、醇正，然缺乏趣味。苏轼受道、释影响颇深，故其论道往往不拘于儒家的政治伦理之道，表现得更为通脱而精妙。苏轼所理解的道，是贯通天人的自然之道，它存在于天地万物之中，万物各具其道。此道“可致而不可求”，要靠真切的生命去体悟，要以通脱透达的心胸去观照。故苏轼往往能从

① 参见曹虹在《中国古代文学通论·隋唐五代卷》第 152—153 页的相关论述，辽宁人民出版社，2005 年。

种种微妙事物中感悟到深邃而通透的人生哲理，发之于文，则形成姿态横生、圆熟流美、通脱豁达而又意境幽邃的审美风格。《赤壁赋》最能代表此种艺术风格。“明道”方式，或曰融合文、道方式的不同，同样会给文学审美带来深刻的影响。比如，同样是注重儒家之道，韩愈主张以道养其浩然之气，发而为文则形成汪洋恣肆的鲜明艺术风格；曾巩则是主张以文章宣扬道德、阐发治心养性之理，因而形成其醇厚而美感不足的文风。苏轼的“明道”方式，一如其对“道”的理解，自然而通脱。在创作之前，本没有一个预设的道，其创作的思路与过程自然也就少了许多束缚。万物皆具其道，“求物之妙”的过程也就是体悟理道的过程。因此，在苏轼的文章创作中，对具体事物的体察与感受，也就是对道的探寻与解悟。文中事态或景象的种种特性与审美意蕴的透露，即是道的诗意地呈现。读苏轼的文章，可以在对具体事物的审美观照中领略到哲思的意境，又可以在对哲理的品味中感受到审美的愉悦。在这里，文与道达到真正的融合，体现了“文以明道”最理想的境界。其实，对道的内涵的不同理解以及“明道”方式的选择，其影响文学审美的实际情况，要比上述分析复杂得多，往往需要结合作家具体的创作风貌才能说得清楚。本文无意就此展开详尽论述，只是说明一个大概的情形罢了。

以上通过对文道关系的梳理与分析，说明“文以明道”的创作思想其实反映了古代士人的一种折衷的价值取向，一种试图调和文与道这两种日益分化的生命价值的美好愿望。在“文以明道”这一理论命题之中，既包涵了古代士人对实用或伦理价值的向往，也包涵了他们对文学创作自身的关注与追求，因而在事实上给文学留下了很大的审美空间。但这毕竟是一个极具“弹性”的命题，使用它的人既有可能只是以“道”作为文学创作的幌子,也有可能的确把创作的重心落在“明道”上。而且,由于“道”的概念本身的多歧性,“文以明道”在实际创作中往往也具有很复杂的指向。因此,我们在面对“文以明道”的口号时,不要简单地视之为反审美的文艺思想,而是要结合持论者具体的思想倾向及其文学作品来加以判断。只有这样,才能准确地把握“文以明道”的真实内涵,而不致于使它沦为一个僵化而空洞的文论概念。

第二节　王慎中的学术思想与自我身份认同

王慎中是唐宋派文学思想最重要的创建者,但无论是在理论建树,还是在创作风貌上,他都缺乏鲜明的特点。这与其思想特征与人格心态有着密切的关系。无论是就其学术渊源还是思想行为来看,王慎中都是一个十分正统的儒者,但在学术思想上却没有太深的造诣。他主要是受宋明以来心性之学的影响,但又保留了许多原初儒学的思想痕迹。他接受了王阳明的心学思想,但并没有十分透彻的理解。概括地讲,王慎中有将心性之学与王道思想结合起来的学术倾向①,表现出明显的中庸色彩。从人格特征上讲,王慎中正直而稍乏勇毅,温厚却不够渊深,故缺少鲜明的棱角。在罢职之后,他依然保持传统的儒者本色,不失其社会责任感;但他却不能像赵时春那样不懈进取,也不能像唐顺之那样全身心地沉潜于性命修养之中。然而,所有这些思想或心态上的特点,却使得王慎中对文学创作存有足够的兴趣,并在保留了“文以明道”思想的传统内涵的基础上又对其有所

① 参见黄卓越《明中后期文学思想研究》第 174 页的论述。

发展。

一　徘徊于程朱与阳明之间:王慎中的学术思想

万斯同所撰《儒林宗派》置王慎中于蔡清门下。[①] 蔡清虽为纯正儒者,却没有明确的师承渊源。黄宗羲《明儒学案》将其置于“诸儒学案”,其解题云:“诸儒学案者,或无所师承,得之于遗经者;或朋友夹持之力,不令放倒,而又不可系之朋友之下者;或当时有所兴起,而后之学者无传者,俱列于此。上卷则国初为多,宋人规范犹在。”[②]关于蔡清的学术思想,黄宗羲有以下描述:“先生极重白沙,而以新学小生自处,读其终养疏,谓‘钞读之余,揭篷一视,惟北有斗,其光烂然,可仰而不可近也’。其敬信可谓至矣。而论象山,则犹谓‘未免偏安之业’,恐亦未能真知白沙也。”[③]由这两段文字可知,蔡清之学犹存宋儒规范,虽推重白沙之学,然理解并不深入。虽然王慎中的学术思想未必与蔡清相同,但至少可以说明首先他在学术渊源上就缺乏鲜明的学派特点。《闽中理学渊源考》列“参政王遵岩先生慎中学派”,解题云:“先生受学于易愧虚,而渊源于蔡文庄者。维时良知之说方行,先生宦游南服,与龙溪、双江相讲切,亦契会其宗旨。迨退归,年甫逾壮耳。”[④]其后又在“嘉隆以后诸先生学派”中称王慎中“其学亦多良知之余,然其任心废学之弊未甚纰缪也”[⑤]。可知在著者看来王慎中“任心废学”的治学弊端不甚显著,但其

① 万斯同《儒林宗派》卷十四,《景印文渊阁四库全书》第458册,第578页。

② 黄宗羲《明儒学案》卷四十三,中华书局,1985年,第1044页。

③ 黄宗羲《明儒学案》卷四十六,第1097页。

④ 李清馥《闽中理学渊源考》卷六十七,凤凰出版社,2011年,第705页。

⑤ 李清馥《闽中理学渊源考》卷六十九,2011年,第725页。

学术思想与阳明心学之间还是有着十分密切的渊源关系。王慎中本人亦称:“然则由是以知《大学》之所谓致知者,信在内而不在外,系于性而不系于物,而龙溪君之言为益可信矣。”[①]当代学者也多据此认定王慎中深受阳明心学影响,进而认为唐宋派的文学思想是在阳明心学的影响下形成的。从王慎中相关的论述文字来看,其学术思想中的确存在着一些阳明心学的特征,尤其是在晚年;但他对心学思想的理解却显然不是十分透彻。

首先,王慎中论学术之正,并非仅仅留心于身心性命之际,同时还十分关注对先王治化之道——“王道”的探讨。王慎中论学术,格外重视辨别纯正与驳杂,而其判断标准则是看其是否符合王道。所以他总是严辨王、霸,明别儒、法。王慎中在《张净峰公文集序》中论叔向、子产等人:

> 顾溺于功利之习,隐微元本之地,失其操柄,决裂王道之全体而支出于霸,卒为学术无穷之祸,虽盛于诸子而庳逾甚矣。君子之学考正于王道而后纯,不纯于王道未有能特立于世者也。[②]

王慎中视霸道为“学术无穷之祸”,并不意味着他不重视事功,只不过是强调事功必须本于王道。比如,《名笔私抄序》称曾元山“防范严密、裁断峻饬有法家之长,而器度深宏、体要简正有儒者之风”,观其文则知其“法家之长皆出于儒学之用”[③]。此

① 王慎中《与唐荆川》,《遵岩先生文集》卷三十六,第1029页。

② 《遵岩先生文集》卷十五,第749页。

③ 《遵岩先生文集》卷十七,第766页。

外，在《安平镇新建四门记》《余柏坡公平寇兴学记》《海上平寇记》《刘公树记》①等文章中，王慎中莫不将文治武功归致于德教与爱民，并明确指出其为文之用意："且以告夫后之为政者，信儒学之果可以用于治，而术数名法之家之果不足学也。"②所有这些论述，明显带有传统的儒学特征。当然，即便是一个深刻领会理学思想的儒者，带有一些传统儒学的色彩也不足为奇。但王慎中对正统儒学的崇尚既妨碍了其心学思想之进路，更对其文学思想产生了深刻的影响。故略陈于此，以备下文论述之便。

王慎中学术思想最主要的特点还是对心性道德的重视，体现出明显的理学特征。但其性理思想又受传统儒学思想的影响，妨碍了其由程朱理学向阳明心学的思想进路。在《科目题名记》中，王慎中论养士育才之道云：

> 道德之为天下国家，守之必本于行谊，行之必济于才能，立之必厉于气节，是三者皆所以为道德之用。惟其纯其性而明于心，斯不为专长而小成。果其纯乎性而明于心，则讲习读诵之用于诂训，而词章之拘于格法体制者，亦不病于陋且俗，而皆可以谓之道德之文学。以是教之，以是取之，自可以得为天下国家之成材，而古今之同不同又未可知也。③

以行谊、才能和气节为道德之用，以"纯乎性而明于心"为学问

① 分别见王慎中《遵岩先生文集》卷二十二、二十三。

② 王慎中《安平镇新建四门记》，《遵岩先生文集》卷二十二，第849页。

③ 《遵岩先生文集》卷二十三，第857页。

之本,以讲习用于训诂为陋,以词章拘于格法为俗,此乃典型的理学思想,且近于心学一路。此文作于嘉靖三十一年(1552),表明王慎中在此前后已经相当透彻地理解并接受了儒家性命之学,并明显表现出一些心学思想的特征。这与传统儒学有着明显的区别,但传统的儒学思想却在此前很长一段时期内影响着王慎中理解性命之学的透彻程度。他在《明伦堂记》中对性命、事物与人伦之间关系的论述,就鲜明地体现了这一点。在这篇文章中,王慎中论先王之“教”与其“所以教”,曰:“其所以为是详且博者,其迹可守而其妙不可为,其形可名而其精不可言。其通于天谓之命,出乎命谓之性,凝神于不见不闻之表,默化于无声无臭之中,形器俱泯而思为无所,日改月新而不自知其所以然。”①这是典型的性命之学的理论话语与学术思路。但在下文中,王慎中又以人伦为其“所以教”:

> 会其高者以为发挥于性命,而不悟其为人伦之本、先王之道;使其高也而出于人伦,是乃所以为异端而非所以为性命也。守其卑者以为该贯乎事物,而不察其为人伦之用、先王之道;使其卑也而外于人伦,是乃所以为曲艺而非所以为事物也……先王之教,使之凝神默化,致其心知志意以善其内;又为之设其文采、备其容器、制其度数,使有以禁防开发,谨其耳目手足以善其外。其通于性命者行乎事物,其由于事物者合乎性命,其学于事物、性命者贯乎人伦。

以内在性命为本,以外在名物度数为用,且以人伦为性命、事物

① 《遵岩先生文集》卷二十二,第834页。

之本质，王慎中对性理之学精神实质的理解实在是相当的深入和准确。然而，这在理路上却与典型的理学思想颇有出入。伦理道德固然始终是理学思想所真正关怀的东西，但从理论形态上讲，宋明理学思考问题的角度与深刻程度，已经远远超出“人伦”这一哲学范畴所能代表的理论高度。在理学思想中，性命(即天理)是最高的理论范畴，人伦属性本是其当下具有的涵义，亦本无所谓“出于人伦”或“贯乎人伦”之说。而王慎中此处对人伦的特别强调，实则影响了性命地位之挺立。尽管这并不影响其对理学思想精神实质的理解，却使其因过于关注外在的名物度数，而妨碍了其思路的内向观照。这也是王慎中何以不能更加深入地理解阳明心学的重要原因。

《夏津县修学记》，王慎中作于嘉靖十九年的一篇文章，既体现了其受心学思想的影响，又反映出其对“良知”的理解局限。文中论到：“先王之为此，凡以禁过御淫，去昏撤弊，使人自得其心……盖其不虑之知、无体之中、无声之和，有以自得而然也。”显然有致良知之意味。而下文又云：“盖孔子戒小子以学《诗》，可以兴、观而群且怨，其实以之事父事君，彼其讽咏而诵说者，皆吾之性情也。礼乐之实，孟子尝言之矣，曰：以节文而乐夫孝弟而已。是所谓本，而不可得损益者也。”[①]上文以致其良知作为教化之本，此外又将良知坐实为“孝弟”，正说明王慎中对良知本心尚无足够的自信。因此，他在强调“自得其心”的同时，又格外注重修其节而谨其行。这种思想状态至少延续到嘉靖二十八年前后，王慎中在作于该年的《松溪县改建儒学记》中论道：

① 《遵岩先生文集》卷二十二，第836—837页。

> 先王设为学校，聚天下之士教于其中。将以使之自觉内得于心以成其性，而有以为天下国家。而其教必谨于形器，悉于名数，自其耳目手足之所感，以为视听言动之用，皆必有不可乱之节与不可易之物。非其物则有禁，而不得其节不苟然以徇也。守之之严，防之之密，如郊关市门之讥非常，殆又甚矣……以其物之无所遵，其节之无所仿，徒以妄意于高深微眇，以为可得而遇且致也……其卒归于卑陋，而适所以为纵弛自便而已。[①]

其实，王阳明未尝不讲人伦，非复不顾名检，只是其关注的重点乃在于正心诚意、明其本心。而此时的王慎中显然不能充分地自信本心，因而更加注重外在的谨言慎行。《闽中理学渊源考》称其“任心废学之弊未甚纰漏”，大约正是就此而言。从总体上说，阳明心学相对程朱理学最大的特点在于对本心的充分自信。应该说王慎中从接触心学思想伊始，就接受了这一点，所以在嘉靖十六年就有“信在内而不在外”[②]的表述，并在此后屡屡言及“求之于内”“自得其心”。从这个角度来说，认为阳明心学对王慎中产生了重大影响是没有问题的。但其理解与接受心学思想的程度却又显然不是十分透彻。首先，如上所述，至少在嘉靖二十八年之前，王慎中并不能很充分地自信其本心。从其晚年的言论来看，他对心学思想的理解似乎有所加深，但也不是十分透彻。其次，阳明心学发展到了嘉靖时期，学者们所关注的话题已不再是

① 《遵岩先生文集》卷二十二，第840—841页。

② 王慎中《与唐荆川》，《遵岩先生文集》卷三十六，第1029页。据唐鼎元《明唐荆川先生年谱》考证，此文作于嘉靖十六年。

求之内外或信心与否的问题,而是如何致得其良知本心。就是在这样的背景下,形成了"良知现成论""归寂说"与"工夫论"的区别与争论。而王慎中显然没有进入这样一个理论话语圈。由此可以判断,王慎中虽然受到了阳明心学的影响,但对其理论的理解显然是不够深入的。进一步讲,今人讨论阳明心学对文学思想的影响,其实主要是就"良知现成论"的影响而言,而王慎中的心学思想显然与之相去甚远。因此,判断阳明心学究竟在哪些方面,以及在多大程度上对王慎中的文学思想产生了影响,必须持谨慎的态度。

二　王慎中罢黜后的人格心态与自我身份认同

谈王慎中的心态,还要从他的两次政治挫折说起。嘉靖十三年秋的贬谪,对王慎中来说,不啻为一次生命的转关,引发了其生命态度、学术思想乃至文学观念等一系列的思想变动。而嘉靖二十年的大计罢官,比嘉靖十三年的贬谪常州更出人意料,且令王慎中就此结束了其仕宦生涯。然而,他对此事件的反应态度,反倒比前一次要平静得多。李开先对此记述比较详细:"岁饥,户部王侍郎奉旨赈济。王乃檄仲子将事。为之亲历郡邑,开仓发粟,关领有期,里胥不得冒报及债负侵夺,民获更生,颂声满路。王具以状上闻,且荐当大用。朝野咸望其出为巡抚,入为公卿,以福天下。乃辛丑考察,忽从中报罢。远迩惊疑,莫得其故。详扣所以,乃夏相怪其为属官日,不曲意奉承,而其心腹刘塾切恨张汝思兵备江西与之龃龉,仲子乃用言庇之,遂并恶之,而告之于夏。吏部惧拂其意,外惮公论,姑作不及名色。夏乃票拟'不谨'而黜之。"①是说王慎中在辛丑大计之前,在河南

① 李开先《遵岩王参政传》,《闲居集》卷十,《李开先全集》,第784页。

任上有出色政绩,本当升迁,却因其与权相夏言之间的私人恩怨而遭罢逐。而王慎中却并未因此而大为懊恼,反而在落职之后颇为潇洒地在山东、河南等地游历一番。在他此期的诗文中,也很少见到愤懑怨怼的文字,这与其在嘉靖十三年时的激烈反应形成鲜明的对比。此种行为一方面说明王慎中在罢官问题上问心无愧,故能如此光明磊落;另一方面也说明他在嘉靖十三年之后磨炼心性的行为,至此已取得积极的成效。在此后近二十年的乡居期间,王慎中虽也偶尔流露出一些不平之气,却也表现得十分淡然。但这并不意味着他完全丧失了政治热情或社会责任感。据李开先记述,王慎中居家期间"凡监司部使者行县,莫不造其庐,讲道问政",以致"荐疏四上"①。《遵岩集》中有大量与泉州、晋江的地方官员——如方克、宋大勺、程秀民、朱衡等人——的往来书信及赠答文字,大都是就一些具体事宜讨论教化、治民之道,而绝不是为谋求私利。可知王慎中与地方官员的交往,只是一种行谊之交;虽不免有些士大夫身份认同的意思在,但绝不是结权谋私的行为。

王慎中之所以在这样的处境下,还能以一种平和的心态往来于士绅之间,还在于他对自身学术品行与文学能力的自信。《赠蔡月川令尹序》一文中有言曰:"吾未尝以人之知我与否为意,而当路相临者虽有知不知,皆以君为好学君子也。诸生得君之教者,知君之心不以在位之知不知为宠辱,而以在野之君子一言为信也,君至山中谒言以为赠。予诚野人矣,乌足窃君子之言?然尝学于君子,则言君之学,而直伸君于孔庭微传妙旨之

① 李开先《遵岩王参政传》,《闲居集》卷十,《李开先全集》,第785页。

间,非过也。”[①]此言虽是称赞蔡亨嘉而发,且以“野人”自谦,而其对自身学行的自信却是溢于言表的。而王慎中对治学修身的态度也十分真诚,绝非泛泛空言或自矜名节而已。他对待蔡烈的态度可窥其学行之一斑。王慎中虽与蔡烈同出蔡清门下,而学术观点却多有分歧。大抵蔡氏治学一本程朱,且对阳明心学多所置疑。王慎中曾就此与之严肃辩论,且言辞颇为激烈。如其中有言曰:“来教云:顾存心力行何如?仆正欲反诘公如何存心力行也!且夫说心而不知存,说知行合一而不能行,固非学者。今有自谓存心而实强制,自谓力行而实冥趋,公亦有辨之否?”又云:“公充养积累醇备至到,至于几希毫厘而千里攸系,此等辨之不精便为非道。道一而已,同则是,异则非,安得置此勿论?”[②]不惟其言辞激烈,且有不辨明此说不肯罢休之势。足可见王慎中对待学术思想严肃、认真的态度。更重要的是,他并不以学理上的分歧而对蔡烈全盘否定,而是对其品行作出公正的评价与充分的肯定。在《与陆北城》一文中,王慎中评价蔡烈如下:“鹤峰蔡先生,诵法晦庵,动有矩法。虽其已老,不可不致郡中为后生表式。执事尚当屡造其庐,考德问业,以为教人之助也。”[③]可见,王慎中对蔡烈的学养与品行还是相当推重的,更可见其对治学修身一事的真诚态度。不惟学术态度,王慎中的生命修养与人格境界同样是令人钦佩的。他在写给其弟王惟中的信中有这样一段文字:“习斋公为政之美与相知之谊想备闻之,渠亦甚慕汝,此番相见便可定交……此公在漳州曾以我立论于

① 《遵岩先生文集》卷十九,第800—801页。

② 王慎中《与蔡鹤峰》,《遵岩先生文集》卷十九,第1081页。

③ 《遵岩先生文集》卷十九,第1086页。

当途处颇不见信,大抵其人见卑趣浅不足以知我,姑付之不必问可也。汝亦勿用以此太戚戚。汝兄已弃作林下太平民,但得精力完健,把学问、制作两事结局成家,视功名何啻霄壤,况区区名宠间哉！汝亦当知此意,不然徒然以此为尽心于兄,以为极为弟之道,恐于理为极而于情反属私矣。此非汝兄迂阔高论,学者常须有此意,方不随场悲喜也。"[①]大约王慎中与泉州知府程秀民曾有龃龉,但并未因之而耿耿于怀,且极论其长处,告诫道原不必心存介蒂,并劝其与之定交。而且此举并非为实现某种功利目的而隐忍不发,只是出于行谊之所当为而已,足可见遵岩的温厚与豁达。有此等胸怀、此等境界,王慎中当然有资格以其学养、品行而自信。然而,尽管王慎中对待学术的态度是如此真诚,其生命修养也达到了相当高的境界,但他似乎却不是一个十分深刻的人。如上文所述,王慎中主要关注的是学术对于性情的培养,而对理论上的深思精辨似乎并没有太多的兴趣。当然,对一名普通的士大夫而言,这些已经足够了,我们当然不必苛责。而且,正由于王慎中对义理本身没有太多的兴趣,才使得他在文、道之间不至于过于偏向道的一边。

王慎中十分重视文学创作,且深以能文自许,表现出浓重的文人气。在上文所引致王惟中的信中,由其所谓"但得精力完健,把学问、制作两事结局成家"云云,即可知王慎中是把学问与创作一并作为生命中的大事来对待的。因为在王慎中看来,文学创作也是一种体现聪明才智的方式。比如,他在《与江午坡书》(其二)中谈到:"文字之学已是吾辈第二义,亦复不明,则

① 王慎中《寄道原弟书》其六,《遵岩先生文集》卷四十一,第1100页。

真可惜此一种聪明矣。”[①]虽然声称文学并不是人生最重要的事情，但终究还是强调文学对于实现生命智慧的重要意义。而且，王慎中对自己的文学才能也是相当自负的。李开先在《遵岩王参政传》中记述了他这样一段话：“吾之诗文，不外古人，而有高出古人者。中麓止知敬服唐荆川，殊不知唐荆川特得吾之绪余者也。”[②]王慎中也自称：“吾诗自觉于古人合处不如文，文则有全篇合或有过之者，诗则不能如此。然今人窥我门户则犹未耳。”[③]建立在这种充分的自信之上，王慎中甚至有一种嗜好在其中。他在《与万鹿园书》中说道：“有何题目欲作文字可以见示，当为作之。不徒留迹名山，亦将以语言华美助道人作一段会供也。”[④]居然能主动向人索取题目来作，足可知其不惟在理性上看重文学创作，且果然能从中体验到无尽的乐趣。这种行为，在老成持重之人看来，不免有些轻浮，但这也正是王慎中的可爱之处。毕竟，我们所能看到的王慎中，并不只是一个正襟危坐的道学家，还是一个文人气十足的性情中人。当然，王慎中的这种性格特征并非只表现在他对文学的态度上，还表现为他对人的正常情感的正确认识。在同一篇书信中，他还谈到自己对亡妻一事的感受：“仆今岁正月八日，室人捐衽席而去，弱子幼女惨然失恃，而老母年力就高，无可佐执仰事之劳。日月虽已流易，而抚物触事尤增酸楚。灭情之学，真是空说，到头始知其不然。闲时读《庄子》，见其所记妻死据床鼓盆而歌，虽病其放于礼，而亦以为达。以今思之，彼乃甚不能遣者而姑托于放以自解耳。

① 《遵岩先生文集》卷三十八，第 1054 页。

② 《闲居集》卷十，《李开先全集》，第 785 页。

③ 王慎中《寄道原弟书》其十五，《遵岩先生文集》卷四十一，第 1107 页。

④ 《遵岩先生文集》卷三十八，第 1060—1061 页。

其为悲伤,无乃过于恸哭者乎!”可见王慎中在性、情关系问题上的态度还是比较通融的,他能够正视人的正常情感,而不是像正统的道学家那样视个人感情为洪水猛兽。

综上所述,在嘉靖二十年罢归之后的岁月里,王慎中能够比较平静地面对政治挫折,以其学问品行与文学才能从容周旋于士绅间。在此期间,他接受了宋、明以来的性理之学,却又保留着一些原初的儒学思想;他受到了阳明心学的影响,但对心学思想的理解却没有达到深透的程度;似乎他主要关注的是学术对性情修养的效用,而对义理本身并没有太多的兴趣。在王慎中的身上,既体现出温厚、笃诚的儒者风范,又有着一些自视甚高的文人气质。正是这种不够纯粹的学术思想,及其道学家与文章家的双重品格,决定了其颇具中庸色彩的文学思想。

第三节　“道其中之所欲言”:“文以明道”理论内涵的新拓展

阳明心学对明代文学最重要的影响之一,即体现为诗文创作从重技法、重格律到强调抒写自我的转变,而活跃于嘉靖前、中期的唐宋派通常被视为阳明心学介入文学思想的最初体现。其实,阳明心学对唐宋派的影响是曲折且微妙的;而唐宋派的文学思想虽然在一定程度上预示了晚明文学的发展方向,但其本身与后者之间还有着相当大的距离。就其根本的价值取向而言,阳明心学是重道而轻文的,这是王慎中“文以明道”思想形成的重要原因之一。但随着主体心灵地位的日益彰显,传统的“文以明道”的创作模式却自其内部逐渐瓦解。王慎中道学家与文章家的双重身份认同,及其对阳明心学的热衷而不十分深透的理解,共同影响了其"文以明道"的创作观及其对此一传统命题的新贡献。他试图以"文道合一"的理论统合文章与道学,又创造性地提出"道其中之所欲言",将"文以明道"推向一个新的理论高度。

一 "文道合一"与王慎中的文学价值观

"文道合一"是王慎中"文以明道"思想的立论基础。有的学者据此认为,王、唐的文论"仍是南宋以来那些不反对学文的理学家的旧见解"[①];还有学者指出,王、唐文学理论的核心乃是"从维护道学的立场出发,重弹宋儒以来'文道合一'论的老调"[②]。王慎中、唐顺之"文道合一"的理论的确是从宋儒那里学来的,但运用于自身的文学理论中,却已经将其改头换面了。如前文所论,宋儒论"文道合一",是为了强调道的本体地位,否定文独立的存在价值。王慎中也试图将文与道融为一体,却并不忽视文的存在价值,而是将文的本体追认为道,从而充分地肯定文学创作的价值。尽管他也试图对文的表现内容加以规范,将文纳入道的领域,却并不以道取代文,同时也十分重视文自身的特征。在《薛文清公全集序》中,王慎中谈到:

> 诚有德矣,亦何事于言?未有有德而不能言者,近世乃有诡于知道而不能为文,顾谓不足为也。其弊将使道与文为二物,亦可患也。[③]

① 马积高《宋明理学与文学》,第175页。

② 章培恒、骆玉明主编《中国文学史》下,第248页。

③ 《遵岩先生文集》卷十五,第748页。

“诚有德矣，亦何事于言?”是说有德者必能为文，而不必专意为之。这与朱熹的观点似乎有几分相似，但其立论意图却截然不同。“未有有德而不能言者。”是说既然有德者必有言，那么不能言者必非实有德者。“乃有诡于知道而不能为文，顾谓不足为也。”既然道是文的本体，文是道的自然呈现，那么只要道有其存在的理由，文就必然有其存在的理由；有些人诡称“文不足为”，其实只是因为他们对道没有真切的体悟，所以写不出好文章罢了。可见，王慎中的最终目的还是要强调文的存在价值。可见，虽然王慎中与朱熹都是把道视作文的本源，但朱熹却是要说明只需在本源处下工夫就够了，而王慎中却是借道的价值来论证文的存在价值。此外，王慎中还从功用角度进一步肯定文的价值。在《与蔡可泉》一文中，王慎中谈到：

> 文虽末技，然人材美恶、风俗盛衰举系于此。不得自为高阔，持重本轻末之说，付之不足为意。须明示好恶，使士知变，本末原非两物，岂有不能为文而可谓之为学者哉！①

道是文之本，文为道之末，但本与末却是互为依托、不可分离的。不仅文不能离开道，道也不能离开文。因为“人材美恶”“风俗盛衰”必须依托文方能彰显，则非但文可以明道，且必须藉文方能明道。不能为文，则无以明道。则文虽谓之“末技”，却是极其重要而必不可无的。其最终目的依然是强调文的必要性。然而，王慎中果然认为对于道而言，文是必不可少的吗？其实并非如此。他在写给弟道原的信中谈到：

① 《遵岩先生文集》卷三十九，第1077页。

若度此事不能成家，即须弃此不顾，绝笔不为。如先辈魏庄渠、近贤潘朴溪，并不作诗文，直一意正学，岂不尤为斩截超脱、不至两失乎！①

这里显然是将文与道视作两途。况且，这是兄弟间的殷殷劝诲，而非泛泛的应酬之语，自然不可等闲视之。则在王慎中看来，有德者未必有言，不作诗文也不会影响学问修养。这说明在其真实的观念中，道是道，文是文，两者之间并不具有必然的联系。那么，他又何必反复强调"文道非二""有德者必有言"呢？这恰恰说明，他对文、道关系的论证是一种自觉的理论建构。一方面是在有意识地为文的存在价值寻求理论依据，借助道的权威提升文的价值；同时也是对文的表现内容进行引导与规范，试图将文在一定程度上纳入道的范畴。后一种意图在《曾南丰文粹序》中有着十分充分的体现，下文将展开论述。从这段文字中，我们还可以发现，无论是诗文创作还是治学修身，都是可供选择的、借以实现生命价值的行为方式。在王慎中看来，倘若实在作不出好诗文来，倒不如索性放弃，收拢精神，专心治学，尚不至于一无所得。但弃文从道显然是一种无奈的选择，修身、作文两不耽误才是王慎中理想的生命状态。上文对其晚年心态的分析，已经论述了其文、道并重的价值取向，兹不赘述。但王慎中又不能像曹植那样，文是文，道是道，各行其是，而是要努力将二者沟通起来。他既希望生命修养能对文学素养的提高有所助益，又希望在创作诗文的过程中能够阐发一些义理，于是就形成了"文以明道"的创作思想。

① 王慎中《寄道原弟书》其七，《遵岩先生文集》卷四十一，第1101—1102页。

《曾南丰文粹序》一文最能体现王慎中此种微妙的思想,其文节引如下:

> 极盛之世,学术明于人人,风俗一出乎道德,而文行于其间。自铭器赋物、聘好赠处、答问辩说之所撰述,与夫陈谟矢训、作命敷诰,施于君臣政事之际……其小大虽殊,其本于学术而足以发挥乎道德,其意未尝异也。士生其时,盖未有不能为言。其才或不能有以言,而于人之能言固未尝不能知其意。文之行于其时,为通志成务,贤不肖愚知共有之能,而不为专长一人、独名一家之具。噫,何其盛也!周衰学废,能言之士始出于才。由其言以考于道德则有所不至,故或驳焉而不醇,或曲焉而不该,其背而违之者又多有焉。以彼生于衰世,各以其所见为学,蔽于其所尚,溺于其所习,不能正反而旁通。然发而为文,皆以道其中之所欲言,非掠取于外,藻饰而离其本者。故其蔽溺之情亦不能掩于词,而不醇不该之病所由以见。而荡然无所可尚、未有所习者,徒以其魁博诞纵之力攘窃于外,其文亦且怪奇瑰美,足以夸骇世之耳目。道德之意不能入焉,而果于叛去。以其非出于中之所为言,则亦无可见之情,而何足以议于醇驳该曲之际……由西汉而下,莫盛于有宋。庆历、嘉祐之间,而杰然自名其家者,南丰曾氏也。观其书,知其于为文,良有意乎折衷诸子之同异,会通于圣人之旨,以反溺去蔽而思出于道德,信乎能道其中之所欲言,而不醇不该之弊亦已少矣。视古之能言,庶几无愧,非徒贤于后世之士而已……然至于今日,知好之者已鲜,是可慨也!盖此道不明,士之才庶可以有言矣,而病于法之难入,困于义之难精,决焉而放

> 于妄，以苟自便而幸人之相与为惑。其才不足以有言，则愧其不能，矫为之说，诬焉以自高，而掩其不能之愧，以为是不足为也。其弊于今为甚，则是书尤不可不彰显于时。[①]

王慎中认为，上古盛世，人心醇厚，发为文章，皆能“本于学术”而“发挥乎道德”。而后世之士，皆凭才情写作，其文考于道德则不免驳杂片面。然而，尽管其文章不够醇正周详，却是根据自身对学术、道德的体会而发，依然有可取之处。而那些仅凭才情而作，只有华美文词的文章，由于与道德毫无关系，因而是绝不足论的。王慎中对那些无关乎道德的文章的存在，显然有着清醒的认识。这可以进一步证明其“文道合一”的观点，并非认识论，而是价值论的问题。王慎中要求文章必须能“发挥乎道德”，并将文章中所体现的学术、道德的醇驳、该曲作为首要的判断标准。这样的观点的确与道学家的文学观没有多大区别。但问题的关键在于，学术、道德并不是影响文章创作的唯一因素。在王慎中的这段文字中，我们可以发现许多直接关乎文学自身特征的内容，分别是关于创作主体、表现内容、创作方法与文章风格的讨论。

首先，关于创作的主体因素问题。“士生其时，盖未有不能为言”，依然是强调有德者必有言。而所谓“其才或不能有以言”，却意味着有德者亦未必能言。前后文之间何以会有如此明显的矛盾？从语气上来看，王慎中似乎是说：退一步讲，即便有的士人不能将自己的道德体验表达出来，却也能深切领会别人文章的道德内涵，依然是强调道德修养的意义。但他毕竟还

① 《遵岩先生文集》卷十五，第746—747页。

是承认了这样一种事实：有德者未必能言。此处讨论的“言”，毕竟不是指言语表达，而是指文章创作。王慎中显然知道，并不是有了想法或感受就可以写出文章的，必须借助主体的创作才华与技能，才能最终成为文章。而这种创作才能显然与道德无关。可见，在王慎中看来，影响文学创作的因素并不只是道而已，创作主体的艺术才能同样起着至关重要的作用。

其次，关于文章的表达内容问题。其所谓“道其中之所欲言”，置于上下文中，的确很难理解。学界通常以此作为王慎中文学思想受阳明心学影响的证据，认为他是强调抒写自我的真实感受。但王慎中在这里对“其中之所欲言”的具体内容显然是有所规定的。“然发而为文，皆以道其中之所欲言，非掠取于外，藻饰而离其本者。故其蔽溺之情亦不能掩于词，而不醇不该之病所由以见。”“道其中之所欲言”固然是强调抒写内心真实的感受，但通过内心感受的抒写，我们看到的是其“不醇不该”之弊病，则知这种感受是对学术、道德的体验，而不是通常所说的情感体验。他在《萃英录序》中的一段论述大约也可以作为这一句话的注脚：“夫所为教士以文，而还以论而取之者何哉？为其通乎道者之能得其意，明其义者之能识其情。由是，以其所得者而为言，言虽不足以尽而要意之所存也。以其所识者而为词，词虽有所不该而要情之攸见也。”①是说以其所得之意、所识之情发为言词，即是文，而此所谓意与情皆是对道的体验。其实，王慎中在《曾南丰文粹序》中所要表达的本意，是要说明此类文章虽然不够醇正、周详，但毕竟大致不离乎学术、道德，因而

① 王慎中《遵岩集》卷九，《景印文渊阁四库全书》第1274册，台湾商务印书馆，1986年，第234页。

也是可取的。他完全可以直接这么表述,何必一定要强调“道其中之所欲言”呢?这是因为,王慎中“道其中之所欲言”的论说,尽管在理论上主要还是强调学术、道德对文学创作的意义,但其所想表达的意思又绝非道德问题所能笼罩。这种不太合乎常规的表述,正体现出王慎中的一种微妙的矛盾心理:他既强调文章的道德属性,又想在此基础上突出文章表现独特心灵体验的特点,却又谨慎地遵循着那种源于传统的思维模式,不肯明朗地表达出他对文学创作的真实体认。毕竟,讨论学术、道德对文学创作的决定性意义是他这篇文章的主题。

再次,王慎中的这篇文章并不只是对理论的阐述,而是针对当时文坛的弊端而发。“盖此道不明,士之才庶可以有言矣,而病于法之难入,困于义之难精,决焉而放于妄,以苟自便而幸人之相与为惑。其才不足以有言,则愧其不能,矫为之说,诬焉以自高,而掩其不能之愧,以为是不足为也。”可知王慎中论“文道合一”,大约是针对两种弊端而发。一种情况是一些人才力不足而声称文不足为,上文对此已多有述及。另一种则是“法之难入”而“义之难精”。“义之难精”大约是表现内容的问题,或许还能以学术之正补之;而“法之难入”纯粹是创作方法问题,则不是道德醇正所能解决的问题了。这说明王慎中在强调文章必须发扬学术道德的同时,又十分重视创作的法度问题。此外,其所谓“醇驳该曲”,既是讲道德的醇正与否,也是就文章风格而言,尽管这种风格主要是由道德特点所决定。而通过道德、性情的修养影响文章风格也是王慎中一贯的思路。

综上所述,王慎中“文道合一”的观点,在理论形态上与宋明以来道学家的文学观的确比较接近,但其真实的思想内涵却与他们有着显著的区别。道学家主张“文道合一”,完全是以道的价值取代文的价值,否定文学创作活动自身的存在合理性。而王慎中虽然也强调文与道的一致性,只不过是试图将两种价值折衷起来,而且充分肯定了文的存在价值,并论及主体才能、表现内容、创作法度与文章风格等文学自身的属性。可以说,作为一名文章家,王慎中身上有很浓重的道学气,但若以为他是站在道学家的立场上来认识文学的,却又显然是不够准确的。

二　"道其中之所欲言"的理论内涵与价值

王慎中在《曾南丰文粹序》中所谓"道其中之所欲言",其实是一种颇为微妙的表述方式,体现了其既要求明道又要表现自我的矛盾心理。也正是这种微妙的矛盾,使得"道其中之所欲言"成为一个颇具张力的理论命题。

其实王慎中所谓"道其中之所欲言",首先强调的是文章要言之有物,而不能仅凭华丽的文词取胜。因为在他看来,那些不能够"道其中之所欲言"的文章,虽然"怪奇瑰丽,足以夸骇世之耳目",而其主要缺陷则表现为"攘窃于外"而"无可见之情"。即是批评那些徒有华丽文词而无实际内容的空洞文章。而且,尽管王慎中在这里主要是强调文章要"发挥乎道德",但他却不是要简单地敷扬教义或歌功颂德,而是要求创作主体必须有切身体会,抒写自己的独到见解。从王慎中的文章创作来看,他也很少单纯地探讨义理,往往是结合具体的事件来阐发事理。即便是主要用来探讨义理的文章,王慎中同样要求有自己的见解。比如,他自论其《明伦堂记》,称"其义则有宋大儒所未及发"①,即是要求文章在义理上也要有所发明。因此,王慎中主张"道

① 《遵岩先生文集》卷三十七,第1042页。

其中之所欲言”，既要求文章要言之有物，又强调要抒写主体的真切见解。这对当时专意模仿古人形式的创作风气来说，无疑能起到救弊矫偏的作用。

另一方面，“道其中之所欲言”的主张，还能保证唐宋派的文学思想不至于走到台阁体歌功颂德、粉饰太平的老路上去。王慎中在《与李中溪书》其一中自论其文曰：

> 周户部志铭、李尚宝行状不独其文而已，其是非不敢苟者，乃吾所以为文之道也。①

所谓“是非不敢苟”，也正是不随流俗、“道其中之所欲言”的意思。观其《户部主事周蹟山公墓志铭》与《尚宝司少卿竹坡李公行状》二文对周、李二人的评价，都是脱离于朝廷话语之外的独立判断。周天佐因进谏而被杖死，王慎中在其墓志铭中对其“虑过其身”“思越其位”的勇毅行为大加褒扬。② 正德初，李源有感于朝廷危乱，遂辞官家居，嘉靖初亦坚卧不起。王慎中对其不与朝廷合作的态度亦深表赞同。行状中有一段文字颇有意味：“使公当正德初不去，有诸名公之知；嘉靖初不坚卧不起，有诸巨公之力，欲引以为重，必驯致通显，有当世事功。然公去之早、不起之坚，皆有深意。其趋舍去就，豁然当于义，而断之以勇，岂苟然哉！”所谓“名公之知”“巨公之力”，显然带有反讽意味。称其取舍去就“当于义”而“断之以勇”，又显然有对朝政的

① 《遵岩先生文集》卷三十七，第1042页。

② 王慎中《户部主事周蹟山公墓志铭》，《遵岩先生文集》卷二十六，第885页。

不满情绪蕴含其中。尽管王慎中表达得十分含蓄,我们依然可以清楚地感受到这一点。由此可知,唐宋派的"文以明道"思想与成、弘间的台阁体文学思想之间有着很大的不同。

"是非不敢苟",是就议论事理而言,尚不背离王慎中"文以明道"的文学思想。而当波及个人的情感宣泄时,"道其中之所欲言"的创作主张则已溢出了其原初的理论内涵。比如,王慎中在《五子诗集序》中说:

> 意必有奇节怪行、慷慨磊砢之士,不涉声华,隐于酒弈,混于屠钓,忿怼傲睨,相与作为语言,嘲侮风月,雕缋草本,以泄其气而乐其心,则不泯之道将于斯人乎寄以存!①

所谓"相与作为语言,嘲侮风月,雕缋草木,以泄其气而乐其心",正是"道其中之所欲言"的意思。但这显然已经超出了"文以明道"所允许的表现范围,而更接近于文学自身独特的、抒发情感的功用。王慎中甚至认为诗歌之道将寄于斯人而长存,这就更不是"文以明道"的思想所能涵括的了。而王慎中在《与吴泉滨》一文中论文章,表现出同样的创作倾向:

> 仆为此文以授佩甫君,使刻石纳圹中。佩甫读之未毕,涕数行下,哽咽不能出声,几于自绝,为废其读。读之三四,而后能毕。每读皆饮泣欲绝,以谓道其情事如探其肺肠肾胆。而所以写其亲者,不独神志如存,形貌亦宛然在目矣。②

---

① 《遵岩先生文集》卷十六,第763页。

② 《遵岩先生文集》卷四十,第1084页。

“以谓道其情事如探其肺肠肾胆”，也是说“道其中之所欲言”。只不过这里所表现的并不是作者本人的情感，而是他人情感；却又是经过作者感同身受之后而发之为文，故能惟妙惟肖，形同亲历。王慎中称其文“不独神志如存，形貌亦宛然在目矣”，这显然是文学的审美要求，而与“明道”无关。可知，“道其中之所欲言”虽然在理论上主要是就表达道德体验而言，但在实际创作中却会处处突破这一界限。其实，“道其中之所欲言”正是王慎中“文以明道”思想摇摆在道学与文学、功用与审美之间的一个过渡性理论。将其内涵收拢得紧一些，文章就会多一些道学气；理解得宽泛一些，就能呈现出鲜明的文学特征。这显然是我们理解王慎中“文以明道”思想的一个重要视角。

需要特别指出的是，在当时的学术背景下，“中”是一个比较敏感的概念。王慎中“道其中之所欲言”理论的提出，自当与其所接受的心学思想有一定的关系。然而，由于王慎中对心学思想的接受并不十分彻底，对心体的本体地位亦缺乏足够之理解，故其“道其中之所欲言”的创作理论也只是在一定限度内对传统的“文以明道”思想完成了初步的突破。就其于《曾南丰文粹序》中所论及的心、道关系来看，虽然强调了主体之心对道的体验与把握，但似乎并没有完全将心视为道的生发处。至少其与稍后唐顺之“本色论”的文学思想之间还有着十分显著的差异。因此，我们可以将其视为阳明心学影响下的一种不甚明晰的理论形态，而不可过分强调其突破性价值。[①]

综上所述，王慎中“文以明道”的创作思想有着很大的理论

① 关于此一问题，参见黄卓越《明中后期文学思想研究》第175页的相关论述。

张力,其中既有种种矛盾,又有很大的包容性。他希望文学创作能够以道为本,却不轻视文学自身的价值;他要求抒写独特的道德体验或思想见解,却又为个体情感留有一席之地。相对于传统的文学思想,王慎中并没有十分显著的突破。然而他虽不鲜明却客观存在的理论创新,及其在文与道之间的徘徊、折衷与极具包容性的态度,为唐宋派文学思想的发展奠定了理论基础,并在很大程度上预示了其后的发展方向。将王慎中"道其中之所欲言"与唐顺之"本色论"共同置于整个明代文学思想史中加以观照,我们会发现其鲜明的过度性特征。一方面,它脱胎于"文以明道"的创作思想,本身具有浓重的道学色彩。另一方面,它强调创作主体的自心体验,对传统的"文以明道"思想又多有突破;尽管与晚明自由抒写自然性情的文学思想之间还有着十分遥远的距离,但它毕竟预示了此后文学思想的发展趋向。而最具离经叛道色彩的晚明文学思潮居然萌生于"文以明道"的文学思想中,这本身即是一种颇奈寻味的现象。

第三章　本色论:在守正与出新之间

唐顺之的"本色论"向来是唐宋派文学思想研究的热点,主要是因为它既是明代文论中最具创新价值的理论之一,又鲜明地体现了阳明心学对明代中期文学思想的深刻影响。然而,关于"本色论"的价值评判问题,历来存在很大的争议。一种观点认为,"本色论"标志着明代中期主体精神的高扬,最能代表唐宋派文学思想的精髓;另一种观点虽然也将"本色论"视为唐宋派文论的重要组成部分,却认为它与传统的"文以明道"思想并没有本质的区别;还有些学者指出"本色论"并非唐宋派最有代表性的文论,而只是唐顺之个人的另外一种文学思想。[①] 其实,这里所讨论的不只是"本色论"自身的理论内涵,更是其与唐宋派整体文学思想之间关系的问题。概括地说,唐顺之的文学思想经历了一个从"文以明道"向"本色论"的发展过程,这也是唐宋派整体文学思想的一次重要转变;而"本色论"虽然对明中后期文学思想的发展产生了极其深远的影响,但它在唐宋派自身的文学思想体系中并不占统摄性的地位。欲辨明此一问题,首先还要准确地理解唐顺之"本色论"自身的理论内涵。本章的

---

① 具体参见"绪论"部分相关论述。

论述重点即是唐顺之学术思想的变化与其“本色论”文学思想形成之间的关系，以及在其原初内涵与理论价值之间的错位关系中所形成的理论张力。此外，归有光“主自得”“重真情”的文学观同样深受阳明心学的影响，与唐顺之的“本色论”共同构成唐宋派文学思想创新的一面。

第一节　“小心”与“脱洒”：唐顺之“真精神”的思想特征

王慎中、唐顺之对性命之学的关注，及其“文以明道”思想的形成，本来就与王畿等心学学者的引导有关。但他们最初对阳明心学的理解并不深入，主要是在与程朱理学相一致的层面接受了他们的学术思想。此后，王慎中对心学的理解虽然有所加深，但始终没有达到一个足够深入的地步。而唐顺之对阳明心学的探讨与领悟则不断加深，并最终成为一个典型的心学学者。黄宗羲将其列入“南中王学”，并将其学术思想概括为“以天机为宗，无欲为工夫”[①]，揭示出其最为核心的两个特征：对灵明心体的体认和对去欲工夫的坚守。这是唐顺之对“良知见在”与“归寂致知”两种思想审慎地批判与吸收的结果。“无欲”的主张贯穿唐顺之学术思想之始终，并且影响了他对“天机”的认取路径与领悟程度。平衡“脱洒”与“小心”，是唐顺之折中“天机”与“无欲”的对症药方，也是他晚年立身行事乃至文学创作的重要依据。

① 黄宗羲《明儒学案》卷二十六，第599页。

一　去欲:唐顺之学术思想的起点

唐顺之的学术思想来源十分复杂,并且经历了不断变化的过程。[①] 然而,无论在哪一个阶段,他对“无欲”的强调都不曾改变,只是受关注的程度有所不同而已。

概括地讲,唐顺之的学术思想的发展大约经历了三个重要阶段:嘉靖十二年(1533)至嘉靖二十二年,其学术思想主要体现为朱、王会同的特征;嘉靖二十三年到嘉靖二十五间,则是其深入探讨心学话题、心学思想突飞猛进的时期;此后,至嘉靖三十年前后,唐顺之的心学思想趋于成熟,逐渐形成了自己的思想特色。

第一个阶段,唐顺之的学术思想主要体现出朱、王会同而倾向于朱子学的特征,基本主张是“去欲”。早在嘉靖十一年,唐顺之就与王畿结识。然而此后,在嘉靖十二年至嘉靖十四年间,其主要活动是参与“嘉靖八才子”的诗文唱和,对性理之学并没有表现出太大的兴趣。嘉靖十四年罢归之后,唐顺之的生命趣味逐渐从诗文创作向着性命之学转移。嘉靖十五年,王艮、王畿相约来访[②],应该是唐顺之进一步理解阳明心学的重要契机。但唐顺之又于此年与尊崇程朱学的万吉定交,而万氏此时对他的评价则是:“若荆川之言,盖多与阳明暗合,然究其旨归,其抵牾晦翁者鲜矣。”[③]这从一个侧面说明,唐顺之此时虽深受阳明心学的影响,但其思想尚与程朱理学没有太大冲突。更重要的

① 参见左东岭《王学与中晚明士人心态》,第438—488页。

② 参见唐鼎元《明唐荆川先生年谱》卷一引《心斋年谱》。

③ 《明唐荆川先生年谱》卷一引王孚斋《古斋行状》。

是，他在作于此年的《与王尧衢书》中讲述其读书感受云："于是取程、朱诸先生之书，降心而读焉。初未尝觉其好也，读之半月矣，乃知其旨味隽永，字字发明古圣贤之蕴，凡天地间至精至妙之理，更无一闲句闲语。"[①]这说明唐顺之此时方对程朱理学逐渐有深切领会，并且赞叹有加。唐鼎元《明唐荆川先生年谱》卷一"嘉靖十五年"条亦极论其融贯朱、王的思想特征。至少在嘉靖十五年前后，这种论述是符合唐顺之学术思想的实际情形的。这种情形大约持续到嘉靖二十二年前后方有所改变。《明唐荆川先生年谱》卷一"嘉靖二十二年"条下引其行状云："公去官，心未尝忘天下国家。既削迹不仕，于是一意沉酣六经、百子、史氏、国朝典故、律历之书。始居宜兴山中，继居陈渡庄，僻远城市，杜门扫迹，昼夜讲究，忘寝废食。于时学射学算，学天文律历，学山川地志，学兵法战阵，下至兵家小技，一一学习。"从其治学方式来看，在嘉靖十九年去官之后的短时期内，唐顺之的学术思想与阳明心学之间依然还有很大距离。

唐顺之在这一时期谈得最多的是有关"制欲"的问题。他在《与王尧衢书》中谈到："仆自生齿以来，百种嗜欲颇少于人，亦绝不知人间有炫耀显赫事，独不能淡于饮食，乃始痛为节损，或四五日不肉食，始而苦之，久而甘之矣。"[②]在作于嘉靖十六年的《答王南江提学》一文中，唐顺之更是对此作出明确的理论表述：

① 《荆川先生文集》卷五，《唐顺之集》，第213—214页。此文系年据唐鼎元《明唐荆川先生年谱》，此后凡据此年谱确定作品系年者，不再注明；依据其他理由确定系年者，将一一加以说明。

② 《荆川先生文集》卷五，《唐顺之集》，第215页。

> 人心存亡，不过天理人欲之消长，而理欲消长之几，不过“迷”“悟”两字。然非努力聚气，决死一战，则必不能悟。[①]

这段文字大概最能代表唐顺之此期的学术思想了。所谓“人心存亡，不过天理人欲之消长”，即是要存天理，灭人欲。王阳明未尝不论“去欲”的工夫，但其主要用力处却是对本心的体悟。唐顺之把制欲作为存养本心的主要工夫，依然是沿袭了朱子的治学路数。其所谓“迷”“悟”，亦只是对天理、人欲的辨识，而非本心的彻悟。“努力聚气，决死一战”更是荆川此期常提的话头，虽然体现出其坚决而真诚的治学态度，却也表明其思想状态与王阳明通脱的学术精神之间还有着很大的距离。唐顺之还在作于嘉靖十六年的《与项瓯东郡守》中谈到：“德性本自广大，本自精微，本自高明，本自中庸。人惟为私欲障隔，所以不能复然，故必须道问学以尊之耳。”[②]强调德性本自广大、精微，本自高明、中庸，人要去其私欲而复其本心，这与阳明的心学思想是完全一致的；同时强调道问学与尊德性亦与之不甚相忤，只不过若将道问学视为尊德性的必然途径，则与心学思想相去甚远了。其实，对去欲工夫的强调，贯穿了唐顺之学术思想的始终；直至其心学思想已经相当成熟，仍然没有放弃对去欲的强调。前后区别在于，嘉靖十五年至嘉靖二十二年间，强调去欲的工夫是唐顺之最突出的学术思想特征；而在嘉靖二十二年之后，他逐渐将关注点集中于心学思想更为深入的层面，而去欲工夫则变成了其学术思想的一个侧面。

---

① 《荆川先生文集》卷五，《唐顺之集》，第 189 页。

② 《荆川先生文集》卷五，《唐顺之集》，第 227 页。

与之相关，拘谨与狷介是唐顺之此期人格心态的主要特征。面对嘉靖十四年前后的政治挫折，王慎中、唐顺之不约而同地从热衷于诗文创作转向了对道学的关注。他们都对早年的气节行为有所反思，但相比较而言王慎中显然要及时与深刻得多。虽然唐顺之对早年的狂放行为也有所收敛，但其狷介的性格依然没有太大改变。最初，唐顺之对嘉靖十四年的罢免颇怀激愤，他在次年写给妹婿王立道的信中谈到："近日当事者所去取投闲之臣，仆已先知其去与取之必如此矣，不足为怪……又其初皆以尽力国事，误触网而抵禁，非如仆之自以私罪去也。此辈尚不得为当事者所与，则仆得与此辈同陆沉焉，固无憾也……若使仆复如旧时随逐行队，进退以旅，趦趄嗫嚅，于明时无粟粒之补，则将毁平生而弁髦之。且向惟不能为此。所以甘心去官而无所悔耳。"[①]虽然声称"无所悔"，激愤之情却是溢于言表。既然时局不允许他在政治上有所发挥，于是就将精力转向了"独善其身"，通过修养性情实现自我的生命价值。但其狷介的性格同样影响到了其治学行为，具体表现为其对"制欲"的强调、对自身行为的苦加约束等。"谚曰'畏水者不乘桥'，恐其动心也"[②]，大约最能体现唐顺之此时拘谨的心态与狷介的性格了。而在作于嘉靖十六年的《与项瓯东郡守》一文中，唐顺之更是明确地表达了其对狂狷人格的欣赏：

故孔子不取谨愿之士，而取狂狷，为有基也。狂者固不待言，至于谨愿之士与狷者，其不为不善，亦较相似。但狷者气

① 唐顺之《与王尧衢书》，《荆川先生文集》卷五，《唐顺之集》，第 214 页。

② 唐顺之《与王尧衢书》，《荆川先生文集》卷五，《唐顺之集》，第 215 页。

> 魄大，矫世独行，更不畏人非笑；谨愿之士气魄小，拘拘谫谫，多是畏人非笑。狷者必乎己，而谨愿者役于物，大不同耳。①

既然狂者不能为世所容，那么狷者似乎就成为唐顺之唯一的选择。嘉靖十九年的罢黜又一次沉重地打击了唐顺之的狂者行为，也使得其狷介性格发展到了极致。唐鼎元《明唐荆川先生年谱》卷一对其狷介行为记述如下："公自再遭废黜，弥苦节自励，冬不火，夏不扇，行不舆，卧不裀，衣不帛，食不肉，掇扉为床，备尝苦淡。曰不是不足以拔除欲根，彻底澄净。"又引陈继儒《见闻录》云："荆川公满壁书'志士不忘在沟壑'语于其上以自励。"唐顺之这些近乎怪异的行为让他的父亲十分忧虑，以至于要请王畿来开导他。朋友们也对他提出善意的批评。比如，其门生万士和委婉地指出唐顺之固执己见、好为新奇的缺点，认为他接人待物"好尚之少偏，应接之过当"，故"臧否太露而人情大有所不堪"②。唐鼎元《明唐荆川先生年谱》卷一引吕留良之言云："荆川先生性最淡洁刻苦，布袍疏食，夜卧一木板，不设重席，且清癯多病。其封翁忧之，托王龙溪为之解说。龙溪乃谓：'天下人以戒定慧求贪嗔痴，荆川当以贪嗔痴求戒定慧。'荆川倘然受之。"师友们的忠告大约对唐顺之产生了很大的影响，此后不久，其学术思想及人格心态即发生了极其重要的转变。

二 "归寂"思想的接受与反思

历来论唐顺之心学思想者，多关注其受王畿之影响。而就

① 《荆川先生文集》卷五，《唐顺之集》，第227页。

② 万士和《上唐荆川尊师》，《明文海》卷一百九十一，第3796、3797页。

其心学入路而言,却更接近以罗洪先为代表的归寂派。

嘉靖二十三年(1544)前后,唐顺之的学术思想迅速地向着阳明心学转变。他最初主要是接受了以罗洪先等人为代表的归寂派王学的思想。唐顺之与罗洪先是同榜进士,志趣相投,交谊深厚。唐顺之对罗洪先的学问、人品十分认可,曾道:"是时缙绅之士以讲学会京师者数十人。其聪明解悟,能发挥师说者,则多推山阴王君汝中;其志行愊实,则多推君与吉水罗君达夫。"[①]据郎瑛记载唐顺之自言"道义得之罗念庵"[②],唐鼎元则称其心学"近于双江"[③]。唐顺之与归寂派王学的关系约略可知。其实际的思路进路也的确与归寂派王学多有关联。归寂派强调排除一切外在干扰,收摄精神,体悟本心,这与唐顺之早年去欲的思路是大体一致的,因而更容易为其所接受。但"归寂"的修养方法毕竟不同于"去欲"的工夫,它要求于虚静中体验此灵明之心,主要还是强调体悟的工夫,而去欲则是一个自我克制的过程。而唐顺之最初却是带着明确的去欲目的来接受"归寂"方法的。最迟在嘉靖二十二年,唐顺之就已经开始关注主静之学,并尝试用"归寂"的方法修养身心。在作于此年的《答张甬川尚书》中,唐顺之谈到自己入山修炼的经历:"自入山中,稍欲收敛精神,摆脱习气,庶几少有所闻以酬宿志,且以不负长者拳拳教爱之至意。而闲静中转见种种欲根起灭不断,虽暂随气机歇息,

① 唐顺之《吏部郎中林东城墓志铭》,《荆川先生文集》卷五,《唐顺之集》,第624页。

② 郎瑛《七修类稿》续稿卷三"荆川四得"条,上海书店出版社,2001年,第561页。

③ 唐鼎元《明唐荆川先生年谱》"自序"。

终非拔本塞源工夫。”[①]可知唐顺之此时主要关注的依然是去欲的问题，并以能否销除欲障作为检验“归寂”方法的标准：“本体不落声臭，工夫不落闻见，然其辨只在有欲无欲之间。欲根销尽便是戒谨、恐惧，虽终日酬酢云为，莫非神明妙用，而未尝涉于声臭也。欲根丝忽不尽，便不是戒谨、恐惧，虽使栖心虚寂，亦是未离乎声臭也。”[②]在给张邦奇的另一封信中，唐顺之则对主静之学不无质疑：“至于身、心、意之别，以正心为主静之学，虽或异于朱传，而实合乎濂洛之微旨矣。其曰正心者，不属于意不属于身者也，是心之无所发动，事物未交于视听时也。斯时也，心惟存其恂慄而已，凝然中居，而外诱不敢干也。是则然矣，但不知事物既交，既有视听之时，其凝然中居，而外诱不敢干者，与前时有异乎？与前时无异乎？岂所谓凝然中居者，只主于静时而为之者乎？抑亦无分于动静，而皆在者乎？更愿教之。”[③]这表明，唐顺之自始就以审慎的眼光对待主静之学，这为其此后心学思想的转变埋下了伏笔。同时也说明，此时的唐顺之还没有通过“归寂”的工夫体验到虚灵、明澈的本心。

尽管有所疑虑，但在嘉靖二十三年前后，唐顺之还在归寂派的影响下彻底接受了心学思想。他在作于此年的《寄刘南坦》中谈到：

> 年近四十，疾疢忧患之余，乃始稍见古人学问宗旨，只在性情上理会，而其要不过主静之一言。又参之养生家言，

---

① 《荆川先生文集》卷五，《唐顺之集》，第 182 页。

② 唐顺之《答张甬川尚书》，《荆川先生文集》卷五，《唐顺之集》，第 182 页。

③ 唐顺之《又答张甬川尚书》，《荆川先生文集》卷五，《唐顺之集》，第 184 页。据《明唐荆川先生年谱》，此文亦作于嘉靖二十二年。

> 所谓归根复命云云者，亦止如此。是以数年来绝学捐书，息游嘿坐，精神稍觉有收拾处。①

这说明此时归寂派的心学思想已成为唐顺之的主导思想，而其“绝学捐书，息游嘿坐”的目的也不再只是要去除私欲，而是要存养此心。在作于同一年的《答周约庵中丞》中，唐顺之谈到：“自屏居以来，澄虑默观亦既久之，乃稍稍窥见古之儒者所以为学之大端。窃以其实乃在于身心性情之际，而不以事功技术揭耳目为也。故其退藏于密者甚约，其究可以穷神而立命。”②认为儒者治学之关键在于身心性情，而不在于事功技艺，正是唐顺之对前一时期学术思想的反思。他在同一篇文字中谈道：“至于象纬、地形种种诸家之学，往时亦颇尝注心焉，今尽以懒病废。窃以为绝利于百途，固将藉此余闲，聚精蓄力，洞极本心，洗濯愆过，以冀收功于一原，而未知竟当何如耳。”③唐顺之将其早年极其关注的事功、技艺之学一并弃置，正是为了摆脱一切外在干扰，以收聚精神、存养本心。这表明，在归寂派思想的影响下，唐顺之已经逐渐摆脱了朱子格物致知的治学路数，转而一以正心为念，其学术思路已经完全转向了阳明心学。

为了获取虚寂的心境，唐顺之不但尽可能地摆脱外在的事务缠绕，还努力化解其意、必、固、我之成心。他在作于嘉靖二十三年的《答洪方洲主事》一文中谈到：“昔人谓有意为不善与有意为善皆能累心，如瓦石屑、金玉屑皆能障眼。惟‘慎独’二字

① 《荆川先生文集》卷五，《唐顺之集》，第185页。
② 《荆川先生文集》卷五，《唐顺之集》，第218页。
③ 《荆川先生文集》卷五，《唐顺之集》，第219页。

是千古正法眼藏。若于此参透,则终日履道,只是家常茶饭,平平坦坦不作一毫声色,世间一切好题目、恶题目皆不能累我矣。"[①]所谓"有意为不善"和"有意为善",都是存有机心的行为,都会对人的本心形成拖累。唐顺之此处所谓"慎独",主要是强调关注自我本心,而不为外在的是非善恶的评价所累。如此一来,终日履道只是自然、平常的事。在此,唐顺之以"瓦石屑""金玉屑"来喻指机心;在《答戚南玄》一文中,他则直接将其表述为"欣厌心""好丑心"与"长短心",并进一步概括为"尘机":

> 才提起处,色色总在面前;才放下处,了了更无一物。自是人心本来之妙,而不容增减也。古人终日从事于琴瑟、羽籥、操缦、安弦种种曲艺之间,既云终日从事矣,然特可谓之游,而不可谓之溺。今之人,其于琴瑟、羽籥、操缦、安弦种种曲艺,即便偶一为之,则亦可谓之溺,而不可谓之游,何也?为其有欣厌心也,为其有好丑心也,为其有争长竞短之心也。欣厌心、好丑心、长短心,此兄之所谓即是尘机也。然则所谓艺成而下者,非是艺病,乃是心病也。扫除心病,用息尘机,弟敢不自力以承兄之教也。虽然,尘机息尽,浑沦道心,亦愿兄之无忽斯言也。[②]

唐顺之认为,人心灵明,与物无违;本自完善,不容增减。其应对万物,随机自然;事过境迁,心无一物。古人虽终日从事于曲艺之事,却能不为其所累;今人偶然为之,亦是沉溺不拔。是因为

① 《荆川先生文集》卷五,《唐顺之集》,第 202 页。

② 《荆川先生文集》卷五,《唐顺之集》,第 198 页。

古人只是自然应对，而今人却有喜恶心、是非心，从而蒙蔽了自然灵明之本心。在此，唐顺之不再仅仅把私欲视作影响本心呈现之因素，而是将机心，即其所谓尘机，视为障碍本心的根本原因。他认为今人之所以会沉溺于曲艺之中而无法自拔，并非曲艺本身有问题，而是人之本心为机心所蒙蔽，所以不能自如地应对事物。能够化解意、必、固、我偏执之心，表明唐顺之对本心的体认突破了一大关。更重要的是，唐顺之已经不再把眼光仅仅盯在修养的工夫上，而是格外注重心灵所能呈现之境界："扫除心病，用息尘机，弟敢不自力以承兄之教也。虽然，尘机息尽，浑沦道心，亦愿兄之无忽斯言也。"这几句话深有意味。大概是说，消除机心的工夫自不必言，关键还要检验机心消除之后，能否呈现出浑沦自然的本心来。其实也是在委婉地劝诫戚贤，不要只把眼光局限于修炼的工夫上，更要关注心灵境界之体悟。可见，虽然唐顺之此时期主要是运用"归寂"的工夫，但这并没有影响他对本心的领会与参悟。所谓"自是人心本来之妙，而不容增减"，表明唐顺之已逐渐发现了那颗灵明的本心。

到了嘉靖二十四年（1545），唐顺之对本心的体验已经日臻成熟。他在作于此年的《与两湖书》中谈到：

> 天机尽是圆活，性地尽是洒落。顾人情乐率易而恶拘束。然人知安恣睢者之为率易矣，而不知见天机者之尤为率易也；人知任佚宕者之为无拘束矣，而不知造性地者之尤为无拘束也。①

---

① 《荆川先生文集》卷五，《唐顺之集》，第222页。

唐顺之此时对本心的认识已不只是灵明与至善，更体验到其天机圆活、性地脱洒的特征。认为人若能悟得其本心，接人待物则可随机而动，原本就是率易的，原本就是无拘无束的。这表明唐顺之此时已经十分透彻地领悟了阳明的心体思想。对心体圆活、脱洒特征的体认，又促使荆川回过头来审视其"归寂"的修养工夫。他在《与与槐谢翰林》中谈到："闭门厌事，此是鄙人前身宿病，近来力自惩创，以庶几乎'吾非斯人之徒而谁与'之意。但性既褊狭，又素羸瘠，每入空山则不免仍有喜心，每遇人事迎送繁扰跛踦从事，则不免仍有厌心耳。"[①]表达了对自己"闭门厌事"行为的追悔。而在《答吕沃洲》一文中，唐顺之则直接提出在应接纷扰中体验本心的主张：

> 兄云山中无静味，而欲闭关独卧，以待心志之定，即此便有欣羡畔援在矣。请兄且毋必求静味，只于无静味中寻讨；毋必闭关，只于开门应酬时寻讨。至于纷纭轇轕往来不穷之中，更试观此心何如，其应酬轇轕与闭关独卧时还自有二见否？若有二见，还是我自为障碍否？其障碍还是欲根不断否？兄更于此著力一番，若有得与有疑，幸不惜见教也。[②]

唐顺之认为，倘若一味地强调静中体验，便有"欣羡畔援"在，便是有机心在，便不是天机流行。因此，他建议吕氏从日常应酬、纷纭往来中寻讨本心。这样的认识再度改变了其对待种种才

① 《荆川先生文集》卷六，《唐顺之集》，第258—259页。

② 《荆川先生文集》卷六，《唐顺之集》，第247页。

能、技艺的态度。在上文所引《答戚南玄》一文中，唐顺之即云："然则所谓艺成而下者，非是艺病，乃是心病也。"即表明其彻底摒弃技艺的态度已悄悄地发了变化。稍晚时候，唐顺之又在《答侄孙一麟》中谈到："若就从观书学技中将此心苦炼一番，使观书而燥火不生，学技而妄念不起，此亦对病下针之法，未可便废也。燥火不因观书而有，特因观书而发耳；妄念不因学技而有，特因学技而发耳。既不因观书学技而有，则虽不观书不学技，亦安得谓之无乎？吾子虽久事于学，至于学问头脑如先立其大等语，其实未有自信自作主宰处。"[1]主张在观书、学技的过程中磨炼此心，而不再像以前那样"绝学捐书，息游默坐"，表明唐顺之在通过"归寂"的工夫体认到圆活、脱洒的心体之后，已经能够自信本心，从而又突破了"归寂"思想的束缚，其生命态度也随之变得越发通脱了。

正确理解唐顺之的"归寂"思想与其对心体灵明、脱洒特征的体验之间的关系，是我们把握其此期学术思想与人格心态转变的关键。由以上论述可知，通过对"归寂"思想的接受、实践与反思，唐顺之经历了一个对外在学识、技艺先放弃又重拾的反复过程。而无论是先前的放弃，还是后来的重拾，都伴随着唐顺之心学思想的突破与进展。归寂派要求摆脱一切外在的事务缠绕，在极其宁静的心境中体验本心，这似乎与心体圆活、脱洒的特征背道而驰。其实，"归寂"毕竟只是工夫，而不是目的。通过"归寂"的工夫，最终要体验的还是那虚灵不昧的本心。这也是归寂派虽然与阳明本意之间有些隔膜，但终究还是属于心学思想系统的根本原因之所在。唐顺之也果然没有走上歧途，其

① 《荆川先生文集》卷六，《唐顺之集》，第263页。

对外在技艺的放弃，是从格物转向了正心，从外驰转向了内主，从对外在事物的关注转向了对内在心灵的感悟，并最终体认到了那颗活泼泼的、灵明的本心。而且，当唐顺之通过“归寂”的工夫逐渐体验到心体之圆活、脱洒之后，很快便对“归寂”工夫本身作出反思，并再度调整了自己对待外在技艺的态度。但他此时对学识、技艺的重新拾起，已与早年对事功的孜孜追求大有不同。早年将主要的精力都投入到对外在技艺的探究中，此时却是要在平常生活中体察本心。因此，无论是唐顺之最初对“归寂”思想的接受，还是之后的反思，都使得其心态逐渐从拘谨转向脱洒，并最终完成了其从狷者到中行的人格转型。事实上，唐顺之早年之狷介，并非仅仅体现为他对自身的苦加约束。正如万士和所论，还体现为其自负、固执、意气行事的性格特征。而他在此期对所谓“欣厌心”“好丑心”与“长短心”的痛加反省，正表明其心态已从当初的偏执、拘谨逐步走向圆融与脱洒。唐顺之本人也曾谈到过这种变化：“仆少颇负意气，屏废以来，槁形灰心之余，化为绕指柔焉久矣。”①这对其学术思想的进展及文学思想的转变都有着极其深刻的影响。

三　佛、道思想的影响

在唐顺之学术思想的转变过程中，佛、道思想也发挥了十分重要的作用。早在嘉靖十四年(1535)前在翰林院时，唐顺之就表现出对佛学思想的容受态度②。然而，尽管他经常在此期的诗作中谈说佛理，但似乎并没有在较深的层面上理解并接受佛

① 唐顺之《与杨蕉山》，《荆川先生文集》卷六，《唐顺之集》，第267。

② 参见黄卓越《佛教与晚明文学思潮》，第34—35页。

学思想。以此下三首游览禅寺的诗为例：

> 端居滞文翰，久与赏心阙。出沐乘休豫，寻幽展欢悦。涉涧俯潺湲，攀峦面巀嵲。邈哉神皋奥，居然灵境别。①
>
> 宛转云峰合，微茫鸟路通。闲来竹林下，醉卧石房中。阴涧泉先冻，阳崖蕊尚红。攀萝探虎穴，憩石俯鲛宫。上客思留带，山僧不避骢。夜深清啸发，流响入寒空。②
>
> 西山爽气朝来歇，倏忽玄阴满四陲。云里楼台翻借色，雨中花树更多姿。飞虹弄影摇丹嶂，瀑水分流射绿池。坐觉禅宫倍幽寂，凭栏把酒正相宜。③

从这三首诗中，我们感受到的是诗人的轻松愉悦与悠然自得，而非幽寂、空明之禅境。所谓“出沐乘休豫，寻幽展欢悦”“闲来竹林下，醉卧石房中”“夜深清啸发，流响入寒空”“坐觉禅宫倍幽寂，凭栏把酒正相宜”，其所呈现出的分明是一种优雅、脱洒的文士风流，而非渊深、沉静的禅者玄思。唐顺之此期的禅诗大都类此。可知此时的唐荆川对佛禅的喜好，同当时大部分的士人一样，主要只是对枯燥、沉闷的仕宦生活的调剂，而非深层的生命需求。而到了他被贬谪之后，尤其是在此后家居期间，情形就大有不同了。以《题金山寺付僧惠杰四首》为例：

> 何处寻龙藏，停桡听梵音。中流一塔影，远树万家阴。

---

① 唐顺之《游西山碧云寺作得悦字》，《荆川先生文集》卷一，《唐顺之集》，第3页。

② 唐顺之《普济寺同孟中丞作》，《荆川先生文集》卷一，《唐顺之集》，第5页。

③ 唐顺之《龙泉寺对雨》，《荆川先生文集》卷一，《唐顺之集》，第28页。

僧定潮来去，月明江浅深。试将空水相，堪比慧公心。

隐隐帆樯外，分明见法幢。川光孤断石，井脉割寒江。折苇僧归渡，观潮客倚窗。一窥龙女偈，坐使战心降。

凭虚聊骋望，面面荻芦秋。坐据三生石，心随万里流。鼋龟争出没，楼馆定沉浮。向夕烟氛敛，珠光似可求。

法界元无着，寥寥空水云。钟声潮外住，佛相镜中分。经为鱼龙说，人将鹳鹤群。慈航如可借，不厌往来勤。[①]

这几首诗所呈现的意境与前几首迥然有别。显然，唐顺之此时已是真正要通过对佛境的参悟以追求心灵的平静与安宁。禅寂、化境与隐逸，是唐顺之前、后家居期间最重要的诗歌主题。这是因为其生存状况及心境与昔日已大为不同。早年做翰林时，虽然也面临着官场中的勾心斗角、尔虞我诈，但其基本的生存境况还是充实而安逸的。而在屡遭贬斥之后，唐顺之不得不直面新的人生课题，并重新调整心态。他一方面要化解心中愤懑，平息种种欲念，在逆境中安顿好自我灵魂；另一方面，其强烈的事功心，及其根深蒂固的社会担当意识，又使得他很难心甘情愿地做一个林下太平人。如何协调好两者之间的关系，本是大部分封建士人共同面对的难题，而在极重品节偏偏又有着极强事功心的唐荆川这里则表现得尤为突出。因此，在此问题上，他要比大部分士人经受更多的磨难，亦须付出更多的努力，作出更加艰难的挣扎。其实，阳明心学正是应明中期士人的此种生命需求而生[②]，也的确能够在一定程度上解决这一人生难题。这

① 《荆川先生文集》卷二，《唐顺之集》，第75—76页。

② 参见左东岭《王学与中晚明士人心态》，第128—180页。

也是唐顺之最终能够深入地理解并接受心学思想的重要原因之一。然而,对于消解苦闷、破除执著而言,佛、道思想显然能够起到更加直接也更为彻底的作用。因此,唐顺之在不断深入领悟心学思想的同时,也十分认真地从佛、道思想中寻求心灵的宁静。作为一种修养心性的途径,即便是在十分深入地理解了阳明心学之后,唐顺之也没有完全放弃对佛、道的参求。直到嘉靖二十九年(1550),他还在给王慎中的信中谈到:“盖近于养生家稍稍得一归根法也。”[①]既是保养身体之所需,更是完养神明之途辙。由于唐顺之主要是为了解决自身的心灵安顿问题,因此他在此过程中并没有对佛与道(甚至包括儒学思想)作出明确的界分,经常将其揉杂在一起谈论。最典型的如《游永庆寺示诸友》一诗:“村墟正三月,春服领春风。飞鸟机心外,青天佛眼中。观心犹是障,齐物亦非同。何处参真诀,颜生昔屡空。”[②]虽然最终摆明了自己的儒家立场,却分明表明了其复杂的思想源头。

唐顺之对佛、道思想的接受,说明其“归寂派”的心学思想入路并非偶然,而是与其固有的思想状况有着极为密切的关系。同时,它又有助于引导我们去认真体会唐顺之在其思想转变过程中的复杂心态。嘉靖十九年的仕途重挫,并没有击退唐顺之的积极用世之心,然而他却不能不在愤懑之余对自己早年的处世方式作出反思,并寻求一种尽可能平和的心态来面对生命的苦难。于是,一方面他以传统儒家“君子固穷”的精神来支撑自己的思想,另一方面又试图到佛、道思想中去寻求心灵的慰藉。

---

① 唐顺之《答王遵岩》,《荆川先生文集》卷六,《唐顺之集》,第 275 页。

② 《荆川先生文集》卷二,《唐顺之集》,第 75 页。

然而,其强烈的事功心却使他并不能甘于“守穷”,而传统儒者的社会责任感又会时时拷问其灵魂,不容许他在动荡时局中悠游度日。以下诗为例:

> 海上倭方急,云中虏又侵。缨冠本非分,抱膝复何心。树冷秋前寺,篁齐雨后林。此乡非楚泽,濯足亦成吟。①

此诗前后表达的思想情感落差极大。前半首流露出诗人对边疆战事的莫大担忧,而后两联则刻画出一副沉寂而逍遥的隐者面孔,正体现了诗人心中的激烈矛盾。因此,在口口声声宣称“逃虚”“委化”的同时,他又积极地修习各种经世之学,并有了“冬不火,夏不扇”的怪异行为。值得庆幸的是,在师友的劝慰和引导下,在保持儒者本色的基础上,唐顺之逐渐化解掉横亘胸中的“意、必、固、我”,最终体验到一颗圆活、灵明的心。然而,无论是佛、道思想,还是“归寂派”心学的修养方式,都只是唐顺之寻求本心的途径,而不是最终的目的;一旦建立起对自我灵明心体的充分信心,唐顺之终究还是要积极投身于经世行为中。几经周折,唐顺之还是那个积极进取的唐荆川;但就其生命境界而言,他却再也不是一个年轻气盛、狷介孤傲的气节之士了。这一转变过程,虽然主要是在心学思想的影响下完成的,但佛、道思想同样起到了不可忽视的作用。如果说心学思想主要是从积极的角度引导唐顺之去体验那颗灵明的本心,那么佛、道思想则是以消解的方式将其心中的执著与欲念逐步化解。虽然影响方式

---

① 唐顺之《宿荆溪上塘庵述怀余向曾游此匆匆十年矣》,《荆川先生文集》卷二,《唐顺之集》,第76页。

不同，但对于唐顺之学术思想及人格心态的转变来说，两者都是极其重要的。

四　“脱洒”与“小心”

黄宗羲“以天机为宗，无欲为工夫”的论断，其实是对其成熟之后的心学思想的总结，其背后则隐藏着他对“良知见在”与“归寂致知”思想的批判与吸收。一方面，他以心体的天机活泼反对罗洪先、聂豹等对虚寂的刻意追求；另一方面，他又批评了以王龙溪为代表的江左王学任血气为自然、取消去欲工夫的修行方式。[①] 就生命的受用处而言，唐顺之认为归寂派过于拘束而不够脱洒，而江左诸人又过于放任而不够谨慎，于是就提出了其“小心脱洒非二致”的思想。他在《与蔡白石郎中》其二中谈到：

> 来书提出“小心”两字，诚是学者对病灵药。但如前所说，细细照察，细细洗涤，使一些私见习气不留下种子在心里，便是小心矣。小心非矜持把捉之谓也，若以为矜持把捉，则便与鸢飞鱼跃意思相妨矣。江左诸人任情恣肆，不顾名检，谓之脱洒；圣贤胸中一物不碍，亦是脱洒，在辨之而已。兄以为脱洒与小心相妨耶？惟小心而后能洞见天理流行之实，惟洞见天理流行之实，而后能脱洒，非二致也。[②]

其实唐顺之在这里是把小心与脱洒分别视为修养的工夫与境

① 参见左东岭《王学与中晚明士人心态》，第449—450页。

② 《荆川先生文集》卷六，《唐顺之集》，第255—256页。

界,小心即是“细细照察,细细洗涤”的去欲工夫,脱洒则是“洞见天理流行”之后的心灵境界。唯有下了小心的工夫,才能识得天理流行之本体;唯有识得本体,才能有脱洒的境界。则小心是脱洒的必要前提,唯经小心之后,方能得以脱洒。而小心毕竟不是目的,脱洒才是其既定的目标。后一层意思,唐顺之在《与聂双江司马》中讲得更为明确:“然学者用却有寂有感的工夫,却是于此中欲识得无寂无感的本心。欲复得无寂无感的本心,而非以此妨彼之谓也。譬如有人患积热蕴结,必假芩连诸冷药以解其毒而复其元气。非以为冷气即元气,亦非以为冷气异元气,而不服药之谓也。”[①]其实就是说,小心的工夫是必须的,但终究却是要复得天机圆活的本心。可知,唐顺之与归寂派在工夫上并没有太大区别,其分歧乃在对心体的认识上。所以他与聂豹之间会有“心无定体”与“心有定体”的争论。而他与王龙溪对于心体的认识却是完全一致的,其区别只在是否需要去欲的工夫。故唐顺之集两者之长,主张以“有寂有感”的工夫,复得“无寂无感”的本体。如此认识,小心与脱洒之间似乎的确没有什么矛盾。然而,这显然是将工夫与本体斩为两截,却与阳明心学“知行合一”的思想多有不合。王阳明“致良知”的思想同时包含两个过程,一个过程是“致得其良知”,是知的过程;另一个过程是“致其良知于万事万物”,是行的过程。而知与行是同一而不容分割的。[②] 从唐顺之的论述来看,小心主要是一个“知”的工夫,而脱洒则是在“知”之后,应当是“行”的境界。如此一来,唐顺之就面临着一个两难的境地:要么是将知与行割裂

---

① 《荆川先生文集》卷六,《唐顺之集》,第 280 页。

② 参见杨国荣《王学通论》,华东师范大学出版社,2003 年,第 74—79 页。

开来,要么就难以解决小心与脱洒之间的矛盾。这不只是唐顺之一个人的困窘,而是整个王学思想所面临的理论难题。以唐顺之对心学思想的领悟程度,他不会意识不到小心与脱洒可能遇到的理论问题,但他并没有从理论上解决这一矛盾,而是像大部分学者那样,把问题引向了“真实力行”,以真切的生命体验来取代理论上的纷争。

无论是针对江左王学的玄悟,还是针对虚寂派的拘谨,唐顺之都给他们提出了真实力行、摆脱言语意见的解决办法。他在《与张本静》中谈到:

> 若谓认得本体,一超直入,不假阶级,窃恐虽中人以上有所不能,竟成一番议论、一番意见而已……近来学者本不刻苦搜剔、洗空欲障,以玄悟之语文夹带之心,直如空花,竟成自误。要之与禅家斗机锋相似,使豪杰之士又成一番涂塞。此风在处有之,而号为学者多处,则此风尤甚。惟嘿然无说,坐断言语意见路头,使学者有穷而反本处,庶几挽归真实力行一路,乃是一帖救急易方。龙溪诸兄往江西,僭以此意请教,不知兄意云何也。①

虽然没有明言,其实唐顺之此处即是就其所谓“江左诸人”的学风而言。唐顺之认为其根本症结在于不能够“刻苦搜剔、洗空欲障”,因此其“一超直入,不假阶级”的主张也就成了一番空论而已。但唐顺之在这里并没有对此进行太多的理论辨析,而是开出了“坐断言语意见路头”“穷而反本”“真实力行”的药方。

① 《荆川先生文集》卷六,《唐顺之集》,第249—251页。

当然,此处所谓"真实力行"应该主要是指去欲的工夫而言,但最终目的却必然是切实地体验本心。唐顺之又在《与罗念庵修撰》一文中论到:

> 所示《夏游记》,中间辨析精切,深有忧于近世卤莽之学,力与破除,可谓有益世教不小。然以此验兄近来所得,则尚有论在。盖犹未免落于文义意见之间,而自己真精神不尽见有洒然透露处。岂兄对世人说法故然耶?[①]

罗洪先《夏游记》主要是通过对王龙溪的辩驳论其"归寂"的思想[②]。则知唐顺之所谓"卤莽之学"其实正是指良知现成派的学说。虽然唐顺之认为念庵之论可以破除"卤莽之学",却认为他同样不免纠缠于言语意见之间,而不利于"真精神"的自然透露。其实正是委婉地批评念庵之学不够脱洒。荆川于此同样是开出了"真实力行"的方子,而此处所谓"真精神"则主要是就体悟脱洒的心体而言。可知,唐顺之主张"真实力行",求"真精神",既包含了刻苦磨炼的意思,又强调了对本心天机圆活特征的体认。这虽然并不能在理论上解决小心与脱洒之间的矛盾,却不失为一种摆脱于理论纠缠之外的、务实的处理问题的方式。唐顺之论"真实力行"、求"真精神"的主张,未必是为解决小心与脱洒之间的矛盾而发。然而它却能在回避这一矛盾的前提下,将其对去欲工夫与天机圆活的体认兼容并蓄,所以应该被视

① 《荆川先生文集》卷六,《唐顺之集》,第265—266页。

② 参见罗洪先《念庵文集》卷五,《景印文渊阁四库全书》第1275册,第134d—144b页。

为唐顺之心学思想的重要内容。

第二节　“德艺之辨”与唐顺之文学态度之反复

唐顺之大概是王、唐、茅、归四人当中最不重视文学的人,然而很多学者却把他视为唐宋派最重要的代表人物。大约有以下两个原因:一是唐顺之因其心学思想和八股文创作的成就在明清士人中有很大的影响,一是其“本色论”的文学思想有突出的理论创新意义。唐顺之的“本色论”是由“文以明道”的文学思想发展而来,他对心学思想的接受则是这一转变的根本原因。“文以明道”是唐宋派文学思想的理论基础,王慎中提出“道其中之所欲言”,对其作出开拓性的阐释。嘉靖十四年(1535)之后,“由文而道”的生命价值的转移同样发生在唐顺之身上,而且他比王慎中走得更远。遵岩尚且只是对文提出了明道的要求,而荆川则常常以道的需求来审视文的存在价值——“德艺之辨”是他此期讨论最多的话题之一。唐顺之对待文学的态度也就在此思辨过程中反复变化,而“本色论”则是这种变化的最终结果。

嘉靖十四年以后,虽然唐顺之生命价值之重心逐渐从文转向了道,但在短时间内他依然对诗文创作保留了相当大的兴趣。据唐鼎元《明唐荆川先生年谱》记述,嘉靖十四年,唐顺之罢归之后,尚“与遵岩时为文酒之会”[①]。李开先《康王王唐四子补传》则记述了他此期的文风转变:“文则初学《史》《汉》,后会王遵岩于南都,尽变其说,意颇讶之。王云:‘此难以口舌争也,第

① 唐鼎元《明唐荆川先生年谱》卷一。

归取七大家文读之,当自有得。’唐子犹不谓然,但素信其才识,如其言而读其书。数月后尽得其法,方知向之所谓学《史》《汉》者,特得其皮毛,而七大家之文,真得《史》《汉》之骨髓者也。后复见遵岩,意投语合,遂皆以文章擅天下。”①王慎中居南都之时,是在嘉靖十四、五年间。唐顺之在嘉靖十六年写给王慎中的信中还谈到:“仆于文字素非所长,然以猥尝受教于兄,且幽居少事,欲以灌园余力时一为之。又以为既樗散无所用世,幸未即老死,二三年之后,或为天所牖,使少有知识,尚当托之于文字。虽不敢望于行远,庶几达鄙陋之意焉,是以不能息心于此。”②这说明,嘉靖十四年之后最初的几年中,唐顺之不但不反对作文,而且还在创作实践中积极地探索新的文章技法与风格。

但在此期间,唐顺之毕竟已经逐渐将其主要精力转向了性命修养。尽管他并不能彻底地放弃诗文创作,却也开始主张对此稍加控制,而不可沉溺于其中。唐顺之在作于嘉靖十七年的《与田巨山提学》一文中论到:

> 仆窃谓游艺之与玩物,适情之与丧志,差别只在毫芒间……吾辈年已长大,虽笼聚精神,早夜矻矻从事于圣贤之后,尚惧枉却此生。则虽诗文与记诵便可一切罢去,况更有赘日剩力为此舐笔和墨之事乎?③

这是唐顺之针对友人喜好书画而提出的规劝。他认为包括诗

① 《闲居集》卷十,《李开先全集》,第807页。

② 唐顺之《答王南江提学》,《荆川先生文集》卷五,《唐顺之集》,第191页。

③ 《荆川先生文集》卷五,《唐顺之集》,第209页。

文、书画在内的种种技艺,可以用作陶冶性情之具。但倘若把握不好分寸的话,则很容易沦落到玩物丧志的境地。这是唐顺之要求谨慎从事文艺活动的理由之一。更重要的是,唐顺之认为人生时日有限,即使将全部的精力用于身心修养,圣贤境界尚难以企及,哪里还有闲情理会诗文、书画之类的事。显然,唐顺之并非对诗文创作持一种完全否定的态度,只是认为应该将更多的精力投入到修身养性中去。这与他该时期的学术思想是大体一致的。唐顺之当时主要是强调"去欲"的工夫,此处论"玩物丧志",正是要提防诗文成为嗜欲之一种。另一方面,唐顺之当时正积极地通过外在技艺的学习与积累来提高生命修养,因此他并不反对从事于那些有益于身心性命的事情。而在唐顺之看来,对于陶冶性情来说,诗文创作至少要比书画技艺更有益处。而且,在此期间,他在事实上也没有真正放弃诗文创作活动。可知,嘉靖十四年之后,虽然唐顺之逐渐意识到应该对诗文创作适当加以控制,但并不真正主张彻底废止创作活动。

嘉靖二十三年前后,一如其学术思想,唐顺之的文学思想也发生了明显的变化。唐顺之此期明显受归寂派心学思想的影响,主张摆脱一切外在事务的缠绕,在虚静中存养本心。如此一来,同其他种种技艺一样,诗文创作也被置于摒弃之列。其实,早在嘉靖二十年,唐顺之就表达了相近的意思:

自儒者不知反身之义,其高者则激昂于文章气节之域,而其下者则遂沉酣濡首于蚁羶鼠腐之间……不然,则枝叶无用之辞,其足以溺心而愒日也久矣,兄何取焉?日课一诗,不如日玩一爻一卦;日玩一爻一卦,不如默而成之。此

> 之谓反身，而又奚取于枝叶无用之词耶？弟近来深觉往时意气用事、脚跟不实之病，方欲洗涤心源，从独知处着工夫。①

这段文字充分体现了唐顺之学术思想的变化对其文学思想的影响。其所谓“其高者则激昂于文章气节之域”，正是对自己早年行为的反思。而所谓“洗涤心源，从独知处着工夫”，则代表了其受归寂派王学影响的学术思想。正是在这样的思想背景下，唐顺之不再认为诗文创作有益于陶冶性情，而是认为这都是些“枝叶无用之词”，只会“溺心而愒日”。因而对友人大量作诗的行为表示了明确的反对。虽然唐顺之已经逐渐意识到性命修养当从反身默照做起，但他此时还没有真正做到“从独知处着工夫”，而是处于“日玩一爻一卦”的思想阶段。如前文所述，到了嘉靖二十三年，唐顺之就完全转入了“归寂”的修行方式。他在作于此年的《与薛方山郎中》谈到：“文词技能种种与心为斗，亦从生徒交游之例，尽谢遣之，尽息绝之。不然，犹是闹攘套子也。山林之士，终是入山深，入林密，乃是安稳地面。”②此时的唐顺之认为文词技能“与心为斗”，故一概弃去不为。这表明，嘉靖二十三年前后，在其“归寂”思想的影响下，唐顺之一度产生了废弃诗文创作的念头。然而，这样的想法并没有维持很久。

上文谈到，唐顺之在通过“归寂”的方法体认到圆活、脱洒的本心之后，很快就对“归寂”的修养方式进行了反思，并提出不可刻意求静，而应该在日常的往来应酬中体悟本心的主张。

① 唐顺之《寄黄士尚》，《荆川先生文集》卷五，《唐顺之集》，第225页。

② 《荆川先生文集》卷五，《唐顺之集》，第211页。

这同样影响了唐顺之对待文学的态度。他在《答俞教谕》中谈到：

> 仆年来则已决意绝去举业之教矣，而犹琐琐为执事言者，盖亦自知今之不教举业未为脱洒，而向之教举业未为粘带也……至于道德、性命、技艺之辨，古人虽以六德、六艺分言，然德非虚器，其切实应用处即谓之艺；艺非粗迹，其精义致用处即谓之德。故古人终日从事于六艺之间，非特以实用之不可缺而姑从事云耳。盖即此而鼓舞凝聚其精神，坚忍操炼其筋骨，沉潜缜密其心思，以类万物而通神明。故曰洒扫应对精义入神，只是一理。艺之精处即是心精，艺之粗处即是心粗，非二致也……儒者务高之论，莫不以为绝去艺事而别求之道德性命。此则艺无精义而道无实用，将有如佛、老以道德性命为上一截，色声度数为下一截者矣。①

唐顺之在上文已征引的《与薛方山郎中》一文中云："文词技能种种与心为斗，亦从生徒交游之例，尽谢遣之，尽息绝之。"此文又谓："仆年来则已决意绝去举业之教……盖亦自知今之不教举业未为脱洒，而向之教举业未为粘带也。"则知此文正是对前一行为的反思，大约作于嘉靖二十三、四年间。唐顺之对"归寂"思想的批评，也是针对其过于拘束而不够脱洒的特点而发。此处亦言绝去举业"未为脱洒"，应该不是一种巧合。这说明随着唐顺之对心学思想理解的逐步深入，其生命状态逐渐通脱，进

① 《荆川先生文集》卷五，《唐顺之集》，第195—196页。

而又影响了他对待诗文、技艺的态度。[①] 文中关于德、艺关系的辩论,阐发的是宋明以来颇为流行的体用一源的思想,就哲学思想而言并没有太多新鲜内容。但相对于唐顺之在嘉靖十七年"玩物丧志"的论调,这种态度显然是极为通脱的。也正是在这种文学态度的前提下,形成了其"本色论"的文学思想。

第三节 "本色论"的确切内涵与理论张力

唐顺之的"本色论"的重要价值是在文学研究的近代化进程中被重新发掘并日益受到重视的。明清时期唐顺之主要是以时文大家与古文名家的面目出现在学者们的视野中,近代以来其"本色论"的文学思想则越来越引起学界的广泛重视。这不是一种偶然现象。明清学者之所以重视其八股文与古文创作,主要是从当时的社会影响,从传统的文学立场出发来认识唐顺之的文化价值。而近世的学者则是站在新文学的立场上重新审视唐顺之在明代文学突破传统的发展过程中所发挥的积极作用,自然更加看重极具颠覆色彩的"本色论",唐顺之也就成为明中期反对拟古主义、代表文学发展方向的重要代表人物。这种理解角度及认知逐渐成为20世纪明代文学研究的主流观点。[②] 然而,近年来一种反对意见逐渐引起学界的关注。这种

---

① 关于"德艺之辨"与唐顺之学术思想之间的关系,参见黄卓越在《佛教与中晚文学思潮》下编"心源说"一节中关于心体与言说关系的论述。

② 方孝岳《中国文学批评》最早对"本色论"的理论价值作出充分的肯定,并将其视为唐宋派最具标志性的文学理论;刘大杰《中国文学发展史》接受了这种观点,突出了唐顺之反对复古、拟古的态度;游国恩等《中国文学史》最大限度地发挥了此种观点在古代文学研究领域的影响。

意见认为唐顺之的“本色论”从本质上讲依然是道学派的文学观。[①] 应该说这种观点清醒地认识到“本色论”心性主义的思想内涵，较之片面强调其进步意义更体现了一种理性的学术态度。但若据此忽视“本色论”在明代文学思想史上的积极意义则不免有些矫枉过正。在此，我们真正面临的问题是在文学思想史的研究中如何处理探求本义与阐发意义之间的平衡关系。追寻历史现象的真实面目，探求理论的原初涵义，当然是文学史研究的首要目的。我们不能根据当下的需要对历史作任意的描述或阐释，但也不能放弃我们阐释历史意义的权利。唐顺之关于“本色论”的表述本身就有表达含混甚至自相矛盾的地方，留下很大的理解与阐释的空间。我们要全面、细致地剖析其理论内涵，并区分清楚其原初内涵与理论价值之间的落差，以准确理解其于明代文学思想史上的作用与地位。

唐顺之在不同场合关于“本色”的表述是有些矛盾的。其于《与洪方洲书》其二中论道：“近来觉得诗文一事，只是直写胸臆，如谚语所谓开口见喉咙者，使后人读之，如真见其面目，瑜瑕俱不容掩，所谓本色，此为上乘文字。”[②]此处只是强调本来面目，瑜瑕互现亦为“本色”，信手写出即是“上乘文字”。这与徐渭的“本色论”、李贽的“童心说”乃至公安派的“性灵说”都十分接近。然而，是不是在唐顺之看来所有的真切体会与真实而独到的见解都可以不加区分地表现在文章中呢？

---

① 马积高《宋明理学与文学》指出唐宋派的文论主要反映了南宋以来理学家的文学观念；章培恒、骆玉明主编《中国文学史》认为唐宋派实际是“宗宋派”“道学派”。作为近二十年来高校系统流行最广的中国古代文学史教材，袁行霈主编《中国文学史》吸收了这种观点并形成了十分广泛的影响。

② 《荆川先生文集》卷七，《唐顺之集》，第299页。

唐顺之在《答茅鹿门知县》其二一文中对“本色论”作出最为系统的阐述：

> 至如鹿门所疑于我本是欲工文字之人，而不语人以求工文字者，此则有说。鹿门所见于吾者，殆故吾也，而未尝见夫槁形灰心之吾乎？吾岂欺鹿门者哉！其不语人以求工文字者，非谓一切抹杀，以文字绝不足为也。盖谓学者先务，有源委本末之别耳。“文莫犹人，躬行未得”，此一段公案姑不敢论，只就文章家论之。虽其绳墨布置、奇正转折自有专门师法，至于中一段精神命脉骨髓，则非洗涤心源、独立物表、具今古只眼者，不足以与此。今有两人，其一人心地超然，所谓具千古只眼人也，即使未尝操纸笔呻吟，学为文章，但直据胸臆，信手写出，如写家书，虽或疏卤，然绝无烟火酸馅习气，便是宇宙间一样绝好文字。其一人犹然尘中人也，虽其专专学为文章，其于所谓绳墨布置则尽是矣，然番来覆去，不过是这几句婆子舌头语，索其所谓真精神与千古不可磨灭之见，绝无有也，则文虽工，而不免为下格。此文章本色也。即如以诗为喻，陶彭泽未尝较声律、雕句文，但信手写出，便是宇宙间第一等好诗。何则？其本色高也。自有诗以来，其较声律、雕句文，用心最苦而立说最严者，无如沈约。苦却一生精力，使人读其诗，只见其捆缚龌龊，满卷累牍，竟不曾道出一两句好话。何则？其本色卑也。本色卑，文不能工也，而况非其本色者哉？
>
> 且夫两汉而下，文之不如古者，岂其所谓绳墨转折之精之不尽如哉？秦汉以前，儒家者有儒家本色，至如老、庄家有老、庄本色，纵横家有纵横本色，名家、墨家、阴阳家皆有

本色。虽其为术也驳,而莫不皆有一段千古不可磨灭之见。是以老家必不肯剿儒家之说,纵横必不肯借墨家之谈,各自其本色而鸣之为言。其所言者,其本色也,是以精光注焉,而其言遂不泯于世。唐宋而下,文人莫不语性命、谈治道,满纸炫然,一切自托于儒家。然非其涵养畜聚之素,非真有一段千古不可磨灭之见,而影响剿说,盖头窃尾,如贫人借富人之衣,庄农作大贾之饰,极力装做,丑态尽露。是以精光枵焉,而其言遂不久而湮废。

……

仆三年积下二十余篇文字债,许诺在前,不可负约。欲待秋冬间病体稍苏,一切涂抹,更不敢计较工拙,只是了债。此后便得烧却毛颖,碎却端溪,兀然作一不识字人矣。①

唐顺之首先在整体的生命活动中给文学一个明确的定位:“其不语人以求工文字者,非谓一切抹杀,以文字绝不足为也。盖谓学者先务,有源委本末之别耳。”所谓“学者先务,有源委本末之别”,大概包含两层意思。首先,在生命活动中,文学创作并不是最重要的。学者应该致力于性命修养,诗文之作只是闲暇之中偶一为之的事。其次,即便要从事于诗文创作,也要把性命修养作为其根本与源泉。唐顺之在生命活动的层面区分文与道的“源委本末”,说明他是把文学视作性命修养之外的另一种生命活动。尽管这种创作活动也要以性命修养为前提,但其本身却

① 《荆川先生文集》卷七,《唐顺之集》,第294—296页。按,此处引文的段落划分、标点,与校点本有所不同。据左东岭考证,此文作于嘉靖二十四年。参见左东岭《王学与中晚明士人心态》,第454—458页。

是一种相对独立的生命行为。这与宋儒论“文道合一”而否认文学创作本身存在价值的思想是不尽相同的。“虽其绳墨布置、奇正转折自有专门师法,至于中一段精神命脉骨髓,则非洗涤心源、独立物表、具今古只眼者,不足以与此。”是说诗文创作虽然自有法度,但这并不是最重要的;关键是要表达出一些精妙、高超的东西来,只有那些境界高远、识见超拔的人才能做到这一点。这句话涉及诗文创作三个方面的问题:创作法度、表现内容和主体素养,已简要地概括出“本色论”的核心内容。

“中一段精神命脉骨髓”,即是下文所谓“真精神与千古不可磨灭之见”,是论诗文的表现内容。其中包含两个层面的要求,一是要有真体会、真见解,二是识见要高、要卓而不群。[1] 唐顺之追求“真精神”的文学思想,显然与其求“真精神”的哲学思想相一致,都是强调一种真切的体会,与空洞、浮泛的言语意见相对立。如此文中所论:“唐宋而下,文人莫不语性命、谈治道,满纸炫然,一切自托于儒家。然非其涵养畜聚之素,非真有一段千古不可磨灭之见,而影响剿说,盖头窃尾,如贫人借富人之衣,庄农作大贾之饰,极力装做,丑态尽露。是以精光枵焉,而其言遂不久而湮废。”这与其“坐断言语意见路头”、真实力行、反观默照的学术思想显然是完全一致的。只是唐顺之论“本色”,除了强调真切体会之外,还格外强调识见的独特性。因此,他嘲谑那些没有创见的文字“番来覆去,不过是几句老婆舌头语”。反省自己前期的创作亦云:“半生簸弄笔舌,只是几句老婆舌头

① 左东岭分别称之为“本色说”与“境界说”,见《王学与中晚明士人心态》,第459—460页。

语,不知前人说了几遍,有何新得可以阐理道而裨世教者哉!”①表面上似乎是在追悔早年诗文无益于世教,其实主要想说明的却是写文章要有真见解,不能重复前人的言说。明显包含了反对摹拟、主张创新的文学思想。但唐顺之强调独特,强调创新,却不是要在字句上翻陈出新,依然是强调真切的自我感受。比如他在《与洪方洲书》中论其文曰:“至送鹿园文字,虽傍理路,终似蹈袭,与自得处颇无交涉。盖文章稍不自胸中流出,虽若不用别人一字一句,只是别人字句。差处只是别人的差,是处只是别人的是也。若皆自胸中流出,则炉锤在我,金铁尽熔,虽用他人字句,亦是自己字句。如四书中引书、引诗之类是也。”②唐顺之在此首先强调的是“自得”,认为倘若能讲出自己的体会,即便借用了他人的字句,也是自己的字句,也是创新。这说明,唐顺之论“本色”,首先是要求表达发自本心的、真切的体会或见解,在此基础上还要呈现出独到的特点。这是唐顺之“本色论”文学思想的基本内涵。

然而,是不是在唐顺之看来所有的真切体会与真实而独到的见解,都可以不加区分地表在文章中呢?在其写给茅坤的信中,唐顺之所谓“本色”显然是有高卑与纯驳之分的。他认为之所以陶渊明信手写出便是“宇宙间第一等好诗”,是因为其本色高;而沈约苦心诣旨,殚精竭虑,穷其一生却写不出几句好诗来,是因为其本色卑。接下来又论到:“本色卑,文不能工也,而况非其本色者哉?”这说明,唐顺之要求文章要抒写“本色”,却不能是卑下的“本色”,而是要表现超迈、卓绝的生命境界或识见。

① 唐顺之《答蔡可泉》,《荆川先生文集》卷七,《唐顺之集》,第312页。

② 《荆川先生文集》卷七,《唐顺之集》,第297—298页。

其论先秦诸子各具“本色”，称其“虽其为术也驳，而莫不皆有一段千古不可磨灭之见”。[1] 就文章观而论，唐顺之称先秦诸子之文“莫不皆有一段千古不可磨灭之见”，给予了充分的肯定。但就价值观而言，他却不能不对儒家文章与诸子文章作出区分，称后者“其为术也驳”。而他在《与洪方洲书》（其二）中的一段论述，则似乎又抹杀了高卑、纯驳之分：“近来觉得诗文一事，只是直写胸臆，如谚语所谓开口见喉咙者，使后人读之，如真见其面目，瑜瑕俱不容掩，所谓本色，此为上乘文字。”[2]此处只是强调本来面目，瑜瑕互现亦为“本色”，信手写出即是“上乘文字”。这种矛盾又当如何理解呢？

唐顺之的“本色论”是以本心作为理论基础的，与创作主体的心性修养及生命境界有着密切的关系。其所谓“洗涤心源，独立物表，具今古只眼”，正是对这种心地超然、识见卓绝的生命境界的描述。依据心学的理论，心外无理，心外无物，本心即是虚静灵明、不容增减的本来面目。从这个意义上讲，唐顺之主张“直据胸臆”，强调本来面目，与其对创作主体生命境界的要求并无冲突。但这只是识得本心之后的状态。除了以王龙溪为代表的良知现成派之外，大部分王学学者还是认为，欲识得本心还需下却一番修炼的工夫。唐顺之本人虽然体认到天机圆活、灵明洒脱的心体，却依然是强调“无欲”工夫的。可知，寻常人的本来面目并不能代表其本心。而唐顺之却讲“瑜瑕俱不容掩”的本来面目亦是“本色”，显然与其心学思想不太一致。其

① 唐顺之《答茅鹿门知县》其二，《荆川先生文集》卷七，《唐顺之集》，第294—296页。

② 《荆川先生文集》卷七，《唐顺之集》，第299页。

实,这种矛盾正体现了唐顺之心学家的面目与其文学家的面目对其文学思想的不同影响。作为一个心学家,唐顺之不能不对诗文的表现内容作价值上的评判,因而会有"学者先务,有源委本末"的论说。唐顺之自身的创作实践最能说明这一特点。在《答茅鹿门知县》其二一文中,唐顺之称其在了却一些文字债后"便得烧却毛颖,碎却端溪,兀然作一不识字人",表达了废止诗文创作的意愿。而且他也果然在此后的数年中基本上停止了诗文创作。[①] 何以在形成了"本色论"的文学思想之后,又会有废止创作活动的行为呢?这的确颇令人费解。在《与洪方洲书》中,唐顺之对此作出如下解释:"此后尚有文债二十余篇,若便了此,则四十余年业障一时顿销……倘天与愣年,得至五六十外,此时于本根稍有一二见处,或当写出数百字,以记余之拙;若自量一无所见,则不敢更烦毛颖公也。"[②]可知,唐顺之在其后的几年中一度中止了创作活动,并非将诗文创作视作不当为、不可为之事,而是要先聚拢精神,洗涤心源,待于心体实有所得之时,再发为文章,正符合其"学者先务,有源委本末"的思想。这说明,唐顺之还是以心性修养作为其生命的首要方向。在这样的前提下,其所讨论的"本色",难免会有心学思想的色彩,势必会强调心性修养与生命境界。但唐顺之同时又是一个颇负盛名的

① 唐顺之在嘉靖二十九年写给刘寒泉的信中谈到:"仆平日伤生之事,颇能自节,独坐文字之为累耳。反之于心,既非畜德之资;求之于身,又非所以养生之地。是以深自愧悔,盖绝笔不敢为文者四年于兹,将以少缓余生,为天地间一枯木朽株而已。方欲尽取前稿烧毁,以销宿愆,不意为人抄录,而无锡卜君殊不相信,谬行刊刻,再三以书止之而不能,不知其何说也?然亦赖有此刻,可查平生无一篇文字不在其中,执事试考其年月,皆四年以前胡说也。"(《与刘寒泉通府》,《唐顺之集》卷六,第274页)根据唐顺之的身份、品格及其在此文中的语气判断,此言当较为可信。

② 《荆川先生文集》卷七,《唐顺之集》,第298页。

文章家，因此有时又会溢出心学的思维模式，从文学自身的角度思考问题。比如他在《答蔡可泉》一文中给“文人”作出了这样的界定：“自古人虽其立脚浅浅，然各自有一段精光不可磨灭，开口道得几句千古说不出的说话，是以能与世长久。惟其精神亦尽于言语文字之间，而不暇乎其他，是以谓之文人。”[①]在唐顺之看来，文人将其精力都投入到了言语文字中，故无暇顾及其它，所以谓之文人。也正因如此，他们在学术思想与生命体悟方面“立脚浅浅”。但这并不影响他们的诗文创作能够“与世长久”，因为他们的诗文自有创见，自有特征，能道出几句前人说不出的话。即谓他们能写出自己的“本色”，所以其诗文能久传于世。在此，“本色”与心性修养或生命境界之间，明显呈现出割裂、分离之态势，与“瑜瑕俱不容掩”的思想已经十分接近了。可见，在以不同的身份审视诗文创作时，唐顺之会有不同的意见，其所谓“本色”的内涵也会随之发生改变。其实，正是这种矛盾的态度，造就了唐顺之“本色论”文学思想的复杂内涵及其理论张力：一方面还带有较多的“文以明道”的色彩，另一方面又完成了对“文以明道”思想的冲击与突破，为文学表现对象的开拓提供了无限的可能。

在创作方法的问题上，唐顺之的“本色论”存在着相似的矛盾与张力。唐顺之在《答茅鹿门知县》其二中称许陶渊明未尝“较声律、雕句文”，但信手写出，“便是宇宙间第一等好诗”；而沈约在声律、字句上用心最苦、立说最严，却“不曾道出一两句好话”来，明显表达了轻视法度的倾向。[②] 在《与洪方洲书》中，

① 《荆川先生文集》卷七，《唐顺之集》，第 312 页。

② 《荆川先生文集》卷七，《唐顺之集》，第 294—296 页。

唐顺之将这种倾向表述得更加理论化:“愿兄且将理要文字权且放下,以待完养神明,将向来闻见一切扫抹,胸中不留一字,以待自己真见露出,则横说竖说,更无依傍,亦更无走作也。何如?何如?向曾作一书与鹿门,论文字工拙在心源之说,兄曾见之否?”[①]“文字工拙在心源”一句是这段文字的核心意思。文字的工拙优劣并不取决于它自身,而是由创作主体的心性修养而定。因此,不必在文字上下工夫,只需完养神明,待有所自得,自然流露出来,就是绝好文字。如此一来,在诗文创作中,法度就成为完全没有必要的东西了。[②] 在摆脱了格法束缚的同时,这里又暗含着一个十分危险的信号:对创作形式的过分忽视有可能导致对文学本身的否定或颠覆。[③] 由于唐顺之所谓“本色”本来就带有鲜明的心性之学的色彩,所以如果过于强调“心源”对于诗文创作的决定性意义,就有可能像宋儒那样,以“文道合一”的名义取消文学的存在价值。况且,在其后的数年中,唐顺之的诗文创作也的确一度为之中辍。好在唐顺之并没有将法度完全颠覆,而是在最低限度上认可了其存在的合理性。比如,他在《答茅鹿门知县》其二中论到:“虽其绳墨布置、奇正转折自有专门师法,至于中一段精神命脉骨髓,则非洗涤心源、独立物表、具今古只眼者,不足以与此。”[④]虽然主要是强调心性修养与生命境界对于诗文创作的关键性作用,但同时也认为“绳墨布置、奇正转折”的创作法度“自有专门师法”,说明唐顺之对文学自身最

① 《荆川先生文集》卷七,《唐顺之集》,第298页。

② 黄卓越认为这种极端解构式的思维,“取消了过去在文体学意义上所作的一切努力”。参见黄卓越《佛教与晚明文学思潮》,第103页。

③ 参见左东岭《王学与中晚明士人心态》,第461—462页。

④ 《荆川先生文集》卷七,《唐顺之集》,第294—295页。

基本的文体形式还是有相当程度的了解与认可的。下文中的种种例证,也无非是强调“本色”对于诗文创作的决定性作用,均未对创作形式持根本的否定态度。更重要的是,在提出“本色论”之后,唐顺之并没有放弃“师法唐宋”的创作主张,而其中最主要的内容就是对其创作法度的揣摩与吸收。比如,唐顺之后来在《文编序》中论到:“然则不能无文,而文不能无法。”[①]依然对法度持肯定态度。当然,对法度的超越或颠覆是唐顺之“本色论”的主要倾向;但在唐顺之心学思想的背景下,他在这一问题上的保留态度却成为“本色论”不至于脱离文学界域的重要保证。

通过上文的论述可知,唐顺之的“本色论”文学思想中包含着一种内在紧张的关系,这与其心学家与文学家的双重身份有着密切的关联。从“本色论”的生成背景来看,它显然是唐顺之对“德艺关系”问题思考的进一步延续,而这种转变的直接动因则是阳明心学的影响。在唐顺之逐渐体认到虚静灵明、圆活洒脱的本心之后,逐步建立起对自我心灵的充分信心,从而形成了“文字工拙在心源”的文学思想,把文学从对外物的关注引向了对自我心灵的抒写。[②] 之所以要反复强调“本色”,乃在于唐顺之不惟主张抒写自我,还要求抒写真切而独特的体会与见解。受其心学思想的影响,唐顺之论“本色”,强调创作主体的心性修养与生命境界。在这种前提下,“本色论”有可能对文学审美

---

① 《荆川先生文集》卷十,《唐顺之集》,第 450 页。

② 黄卓越指出,在前七子处,“心”只有通过“感物”才会形成种种情感与思想,终究需要在与外界的接触中呈现;而唐宋派诸子所论之“心”,则是本体性、自足性的。言下之意,创作主体的心灵在唐宋派的文学思想中比前七子那里具有了更核心的地位。参见黄卓越《佛教与晚明文学思潮》,第 87—88 页。

带来两种不同影响:如果过于强调“本色”的心性色彩,有可能会导致诗文作品审美性的缺失;如果能将超迈、卓绝的生命境界成功地转化为审美境界,将会形成高雅、超脱或空灵的艺术风格。但有时候唐顺之又会摆脱心性主义的约束,完全站在一个诗文作者的立场上来看待这一问题,从而把主体心灵向着自然性情的方向引导,于是“本色”便成为“瑜瑕俱不容掩”的本来面目。如此一来,日常化、个体化的情感将进入诗文的表现领域,“本色论”则可能把文学引向率真、自然的审美风格。从唐顺之的主要理论倾向及其实际的创作活动来看,其“本色论”还是与心性修养与生命境界密切相关的。除了把诗文的表现内容引向主体心灵之外,唐顺之的“本色论”还对创作法度形成了很大的冲击与颠覆。以“文字工拙在心源”为理论基础,唐顺之主张“完养神明”,待有所自得,信手写出即是绝好文字。这与其心学的学术思路是完全一致的。对现有文学体式与创作法度的忽视,可以使诗文创作在表达方式上获得极大的自由,但也潜伏着文学自身特征丧失的危机。但若从纯粹的文学的立场出发,唐顺之并没有彻底地否认创作法度,只是对待法度的态度较之此前灵活了许多。就这样,在文学和非文学之间,在“文以明道”和抒写自然性情之间,在对体式、法度的颠覆与保留之间,唐顺之的“本色论”体现出多重的内在紧张,从而使得这一理论具有很强的张力,呈现出多趋向发展的可能。这也正鲜明地体现了阳明心学对明代文学既推进又束缚的双重作用,以及在此作用下新的文学思想对传统文学思想的纠缠、冲撞与突破。当然,一种理论的价值高低,并不完全由其完整的内涵所决定,关键还是要看它在现有理论的基础上有何突破。唐顺之“本色论”的理论价值,主要体现在对前七子重法度文学思想的消解,及对唐宋派自身"师法唐宋"与"文以明道"思想的超越。尽管"本色论"并没有彻底地否认法度的存在价值,却对当时重视格律、法度的文学思想形成了极大的冲击;尽管它本身还带有很多"文以明道"思想的色彩,却对传统的"明道"模式完成了突破性的超越,从而将文学表现对象引向了创作主体的内心,为此后抒写自然性情的文学思潮奠定了理论基础。而且,"本色论"对独特性与创新性的强调,也使得明代文学思想逐渐从拟古的老路上走出,为探索新的文学方向铺平了道路。但我们却不能以"本色论"对明代文学思想的积极影响取代其理论内涵本身,因为揭示出其理论内涵的本来面目,正是我们从事文学思想史研究的首要任务,正如"本色论"本身的价值指向那样。

第四节　"性气诗"与唐顺之晚年诗学思想

虽然唐宋派的文学理论主要是针对散文创作而发,但他们的文学思想同样体现于诗歌领域中。唐顺之学术与文学思想的转变,均在其诗歌创作中留下了深刻的印迹。王世贞有一段评价唐顺之诗歌的文字影响颇大:"近时毗陵一士大夫,始刻意初唐,精华之语,亦既斐然。中年忽自窜入恶道,至有'味为补虚一试肉,事求如意屡生嗔',又若'若过颜氏十四岁,便了王孙一裸身',又咏疾则'几月囊疣是雨淫',阅箭则'箭箭齐奔月儿里',角力则'一撒满身都是手',食物则'别换人间蒜蜜肠'等语。遂不减定山'沙边鸟共天机语,担上梅挑太极行',为词林笑端。"[①]《明诗纪事》亦引陈子龙之言云:"应德气象爽迈,才情

① 陈田《明诗纪事》戊签卷九,上海古籍出版社,1993 年,第 1535 页。

骏发，使能深造，当有超乘。其后驰骛功名，诡托讲学，遂颓然自放。"[①]这两则评语均能认同荆川早年的诗作，而对其中年以后的诗作则持有鲜明的批评态度。称其"精华之语，亦既斐然""气象爽迈，才情骏发"，显然是对其早年效法初唐诗的赞赏。但两人批评唐顺之晚年诗作的角度并不完全相同。虽然王世贞并没有明确指出问题之所在，但从他引述的反面例证来看，其所谓"窜入恶道"主要是针对两点而发。首先，所有这样诗句最突出的特点是以俗语入诗、直白浅陋，违背了古典诗歌雅正、含蓄的基本审美规范。其次，王世贞将其与庄定山的诗作视为同列，可知其对以诗歌表达心性体悟的做法也是颇为反感的。陈子龙主要是从唐顺之的生命行为入手，分析了其诗歌创作最终不能有所成就的原因，认为根本问题在于荆川"驰骛功名，诡托讲学"，进而形成了"颓然自放"的创作态度。其实，两者主要都是就唐顺之晚年"性气诗"的创作而论。相比较而言，王世贞主要是强调诗歌的创作规范与技巧问题，而陈子龙主要是反对诗歌的哲理化（或曰性理化）倾向。仅就现象层面而言，王、陈二人的把握基本上是准确的，但他们对此种现象成因的分析，及其对唐顺之晚年诗歌思想的整体认识，却不是十分准确，至少是不够全面的。尤其是关于"性气诗"的评价问题，又关系到中国古代诗歌发展中一个相当微妙的理论话题。因此，我们有必要对唐顺之晚年的诗歌思想及其创作情况做一番细致的考察。

唐顺之在致王慎中的一封信中谈到："近来有一僻见，以为三代以下之文，未有如南丰；三代以下之诗，未有如康节者。"且

① 陈田《明诗纪事》戊签卷九，第1536页。

云:“知康节诗者,莫如白沙翁……古今诗庶几康节者,独寒山、静节二老翁耳。”[①]他还在《答皇甫百泉郎中》一文自称“其为诗也,率意信口,不调不格,大率似以寒山、击壤为宗而欲摹效之”[②],而在阐释其“本色论”时则极称陶诗为“宇宙间第一等好诗”[③]。可知,唐顺之对诗歌传统中陶渊明、寒山、邵雍、陈献章一脉的接受与效仿,是一种积极主动的创作行为。而在他的理解中,上述诗作的魅力之所在,即其从这一诗歌传统中所汲取的创作经验,正是王世贞与陈子龙所批评的东西——创作形式的无拘无束与诗歌题材的哲理(性理)化倾向。关于创作形式问题,唐顺之表述得非常明确,即其所谓“率意信口,不调不格”。而其性理化的创作倾向,虽然没有明言,却充分地表现在其评诗、选诗的行为中。古今诗人之中,唐顺之最推崇邵雍,且授意门生万士和校刻《击壤集》[④]。而邵雍正是性气诗的始作俑者。他还曾编录汉、魏至明代之诗,取陈白沙“理、法兼妙”之意而命名为《二妙集》。[⑤] 其中选入邵雍、朱子诗,明则惟取庄昶、王阳明诗,足可见其对抒写性理的诗歌的推崇。其晚年的诗歌创作也鲜明地体现出此种倾向。这也正是唐顺之以及王慎中的诗歌

① 唐顺之《与王遵岩参政》,《荆川先生文集》卷七,《唐顺之集》,第299—300页。

② 《荆川先生文集》卷六,《唐顺之集》,第257页。

③ 唐顺之《答茅鹿门知县》其二,《荆川先生文集》卷七,《唐顺之集》,第295页。

④ 万士和于《重刻击壤集序》中称:“先生以旧刻無善本,且诸体杂出,命余分类成帙,而以属江阴黄吉甫氏刻之。”即便唐顺之并无明确的授意,师弟子之间的深刻影响却是显而易见的。(《明文海》卷二百六十六,第5673页。)

⑤ 万士和《二妙集序》云:“先生尝选汉、魏以來古选、歌行、绝句、律诗各若干首,龙溪王氏名之曰《二妙集》,盖用白沙语。謂其理法俱《妙》然,要之无二也。”(《明文海》卷二百四十,第5043页。)

思想与创作最为后世所诟病的地方。然而，其晚年的诗歌创作情况却绝非所谓“薰蒸语录”[①]所能简单地概括得了的，而是有着更为复杂的学理与生命背景。这是我们正确理解与评价唐顺之的诗歌思想所必不可忽略的。

我们首先要面对的一个理论问题是，诗歌究竟应不应该用来表达哲理。其实，从主流的古典文学立场上来看，大约这还是一个颇为值得讨论的问题。比如王世贞，出于维护并确立一种诗歌传统的需要，他完全可以对以诗歌谈性理的创作行为提出质疑乃至明确地反对。而在我们当下的文学形态与理论背景下，这似乎已经变成了一个伪命题。因为在中国古代诗歌史上，以哲理入诗，虽然从来不是一种主流现象，却也是普遍存在的；而且，从魏晋时期的山水玄言诗到宋明时期的性气诗与理趣诗，其中亦不乏十分优秀的作品。因此，从治文学史或文学思想史的角度出发，我们真正应该关注的是如何认识与评价这种现象——其形成原因、存在形态、创作规范、艺术成就，以及对诗歌发展所带来的影响等，而不是讨论能不能以哲理入诗的问题。罗宗强先生在《魏晋南北朝文学思想史》中对玄言诗的研究给我们提供了一种很好的思路。他从该时期社会思潮与士人生活习尚的角度分析了玄言诗的形成原因，并将其分为由山水而入玄言的诗和复述老、庄思想或佛理乃至谈论一般义理的诗，分别分析了其创作情况与作品特征；最后得出如下结论：“玄言诗既是诗，又是义理的探讨，既符合于当时的崇尚，又能表现出特殊的文化素养……就冲淡文学的艺术特质说，它是消极的；而从丰

① 永瑢等《四库全书总目》卷一七二，《荆川集》提要，第1506页。

富文学的表现手段说,它却不无意义。"[1]这种客观的对待历史的态度,及其公允、平和的学术结论,均给人以深刻的启发;其对两类不同表现方式的玄言诗的区别对待,则尤其具有方法论的意义。究竟是由山水而入玄言,还是直接复述玄理,说到底是一个表现方式的问题。尽管同样是表达玄思,而表达方式的不同则会在很大程度上决定其是否具备艺术的品质。由山水而入玄思,其中融入了创作者的体认与感悟,可以呈现出玄理或生命境界之所由来的心理过程;读者亦可参与其中,借助诗歌感悟万物与生命,从中获取对某种高妙境界的真切体验。复述玄理则不同,从本质上说它只是思想的传递,而不是体验的过程;只是一种智识行为,而非审美活动。因此,此种作品即便完全符合诗歌的形式规范,却也很难称得上是诗歌。概括地说,诗歌是用来感受而非认知的,其所要呈现的是心理的过程与状态,而非智思的结果。这大概是"诗"与"非诗"最重要的区别之一了。因此,哲理当然可以入诗,但必须以创作者的真切体验为前提,其所表现的也只能是由悟解哲理而达到的生命境界或气象,而不是作为理论形态的哲理本身。而且,哲理诗须从寻常事物或日常生活切入,为读者提供感知平台,令其体悟而非接受诗歌所要表达的理趣或境界。这同时也要求哲理诗必须含蓄,不可将题旨点破,从而为读者留下足够的悟解空间。一般来说,强烈、充沛的情感不加控制地喷薄而出尚且可以达到一定的审美效果,而哲理的直白表述则会使作品了无诗意。以苏轼那首脍炙人口的理趣诗《题西林壁》为例:"横看成岭侧成峰,远近高低各不同。不知庐山真面目,只缘身在此山中。"诗歌从寻常的山岭形状切入,道

① 罗宗强《魏晋南北朝文学思想史》,中华书局,1996 年,第 150 页。

出一种人尽可知的浅近事理。而横侧、远近与高低的错落变化又使得这种寻常情形饶有趣味,可以轻而易举地把读者领入其预设的场景中。转而却道“不知庐山真面目,只缘身在此山中”,一语将读者的注意力从对山岭形状的体察转入对事理的感悟中去。尽管此诗始终是就山而论,却能引发读者对认知行为中现象与本质、单向与多维、表相与真相等问题的思索,甚至是对人情世态的无尽感慨。作者却并未曾将这一层意思点破,而是留给读者无限的回味空间,否则就全无诗意了。之所以那些复述玄理的诗作广为后世所讥讽,正是由其过于直露的表现方式所致。而陶渊明的很多诗作,以及魏晋时期一些富于玄理意味的山水诗,则可以视为以玄理入诗歌的成功范例。苏轼、杨万里等人的一些理趣诗,同样可以展现哲理诗所能达到的艺术高度。

宋儒的性气诗,虽然其所要表现的思想内容与玄言诗多有不同,而在艺术精神上却是与之遥相呼应,甚至是一脉相承的。成功的性气诗同样要以创作者对哲理、人生的深切体悟及其相应的生命境界为依托,同样需要借助自然、含蓄、富于启发性的表达方式才能形成审美的效果。近代以来对宋代理学家诗歌创作的评价,批评的声音居多。除那些偏离学术范围的评判之外,大部分的批评观点都是依据“诗缘情”——中国传统诗学思想中影响最为深远的这一诗歌本质观而提出的。抒情性的确是中国古代诗歌最主要的特征,但这样的结论只适用于现象的描述,而不能作为判定诗歌价值的唯一标准。倘若据此将所有非抒情的诗歌一概否定,必是失之片面的,因为哲理诗同样可以创造出高妙的审美效果。还有些学者认为,理学家们对理道思想的空洞探讨,影响了诗歌表现的具体性与形象性,从而极大地削弱了其审美效果。这样的批评的确切中了大部分性气诗的要害，却同样不足以成为否定此种诗体的理由，因为同时也有很多诗作能够在具体的事物或情景中呈现出精妙的事理或融通的生命境界来，同样能达到很高的审美境界。近年来已经有很多学者充分地认识到这一点。比如，张毅在《宋代文学思想史》中指出有些理学诗能够寓性理于情感体验之中，认为"这种在吟风弄月的日常情感体验里写出具有性理之正的穷理精深之作，充分体现了儒家文学传统的'中和'之美"①。木斋在《宋诗流变》中指出，邵雍的理学诗"注重心性的同时，注重对于外物的关注，由物及心，由心及物，这就在相当大的程度上避免了空洞枯燥的理学说教，给哲学诗开了一个好头"②。尽管邵雍的《击壤集》中存有大量直接论说义理的作品，但此外的一些诗歌的确称得上这种赞许。邵雍十分擅长于从日常事物中体悟人生哲理，并将其形诸歌咏。比如："桃李因风花满枝，因风桃李却离披。惨舒相继不离手，忧喜两般都在眉。《泰》到盛时须入《蛊》，《否》当极处却成《随》。今人休爱古人好，只为今人生较迟。"③由桃李的盛开与凋谢感悟到世事的兴衰交替，并流露出委运任化的生命态度。再如："为今日之山，是昔日之原。为今日之原，是昔日之川。山川尚如此，人事宜信然。幸免红尘中，随风浪着鞭。"④山川地形尚且如此变更不已，人情世事更是变幻无常，更何况种种虚无缥缈的欲念呢？与其苦苦执著于这些不可把捉的东西，还不如从中解脱出来，顺应造化，一任自然。在悟破这一层道理

① 张毅《宋代文学思想史》，中华书局，1995 年，第 248 页。

② 木斋《宋诗流变》，京华出版社，1999 年，第 128 页。

③ 邵雍《桃李吟》，郭彧整理《邵雍集》卷六，中华书局，2010 年，第 258 页。

④ 邵雍《川上怀旧四首》，《邵雍集》卷三，第 215 页。

之后，邵尧夫由衷地叹道："堪笑又堪嗟，人生果若何。宜将万端事，都入一声歌。世态逾翻掌，年光剧逝波。静中真气味，所得不胜多。"[①]在物我两忘的静默中体悟天机，尚且不是邵雍最终的生存状态，追求闲适与安乐才是邵雍最基本的生命态度。《击壤集》中有不少平淡自然、不露痕迹的诗歌颇能展现诗人的闲适神情。比如："去岁春归留不住，今年春色来何处。洛阳处处是桃源，小车渐转东街去。"[②]通篇并无具体的风光描写，只是说寻觅春色，却在那缓缓移动、渐行渐远的小车形象中流露出无尽的安闲意味来，且能留给读者无限的想象空间。再如："风柳散如梳，霜云淡如扫。高楼破危空，低烟袅寒早。此际兴不尽，何以战秋老。止可将酒瓶，同向西风倒。"[③]前两联描绘出一幅素淡、清寒的景象，平静之中又带有一些空寂的意绪。颈联却转而要从此略嫌低落的情绪中摆脱出来，换取一种乐观的姿态去体验此般情景。尾联则以风趣的语言勾勒出一幅豁达、洒脱的达士形象来。与邵雍大部分的从春光、花月中寻觅安乐情调的诗作相比，少了几分俗媚之气，多了一些豪迈情怀。此外，还有少数诗作能够体现出一种更高的生命境界。比如："明月生海心，凉风起天末。物象自呈露，襟怀骤披豁。悟尽周孔权，解来仁义结。礼法本防奸，岂为吾曹设。"[④]由清爽、开阔的自然物象上升到超迈、洒脱的人生境界，让人从中领略到一种自由、坦荡而挺拔的人格力量。然而，由于邵雍似乎有些刻意表现其安乐的情调，所以很多诗歌不免显得有些浅薄或俗气。比如："今岁

① 邵雍《偶书》，《邵雍集》卷三，第208页。

② 邵雍《春色》，《邵雍集》卷三，第337页。

③ 邵雍《秋怀三十六首》，《邵雍集》卷三，第221—222页。

④ 邵雍《秋怀三十六首》，《邵雍集》卷三，第218页。

重阳日,凭栏气候迟。云烟虽已淡,林木未全衰。天地开怀处,山川快眼时。栏干空倚遍,此意有谁知。”[①]此诗的前三联通过情景描述表露出无限的从容与洒脱,而末一联所流露的神态却显得扭捏作态,遂令全篇诗意大减。至于那些通篇大谈安乐的诗作,更是令人难以卒读。总得来看,邵雍的性气诗最大的特点是能从具体的物象中体悟到精微的人生哲理,并能透露出一种安适、从容而平和的儒者气象。其缺点则是太过于想表达自己的想法或意见,从而形成较浓的说教气息,在很大程度上限制了其诗歌创作的艺术表现力。此外,邵雍对闲适、安乐的过度追求,令其潇洒情怀不免带有一些俗气的色彩,进而又影响了其审美趣味的提升。明代陈白沙则以其更加高洁、通脱的生命境界,创作出更具审美意味的诗歌来。比如:“拨闷无人致酒瓶,哦诗灯下一郎清。夜深笑拍胡床语,忽乱阶前落叶声。”[②]清夜读诗,兴到浓处,会心而笑,却怕这深夜里的笑语,会惊扰庭前安静的落叶。以己之情怀揣度落叶之心,既造成一种清幽、微妙的审美意境,又体现出一种天人合一的超越境界。再如:“迟迟春日满花枝,江上群儿弄影时。渔翁睡足船头坐,笑卷圆荷当酒卮。”[③]在明媚的春光里,看着孩子们无忧无虑地嬉戏,白发老翁也童心大发,顺手将荷叶卷起,模仿起饮酒的样子……没有机心,没有忧虑,没有童叟之别,只有天真、生机与愉悦。这是何等的气象!倘若没有万物一体的博大襟怀和浑融超越的生命境界,如何能

① 邵雍《重九日登石阁三首》,《邵雍集》卷七,第285页。

② 陈献章《与景星夜坐》,孙通海点校《陈献章集》卷六,中华书局,1987年,第550页。

③ 陈献章《江上》,《陈献章集》卷六,第590页。

写出此等好诗来！[①] 由此可知，以性理入诗同样可以创造出高妙的审美意境，关键问题在于创作者是否具有真切的生命体验与高超的审美趣味，能否以适当的方式将其表现出来。倘若没有真切的体验，只是以韵文的形式将性理之道直白地复述出来，当然算不上是诗歌，而只是所谓"薰蒸语录"罢了。

唐顺之晚年对性气诗的热衷，及其以性理入诗的创作行为，究竟是何种性质呢？必须弄清楚其对性气诗的理解及其具体的创作情况，才能对此作出准确地判断。尽管唐顺之本人并没有正面论述其对邵雍诗歌的理解，但从其弟子万士和的相关论述中，我们可以了解一些基本的倾向。万氏于《重刻击壤集序》中论道：

> 言心之志者曰诗。诗之未作，志在吾心，当其不言，非为不足；诗之既作，志在于辞，虽曰已言，非为有余。何者？谓其出于自然也。彼诗家有所谓法者，夫岂离乎自然哉？自太音之散于千万声，轻清重浊，相生相间，不得不然，而音之法具矣。自人心之见于诗辞，开阖首尾，有始有卒，不得不然，而诗之法具矣。诗因心生，则谓之无诗，可也；法非外得，则谓之无法，可也。世之摹人以言、取古为法者，末已。有宋邵尧夫先生游心高明，包括万象，与造化为徒。既有得于无言之诗，则其吟弄风月，玩侮一世，千变万化，皆其自然所谓诗而非诗、法而非法者，古今一人而已。[②]

① 关于陈献章生命境界与审美精神，左东岭《王学与中晚明士人心态》第一章第三节有详尽论述。

② 《明文海》卷二百六十六，第5672—5673页。

这一段论诗文字有两个核心的理论基点:一,诗言志;二,法出自然。关于创作法度问题,下文另有论述,此处只论述前者。其云“诗因心生,则谓之无诗可也”,显然是以心为诗之本体。万士和的学术与文学思想均受之于唐顺之,其论“心”自当是在心学语境下展开的。强调对本心的透彻体悟,追求自由、洒脱的生命境界,正是心学思想的要义。因此,首先从学理上讲,万士和以心为诗之本体,首先是以真切、透彻的心灵体悟为前提的。其论邵雍,称其“游心高明,包括万象,与造化为徒,既有得于无言之诗,则其吟弄风月,玩侮一世,千变万化,皆其自然”。首先称赞的是其超越、卓绝的生命境界,对其诗歌的关注则是“吟弄风月,玩侮一世”的表达内容与“千变万化”的自然之法。这说明万士和对邵雍性气诗的理解绝非所谓“薰蒸语录”,而是通过“吟弄风月”的方式来表现其对性命的体悟。从万士和对性气诗的认识中,我们也可以窥知唐顺之在此问题上的基本态度。更重要的是,唐顺之晚年对性气诗的热衷并不是一个孤立的现象,而是与其整体的文学思想密切相关。由上文的论述可知,唐顺之对邵雍的接受不只是对其个体的接受,而是对从陶渊明到寒山子再到邵雍的这一诗歌传统的接受。而在唐顺之论述其“本色论”的文学思想时,正是以陶渊明作为本色的最高典范。可知唐顺之对性气诗的接受与其“本色论”的文学思想之间有着密切的内在关联。而就表现内容而言,唐顺之的“本色论”既强调创作主体的真切体会与见解,又强调其“独立物表”“心地超然”的生命境界,均与哲理诗传统中那些积极的创作思想一致,而不同于以韵文表述义理的创作方式。这说明,至少在理论上,唐顺之关于性气诗的创作主张是以人生感受或生命境界为表现对象的。

唐顺之性理诗的创作,虽然没有达到很高的艺术高度,但从中表现出来的创作倾向,却与其理论表述基本一致。在表现内容上,唐顺之探讨儒家性理的诗作并不多见,反倒是佛、道思想频频出现于其诗歌中。这当与其学术转型期驳杂的思想来源有关。从表现方式来看,其诗作大约包括两种类型。一种诗歌以议论为主,却不是要阐述某种义理,而是试图借助佛、道思想安顿自家性命。另一种诗歌则往往能阐发出一些精微的理道,或表现出超越的生命境界来。前一类诗作如:

> 雨过草木好,夜来池馆清。露虫疑烛影,风树答书声。似瓠甘无用,为羶厌有名。且师河上叟,毋使虑营营。①
>
> 家园只百里,几月不知归。饭合山僧灶,眠分渔父矶。貌衰非示病,才拙似忘机。虽然断荤酒,不惹独醒讥。②

诗中虽然语涉佛、道,却并没有体现出诗人对此种思想的深刻体悟,只是充分地表明了其对宁静、虚寂的生命境界的向往罢了。所谓“且师河上叟”“毋使虑营营”“不惹独醒讥”等诗句,均体现了此种思想特征。当其对佛、道思想有了更加深入的理解,尤其是在多种思想的共同影响下悟得良知本心之后,其诗歌创作亦随之变化:

> 避人不敢厌高深,逃影何如学息阴。楚客又成蕉鹿梦,

① 唐顺之《宿游塘书怀二首》其二,《荆川先生文集》卷二,《唐顺之集》,第73页。

② 唐顺之《宿荆溪上塘庵述怀余向曾游此匆匆十年矣》,《荆川先生文集》卷二,《唐顺之集》,第76—77页。

> 漆园未了是非心。纷纷世事看花发,默默天机听鸟吟。可笑维摩真病在,无言说处是金针。①
>
> 湖上高楼纵远心,复沿湖岸过东林。身闲似带烟霞气,地冷兼无钟磬音。衣里宝珠应自信,苑中灵草试相寻。坐来忽散千峰雪,对尔无言意转深。②

这两首诗所表达的内容,显然不只是对某种哲理境界的向往而已,而是融入了诗人的真切体验。“可笑维摩真病在,无言说处是金针”“坐来忽散千峰雪,对尔无言意转深”,说明此时的荆川先生对玄、佛思想已经有了比较深入的理解,并真正进入了一种玄寂而不可言说的精神状态。“纷纷世上看花发,默默天机听鸟吟”“衣里宝珠应自信,苑中灵草试相寻”,还可发现唐顺之晚年心学思想的影子。此外,还有些短篇的诗作体现了一种超越的生命境界:

> 月出照松关,松阴正满地。恐有山僧归,终夜不须闭。③
> 风来松涛生,风去松涛罢。虽非参禅客,暂此学观化。④
> 采花与汲涧,幽事俱在山。朝向桥上去,暮向桥上还。⑤
> 百泉自奔注,更不费疏凿。雨歇天气清,临池看洗鹤。⑥

---

① 唐顺之《自述》,《荆川先生文集》卷三,《唐顺之集》,第107。

② 唐顺之《灵芝寺同童元功宴坐》,《荆川先生文集》卷三,《唐顺之集》,第110页。

③ 唐顺之《松关》,《荆川先生文集》卷二,《唐顺之集》,第89页。

④ 唐顺之《苍翠亭》,《荆川先生文集》卷二,《唐顺之集》,第90页。

⑤ 唐顺之《小虹桥》,《荆川先生文集》卷二,《唐顺之集》,第91页。

⑥ 唐顺之《山池》,《荆川先生文集》卷二,《唐顺之集》,第92页。

此数诗轻松、随意而饶有趣味,生动地刻画出一位超脱而平和的达者形象。总的来说,唐顺之的性气诗创作议论偏多,而不能像邵雍那样对具体的生活情景细细玩味;但他也很少有直接议论性理的诗歌,而总是与自我人生感受或生命境界联系起来,这无疑是符合哲理诗的发展方向的。只是由于唐顺之在悟得本心、达到较高的生命境界之后便很少作诗了,所以他在性气诗的创作上最终没能够取得太高的成就。

唐顺之对性气诗的接受,真正落实于其诗歌创作之中并对后世产生深远影响的内容,主要是其对待格律的态度。如上所述,唐顺之性气诗的创作主张与其"本色论"的文学思想密切相关。"本色论"虽然格外强调创作主体的超越境界,但它对后世文学最重要的影响则体现为"直据胸臆,信手写出"的无拘无束的表达方式,及其对传统诗文格律、法度的巨大冲击。唐顺之对性气诗(以及更广范围的哲理诗)的接受,很大程度上也是着眼于其对格律的突破上。其论陶渊明,称其"未尝较声律、格句文";学寒山子,亦取其"率意信口,不调不格"。虽然没有具体论及邵雍摆脱格律束缚的创作特征,却称其"以锻炼入平淡"①,且将其与陶潜、寒山并称,显然也是着眼于此。另外,唐顺之对苏轼诗歌的评价也鲜明地体现出这种特点:"公诗句句写胸臆,一滴水成大海翻。方皋牝牡无定相,曼倩滑稽有至言。扫除李杜刍狗语,出入鬼神傀儡门。异代或疑后身在,告终此地招其魂。"②不惟正面称赞了苏轼随意挥洒、直写胸臆的创作特征,甚

① 唐顺之《与王遵岩参政》,《荆川先生文集》卷七,《唐顺之集》,第 300 页。

② 唐顺之《读东坡诗戏作东坡卒于武进顾塘桥去余家数十步》,《荆川先生文集》卷三,《唐顺之集》,第 137 页。

至将传统诗歌中的一仙一圣——李白和杜甫一并推翻,可见其打破传统、颠覆法度的态度。然而文学毕竟是一种形式的艺术,尤其是诗歌,字句之间的错落有致以及由此形成的语言张力,是美感的重要来源。如果过于忽视形式因素,将会导致诗歌文体特征的淡化乃至消失。因此,倘若完全置诗歌的形式于不顾,或许它依然具有审美的特征,却很难讲再是诗歌了。与早期的诗作相比,唐顺之晚年的诗歌虽自有风味,却的确少了些"诗歌"的独特韵致。王世贞的批评是不无道理的。

综上所述,唐顺之关于性气诗的创作思想,强调诗歌与创作主体的真切体验和生命境界之间的关系,这是符合哲理诗正确的发展方向的。但是由于在提出此种创作主张之后,他本人就很少写诗了,而且在此后的很长一段时期内哲理诗依然没有形成较大的创作规模,因此唐顺之此种创作思想并没有形成太大的影响。而他对邵雍性气诗自由、无拘束的创作方式的接受,则随其"本色论"一道,对晚明的诗歌思想产生了极其深远的影响。

第五节　自得与真情:阳明心学与归有光的文学观

唐顺之的"本色论"所受阳明心学的影响是显而易见的,归有光的文学思想同样深受阳明心学的影响。不同的是,唐顺之的"本色论"偏向于"言志"一路,而归有光则在"缘情"的道路上推陈出新。

作家或文学批评家文学观的形成,往往受多种因素影响,包括传统的文学观念、当下的文学思潮、个体的生命价值观及人格心态、兴趣爱好等。而哲学思想对文学观的影响,则往往是通过对生命价值观、人格心态及思维方式的影响来实现。因而,哲学思想对文学观念的影响,通常不会单独发生,也不一定处于主导地位,往往是以一种“参与者”的姿态发挥作用。我们讨论阳明心学对归有光文学观的影响,并不意味着归有光受心学思想的影响,所以必然会有某种相应的文学观,而是看在归有光文学观的形成过程中,阳明心学在哪些方面、发生了多大程度的影响。在我看来,归有光文学观的形成,首先是根植于深厚的文学传统,同时又与其自身的生命状态、性格特征密切相关;而阳明心学则通过对其生命价值观与思维方式的影响而作用于其文学思想,主要表现为对其主自得、重真情的文学观的影响。

一　阳明心学与归有光的“返本”之学

有关归有光与阳明心学关系的论争,困挠学界已久。有的学者称其崇尚程朱理学,排斥陆王心学,有的学者却认为归有光是反对宋明理学的,也有人认为归有光深受阳明心学的影响。归有光与阳明心学的关系问题何以引起如此广泛的关注?其中的一个重要原因是,学者们往往是要通过这一问题,讨论归有光与唐宋派整体文学思想的一致性问题。姑且不论归有光与阳明心学的关系是否足以说明其与唐宋派的关系,至少这种关系本身是一个亟待澄清的事实。此外,以上这些迥然不同的观点,正说明了归有光思想的复杂性,也提示我们应该更加全面、细致、谨慎地对待这一问题。

历来论归有光学术思想者,无不征引《送王子敬之任建宁序》一文,却往往会有截然不同的结论。由于此篇文字对于完整地理解归有光的学术思想的确有极其重要的价值,故全文征引如下:

余始五六岁，即知有紫阳先生，而能读其书。逭长，习进士业，于朱氏之书，颇能精诵之。然时虚心反覆于圣人之本旨，则于当时之论，亦未必一一符合，而或时有过于离析附会者。然其大义，固不谬于圣人矣。其于金谿，往来论辩，终不能有同。后之学者，分门异户，自此而始。顾二先生一时所争，亦在于言语文字之间。而根本节目之大，未尝不同也。

朱子既没，其言大行于世，而世主方主张之。自九儒从祀，天下以为正学之源流，而国家取士，稍因前代，遂以其书立之学官，莫有异议。而近世一二君子，乃起而争自为说，创为独得之见。天下学者，相与立为标帜，号为讲道，而同时海内鼎立，迄不相下。余姚之说尤盛。中间暂息，而复大昌。其为之倡者，固聪明绝世之姿，其中亦必独有所见。而至于为其徒者，则皆倡一而和十，剿其成言，而莫知其所以然。独以先有当世贵显高名者为之宗，自足以鼓舞气势，相与踊跃于其间。此则一时士习，好名高而不知求其本心，为"遁世不见知而不悔"之学，则流风之弊也。

夫孔氏之门，学者所为终身孜孜不怠者，求仁而已。其后子思为尊德性、道问学之说，而高明、广大、精微、中庸、新、故之目，皆示学者为仁之功，欲其全体不偏；语意如皋陶所称直温宽栗之类也。独用揭此以立门户，谓之讲学，朱、陆之辩，固已启后世之纷纷矣。至孟子所谓良知、良能者，特言孩提之童自然之知能。如此，即孟子之言性善已尽之；又何必偏揭良知以为标的耶？今世不求博学、审问、慎思、明辨、笃行之实，而嚣然以求名于天下。聚徒数千人，谓之讲学，以为名高，岂非庄子所谓"圣贤不明，道德不一，天下多得一察焉以自好”者也？夫今欲以讲学求胜朱子，而朱子平生立心行事，与其在朝居官，无不可与天地对者。讲学之徒，考其行事，果能有及于朱子万分之一否也？奈何欲以区区空言胜之！

余友王子敬举进士，得建宁推官。余固慕游朱子之乡而未获者，忻忻然愿从之而不可得。因告之以凡为吏，取法于朱子足矣。间谒紫阳之祠，以瓣香为余默致其祝。俾先生有神，知数百载之后，亦有余之自信不惑者也。①

虽然归有光认为朱熹的学术思想并非完善而无可指摘，其于圣人之旨“未必一一符合”，而时有“过于离析附会者”，但这样的质疑只是一个严谨的、有独立思考能力的学者应有的学术态度，而绝不足以视之为归有光反对朱学的依据。其论朱子学术，称其大义“不谬于圣人”；论其行事，则曰“无不可与天地对者”；论为吏之法，则曰“取法于朱学足矣”。固知归有光对朱子抱有极大的景仰之情。因此，说归有光反对宋明理学，显然是无从立论的。其论王学，则曰“好名高而不知求其本心”，曰“又何必偏揭良知以为标的耶”。可见归有光对其所接触、所理解的王学的确抱有很大的成见。然而如果据此断定归有光是排斥心学的，却未免失之偏颇。其于《戴楚望集序》中云：

始，楚望先识增城湛元明。是时年甚少，已有志于求道。既而师事泰和欧阳崇一、聂文尉。至如安成邹谦之、吉

① 归有光《送王子敬之任建宁序》，周本淳校点《震川先生集》卷十，上海古籍出版社，1981 年版，第 223—224 页。

> 水罗达夫，未尝识面，而以书相答问。及其所交亲者，则毗陵唐以德、太平周顺之、富平杨子修，并一时海内有道高名之士。予读其所往来书，大抵从阳明之学，至于往复论难，必期于自得，非苟为名者。噫，道之难言久矣！有如前楚望所为师友，皆以卓然自立于世，而楚望更与往来上下其议论，则楚望之所自立者可知矣。①

欧阳德、邹守益皆阳明入室弟子，聂豹、罗洪先亦私淑于阳明，周怡师事东廓、龙溪，唐顺之亦于中岁归于王学；湛若水乃白沙门人，其学术思想本来就与阳明心学有着千丝万缕的联系；杨爵亦曾与钱德洪在狱中相与论学。就其师友往来而论，戴径（楚望）显系王门中人。归有光亦称其“大抵从阳明之学”。则从归有光对戴氏及王学诸人的评价来看，认为他排斥心学的观点同样是无从立论的。归有光更于《草庭诗序》中称道：“今数年来，海内学者绝响，而江右一二君子，犹能抱独守残，振音于空谷之中。当世学沦丧，而岿然有存者。”②所谓“江右一二君子”，显然是指江右王学诸人。此等评价不可谓不高。那么我们当如何理解归有光在对王学评价问题上的矛盾呢？

首先还要从归有光自身的学术思想论起。在《送王子敬之任建宁序》一文中，归有光或批朱、或批王，大约针对四种弊端：一曰标榜门户，一曰别求讲说，一曰剿其成言，一曰空谈阔论。而根源之处，则在门户之争；欲解除门户之争，最彻底的方法即是返之于本。归有光赞扬朱子学问，则称其大义“不谬于圣

---

① 《震川先生集》卷二，第 28 页。

② 《震川先生集》卷二，第 32 页。

人”；论其不足，则云：“然时虚心反覆于圣人之本旨，则于当时之论，亦未必一一符合，而或时有过于离析附会者。”可见，归有光判断一种学说优劣的主要标准，便是看其是否合乎“圣人本旨”。何为“圣人本旨”？归有光曰：“夫孔氏之门，学者所为终身孜孜不倦者，求仁而已。”《送张子忠之任南昌序》亦云：“而求其一言以尽之者，曰‘君子学道则爱人’而已。”[①]是对仁的另一种表达。可知归有光的立学宗旨便是要追求孔子之仁道。而在宋明理学盛行的时代背景之下，重新提出“仁”以为标的，实则意味着对空谈义理的反对和对实学精神的倡导。《答顾伯刚书》云：

> 《论语》之书，孔子与其门人论学者最详。其答诸子之问仁，曰：“非礼勿视，非礼勿听，非礼勿言，非礼勿动。”曰：“其言也讱。”“出门如见大宾，使民如承大祭。己所不欲，勿施于人。”皆自其用处言之，未尝块然独守此心也。[②]

此处所谓“自其用处言之”，“用”是工夫，是实践，主要是就治学亦即道德修养的方法论而言，而不是指学术当以经世致用为目的。尽管后者亦可由前者引申而来，但其本义毕竟不同。此即谓圣门学问不是孤立地存养此心，而是要在实实在在的社会生活中，在具体的道德实践中，体悟“仁”的精神，切实修养身心道德。上引《送王子敬之任建宁序》云：“夫今欲以讲学求胜朱子，而朱子平生立心行事，与其在朝居官，无不可与天地对者。讲学

① 《震川先生集》卷十，第 225 页。

② 《震川先生集》卷七，第 148 页。

之徒,考其行事,果能有及于朱子万分之一否也?奈何欲以区区空言胜之!”可见,归有光虽然对朱子的学术思想存有疑问,但对其“平生立心行事”中所表现出的道德境界却给予了至高的评价,称其“无不可与天地对者”。而在归有光看来,正是朱子的道德实践,而不是讲学,确立了其崇高的学术地位,绝不是那些空谈心性的“讲学之徒”所能撼动的。对实学精神的提倡,正是归有光学术思想的核心之所在。基于此,归有光提出“自得”说与“易简”说。自得,即实有所得,要求学者要有独立的思考与切实的体会,要能自得于心。其于《与潘子实书》中云:

> 又窃谓经学至宋而大明,今宋儒之书具在,而何明经者之少也?夫经非一世之书,亦非一人之见所能定。而学者固守沉溺而不化,甚者又好高自大,听其言汪洋恣肆,而实无所折衷。此今世之通患也。故欲明经者,不求圣人之心,而区区于言语之间,好同而尚异,则圣人之志,愈不可得而见矣。①

则归有光所谓“自得”,实是一种实事求是而又较为通达的学术态度。他要求学者不拘牵于文字,不盲目崇信古人,但又不能标新立异、师心自用,而是要以自己的切身感受去体察“圣人之心”,亦即上文谈到的探寻“圣人本旨”。归有光批评阳明后学的重要理由之一就是“剿其成言,而不知其所以然”,赞扬戴径则称其“必期于自得”。皆可见其学必“自得”的治学思想。同时,归有光又反对支离之学,而力倡“易简”。其于《示徐生书》中云:

---

① 《震川先生集》卷七,第150页。

> 六经之言,何其简而易也!不能平心以求之,而别求讲说,别求功效,无怪乎言语之支,而蹊径之旁出也。[①]

归有光认为,六经的言语,本自简易明白,无须割剥离析,更不要牵强附会。否则就只能造成经义支离、蹊径旁出的后果。《送王子敬之任建宁序》中的一段文字可以作此语注脚:"其后子思为尊德性、道问学之说,而高明、广大、精微、中庸、新、故之目,皆示学者为仁之功,欲其全体不偏;语意如皋陶所称直温宽栗之类也。独用揭此以立门户,谓之讲学,朱、陆之辩,固已启后世之纷纷矣。至孟子所谓良知、良能者,特言孩提之童自然之知能。如此,即孟子之言性善已尽之;又何必偏揭良知以为标的耶?"则归有光力主"易简"之学,其实就是对当时标榜门户、各自为说的学术风气的反动。在归有光看来,朱、陆之辩已开纷争之先河,王阳明"偏揭良知以为标的",更是助长了这种不良的学风,故倡"易简"以纠其偏。只是不知阳明的"良知说"本身就是反对支离之学而提出的"易简"之学。至于如何由此"易简"之学而达到领会圣学的目的,其于《答顾伯刚书》中云:

> 道之在天下,易简而已。圣人则从容自中乎道,学者则孳孳修复乎此,均之尽乎心而已,所谓充拓得去。天地变化,草木蕃,其实一忠恕也。故一以贯之,而后可以终身行之。[②]

则此"易简"之学,就是要"尽心",要"充拓得去"。如何尽心?

① 《震川先生集》卷七,第150—151页。

② 《震川先生集》卷七,第149页。

便是将忠恕之道一以贯之，将此爱人之心充拓得去。这便是“易简”之学，便是圣人之学，此外更无捷径。此种思想，显系由先秦儒家直接继承而来。这种避开宋明以来对天道、性命的穷究，而直溯先秦儒家传统思想的做法，充分体现了归有光反对空谈义理，主张实修实悟的学术思想。

明白了归有光的实学思想，便不难理解其对程朱理学和阳明心学的态度了。由于归有光以探究“圣人本旨”作为其为学的根本目标，因而无论朱子学还是阳明学，在他看来都只是对孔门圣学的理解与阐发。因此，虽然他极其尊崇朱熹的道德人格，却不能不对其学术思想存有疑问。虽然他对阳明后学的空疏学风极为不满，却不得不承认阳明本人“固聪明绝世之姿，其中亦必独有所见”，对江右王学诸人亦给予较高的评价。《送王子敬之任建宁序》中所批评阳明心学的理由无外乎以下两点：一曰“倡一而和十，剿其成言，而莫知其所以然”“好名高而不知求其本心”；一曰“何必偏揭良知以为标的耶”。[①] 前者是批评阳明后学相与讲学，此唱彼和，但知追逐声名，而不能实有所得。这种弊病的确存在于阳明后学当中，尤其在嘉靖后期，甚至成为一种相当普遍的现象。因此，归有光根据其有限的闻见对王学有这样的评价也就不足为怪了。但这只是学者治学态度的问题，而与阳明学说的宗旨无关。从学理上讲，阳明心学对“自得于心”的强调，较之归有光恐怕是有过之而无不及。同样的问题存在于其对阳明心学的后一点批评中。归有光认为，对于人的良知良能，孟子性善说已经讲得明白，阳明专门拈出“良知”二字立为宗旨，已是蹊径之旁出。这是归有光依据其“易简”的为学思

① 《震川先生集》卷十，第222—224页。

想对阳明心学提出的批评，却不知阳明的良知说，正是针对程朱支离、繁琐的治学路数，为求“易简”而发。这说明归有光对阳明心学并没有充分的了解，因而其所批评的“心学”亦非心学的本来面目，这就为其实受心学影响留下了余地。更重要的是，归有光批评阳明心学之所依据的“自得”与“易简”的为学思想，恰恰与阳明心学的内在精神暗相吻合。这是归有光能够在事实上深受心学影响的极其关键的思想基础。反过来，归有光对心学思想的接受又加深了这种实学精神的思想深度。

归有光受阳明心学的影响，集中表现为他对“心”的理论的理解与接受。如上所述，归有光的学术宗旨是体会“圣人之心”，探寻“圣人本旨”，即追求先秦儒家之仁道。那么，圣人之道在哪里？应该如何探寻？其于《忠恕违道不远》中云：

> 盖道根诸心，心所自有，奚庸之他！故求道于有者，求诸心之谓也……天命之谓性，率是性而为道，心即道也。舍心以言道，则为荒远，荒远非道。舍道以言心，则为形躯，形躯非心。道也者，无所不尽；而心者，道之舍也。故曰：天聪天明，照知四方。天精天粹，万物作类。可以为尧、舜、禹、汤、文、武，可以作礼乐，可以齐万物，可以一天地日月四时鬼神，前之而莫测其所以始，后之而莫既其所以终，游乎无穷，而莫知其方，此心之所以为心者也。[①]

归有光论心，显然深受阳明心学的影响。倘若仅言“心者，道之舍也”，即谓心是道之载体，则与朱子“心具众理”的观点没有什

① 《别集》卷一，《震川先生集》，第 697 页。

么区别。但归有光讲“道根诸心”，则是以心为道之本源，便具有了本体论的意味。心不再只是躯体之器官，而就是道本身。道亦无需外求，道就在人人的心中。心即是道，道即是心，心道不二。若非心学学者，必不能为此说。所谓“天聪天明，照知四方……游乎无穷，而莫知其方”，是说心非但能照知天地万物，而且是天地万物的本源和主宰，可以齐万物，兴邦国，泽被天下，并且无始无终，神明莫测。这与阳明论良知如出一辙。阳明曰：“良知是造化的精灵。这些精灵生天生地，成鬼成帝，皆从此出。真是与物无对。人若复得他完完全全，无少亏欠，自不觉手舞足蹈。更不知天地间更有何乐可代！”[①]可见归有光论心，与阳明何其相似！依照阳明心学，心即是道，道本无需外求，只需从心上体认，使得本心之全体大用朗现无遗，即可完成道德境界。而归有光虽然肯定心的本体地位，也主张向心中求道，却又不放弃格物致知的治学方法。其于《示徐生书》中云：

> 夫圣人之道，其迹载于六经，其本具于吾心。本以主之，迹以征之，灿然炳然，无庸言矣。心之蒙弗亟开，而假于格致之功，是故学以征诸迹也。迹之著，莫六经若也。六经之言何其简而易也！不能平心以求之，而别求讲说，别求功效，无怪乎言语之支，而蹊径之旁出也。[②]

在归有光看来，六经是圣人之道的外在形迹，其自体则存在于吾人心中。又，《与沈敬甫》云：“学者当识吾心亦如此，非独尧、

① 王守仁《阳明传习录》卷下，上海古籍出版社，2000 年，第 276 页。

② 《震川先生集》卷七，第 150—151 页。

舜、周、孔之心如此也。”[①]非特圣人之心如此,人人皆具此心。因此,当下从自己心中体认,心体朗现,便是圣人之道。归有光同时认为,在心未能达到圆融境地之时,也可以格物致知之功作为进学的门径。既然六经是圣人之道的外在形迹,则通过六经亦可探求圣人之道。此则反映出归有光所受程朱理学的影响。但这里所讲的“格物致知”,并不违背其“易简”的治学原则。因为在归有光看来,六经本自平实,并无微言玄旨,吾人只需平心以求,即可体会圣人本旨,而不必作支离繁琐的讲说论辩。况且,归有光讲“本以主之,迹以征之”,并没有把格物致知作为进学修德的主要途径,而只是将其作为一种印证或导引的辅助手段。因此,归有光格致之功的治学主张,只能说明其学术思想受理学影响的一面,却不能否定其深受阳明心学影响这一基本事实。

二　归有光的生命历程与人格心态[②]

在归有光的生命历程中,充满了挫折与伤痛。最大的挫折莫过于其六应乡试、九上公车的科举之途,最深的伤痛莫过于其八岁失恃、两度丧妻、夭子亡女的情感经历。

归有光享年六十六岁,却有四十三年的时间处于下榜落第的挫败感之中,这对其生命力的消磨之巨是可想而知的。研究者往往能意识到这种挫败经历对归有光的消极影响,却很少有人注意到这对其生命理想的积极作用。当然,这绝不是指所谓的磨砺意志之类的东西,而是指归有光从知识中获取的积极用

---

① 《别集》卷七,《震川先生集》,第 861 页。

② 关于归有光的生平经历与思想性格,学界已有相当细致的研究。参见沈新林《归有光评传 · 年谱》第三章、第四章,安徽文艺出版社,2000 年。本文则是着眼于对其文学思想的影响,有选择地讨论归有光的人格心态。

世的生命理想,并没有因其过早地进入仕宦生涯而被打击得粉碎。确切地说,这算不上什么积极作用,但至少在客观上保存了归有光生命中的一丝亮光。归有光一生最突出的生命价值取向即是施用于世。他毕生信奉孔孟之道,视“生生”之仁为其核心精神,并将之推演为其政治理想。他在《送张子忠之任南昌序》中谈到:“盖昔夫子与其门人论政,载于《论语》之书甚详。虽其为言不一,然皆为政之道。而于为政之事,未尝及之。而求其一言以尽之者,曰‘君子学道则爱人’而已。”[①]他在作于晚年的《送国子助教徐先生序》中亦称:“夫取天下之士,列于庶位,以共济斯民,宜无用于今世之文者。然而国家损益百代之制,固以为无出于此。盖欲学者深明圣人之经意,以施于世而已。”[②]这说明归有光对“生生”之仁的体认,并不只是一种学术思想而已,而是要将其施行于世而致福于民。归有光终其一生都积极地为实现此一理想而努力。诸如其对水利事务的深入研究,及其对抗倭活动的积极投入等,皆足以说明其用世之志之真诚。[③] 归有光晚年中第,就任于长兴,力图推行仁政,直道而行,却因得罪权势豪门,且不为上司所容,而落得个明迁暗降的结局。[④] 面对这

① 《震川先生集》卷十,第225页。

② 《震川先生集》卷十一,第263页。

③ 关于水利,归有光著有《水利论》《水利后论》《三途并用议》《三江图叙说》《淞江下三江图叙说》《奉熊分司水利集并论今年水灾事宜书》《三吴水利录》等;关于抗倭事,亦撰有《御寇议》《备倭事略》《昆山县倭寇始末书》《上总制书》等文章。沈新林《归有光评传·年谱》相关章节有详尽叙述。

④ 《明史·归有光传》载:“四十四年始成进士,授长兴知县。用古教化为治。每听讼,引妇女儿童案前,刺刺作吴语,断讫遣去,不具狱。大吏令不便,辄寝阁不行。有所击断,直行己意。大吏多恶之,调顺德通判,专辖马政。明世,进士为令无迁倅者,名为迁,实重抑之也。”(《明史》卷二百八十七,第7382页)王锡爵《明太仆寺丞归公墓志铭》对此有更细致的记载,详见《别集》卷二,《震川先生集》第780—781页。

次贬谪,归有光问心无愧。他在《与冯樵谷》中谈道:“在湖极自负。得意处,不减两汉循吏,非夸言。”[①]又在《与朱生大观》中说:“鄙人官资何足道,只平日在贵县,不曾欺神,不曾欺民。今见贵县之人,真无惭色也。”[②]固然无愧,却不能没有愤懑。归有光在《与同年陈给事》中谈道:“在县良苦,无知之者,而倾陷万端。平生虽置毁誉于度外,然不能无愤悒耳。”[③]在《与冯樵谷》中,归有光虽以两汉循吏自居,却不能不以遭受倾陷为恨,称:“此是关系世道,仆一身何足惜?在邢无一事,可称吏隐。然已觉世途不可行;河冰解,即谋南归矣。”[④]失望之余,遂萌生退意。其实,早在此前长兴任上,归有光即已上疏告归,只是未得批准而已。论述至此,又回到了文章最初讨论的问题上:假如归有光早一些中第得官,只怕其施行仁政的理想早也就破灭了。所以说,八上公车而不遇的人生经历,在归有光的一生中绝对是极其不幸的事,但却在客观上推延了其政治理念的破灭;这对于其重实用的文学思想有着十分重要的意义。

归有光另一个突出的心态特征是自信,这与其所接受的心学思想不无关系。阳明心学对归有光最重要的影响之一,即表现为其对个体生命价值的体认与肯定。阳明云:“个个心中有仲尼”,是说每个人就其本心而言都是圣人。虽然这并不等于说现实中的人当下即是圣人,却让人坚信自己原本就有成为圣人的潜质,必然会极大地提高人们的主体意识。就此一点而言,阳明心学不仅是归有光学术思想的选择,更是其现实生命的需

① 《别集》卷七,《震川先生集》,第885页。
② 《别集》卷七,《震川先生集》,第886页。
③ 《别集》卷七,《震川先生集》,第886页。
④ 《别集》卷七,《震川先生集》,第885—886页。

要。归有光一生命运多舛,饱经家庭变故和情感打击,科举之途更是连受挫折,摸爬滚打四十余年方于垂暮之时考取进士,却又在有限的几年仕宦生涯中深感官场的腐败与黑暗。然而,这期间归有光始终没有对自己失去信心。这其中固然有师友之间相互激励之作用,但最重要的还是归有光对自身生命的执著与信心。归有光的自信,最突出地表现在他对自己屡次科考失败的态度上。归有光一生八上公车而不遇,但他从来不曾怀疑过自己的能力。他在《会文序》一文中论道:“经义百篇,予与诸友辛卯应试时会作也。以今观之,纯驳不一。然场屋取舍,又不在是也。”[①]是说科举考试士人取舍的标准并非文章的优劣,言下之意则是表明自己未能考取进士并不是因为自己的文章不好,而是有其他不便言明的原因。接下来又说:“若斯会之编,诸友之文在焉。有中第者,有为显官者,有为诸生者,有甚不肖如予者,而不为区别名字。观者于是可以平心矣。”虽自称“甚不肖”者,实则充满了反讽的语气,对自己科举文字的那份自信是不言自明的。他在《解惑》中感叹:“嘉靖己未,会闱事毕,予至是凡七试,复不第……夫莫之为而为者,天也;莫之致而至者,命也。”[②]又在《与顾懋俭》一文中戏称:“天下人非无识者,惟填榜时有鬼昧也。”[③]就在这对命运近乎调侃而又极其沉重的慨叹中,分明也能感受到归有光对自己文章本身的极大自信。归有光的自信同样体现于学术思想及对世事的处理上。其于《送张子忠之任南昌序》中云:“吾闻安成有邹祭酒,吉水有罗谕德,方居深山,

① 《震川先生集》卷二,第51—52页。

② 《震川先生集》卷四,第97页。

③ 《别集》卷七,《震川先生集》,第892页。

讲明圣贤之学。子忠试往而质之，必以吾言为然也。”[①]又于《与王子敬六首》中云：“每一听断，以诚心求之，此心自觉豁然清明。仕与学，信非二事也。如是行之无倦，知古人不难为矣。”[②]自信之情，溢于言表。在漫长的生命逆境中，归有光何以能始终保持这般自信？我想，这固然与其坚韧的个性特征有关，而阳明心学对其生命的支撑作用同样是不可忽视的。其所谓“学者当识吾心亦如此，非独尧、舜、孔、周之心如此也”，正是阳明“人人心中有仲尼”的另一种表述，充分体现了归有光在心学思想影响下对个体生命价值的体认与肯定。这既是对作为群体的人的主体价值的肯定，也是对每一个体生命的肯定。正是这种对个体价值的充分肯定，成为归有光支撑其生命的最坚定的价值信念。

归有光可以凭借其执著的入世精神，及其对自我生命价值的坚定信念，顽强地生存下去，但这并不意味着其情感世界是同样的坚不可摧。虽然科考中的连续挫败并未能击垮归有光的自信，但就在这充分的自信与落第的事实之间，愈发可以想见其无奈与愤懑之情。尽管归有光极少直接抒发此种情绪，却会在一些看似平常的叙述中有所流露。比如他在《己未会试杂记》中提及这样一段经历：“予自石佛闸与铅山费楙文步行至济州城外。遇泉州举子数人，共憩市肆中。数人者问知予姓名，皆悚然环揖，言：‘吾等少诵公文，以为异世人，不意今日得见！’”[③]在这一令人啼笑皆非的偶遇中，隐藏着归有光多少酸楚与无奈。他

① 《震川先生集》卷十，第 227 页。

② 《别集》卷七，《震川先生集》，第 890 页。

③ 《别集》卷六，《震川先生集》，第 848 页。

在《陶庵记》中有这样一段论述,亦颇值得玩味:“余少好读司马子长书,见其感慨激烈,愤郁不平之气,勃勃不能自抑。以为君子之处世,轻重之衡,常在于我,决不当以一时之所遭,而身与之迁徙上下。设不幸而处其穷,则所以平其心志,怡其性情者,亦必有其道。何至如闾巷小夫,一不快志,悲怨憔悴之意,动于眉眦之间哉?”①此文作于嘉靖二十二年。② 表面上是批评司马迁的“愤郁不平”之气,其用意则在于自勉;既曰自勉,即说明其已生“愤郁不平”之气。况且,此时的归有光刚经受了首次落第的打击而已;试问,接连八次落第之后,他还能否讲出这般话来?功名之挫败如此,情感之打击尤其令归有光悲痛难当。他在《亡儿䎖孙圹志》中痛陈其屡失至亲之人的感受:“呜呼!孰无父母妻子?余方孺慕,天夺吾母;知有室家,而余妻死;吾儿几成矣,而又亡。天之毒于余,何其痛耶!”③其于《女如兰圹志》《女二二圹志》等文章中同样抒发了极为沉痛的哀伤之情。可知,在理想与信念之外,连续的挫败与悲痛构成了归有光心态的另外一面。

三 归有光主自得、重真情的文学观

阳明心学对归有光最重要的影响表现为其对个体生命价值的体认与肯定。这种价值信念,在归有光身上既表现为对自己识见、能力的自信,又表现为对个体情感的认可与肯定。这两者又分别影响了其“主自得”与“重真情”的文学观。

---

① 《震川先生集》卷十七,第 426 页。

② 据沈新林《归有光评传·年谱》嘉靖二十二年条,第 301—302 页。

③ 《震川先生集》卷二十二,第 534 页。

基于对自己识见、能力的信心，归有光在学术思想上强调“自得”。将这种思想进一步落实于文学上，同样表现为一种“自得”观。归有光的文学“自得”观，包括两个方面的要求：一是要求文章能写出自己真实独特的识见与感受，一是要表现出独特的创作风格。写出真实独特的识见与感受，是归有光对所有文章的共同要求，即使是科举文字与各种应酬文字也不例外。其于《山舍示学者》中云：

> 第今所学者，虽曰举业，而所读者即圣人之书，所称述者即圣人之道，所推衍论缀者，即圣人之绪言。无非所以明修身、齐家、治国、平天下之事，而出于吾心之理。夫取吾心之理而日夜陈说于吾前，独能顽然无慨于中乎？愿诸君相与悉心研究，毋事口耳剽窃。以吾心之理而会书之意，以书之旨而证吾心之理，则本原洞然，意趣融液。举笔为文，辞达义精。去有司之程度亦不远矣。[1]

归有光认为，若能于圣人之道有切实体会，能自得于心，能有真识见，将其落实于文字上，自然就是“辞达义精”的好文章。这显然与其自信本心的心学思想是密切相关的。又，《与沈敬甫九首》云：“送行文，各以其意为之可也。如以册叶强人，俗矣。”[2]“各以其意为之”，不只是对送行文，是归有光对包括简牍、寿序、志铭等在内的所有酬酢文字的要求。归有光主张，作这类文字不必斤斤计较于体式格套，关键是要写出自己的真实

① 《震川先生集》卷七，第151页。

② 《别集》卷七，《震川先生集》，第872页。

想法、切实感受。归有光也的确在其实际创作中很好地落实了自己的创作主张。在一些赠送序、寿序、墓志铭中，归有光往往能借题发挥，巧妙地抒写自己对人情世事的看法，或借他人酒杯浇自己胸中块垒，能以寥寥数语使得文章别开生面。如其《侗庵陆翁八十寿序》中云：

> 余少时，尝之虞山下老子之宫，有桧，盖萧梁时物也。余始识翁于此。是时翁年尚少，同游有三四人。婆娑古桧之下，相与太息，以为此树自天监至今一千二十有八年，来观游者，不知几世几人也！今同时游者皆化去，而翁独高年寿考。信知万物之得失于天，其短长之相悬绝，念之不能不怃然也！[①]

这本是一篇寿序文，却通过对往事的追忆，慨叹岁月的久远、生命的短暂，表达了一种面对天地宇宙，怅然若失而又无可奈何的心情，读之令人百感丛生。这篇寿序亦因之成为一篇意味悠长的美文。归有光不惟强调文章内容的新鲜、独特，在构思、行文、结构安排上也往往匠心独运、富于变化，力求在同类文字中创造出独特的风格。[②] 归有光对文章个性的追求是自觉的。其于《与沈敬甫九首》一文中云：

> 寻思吾辈所作一出，必有以破俗人之论，不可苟者。[③]

① 《震川先生集》卷十三，第337—338页。

② 参见沈新林《论归有光的乡曲应酬之作》，《南京航空航天大学学报》2004年第2期。

③ 《别集》卷七，《震川先生集》，第872页。

“俗”，即俗套，主要是指那些人云亦云、墨守成规、毫无创意的平庸文字。归有光必以破俗为标的，力图作出风格独特的文字，这显然是一种自觉的追求个性的创作意识。需要补充说明的是，归有光论“自得”，是建立在真实的基础之上的，即其所要表达的是自我的真实想法、真实感悟，而不是标新立异的随意发挥。《孙君六十寿序》即云：“予谓文者，道事实而已。”[①]而在当时模拟成风的创作背景下，能“依本直说”[②]，道出自身的真实感受，本身就反映了一种以真实求个性的创作思路。概括地说，归有光的“自得”文学观，就是要求抒写自我独特而真实的见解或感受，追求一种质实而别有意趣的文章风格。这对现代意义的文学来说，显然是有积极的建构作用的。

归有光在心学思想的影响下对主体生命的价值信念，不仅体现于其对学术思想、识见能力的自信上，还表现为其对人的情感的认同与肯定。理论上说，王阳明讲本心，实质上是就性、就理而非就情而言。但他视情为良知之自然发用，认为情若能顺良知之自然流行，便无所谓善恶。因此，在阳明心学的价值体系中，有情的一席之地；或者说作为人的自然本性，情至少是被认可的。而王学在嘉靖朝大礼议中所扮演的角色，则体现出其在事实上对情的重视。[③] 归有光论情与礼的关系，完全是对心学思想的接受和承继。其于《书家庐巢燕卷后》云：“然予以为天下之礼，始于人情；人情之所至，皆可以为礼。”[④]当然，此处归有

① 《震川先生集》卷十三，第 328 页。

② 归有光《与吴三泉》，《别集》卷八，《震川先生集》，第 902 页。

③ 参见左东岭《王学与中晚明士人心态》，第 273—288 页。

④ 《震川先生集》卷五，第 118 页。

光所言之情，主要还是指人伦之情，而非完全个体化的私人情感。对此，有的学者提出，归有光是将外在的人伦道德内化为人性之美，在散文领域找到了一条文、道结合的新路子。[①] 这种推论是很有见地的。至于归有光是否有这样一种自觉的建构意识，似乎并不重要；他的确在事实上发挥了这样的作用。考虑到其所处的时代背景，我们大可不必苛责归有光未能明确地提出以文抒情的理论主张。我认为归有光对情的充分肯定，对其文学思想的意义，主要是为以文章抒写个人情感打开了一条合理的通道。然而对一个传统的知识分子来说，公然宣称以文章抒写个人情感似乎总有些难以启齿，因此归有光论文，也是先从道谈起。《雍里先生文集序》云：

> 以为文者，道之所形也。道形而为文，其言适与道称，谓之曰：其旨远，其辞文，曲而中，肆而隐。是虽累千万言，皆非所谓出乎形，而多方骈枝于五脏之情者也。故文非圣人之所能废也。[②]

"文者，道之所形"，是讲"文"的发生，乃是"道"的体现。"道形而为文"，是一个自然而然的过程，这样的"文"自然会"其言适与道称"，因而也就能达到一种理想的境界，即所谓"其旨远，其辞文，曲而中，肆而隐"。这样的文章，无论有多少，都是"道之文"，因而就有充分的存在依据，即使是圣人也不能废止。值得

① 参见陈书录《明代诗文的演变》第四章相关论述，江苏教育出版社，1996 年版。

② 《震川先生集》卷二，第 26 页。

注意的是，归有光讲“其言适与道称”，并非讲这样的文章能够阐明天地之道，而是讲符合“道”的文章会有怎样的表达效果。也就是说，“道”在这里并非“文”的内容，亦非“文”的目的，而是“文”的理想境界的本体依据。其实归有光在此所真正强调的只是“文”应该达到的境界，而“道”只是这种境界的终极依据。若论文章应该表达的内容，似乎“多方骈枝于五脏之情”更能说明归有光的意思。所谓“五脏之情”则是一种更为含糊的表达，究竟是指性还是指情，恐怕是难以弄明白的。倒是其在与友人的一篇简牍中，对此作出了一种较为明确的表述。《与沈敬甫七首》中云：“圹志，子建云亦似。但千古哭声，未尝不同，何论前世有屈原、贾生耶？以发吾之愤愤而已。”[①]所谓“发吾之愤愤”，显然已是一种纯粹个体情感的抒发了。事实上，即使没有这样的表述，人们所熟知的那些“抒情散文”也能明白无误地告诉我们，归有光文学思想中的“情”究竟是怎样的一种情感。正是这些抒发真挚的个人情感的文字，构成了归有光作品中最富于“文学”意味的精华篇章。《项脊轩志》《先妣事略》《思子亭记》等自然是最典型的范本。即便是那些赠送序、寿序一类的应酬文字，往往也以真情实感而取胜。以《濬甫魏君五十寿序》一文为例：

余始为魏氏诸倩，而濬甫年小于予。时尚垂髫，见余，握手甚亲。及濬甫自真义游学城中，时时来过其女兄，即留饮，相欢也……明年为嘉靖四十一年，濬甫年五十，以正月二日为初度之辰。其子婿沈尧俞，以余计偕北上，先期请余

① 《别集》卷七，《震川先生集》，第873页。

> 文为寿，至期张设之。盖以余最亲，又知之深也。然余见濬甫之少，又见其子之成立，又老而为寿，而吾舅姑与濬甫之女兄，已隔异世，则余之所感多矣。
>
> 度濬甫华堂燕坐，子倩奉觞，宾朋杂沓，笙歌满耳。则余方孤舟栖泊于江、淮之间，自此蒙雾露、凌霜雪，又三千里。持空然无有之躯，欲以献吾君，岂不愧濬甫？而欲为濬甫可得耶？
>
> 古者“五十曰艾，服官政”。又十年，始爵命为大夫。则士之效用于世，任天下之事者，适濬甫之年。而濬甫苟自安逸，非恭简公之教。汉李固荐樊英、黄琼云：“一日朝会，见诸侍中并年少，无一宿儒可备顾问。”则老成之人，实国家之所须。重年少而忽耇老，岂世道之福耶？余以是惜濬甫之自止，而又以叹余之无所用而不知止也。是为序。[①]

本是一篇为人祝寿的文字，归有光却写出了无尽的温情与沧桑。“时尚垂髫，见余，握手甚欢。及濬甫自真义游学城中，时时来过其女兄，即留饮，相欢也。”寥寥数语，即生动地描绘出姐弟、姻亲间的依依亲情，亲切而极有分寸。“然余见濬甫之少，又见其子之成立，又老而为寿，而吾舅姑与濬甫之女兄，已隔异世，则余之所感多矣。”自幼及老，归有光就是魏氏生命历程的见证者；由此一生命历程，震川感受的是岁月的流逝与世事的沧桑；而此一历程又伴随着亲人的相继离世，这些生命曾经是那般鲜活地存在于他们的生活中，而此时却早已化为尘土，永不可期！感叹之余，岂不令人黯然神伤！而想到濬甫喜庆寿辰之际，自己

---

① 《震川先生集》卷十三，第322—323页。

方漂泊于赴试途中，又平添几分无奈与凄凉。“自此蒙雾露、凌霜雪，又三千里。”一个“又”字充分体现了作者欲罢不能的矛盾心态。而末段对当世取士之道的一番感慨，与其说是对濬甫中岁而止的惋惜，不如说是归有光怀才不遇的愤慨之情的真实呈露。就在这一篇数百字的寿序文中，交织着欢愉与辛酸、温情与悲慨，处处不离乎濬甫之事，而又无不是作者之情！这正是归有光散文的一大特色。但归有光毕竟不是袁宏道，其重情感的文学思想，使得文学对人性的抒发由性转向了情而又不至于流于欲；其传统士人的文化品格则决定了其中正平和、有理有节的抒情方式，这是归有光散文悱恻动人、自然平淡而又余韵无穷的艺术风格得以形成的重要前提。

综上所述，归有光不是心学弟子，对心学思想也没有多少发明。但在嘉靖中后期，阳明心学已在士人中间得以广泛流传，进而在多个层面影响了当时士人的人格心态。归有光所生活的江南地区恰好又是心学思想最为流行的区域，因此他有很多机会接触并了解阳明心学，而且也的确在潜移默化之中受到了心学思想的影响。归有光的文学思想体系并不是直接以良知说为理论基础的，却深受心学重主体、重自我的思想特征的影响，从而展现出阳明心学影响文学思想的另一层面，我们也可借以发现阳明心学对明代文学思想影响的复杂性。尽管归有光的文学思想与晚明的性灵文学思想还有很大区别，然而却是当时大部分江南文人受心学思想影响的典型代表。其于无意识中所透露出的心学影响，也许最能体现明代中后期心学流行及其影响文学思想的一般情状。

第四章　师法唐宋:古文谱系的建构与拓展

“师法唐宋”似乎是唐宋派文学思想中最容易理解的部分,实则包含了很多复杂而微妙的东西。首先,“师法唐宋”不是唐宋派作家全部的文学思想,而是其整体文学思想的有机构成,因此要在与其他文学思想的相互观照中发现其意义与价值。其次,这并不是一个单纯的师法对象问题,同时也是一种扭转时风的手段,故其所涉及的并不只是唐宋派与唐宋古文之间的关系,还有唐宋派与前七子及当时文坛风气的关系。再次,“师法唐宋”只是一种笼统的说法,在具体的师法对象及师法内容问题上,各成员之间其实有很大区别。这些区别反映了他们在文章的表现内容、文体选择以及风格取向等问题上不同的态度与主张。

第一节　“文统说”的学理依据与现实动机

所谓“师法唐宋”,就是把唐宋古文确立为文章典范,通过对这些经典文本的揣摩与学习,指导当下写作。但是他们又不可能忽略此前的文学传统,尤其是六经及其他公认的经典著作。于是他们就把唐宋古文和这些经典置于一个历时性的序列中,构建一个文章的正统。他们认为通过学习唐宋古文，可以领会自六经以来所有文学经典的精蕴。“文统说”，即是对这样一种经典文本序列的叙述。在唐宋派文学思想的发展过程中，王慎中对“文统”的最初构建，与其“道其中之所欲言”的创作思想密切相关；而到了茅坤那里，随着道学色彩的淡化，“文统”的内容也悄悄地发生变化。因此，“文统说”一方面是唐宋派“文以明道”与“师法唐宋”之间一个重要的理论过渡，同时也是了解其文学思想发展变化的一个重要视角。

王慎中在《曾南丰文粹序》中论述了其“文统”思想：

极盛之世学术明于人人，风俗一出乎道德，而文行于其间……其小大虽殊，其本于学术而足以发挥乎道德，其意未尝异也……由三代以降，士之能为文，莫盛于西汉。徒取之于外而足以悦世之耳目者，枚乘、公孙弘、严助、朱买臣、谷永、司马相如之属，而相如为之尤。能道其中之所欲言而不免于蔽者，贾谊、董仲舒、司马迁、刘向、扬雄之属，而雄其最也。于是之时，岂独学失其统而不能一哉？文之不一，其患若此。其不能为言者，既莫之能知；由其不知之众，则为之而能者又益以鲜矣。四海之广，千岁之久，生人之多，而专其所长以自名其家者于其间数人而已。道德之意犹因以载焉而传于不泯。虽其专长而独名为有愧于盛世既衰之后，士之能此，岂不难哉！由西汉而下，莫盛于有宋。庆历、嘉祐之间，而杰然自名其家者，南丰曾氏也。观其书，知其于为文良有意乎折衷诸子之同异，会通于圣人之旨，以反溺去蔽而思出于道德，信乎能道其中之所欲言，而不醇不该之蔽亦已少矣。视古之能言，庶几无愧，非徒贤于后世之士而已。

推其所行之远，宜与诗书之作者并天地无穷而与之俱久。[①]

王慎中认为，古往今来的文章创作，有三个时期最为兴盛，分别是三代、西汉和北宋。这不是相互割裂、各自独立的三个时间段，贯穿其间的是对道德的传承与弘扬。三代时期的文章是王慎中心目中的理想典范，因为它们能够“本于学术”而“发挥乎道德”。西汉时期的文章有两类：一类是那些“徒取之于外而足以悦世之耳目”的文章，如枚乘、司马相如等人的作品；另一类是“能道其中之所欲言而不免于蔽”的文章，如董仲舒、司马迁等人的著作。对此，王慎中发出了“岂独学失其统而不能一哉？文之不一，其患若此”的感叹。即是感慨文统之不传。当然，尽管后一类文章不免“不该不醇”之蔽，毕竟能道出真切之体会，故“道德之意犹因以载焉而传于不泯”，即云文章正统犹未中断，尚且存续于一线间。直至北宋，曾巩方接续此一“文统”，并将其发扬光大。从王慎中对“文统”的叙述中，我们可以发现三个重要问题。首先，此一“文统”的确立是以“文以明道”为理论依据的。判断文章能否置于正统之列，最重要的标准就是看其是否能“本于学术”而“发挥乎道德”。其次，“发挥乎道德”显然又不是“文统”的唯一标准，“文统”毕竟不是“道统”。在儒学思想的传承中，曾巩的作用是有限的；之所以王慎中会将他置于“文统”中如此显赫的位置，终究要归功于其文章创作本身的成就。最后，王慎中此论的根本目的显然不是构建“文统”，而是借以强调曾巩文章的价值，进而将其确立为可供效法的文章典范。尽管王慎中这里只论及曾巩一人，但他却为唐宋派奠定

① 《遵岩先生文集》卷十五，第746—747页。

了这样一种学术思路，那就是把唐宋古文纳入文章正统，以此作为"师法唐宋"的理由。如此，"文统说"就成为"文以明道"和"师法唐宋"之间重要的理论过渡。

茅坤则对"文统说"做出了更加详尽的阐述。他明确地将唐宋古文纳入这一文章序列之中，并融入新的文学思想。《八大家文钞总序》一文完整地表述了其"文统"思想：

> 孔子之系《易》曰："其旨远，其辞文。"斯固所以教天下后世为文者之至也。然而及门之士，颜渊、子贡以下，并齐鲁间之秀杰也。或云身通六艺者七十余人，文学之科并不得与，而所属者仅子游、子夏两人焉。何哉？盖天生贤哲，各有独禀，譬则泉之温，火之寒，石之结绿，金之指南。人于其间，以独禀之气，而又必为之专一，以致其至。伶伦之于音，裨灶之于占，养由基之于射，造父之于御，扁鹊之于医，僚之于丸，秋之于弈，彼皆以天纵之智，加之以专一之学，而独得其解。斯固以之擅当时而名后世，而非他所得而相雄者。
>
> 孔子没，而游、夏辈各以其学授之诸侯之国，已而散逸不传。而秦人焚经坑学士，而六艺之旨几辍矣。汉兴，招亡经，求学士，而晁错、贾谊、董仲舒、司马迁、刘向、扬雄、班固辈，始及稍稍出，而西京之文，号为尔雅。崔、蔡以下，非不矫然龙骧也，然六艺之旨渐流失。魏、晋、宋、齐、梁、陈、隋、唐之间，文日以靡，气日以弱。强弩之末，且不及鲁缟矣，而况于穿札乎？昌黎韩愈，首出而振之，柳柳州又从而和之。于是始知非六经不以读，非先秦两汉之书不以观。其所著书、论、序、记、碑、铭、颂、辩诸什，故多所独开门户，然大较

并寻六艺之遗，略相上下而羽翼之者。贞元以后，唐且中坠，沿及五代兵戈之际，天下寥寥矣。宋兴百年，文运天启。于是欧阳公修，从隋州故家覆瓿中，偶得韩愈书，手读而好之。而天下之士，始知通经博古为高，而一时文人学士，彬彬然附离而起。苏氏父子兄弟及曾巩、王安石之徒，其间材旨小大、音响缓亟虽属不同，而要之于孔子所删六籍之遗，则共为家习而户眇之者也；由今观之，譬则世之走騕褭骐骥于千里之间而中及二百里、三百里而辍者，有之矣；谓途之蓟而辕之粤，则非也。

世之操觚者，往往谓文章与时相高下，而唐以后且薄不足为。噫！抑不知文特以道相盛衰；时，非所论也。其间工不工，则又系乎斯人者之禀，与其专一之致否何如耳。如所云，则必太羹玄酒之尚，茅茨土簋之陈，而三代而下，明堂玉带、云罍牺樽之设，皆骈枝也已！孔子之所谓"其旨远"，即不诡于道也；"其辞文"，即道之灿然，若象纬者之曲而布也。斯固庖牺以来人文不易之统也，而岂世之云乎哉！①

王慎中以"发挥乎道德"作为"文统"的判断依据，而茅坤则以"其旨远，其辞文"取而代之。王慎中并非不重视文章创作之自身，但茅坤则明确地将"其辞文"视为文章的核心因素。茅坤指出，虽然孔门弟子有七十余人身通六艺，但能以文学擅名者却只有子游、子夏二人。之所以如此，是因为"天生贤哲，各有独禀"。即是说，只有具备独特的天赋，才能从事于文学创作。且须用心专一，将这种才能发挥到极致，才能够凭借文章"擅当时

① 《茅鹿门先生文集》卷十四，《茅坤集》，第482—483页。

而名后世”。这与其“万物之情，各有其至”的文学思想是完全一致的。可以说，茅坤从源头处就已确立了文学创作自身的价值，他将其凝练地概括为“其辞文”。而所谓“其旨远”，则维系了文与道之间的联系。“‘其旨远’，即不诡于道也”，表明在茅坤看来，文章创作能不违背圣人之道就可以了。可见，较之王慎中“本于学术”而“发挥乎道德”的创作思想，茅坤对“明道”的要求的确消极了许多。

既然只有子游、子夏以文学名家，那么孔门弟子中也只有他们两人才能代表文章之正统。此后，秦始皇焚书坑儒，礼乐文化惨遭劫难，“六经之旨”几乎辍而不传。后来，随着汉帝国的兴盛，学术文化得以复兴，文学创作亦随之繁荣。藉董仲舒、司马迁等人之手，“六经之旨”得以延续。“文统”，就像一条河，从雪山流下，消逝在沙漠里，遁入地下潜行，在草木繁盛的地方，又从泉眼中冒出，蜿蜒流淌，最终又汇成河流。西京之文，就像清洌的泉水，曲曲折折，缓慢前行，历经汉、魏、六朝、隋、唐；韩、柳一出，蔚为大观。于是乎，文章正统，得以弘扬。其后，欧阳修通过韩愈之文，悟得文章宗旨；三苏、曾、王，复羽翼之。有宋一朝，斯文大振！茅坤认为，唐宋八家虽各有特长，却能领会六艺之旨，故为文章正统。所以他才要评点八家文章，以资当世为文者效法。其实，于“文统”之外，茅坤并非认识不到其他文章的好处。他在《文旨赠许海岳沈虹台二内翰先生》一文中谈到：“秦以来，操觚为文章者，无虑数十百家，其间虎步而鸷攫，不可胜数。然皆譬之草莽之雄，项籍、陈胜之乱秦，王郎、隗嚣之奸汉，唐之藩镇，宋之金、辽，特擅兵裂土以相雄于其间而已。”[①]在茅坤看来，

① 《茅鹿门先生文集》卷十四，《茅坤集》，第484页。

尽管这些文人各有擅长，却只是边陲草莽之雄，只有那些“得其道而折衷于六艺者”才是文章的正统。

茅坤论“文统”，很大程度上是针对李梦阳影响下的创作风气而发，且带有明显的流派自觉意识。其所谓“世之操觚者，往往谓文章与时相高下”，正是针对盲目的崇古思想而发，并明确提出“文特以道相盛衰”与之抗衡。茅坤在写给徐中行的信中论道：“仆之私，窃以秦汉来文章名世者无虑数十百家，而其传而独振者，惟史迁、刘向、班掾、韩、柳、欧、苏、曾、王数君子为最。何者？以彼独得其解故也。解者，即佛氏传灯之派，彼所谓独见性宗是也。故仆之愚，谓本朝之文崛起门户，何、李诸子亦一时之俊也。若按欧、曾以上之旨，而稍稍揣摩古经术之遗以为折衷者，今之唐、王是也，恐未可尽左袒而弃之。”[①]茅坤此文，乃是针对李攀龙“首何、李而退唐、王”的观点而作出的辩驳：先论文章之正统，进而指出唐、王才是“文统”的传承者，而何、李则只是“一时之俊”。其实，由于徐中行乃后七子中人，茅坤在此对何、李的评价已是相当客气。在写给同道中人的信中，茅坤则嘲讽李梦阳为“草莽偏陲”之雄，而极论唐、王诸人“足以与韩欧辈并轨而驰”。[②] 从这一点来看，茅坤论“文统”，是对王慎中、唐顺之文学思想的自觉传承。

关于茅坤的“文统说”，还有一个值得注意的问题，其所谓“道”究竟是何涵义。如上所述，尽管茅坤“文以明道”的观念已经十分淡薄，但其文学思想与王、唐之间，毕竟有着比较明

① 茅坤《与徐天目宪使论文书》，《茅鹿门先生文集》卷四，《茅坤集》，第253页。

② 参见茅坤《复陈五岳方伯书》，《茅鹿门先生文集》卷八，《茅坤集》，第357—359页。

确的渊源关系,所以论文时总难免会提及“道”。比如,他在《八大家文钞总序》中即明确提出“文特以道相盛衰”的观点,批评李梦阳则称其“于古之所谓‘文以载道’处,或属有间”[①]。由是观之,似乎茅坤也比较重视文章的“明道”功用。其实,其所谓“道”,尽管也有一些儒家之道的意思在,但主要是指“为文之道”。他在写给王宗沐的信中说:“妄谓文以载道,道也者,庖牺氏以来不易之旨也。”[②]而由上文所引《总序》的最后一段文字可知,茅坤所谓“庖牺氏以来不易之旨”,正是“其旨远,其辞文”的文章之道。他将“其旨远”解释为“不诡于道”,此处所谓“道”,大概是指儒家之道。但总的来看,其所谓“道”主要是就“为文之道”而言,只是其中包含了不违背儒家之道的意思在罢了。[③]

综上所述,就唐宋派文学思想的理论形态而言,“文以明道”是“师法唐宋”的根本依据,而“文统说”则是介乎两者之间的一个过渡理论。由于王慎中的确是文、道并重的,所以其“文统说”基本上如实地反映了其文学思想。而茅坤其实只是重视文章自身,所以在他的“文统说”中,“文以明道”与“师法唐宋”之间,仅仅具备形式上的关系而已。这一变化,也从一个侧面体现出唐宋派文学思想的发展轨迹。

① 茅坤《复陈五岳方伯书》,《茅鹿门先生文集》卷八,《茅坤集》,第358页。

② 茅坤《与王敬所少司寇书》,《茅鹿门先生文集》卷五,《茅坤集》,第293页。

③ 关于茅坤在此一问题上与王慎中之间的继承关系,及其据此对前七子的批判,黄卓越对此亦有详尽阐述。只不过“文以载道”究竟是茅坤真正的论述意图,还是只是其理论建构的手段,亦或二者兼而有之,还应该作出更加细致的辨析。参见黄卓越《明中后期文学思想研究》,第170页。

第二节　师法对象的范围与重心

在当时的文学背景下，“师法唐宋”是唐宋派最鲜明、最有影响力的口号。然而，所谓“师法唐宋”，毕竟只是一个笼统的说法，只能代表唐宋派的整体倾向；具体的师法对象与内容，各成员之间又有着许多的细微区别。只有对其间的异同有比较清楚的了解，我们才能更加透彻地理解唐宋派文学思想与前、后七子之间的根本区别，及其自身的发展变化过程。

唐宋派师法对象的范围与重心，经历了一个逐渐变化的过程。如上文所述，最初引起王慎中关注的唐宋作家是曾巩，他一生中最为推崇的作家也是曾巩。但王慎中的眼光并没有局限于南丰一人，而是逐步推及其他唐宋诸名家，以及一些更早的文学大家。比如，他在《与华鸿山》一文中论道：“仆常爱欧阳六一所作《释唯俨秘演》《梅圣俞诗集》《内制集》数序，感慨曲折，极有司马子长之致。昌黎无之。”①由此可知，王慎中十分喜好欧文，并推及司马迁。他还在《与汪直斋》一文中声称：“至曾南丰《宜黄》《筠州》二记，王荆公《虔州》《慈溪》二记，文词、文理并胜，当为千古绝笔。”②可知其对王安石的文章也赞赏有加。曾、欧、王皆为宋人，且其论欧文之长，则称“昌黎无之”，是不是意味着王慎中其实只是“宗宋派”，并不喜欢韩愈及其他唐人的文章呢？事实并非如此。比如，他在《与李中溪书》中谈到：“吾乡有

① 《遵岩先生文集》卷三十七，第1043—1044页。

② 《遵岩先生文集》卷三十七，第1048页。

洪芳洲先生，文词直得韩、欧、曾、王家法，与唐荆川君最相知。”①或许在王慎中看来，韩愈的文章较之欧、曾稍逊一筹，却同样是值得师法的。可见，尽管王慎中格外偏爱曾巩的文章，但若据此认为他只是“宗宋派”，却是站不住脚的。

唐顺之在此问题上则要通达得多。在他的文集中，正面讨论文章师法对象问题的文字很少，但根据《文编》编选文章的数目，我们可以大致判断出他对历来古文家不同的推重态度。《文编》，六十四卷，据文体分类，选录从先秦到北宋的文章。该编体例稍嫌繁复，共列出三十一类文体。依据功用，所有这些文体大概可以分为四类：奏议类，包括谏疏、论疏、表、奏、上书、劄子、状等；议论类，包括论、断、议、策、杂著等；应用类，包括辞命、书、启、序等；记叙类，包括记、碑、铭、传、行状、祭文、墓志铭等。奏议类文章中，除表、劄子、状三种文体外，主要收录的是先秦、两汉文，间有欧阳修、苏轼等若干篇。表、劄子与状，则以唐、宋文章为主。在后三类一百三十篇文章中，有欧阳修的六十六篇，苏轼的三十五篇，王安石的十七篇；而曾巩的文章仅有《谢元丰元年历日表》《移沧洲过阙上殿劄子》两篇收入，其他人各有若干。议论类文章主要由三个部分组成，一部分是先秦诸子的文章，一部分是从《史记》《汉书》《后汉书》《唐书》《五代史》等史书中辑出来的文章，还有一部分是唐宋八家的议论性文章。先秦诸子的文章中又以庄子为主，荀子、韩非子、孙子次之。因其中有一卷专论兵事，故孙子文章较多，当与唐顺之喜好言兵有关。唐、宋诸家的议论性文章有一百五十七篇（不计杂著，辑之于欧阳修《新五代史》的七篇文章计入），其中苏轼六十八篇，苏

① 《遵岩先生文集》卷三十七，第1043页。

洵四十七篇，苏辙十八篇，韩、柳、欧、曾、王各数篇。其中，曾巩仅有《讲官议》《公族议》《为人后议》三篇议事文选入。书、启文章，以唐宋八家的作品为主，其中又以韩、柳为著。序文主要包括三小类，分别是政教序、诗文序和赠送序。其中，有关政治教化的序文共计十七篇：韩愈一篇，欧阳修八篇，苏轼一篇，苏辙两篇，曾巩五篇；诗文序二十一篇：韩愈三篇，柳宗元两篇，欧阳修十篇，苏轼六篇；赠送序四十一篇：韩愈二十六篇，柳宗元三篇，欧阳修六篇，曾巩五篇，王安石一篇。可见序文中所收曾巩的文章还要相对多一些。记文以柳宗元、欧阳修与苏轼为多，其中柳文多为游记，欧、苏文多记亭、台、庙、碑、寺院等。神道碑、墓志铭及其他记人的文章中，以韩愈、欧阳修为多，其他人各有数篇而已。其中，碑、铭、祭文选入较多，而传记仅录数篇。

根据《文编》的编选情况，我们至少可以得出以下两点关于唐顺之师法范围的推论。首先，从整体上看，该编选入的文章显然是以唐宋古文为主，但同时也收录了大量先秦、两汉时期的文章。这表明唐顺之关于师法对象的态度是比较通达的，并没有出于门户之见而排斥秦汉文章。而且，在部分文体中，唐顺之同时收入先秦、两汉与唐宋时期的文章。这说明在唐顺之看来，秦汉文与唐宋古文各有千秋，或本来就多有相通之处。因此，从根本上说，学秦汉与学唐宋并不冲突。这种思想最明显地体现于他对论体文的编选中。唐顺之于此选入大量庄子、韩非子以及孙子的文章。四库馆臣依据传统的文体观，认为这是不合乎规范的，称其“以庄、韩、孙子诸篇入之论中，为强立名目”[①]。其

① 永瑢等《四库全书总目》卷一百八十九，《文编》提要，第1716页。

实,唐顺之正是着眼于其论述事理的核心功能,将此类文章编入“论”中。能够依据文章自身特征进行文体分类,而不局限于创作时期及文献门类,正体现了唐顺之在此问题上的通达态度。这同时也说明唐顺之对庄子文风的喜好。其次,从其编选文章的数量来看,唐、宋诸家之中,唐顺之最为推崇的显然是韩愈、欧阳修与苏轼,其次是柳宗元、苏辙与苏洵,而对王安石、曾巩之文似乎没有太大的兴趣。尽管唐顺之在写给王慎中的信中声称:“近来有一僻见,以为三代以下之文,未有如南丰;三代以下之诗,未有如康节者。”[①]其实,他在此真正要强调的只是后者;之所以会对曾巩作出如此之高的评价,恐怕只是出于对朋友的尊重罢了。由此可见,唐顺之的师法对象覆盖先秦、两汉与唐宋;其中最受其推崇者,当属韩、柳、欧、苏诸家。这也进一步证明,王、唐只是“宗宋派”的说法是无法成立的。

茅坤则更加明确地表达了自己对历来文章家的倾向态度。在最初与唐顺之的辩论中,茅坤就表现出对司马迁文学成就的莫大推崇。此后,他逐渐理解并接受了王、唐“师法唐宋”的文学主张,但对司马迁的尊崇却始终没有消减。他除编选《唐宋八大家文钞》之外,还编有《史记钞》,并于《刻史记钞引》中称赞司马迁曰:“指次古今,出入《风》《骚》,譬之韩、白提兵而战河山之间。当其壁垒部曲,旌旗钲鼓,左提右挈,中权后劲,起伏翱翔,倏忽变化,若一夫剑舞于曲旃之上,而无不如意者。西京以来,千年绝调也。即如班掾《汉书》,严密过之,而所当疏宕遒逸,令人读之,杳然神游于云幢羽衣之间,所可望而不可挹者。予窃疑班掾犹不能登其堂而洞其窍也,而况其下者乎?唐以来,

① 唐顺之《与王遵岩参政》,《荆川先生文集》卷七,《唐顺之集》,第299页。

独韩昌黎为文极力镵画,不可不谓之同工也。间按《顺宗皇帝实录》与《秦始皇纪》读之,夐不相及,抑可概见其微矣。”[①]班固、韩愈尚且不可与之同日而语,足可见司马迁在茅坤心目中的地位。两汉作家中,除司马迁外,茅坤还格外推重班固和刘向;而在唐宋诸家之中,他最为推崇的则是韩、柳、欧、苏四家。在《唐宋八大家文钞论例》中,茅坤论道:

> 屈、宋以来浑浑噩噩,如长川大谷,探之不穷,揽之不竭,蕴藉百家,包括万代者,司马子长之文也;闳深典雅,西京之中独冠儒宗者,刘向之文也;斟酌经纬,上摹子长,下采刘向父子,勒成一家之言者,班固也;吞吐骋顿,若千里之驹而走赤电、鞭疾风,常者山立,怪者霆击,韩愈之文也;巉岩崱屴,若游峻壑峭壁,而谷风凄雨四至者,柳宗元之文也;遒丽逸宕,若携美人宴游东山,而风流文物照耀江左者,欧阳子之文也;行乎其所当行,止乎其所不得不止,浩浩洋洋,赴千里之河而注之海者,苏长公也。呜呼!七君子者,可谓圣于文矣![②]

七人之中,茅坤最推崇的是司马迁和欧阳修。他称司马迁之文“蕴藉百家”“包括万代”,俨然有将其视为文章之祖的意思;论欧阳修之文“遒丽逸宕”,则最符合其一贯的审美取向。茅坤也很推崇韩愈、柳宗元和苏轼,因为他们各自具有鲜明的创作风格与卓绝的艺术成就。推重刘向,称其“西京之中独冠儒宗者”,

① 《茅鹿门先生文集》三十一,《茅坤集》,第 821 页。

② 《茅鹿门先生文集》卷三十一,《茅坤集》,第 823 页。

其实主要是对传统儒家文艺思想的传承。至于班固，在茅坤看来，其实只是兼取司马迁、刘向父子之长，能“成一家言”者而已。可见，茅坤的师法对象集中于两汉与唐宋，其中又以司马迁和欧阳修最为突出。在师法对象问题上，归有光与茅坤颇为相似，由司马迁旁及唐宋诸家，尤重欧阳修。

第三节　法度与风格：师法内容的实际倾向之异同

唐宋派成员在师法问题上的差异，不只表现为师法对象的不同侧重，具体的师法内容也各有特点。

唐顺之和茅坤的师法行为有一相同特点，他们都有着明确的文体或文类意识。由上文对唐顺之《文编》的分析可知，在唐、宋诸家一百五十七篇议论性文章中，三苏的作品即有一百三十三篇之多，韩、柳、欧、曾、王五家共选入区区二十四篇而已；书、启以韩柳居多，序文、墓志铭等则以韩、欧为著；记文以柳、欧、苏三家选入最多，而柳文多为山水游记，欧、苏则以记亭、台、庙、碑为主。这说明，唐顺之主张“师法唐宋”，并不是简单地褒扬或贬抑某家，而是针对各家的创作特长，分别师法其各自擅长的文体。茅坤对此有明确而具体的论述。他在《唐宋八大家文钞论例》中论道：

> 世之论韩文者，共首称碑志，予独以韩公碑志多奇崛险谲，不得《史》《汉》序事法，故于风神处或少遒逸，予间亦镌记其旁。至于欧阳公碑志之文，可谓独得史迁之髓矣。王荆公则又别出一调，当细绎之。序、记、书，则韩公崛起门户矣。而论策以下，当属之苏氏父子兄弟……予览子厚之文，

其议论处多镵画，其纪山水处多幽邃夷旷；至于墓志碑碣，其为御史及礼部员外时所作，多沿六朝之遗，予不录，录其贬永州司马以后稍属隽永者凡若干首，以见其风概云，然不如昌黎多矣。宋诸贤叙事，当以欧阳公为最。何者？以其调自史迁出，一切结构裁剪有法，而中多感慨俊逸处，予故往往心醉。曾之大旨近刘向，然逸调少矣。王之结构裁剪极多镵洗苦心处，往往矜而严、洁而则；然较之曾，特属伯仲，须让欧一格。至于苏氏兄弟，大略两公者文才疏爽豪荡处多，而结构裁剪四字，非其所长。诸神道碑多者八九千言，少者亦不下四五千言，所当详略敛散处，殊不得史体。何者？鹤颈不得不长，凫颈不得不短。两公于策论，千年以来绝调矣。故于此或杀一格，亦天限之也。予览欧、苏二家论不同。欧次情事甚曲，故其论多确而不嫌于复；苏氏兄弟则本《战国策》纵横以来之旨而为文，故其论直而畅，而多疏逸遒宕之势。欧则譬引江河之水而穿林麓，灌畎浍；若苏氏兄弟，则譬之引江河之水而一泻千里，湍者萦，逝者注，杳不知其所止者已。诗曰："同工而异曲。"学者须自得之。苏明允《易》《诗》《书》《礼》《乐》论未免杂之以曲见，特其文遒劲。子瞻《大悲阁》等记及赞罗汉等文，似狃于佛氏之言，然亦以其见解超朗；其间又有文旨不远、稍近举子业者，故并录之。曾南丰之文，大较本之经术，祖刘向。其湛深之思、严密之法，自足以与古作者相雄长；而其光焰，或不外烁也，故于当时稍为苏氏兄弟所掩。①

① 《茅鹿门先生文集》卷三十一，《茅坤集》，第821—823页。

在这段文字中,茅坤不但明确地指出某家的某种文体最值得师法,而且通过对比,说明他们的文章各自具有何种长处与不足,从而为初学者提供了浅易、便捷的师法途径。比如,茅坤指出,欧阳修的叙事文章"一切结构裁剪有法";而苏氏兄弟之文长于气势,于"结构裁剪"处多有不及。这就表明,学习欧阳修的文章应该多从其结构布置处入手,而效法苏氏之文则要避免其行文散漫的缺点。当然,这就涉及师法内容的问题了。而只有明确了其师法内容,即他们究竟是要从古人那里学到哪些东西,我们才能透彻地理解其"师法唐宋"的文学思想。

由上文论述可知,尽管韩、柳、欧、苏、曾、王诸家是唐宋派主要的师法对象,但先秦、两汉时期的文章同样也在其涉猎范围之中。在此,有必要明确一个问题,那就是唐宋派究竟对先秦、两汉文抱有怎样的态度。唐宋派并不反对学习秦、汉散文,这大概已是学界的共识。相反,有些学者甚至认为,其实唐宋派有着以学习唐、宋文为门径,进而学习秦、汉文的倾向。[①] 似乎带有目的论的意思。这种观点的依据,无非是王慎中的一段议论,以及茅坤转述唐顺之的一番话而已。王慎中在写给胞弟的信中谈到:"方洲尝述交游中语云:总是学人,与其学欧、曾,不若学马迁、班固。不知学马迁莫如欧,学班固莫如曾。今我此文正是学马、班,岂谓学欧、曾哉!"[②]茅坤也在叙述其与唐顺之之间的争论时谈到:"独怪荆川疾呼曰:'唐之韩,犹汉之马迁;宋之欧、

① 比如,郭绍虞曾讲:"由唐、宋文之门径以学秦、汉文,转可得其神解。"(郭绍虞《中国文学批评史》下卷,第209页)熊礼汇也说:"他们主张学欧、学曾,实是通过学欧、学曾以继承先秦两汉以至唐宋的整个散文艺术传统。"(熊礼汇《明清散文流派论》,武汉大学出版社,2003年,第331页)

② 王慎中《寄道原弟书》其十六,《遵岩先生文集》卷四十一,第1108页。

曾、二苏，犹唐之韩子。不得致其至而何轻议为也？'"[1]其实这两段话的本意只是强调学习唐宋文，并没有循序渐进的意思；尽管其中包含了对司马迁、班固的充分肯定。事实上，王、唐诸人在这一问题上的态度也并非完全一致。王慎中基本上只学唐、宋，其中又以欧、曾为主；唐顺之的视野则要开阔许多，将其师法范围拓展到先秦诸子及《史》《汉》文章；茅坤则在此基础上突出了司马迁的地位，将其与唐、宋诸家一并作为其师法对象的重点。接下来的问题是，既然唐宋派并不反对学习秦、汉文，甚至还将其作为其师法对象的重要组成部分，那他们与前、后七子的散文创作主张究竟有什么本质的区别呢？概括地说，其根本区别即在于，前、后七子是要从字、词形迹上模仿秦、汉散文；而唐宋派则是要学习古文的法度与风神。[2] 这是学界普遍接受的观点，也的确能够说明两个流派在此问题上最根本的区别。但这毕竟只是个概括性的说法，就像"师法唐宋"并不能涵括唐宋派所有师法对象一样，"法度"与"风神"也不能包含其师法内容的全部。而且，弄清楚唐宋派究竟要学习前人的哪些东西，以及各成员之间在此问题的细微区别，其意义并不只是使研究工作得以细化；更重要的意义在于，我们可以从中发现"师法唐宋"与唐宋派其他文学思想之间的关联，进而更清晰地了解其发展、变化的轨迹。

王慎中最初对宋人文章感兴趣，是在其关注性命之学的情况下发生的。他之所以对曾巩的文章情有独钟，固然是由于他

---

① 茅坤《与蔡白石太守论文书》，《茅鹿门先生文集》卷一，《茅坤集》，第196页。

② 参见郭绍虞《中国文学批评史》下卷，第207页。

认为曾文能“发挥乎道德”而“道其中之所欲言”;而从文章自身特征的角度而言,最能吸引王慎中的,则是曾氏雅正、醇厚的文风及其不悖于古人的创作法度。王慎中对唐宋文章的具体评论散见于茅坤编著的《唐宋八大家文钞》,虽数量不多,却能够鲜明地体现出这一特点。他评论曾巩《熙宁转对疏》一文道:“董仲舒、刘向、扬雄之文不过如此。若论结构法则,汉犹有所未备;而其气厚质醇,曾远不逮董、刘矣。”[①]王慎中认为,就文风之醇厚而言,曾巩不及董、刘;而其法度、结构,较之后者却是有过之而无不及,故其文章可与之相提并论。这种对比,正体现出王慎中对醇厚文风与创作法度的并重。而所谓“结构法则,汉犹有所未备”,表明在王慎中看来,结构布置之法也正是唐、宋文章的优势之所在。那么他究竟要从曾巩的文章中学习什么样的法则呢?从有限的材料中,我们可以发现两种比较明确的主张。一是强调措词、造语必须慎重,以求表达之稳妥。比如,他评论曾巩《礼阁新仪目录序》道:“此类文,皆一一有法,无一字苟。观文者不可忽此。”[②]在《答邹一山书》其一中亦称古人文章“徐究细玩,乃无一语为恨”[③],皆为此意。另一个重要主张是针对诗文序的创作而发,强调此类文章须于考订次第的基础上有所议论,有所发明。比如他在对曾巩《列女传目录序》的评论中谈到:“宋人叙古人集及古人所著书,往往有此家数。然多以考订次第为一篇之文而已,不能如先生更有一段大议论以成其篇

① 茅坤《唐宋八大家文钞》卷九十七,《景印文渊阁四库全书》第1384册,台湾商务印书馆,1986年,第195页。

② 《唐宋八大家文钞》卷一百一,《景印文渊阁四库全书》第1384册,第239页。

③ 《遵岩先生文集》卷三十九,第1074页。

也。”①王慎中要求序文要生发“议论”，亦非泛泛而言，而是有着比较明确的风格指向。其于《范贯之奏议集序》的评语中论曰：“沉着顿挫，光采自露。且序人奏议，发明直气切谏，而能形容圣朝之气象，治世之精华，真大家数手段。如苏公序田锡奏议亦有此意，然其文词过于俊爽而气轻味促。”②可见，遵岩所要追求的是一种厚重而内敛的文风；在他看来，苏轼之文则不免失之“气轻味促”。其评《强几圣文集序》则云：“此序虽不立意发论，而颇有逸气。盖少出于经而入于史氏之体，故亦有纵步。若王氏兄弟之序，则绳趋窘武，[illegible]xE5跙乎如有循矣。”③由此看来，对于序文的创作，王慎中的主导倾向是重“经”而轻“史”，即重议论而轻叙事。他也将这种主张很好地贯彻于其散文创作中。遵岩作文，必有一论。或为事而设论，或由事而生论。全文即围绕此论展开，或层层推进，或突作转折，很少会游离于主题之外而旁生枝节。故其文章大都层次分明，无杂乱、繁冗之弊。通常来说，由事而生论，更能令读者有所感触；而为事而设论，往往使得结构精巧，却难免会有些牵合的痕迹。遵岩之文，多有此弊。其实，叙事与议论脱节的弊端，自曾巩即已有之。唐顺之论其文曰：“南丰之文，大抵入事以后与前半议论照应不甚谨严。”④大约即是就此而言。而曾巩的行文往往比较平直，尚无明显的构造痕迹，只是娓娓道来，所以令人感觉质朴而醇厚。而遵岩之

① 《唐宋八大家文钞》卷一百，《景印文渊阁四库全书》第1384册，第235页。

② 《唐宋八大家文钞》卷一百一，《景印文渊阁四库全书》第1384册，第241页。

③ 《唐宋八大家文钞》卷一百一，《景印文渊阁四库全书》第1384册，第242页。

④ 《送丁琰序》评语，《唐宋八大家文钞》卷一百二，《景印文渊阁四库全书》第1384册，第250页。

文，大都结构精巧，故于醇厚之风远逊于南丰。王世贞论遵岩文章，称其“开阖既古，步骤多赘，能大而不能小，所以逊于曾氏也”[①]，一语道破其弊病。

虽然唐顺之的“本色论”有明显的颠覆法度的理论倾向，但事实上他却非常重视文章法度。他在《文编序》中说：“然则不能无文，而文不能无法。是编者，文之工匠，而法之至也。圣人以神明而达之于文，文士研精于文以窥神明之奥。其窥之也，有偏有全，有小有大，有驳有醇，而皆有得也，而神明未尝不在焉。所谓法者，神明之变化也。《易》曰：‘刚柔交错，天文也；文明以止，人文也。’学者观之，可以知所谓法矣。”[②]这段文字无疑是在强调法度对于文章创作的重要性。但关于“法者，神明之变化也”的理解，似乎存在着一些问题。有的学者据此认为唐顺之能够灵活地看待法度，“言法而不泥于法”[③]；或将其理解为“‘法’不过是为表达作者思想精神而产生”[④]。这都是善意的理解，却不符合唐顺之的本意。“神明”一词，显然是承上文“圣人以神明而达之于文”而来，的确是思想内容的意思。但所谓“法者，神明之变化也”，其对“法”的解释，重心却在“变化”一词上。“法”是思想表达方式的变化形式，而不是表达的内容或结果。用原文中的话来解释，“法”是“刚柔交错”“文明以止”之形式，而不是“天文”“人文”的内容本身。因此，不应该将其与思想内

① 王世贞《艺苑卮言》卷五，丁福保辑《历代诗话续编》，中华书局，1983 年，第 1025 页。

② 《荆川先生文集》卷十，《唐顺之集》，第 450 页。

③ 参见郭绍虞主编《中国历代文论选》第三册，上海古籍出版社，1980 年，第 74 页。

④ 参见熊礼汇《明清散文流派论》，第 303 页。

容过多地联系起来。唐顺之对“变化”的强调别有用意，并不是为了说明法度可以灵活变通，而是说文章的表述方式应该是错综变化、周匝曲折的，而不要过于平直简单。这在其具体的文章评论中得到了充分的体现。当然，唐顺之反复使用“神明”二字，亦非全无用意。其论“法”而强调“神”，是追求文章法度之化境，即力求在文章创作中有法而无迹。他在《董中峰侍郎文集序》中的一段议论可以充分地说明这一点：“汉以前之文，未尝无法而未尝有法，法寓于无法之中，故其为法也密而不可窥。唐与近代之文，不能无法，而能毫厘不失乎法，以有法为法，故其为法也严而不可犯。密则疑于无所谓法，严则疑于有法而可窥。然而文之必有法，出乎自然而不可易者，则不容异也……中峰先生之文，未尝言秦与汉，而能尽其才之所近。其守绳墨谨而不肆，时出新意于绳墨之余，盖其所自得而未尝离乎法。”①唐顺之认为，汉以前文章看似无法，其实只是由于其法度过于严密而不可窥知；但无论可知与否，法的存在都是确定无疑的。唐顺之赞赏董玘之文能自得新意，但同时又强调其“未尝离乎法”。可见，唐顺之论法乃“神明之变化”，其实只是希望能够纯熟地运用法度而了无痕迹，并没有摆脱或超越法度的意思。这一点同样鲜明地体现于其具体的文章批评中。

茅坤《唐宋八大家文钞》辑入唐顺之评语一百二十二条，体现出其鲜明的批评特色。所有这些批评，大约涉及四个方面的内容：结构论、叙事法、文体论和文风论。

唐顺之论文章结构，最大的特点是强调篇章布局要富于变化。所谓变化，即是要避免平铺直叙，务必使得文章层次分明，

① 《荆川先生文集》卷十，《唐顺之集》，第466页。

富有立体感。比如,其论韩愈《赠张童子序》云:“只是科举常事,而叙得何等顿挫。”[①]是说即便是寻常事,也要说得有起伏、有层次。其所论结构层次,其中大约又包含两个方面:一是就段落层次的承接、转换而言,二是就主题的交错并陈而言。关于段落的布置,如其论欧阳修《有美堂记》云:“如累九层之台,一层高一层,真是奇绝!”[②]是论层次之推进;论其《樊侯庙灾记》则云:“文不过三百字,而十余转折,愈出愈奇,文之最妙者也。”[③]是讲行文之转折。由此亦可知,在篇章布局的安排上,唐顺之追求鲜明、奇特的效果。其论苏辙《民政策四》更能体现出此一特点:“首尾俱是戍兵,中间咤出土兵一段,甚是跌宕。若使他人为之,则必说了罢戍兵,而后言土兵之可用,则便是成格眼套子矣。”[④]这表明唐顺之力求在文章的结构布置上突破陈格,有所创新。关于主题的交错并陈,如其论苏辙《民政策六》云:“此篇之妙,全在说国病与农病二者夹杂浑融。”[⑤]再如其论苏轼《贾谊论》云:“不能深交绛、灌,不知默默自待,本是两柱,而文字浑融,不见踪迹。”[⑥]皆是此意。当然,在唐顺之看来,高明的文章应该兼具以上两种结构特征。比如,其论欧阳修《王彦章画像记》云:“此文凡五段,一段是总叙其略,二段是言其能全节,三

① 《唐宋八大家文钞》卷六,《景印文渊阁四库全书》第1383册,第81页。

② 《唐宋八大家文钞》卷四十八,《景印文渊阁四库全书》第1383册,第532页。

③ 《唐宋八大家文钞》卷四十九,《景印文渊阁四库全书》第1383册,第550页。

④ 《唐宋八大家文钞》卷一百六十,《景印文渊阁四库全书》第1384册,第895页。

⑤ 《唐宋八大家文钞》卷一百六十一,《景印文渊阁四库全书》第1384册,第900页。

⑥ 《唐宋八大家文钞》卷一百三十,《景印文渊阁四库全书》第1384册,第566页。

段是辨其事，四段是言其善出奇策，五段是寺中画像之事。而通篇以忠节、善战分作两项，然不见痕迹。”[①]还有一段评论与此如出一辙，其论曾巩《抚州颜鲁公祠堂记》云：“此文三段，第一段叙，第二段议论，第三段叙立祠之事。叙事、议论处皆以捍贼、忤奸分作两项而混成一片，绝无痕迹。此是可法处。”[②]在以上评语中，唐顺之屡屡强调“浑融”“绝无痕迹”，说明他虽然主张要有多线索的叙述结构，却不希望这些线索截然分明或交杂错乱，而是要构成一个圆融的有机整体。这主要是针对交错并陈的结构方式而言。而对于段落层次之间的关联，唐顺之则强调其务必连贯、圆转。比如，其论韩愈《答李翊书》云：“此文当看抑扬转换处，累累然如贯珠，其此文之谓乎！”[③]再如，论其《送浮屠文畅师序》云：“开闭圆转，真如走盘之珠，此天地间有数文字。通篇一直说下，而前后照应在其中。”[④]其实，欲求得此圆转的行文效果，关键就是做到前后照应。其所谓“首尾分应有力，自班、马中来”[⑤]“此文入题以后照应独为谨密”[⑥]“此文前后各自为议论，暗相照映甚密”[⑦]，等等，皆是论此。可知，唐顺之在文章的

① 《唐宋八大家文钞》卷四十九，《景印文渊阁四库全书》第 1383 册，第 550 页。

② 《唐宋八大家文钞》卷一百四，《景印文渊阁四库全书》第 1384 册，第 275 页。

③ 《唐宋八大家文钞》卷四，《景印文渊阁四库全书》第 1383 册，第 61 页。

④ 《唐宋八大家文钞》卷七，《景印文渊阁四库全书》第 1383 册，第 92 页。

⑤ 《集贤院学士刘公墓志铭》评语，《唐宋八大家文钞》卷五十三，《景印文渊阁四库全书》第 1383 册，第 603 页。

⑥ 《送蔡元振序》评语，《唐宋八大家文钞》卷一百二，《景印文渊阁四库全书》第 1384 册，第 255 页。

⑦ 《张君墨宝堂记》评语，《唐宋八大家文钞》卷一百四十，《景印文渊阁四库全书》第 1384 册，第 671 页。

结构上,既要求层次分明、富于变化,又追求圆转、连贯、浑然一体;而落实在创作方法上,则既要求错综立论,又要前后照应。“前后照应而错综变化”[①]一语,大概最能概括他在文章结构问题上的主张。必须强调的是,尽管唐顺之追求圆融、浑成的行文效果,却是以法度精严为前提的。因此,绝不能据此认为唐顺之是超越于法度的。

相对而言,结构之法较为抽象,而唐顺之对叙事法的论述则要形象得多,也更易于为初学者所把握。其中,最基本的一种即是叙述的逻辑顺序。这与结构法比较相似,只是要结合具体的叙述内容而论。比如,其论欧阳修《李秀才东园亭记》云:“此文直说下去,入题处不用收拾,为人作一园记,直从郡国说起,是何等布置!”[②]是讨论叙事的入手处。论苏轼《鲁隐公论一》云:“先作定论,后说原由。”[③]论其《决壅蔽》则云:“前半言壅蔽之当决,后言所以决之之道。”[④]皆是就叙述的先后顺序而论。另一种叙事法其实是一种叙述策略,即通过反复致意,实现一唱三叹的效果。比如,其论苏洵《上韩昭文论山陵书》“一事反覆议论”[⑤],论

① 《送杨少尹序》评语,《唐宋八大家文钞》卷六,《景印文渊阁四库全书》第1383册,第79页。

② 《唐宋八大家文钞》卷四十八,《景印文渊阁四库全书》第1383册,第534页。

③ 《唐宋八大家文钞》卷一百二十八,《景印文渊阁四库全书》第1384册,第548页。

④ 《唐宋八大家文钞》卷一百三十六,《景印文渊阁四库全书》第1384册,第623页。

⑤ 《唐宋八大家文钞》卷一百八,《景印文渊阁四库全书》第1384册,第322页。

苏轼《刑赏忠厚之至》“一意翻作数段”[①],论苏辙《君术策四》“古今说两遍”[②],皆是此意。第三种是唐顺之最重要的叙事法,主张详略、虚实相互衬托,借题立论,别有阐发。比如,其论欧阳修《泗州先春亭记》云:“此作虽亭记,而记堤为详,重其大者也。作亭既不详,故不解先春之意。”[③]是为突出主题而转移叙述之重心。其论曾巩《抚州颜鲁公祠堂记》则云:“欧阳公于王彦章之忠则略之,而独言其善出奇;曾子固于颜鲁公之捍贼则略之,而独言忤奸而不悔。此是文之微显阐幽处。”[④]则是唐顺之论详略取舍处。他还提出一种避实就虚的叙述方法。比如,其论欧阳修《北海郡君王氏墓志铭》云:“此铭与前作皆是善生发处,此是作女人文字之法也。”[⑤]所谓“善生发处”,即是避实就虚,无中生有的意思。其论苏轼《子思论》云:“借客形主,转丸于千仞之上。”茅坤则评之曰:“虽非知思孟之学者而其文自圆。”[⑥]此亦避实就虚之法,是苏轼的高明处。与此相关,唐顺之还提出一种借题发挥的叙述方法。比如,其论王安石《桂州新城记》云:“但为筑城作记,而归之根本上说,此是大议论。”[⑦]又论苏轼《王君宝

① 《唐宋八大家文钞》卷一百三十三,《景印文渊阁四库全书》第 1384 册,第 590 页。

② 《唐宋八大家文钞》卷一百五十七,《景印文渊阁四库全书》第 1384 册,第 869 页。

③ 《唐宋八大家文钞》卷四十八,《景印文渊阁四库全书》第 1383 册,第 535 页。

④ 《唐宋八大家文钞》卷一百四十,《景印文渊阁四库全书》第 1384 册,第 275 页。

⑤ 《唐宋八大家文钞》卷五十七,《景印文渊阁四库全书》第 1383 册,第 647 页。

⑥ 《唐宋八大家文钞》卷一百三十一,《景印文渊阁四库全书》第 1384 册,第 572 页。

⑦ 《唐宋八大家文钞》卷八十七,《景印文渊阁四库全书》第 1384 册,第 81 页。

绘堂记》曰:“《墨宝堂》与此二篇,皆小题从大处起议论,有箴规之意焉。”[①]皆是取其借题发挥之意。在这一点上,唐顺之与王慎中的主张是完全一致的。

唐顺之论文体,主要包括三个层面:一是论文体渊源,二是辨体,三是论体格。唐顺之时常论及前后文章体式或体貌的渊源关系。比如,其论韩愈《伯夷颂》云:“昌黎此文分明自孟子中脱出来。”[②]论其《殿中少监马君墓志铭》则云:“此欧文黄梦升、张应之诸作之祖。”[③]既论述了韩文的渊源所自,又论述了其对后世的影响。这也比较符合唐宋派的“文统”思想。唐顺之《文编》即是分体编纂,体现了其明确的文体意识。而他对所谓“变体”问题的讨论,则更突出地体现了这一点。比如,其论苏辙《民政策三》云:“此等文体在论与奏议之间。”[④]从文体上对文章作出甄别,认为该文介乎两种文体之间,即包含了“变体”的意思。论苏辙《唐太宗论》云:“篇中整段抄故事,而断语全少,盖论之一体也。”[⑤]提出这是论体文中特殊的体例,其意略同于前例。其论韩愈《蓝田县丞厅壁记》云:“此但说斯立不得尽职,更不说起记壁之意,亦变体也。”[⑥]认为此文与正统的记文有较大区别,明确提出“变体”的概念。“变体”概念的提出,一方面表

① 《唐宋八大家文钞》卷一百四十,《景印文渊阁四库全书》第1384册,第669页。

② 《唐宋八大家文钞》卷十,《景印文渊阁四库全书》第1383册,第126页。

③ 《唐宋八大家文钞》卷十五,《景印文渊阁四库全书》第1383册,第180页。

④ 《唐宋八大家文钞》卷一百六十,《景印文渊阁四库全书》第1384册,第893页。

⑤ 《唐宋八大家文钞》卷一百五十三,《景印文渊阁四库全书》第1384册,第821页。

⑥ 《唐宋八大家文钞》卷八,《景印文渊阁四库全书》第1383册,第98页。

现了唐顺之文体辨别之细致,另一方面也体现了其通达的文体观。更多的情况下,唐顺之论体主要是就体格而言,讨论文章具体的论述方式,与前之所谓结构法与叙事法无异。比如,其论欧阳修《相州昼锦堂记》云:“前一段依题说起,后乃归之于正,此反题格也。”①论其《夷陵县至喜堂记》云:“前段言风不美而太守能变其俗,后段言仕宦得善地,前后不用照应是一格。”②其实只是论结构。其论欧阳修《岘山亭记》云:“此篇与《东园记》同体,皆引故事,略用自语点化。”③论苏轼《扬雄论》云:“题是扬雄,而事辨韩愈,亦一体也。”④论其《策略五》云:“此文论时弊处皆借古为谕,亦一体也。”⑤其实就是论叙事之法。所有这些关于体格的讨论,表明唐顺之是从实际创作的需要来辨别文体的。

无论是结构论、叙事法还是文体论,主要都是从形式技巧的角度评价文章。在此基础上,唐顺之还有一些关于行文风格或气势的评论。其实,唐顺之在结构论中对连贯、圆转、浑然天成的艺术效果的论述,本身即体现了其对行文风格的追求方向。此外,他还有一些评论专就文风而发。比如,其论韩愈《送孟东野序》云:“将牵合入天成,乃是笔力神巧,与《毛颖传》同,而雄迈过之。”⑥论欧阳修《菱溪石记》云:“行文委曲幽妙,零零碎碎

① 《唐宋八大家文钞》卷四十八,《景印文渊阁四库全书》第1383册,第531页。

② 《唐宋八大家文钞》卷四十九,《景印文渊阁四库全书》第1383册,第547页。

③ 《唐宋八大家文钞》卷四十八,《景印文渊阁四库全书》第1383册,第533页。

④ 《唐宋八大家文钞》卷一百三十一,《景印文渊阁四库全书》第1384册,第577页。

⑤ 《唐宋八大家文钞》卷一百三十五,《景印文渊阁四库全书》第1384册,第616页。

⑥ 《唐宋八大家文钞》卷七,《景印文渊阁四库全书》第1383册,第86页。

作文。”[1]论曾巩《上欧蔡书》云：“叙论纡徐有味。”[2]论苏洵《上田枢密书》称其“文字峻绝，豪迈不羁”[3]。论苏轼《司马温公神道碑》则云：“长江一泻万里，而波澜曲折，自有妍姿，真文人之豪也！”[4]而且，唐顺之又能通过比较指出各家之长。比如，其评韩愈《送杨少尹序》云：“前后照应，而错综变化不可言，此等文字，苏、曾、王集内无之。”[5]比较欧、王文风则云：“欧公《上范司谏书》婉而切，荆公《与田正言书》直而劲。”[6]论苏轼《南安军学记》云：“苏文本尚驰骋，而此作尤涣散不肯受约束。然惟长公可耳，欧、曾集内无此也。”[7]论苏辙之文则云：“平正通达，不求为奇，而势如长江大河，是小苏之所长也。”[8]由此可见，唐顺之虽然对法度要求极其精细，但他并没有将文章创作视为一种纯粹的形式技巧，而是从审美感受的角度来体验与把握其行文风格。而所有这些风格，显然又都与其所论述的法度有密切的关系。这说明，唐顺之重法度的创作主张，既是实用的，又是审美的；不单是文章观，也是文学观。

---

① 《唐宋八大家文钞》卷四十八，《景印文渊阁四库全书》第 1383 册，第 538 页。

② 《唐宋八大家文钞》卷九十八，《景印文渊阁四库全书》第 1384 册，第 211 页。

③ 《唐宋八大家文钞》卷一百八，《景印文渊阁四库全书》第 1384 册，第 320 页。

④ 《唐宋八大家文钞》卷一百四十二，《景印文渊阁四库全书》第 1384 册，第 697 页。

⑤ 《唐宋八大家文钞》卷六，《景印文渊阁四库全书》第 1383 册，第 79 页。

⑥ 《上田正言书》评语，《唐宋八大家文钞》卷八十四，《景印文渊阁四库全书》第 1384 册，第 48 页。

⑦ 《唐宋八大家文钞》卷一百四十，《景印文渊阁四库全书》第 1384 册，第 665 页。

⑧ 《民赋序》评语，《唐宋八大家文钞》卷一百六十二，《景印文渊阁四库全书》第 1384 册，第 913 页。

大量引述唐顺之的观点以表达其批评意见，这种行为本身即可说明茅坤对唐顺之文学思想的积极接受。而且，茅坤本人也在《唐宋八大家文钞》中作出很多类似于唐顺之的评语。这表明，至少在创作法度问题上，茅坤基本上与唐顺之持相同的态度。在此基础上，其文章批评又别具特色，主要表现为对审美风格的格外关注。上文谈到，唐顺之在强调法度的前提下，对文章的行文风格或气势也有较多的论述。但这些风格的形成，大都与文章的结构布局或行文方式密切相关，而与文章的内容并没有多大关系。茅坤则不同，他往往能从整体上感受文章的风神、韵致。就像欣赏美人，唐顺之多从体态、举止处观察，茅坤更醉心于其神情、气质。比如，同样是评论苏轼的《眉州远景楼记》，唐顺之论道："此文造意亦奇，更不在作楼与远景上说。"显然是就叙事法立论；茅坤则论曰："迁客思故乡，风致婉然。"[①]是就其情感韵致而论。茅坤通将文章的审美韵味称之为"风神"，那么其所谓"风神"究竟是指什么呢？其论欧阳修云："一切结构裁剪有法，而中多感慨俊逸处，予故往往心醉。"[②]此言大约最能概括其完整的文章观。"一切结构裁剪有法"，是论法度，即上文所论结构论、叙事法等。"感慨俊逸"，即是茅坤所谓"风神"的具体内容。"感慨"，主要是指叙事中流露出的悲愤、慷慨或沧桑的情感特征；"俊逸"的重心乃在"逸"字上，是指洒脱、飘逸、奔放不羁的文章风格。在《唐宋八大家文钞》中茅坤的评语中，"感慨""悲慨""慷慨""澹宕""跌宕""遒宕""逸宕""遒逸"

① 《唐宋八大家文钞》卷一百四十一，《景印文渊阁四库全书》第1384册，第676—677页。

② 茅坤《唐宋八大家文钞论例》，《茅鹿门先生文集》卷三十一，《茅坤集》，第822页。

“俊逸”“疏逸”“逸调”“逸兴”“逸韵”等术语,俯仰皆是,是他最鲜明的批评特点。茅坤这种审美风格的主张,源于其对司马迁艺术成就的领略与赞叹。他在《庐陵文钞引》中称:“西京以来,独称太史公迁,以其驰骤跌宕,悲慨呜咽,而风神所注,往往于点缀指次,独得妙解。”①评论欧阳修《唐书艺文志论》,则称其“序事中带感慨,悲吊以发议论,其机轴本史迁来”。② 上文说过,两汉、唐、宋作家中,茅坤最为推重的是司马迁和欧阳修。至此可知,茅坤之所以这般推崇他们,是因为其文章既能裁剪有法,又能抒发个人情怀,更有一种风神韵致令人神往。这与其“万物之情,各有其至”及“得其神理”的文学思想是完全一致的。

综上所述,“文统说”是唐宋派“师法唐宋”创作主张的立论基础,他们通过古文谱系的建构与拓展,将唐宋古文确立为文章典范。虽然唐宋八大家始终是唐宋派作家最主要的师法对象,但从王慎中到唐顺之,再到茅坤,其师法重点却各有不同。王慎中最推崇曾巩,其次是欧阳修和王安石。唐顺之的眼界则要开阔许多,其师法对象覆盖先秦、两汉与唐、宋,但最受其推崇的则是韩愈、柳宗元、欧阳修和苏轼。茅坤对司马迁与唐宋八家均有很高评价,但在他看来只有司马迁和欧阳修的文章才近乎完美。之所以会有不同的师法重点,是因为他们对文章的整体理解,及其真正要从古文中汲取的东西各有不同。王慎中之所以极力推崇曾巩,是因为曾文既能“发挥乎道德”,又具有雅正、醇厚的文风,且有严整、稳实的行文法度。唐顺之推许韩、柳、欧、苏,主要是看重其错综变化而浑然天成的行文风格。茅坤、归有光最推

---

① 《唐宋八大家文钞》卷二十九,《景印文渊阁四库全书》第 1383 册,第 324 页。

② 《唐宋八大家文钞》卷四十三,《景印文渊阁四库全书》第 1383 册,第 485 页。

崇司马迁和欧阳修。在茅坤看来,只有他们二人的文章,既能裁剪得法,又有"感慨俊逸"之风神。而本文之所以要花如许笔墨分析王、唐、茅在师法对象与师法内容问题上的具体主张,并不只是要突出他们各自的特点;更重要的是,对此一问题的细致探讨,有助于我们更加准确地把握唐宋派整体文学思想的传承与转变。

第五章　从“义法”到“风神”：文学性的游离与回归

唐宋派的文学思想经历了三个阶段：“文以明道”与“师法唐宋”互为支撑的阶段，“本色论”与“师法唐宋”悖立而并存的阶段，向着“文学”自身回归的阶段。这种简洁明快的描述，有利于把握唐宋派文学思想发展的整体进程，而欲加深入地了解其文学思想的多种侧面及其交错演进的情况，还有待对其核心理论作更加细致的剖析。着眼于唐宋派主要关注的理论问题，可以发现其整体文学思想是在对义、法关系的处理中逐步展开的，义与法内涵的分别变化，以及义、法关系的变化，共同构成了其发展过程的主脉。“文以明道”决定了唐宋派前期文学思想的底色，其文学性主要在留存于对“法”的重视和探索中。在唐宋派后期文学思想逐渐向着文学回归的过程中，“风神”俨然成为一个最醒目的概念。在此过程中，义与法一度从平衡走向断裂，最终又复归平衡；文章之义从外在之道转向了创作者的内心，主体心灵的重要地位亦随之彰显；法的内涵虽然没有发生根本性的改变，而其间的一些细微区别却在一个侧面体现了唐宋派文学思想从“道学”到“文学”的整体转变趋势。

第一节 “义”与“法”的平衡与倾侧

“文以明道”和“师法唐宋”互为支撑，构成唐宋派前期的核心主张，体现了其义、法并重的基本态度。追求“义”与“法”的平衡是唐宋派的主导倾向，王慎中、茅坤、归有光都十分重视文章法度。“本色论”有颠覆法度的理论导向，但在唐顺之实际的文学观念中，“法”依然占有重要的地位。

在王慎中的文学观念中，“道”即文章之义。他主张“文以明道”，却不影响他对创作法度有同等的重视。王慎中提出“文道合一”的理论主张，正是针对“病于法之难入，困于义之难精”的文坛弊端。“义”“法”并重，是王慎中“文以明道”理论的重要特征。他在《与李中溪书》其一中论其文：“其义则有宋大儒所未及发，其文则曾南丰《筠州》《黄宜》二学记文也。”[①]又在《与汪直斋》中称赞曾巩“文词、义理并胜”[②]。均是同时强调义理内容与表达形式对于文学创作的重要性。对法度的重视是王慎中一贯的态度。他在《答邹一山书》中论道：

> 大抵文字之事有约有放。若约以法度，则一字轻着不得。若放而为之，则无不可如意。观兄此诗，殆有意于放，正不当于字句得失论之也。然古人有放者矣，骤而读之，浩乎若不可诘。徐究细玩，乃无一语为恨。此则真能放者。

① 《遵岩先生文集》卷三十七，第1042页。

② 《遵岩先生文集》卷三十七，第1048页。

吾辈未到彼岸，尤须以法度自饰，庶可无败矣。[1]

虽然提出文学创作“有约有放”，但王慎中在这里强调的却只是“约”。在他看来，古人之文有貌似随意而为之者，其实却没有一字一句不合乎法度。倘若没有达到的收放自如的境界，还需谨守法度，才能保证不出差错。王慎中在这里所讲的“法”是很具体的，指的是遣词造句之法。他还在《与黄晓江》其二中论道：“兄遣语奇崛险刻，自有一段出尘之气，成其为隐者之言。若文从字顺、声比律谐，自难以一一论也……兹示联句，尤制作中之末事，更勿用详评，况又最短于此，何以相正耶？必欲不虚见命，则亦有可论者。”[2]虽然声称联句只是细枝末节的问题，却于下文中就其联句不妥当处一一辨明，可见王慎中对遣词造句的工夫是相当看重的。此系就诗而言。王慎中对文章法度的意见，则体现于其对唐宋古文的揣摩与学习中。虽然他不曾像唐顺之那样编纂过唐宋人的文集，也没能像茅坤那样留下大量有关唐宋文章的批评文字，但从其零散的文章批评、师法对象的选择及其创作风格中，我们依然可以发现其所谓“法”的大致内涵。从行文上说，他讲求遣词造语须慎重，结构安排务精严；从叙事法上说，他主张效仿曾巩叙事中生发议论的叙述方式；从文风上说，他追求欧、曾雅正、醇厚的艺术风格。显然，王慎中所有这些关于法的主张，基本上都与其“发挥乎道德”的创作思想保持着内在的一致。

随着唐顺之“本色论”文学思想的形成，义、法之间的平衡

① 《遵岩先生文集》卷三十九，第1074页。

② 《遵岩先生文集》卷四十，第1090页。

关系受到巨大冲击。由于唐顺之在嘉靖二十三年(1544)之后体验到的是一种天机圆活、自由洒脱的心灵境界,拒绝一切外来束缚与刻意把持,所以表现在文章创作上,他同样拒绝一切法式、格套的约束,而追求本心的自然呈现。因此,仅以"本色论"来判断,唐顺之几乎完全打破了义与法之间的平衡,创作的重心完全倾向了义的一端。但事实上,唐顺之不但没有真正将法排除于文章创作之外,反而对唐宋古文的创作法度进行了极其细致的分析与评述,尤其是在嘉靖三十五年时还刊刻了意在展现古人文法的《文编》。[①] 而通过比较《唐宋八大家文钞》中王、唐、茅三人的评语可知,反倒是唐顺之最注重从形式的角度来探讨文章之得失。这的确是一件很有意思的事:他以"本色"为文章之义,几乎将法度彻底颠覆;他探讨唐宋古文的创作法度,又很少涉及文章内容。总之,在唐顺之的文学理论或批评中,义与法似乎是互相隔绝的。应该如何理解这样一种明显的理论断裂呢?首先,唐顺之在此问题上的态度是颇为矛盾的,无论是"本色论",还是"师法唐宋"的创作主张,都不能完整地概括他此期的文学思想。再次,唐顺之如此艰难地在义与法/心性与文章之间挣扎,既表现了其对文章创作难以割舍的真实心态,又说明创

① 当然,这里又涉及上述行为的发生时间问题,即唐顺之对唐、宋文章法度的评述,及其《文编》的编纂,究竟是在其"本色论"的提出之前,还是提出之后呢?荆川对唐、宋文的评论,皆见于茅坤的《唐宋八大家文钞》,提出时间已无从考证。《文编》也只知其刊刻时间,而不知其编纂时期。一种可能是,《文编》是唐顺之陆陆续续、多年编纂的成果,直到嘉靖三十五年方告竣刊刻。那么,这就说明其实他一直不曾真正放弃对文法的探索。还有一种可能是,《文编》一书编纂于唐顺之提出"本色论"之前,只是到了嘉靖三十五年才有机会得以刊行。即便如此,既然唐顺之不反对将其阐扬文法的著作刊行于世,同样也可以说明他不曾真正放弃早年重视法度的文学思想。

作法度在其文学思想中不可或缺的重要地位。

从王慎中到唐顺之，义从“道”转变为“本色”，法则从一种相对简单的叙述方式和风格取向，转变为包括结构论、叙事法、文体论与风格论在内的一种相当完备的创作理论。但总的来说，在王、唐的文学思想中，义基本上都是指向功用的，而文章的文学性则主要依靠法来维系。而到了茅坤那里，文章的义本身就具有了审美的意味。因为他要表现的义，主要是指种种生动的形象、事件或情感，这些表现内容显然要比心性、义理更适合审美生成的需要。而在法的问题上，茅坤几乎全盘接受了唐顺之的文法论与风格论。不同的是，唐顺之论风格，主要是就行文气势而言；而茅坤所论风格，则是指文章整体的风神、韵味，既与叙述方式相关，又与表现内容相关。如果说唐顺之主要是从法的角度师法古人文章，那么茅坤则是兼从义与法两个方面吸取《史记》与唐宋文的文学特性。因此，一度在唐顺之的创作理论中呈现出断裂态势的义与法，却在茅坤的创作主张中再度恢复平衡，并且比较成功地融入其散文创作中。

从王慎中、唐顺之和茅坤对义、法关系不同的处理方式中，我们可以发现唐宋派文学思想发展过程中一条相对稳定的线索。在义与法之间，他们都是以义为本，但同时又十分重视文章的创作法度与行文风格；尽管在理论形态上存在着从平衡到倾侧到再度平衡的变化过程，但这并不影响其整体文学思想中义与法在事实上的平衡关系；在法度问题上，他们都是以唐宋古文作为主要师法对象；尽管对具体创作法度的理解存在着不同程度的差异，风格取向也不尽相同，但“开阖呼应”“经纬错综”的结构之法却是他们共同的关注重心。这是他们之所以能够被视为一个流派或者一个前后相继的发展序列——而非三个孤立个体——的重要前提。然而,这并不意味在此过程中其文学思想没有发生任何实质性的改变。事实上,之所以王慎中能够很好地维系义、法之间的平衡,而唐顺之却试图将法度彻底颠覆,根本原因在于创作主体在他们各自的文学思想中占据着迥然不同的地位;唐顺之对主体心灵的极度彰显,虽然没有导致其自身创作的根本性变化,却对后世文学思想的发展产生了极其深远的影响。面对大体相同的师法对象,之所以唐顺之侧重于吸取其行文结构方面的长处,而茅坤往往会同时关注那些由情感内容生发的风神、韵致,其中一个重要的原因是他们对文章的表现内容有着不同的要求。茅坤和归有光对个体情怀的抒写,则在唐宋派文学思想从"道学"向"文学"的转变过程中发挥了至关重要的作用。

第二节 "法寓于无法之中":有法还是无法?

通常认为,唐顺之的"本色论"对法度构成颠覆性的影响。从其所谓"直抒胸臆,信手写出""陶彭泽未尝较声律、雕句文,但是信手写出,便是宇宙间第一等好诗"等表述来看,"本色论"似乎的确有颠覆法度的理论指向。然而,颠覆法度显然不是唐顺之的本意,无论在理论上还是在创作中,他对法度都表现出足够的重视。他在《文编序》中明确地指出:"然则不能无文,而文不能无法。是编者,文之工匠,而法之至也。"[①]他在具体的文章评点中也充分地表现出对文法的重视。[②] 事实上,唐顺之拈出

① 《荆川先生文集》卷十,《唐顺之集》,第450页。

② 参见姜云鹏《唐顺之古文评点初探——以〈文编〉为中心》(《理论界》2013年第6期)、孙彦《从〈文编〉看唐顺之的"文法"说》(《南京师范大学文学院学报》2013年第4期)。

“本色”一说,只是把“真精神与千古不可磨灭之见”视为文章写作的第一义,而把法度视为相对次要的因素,却绝非否定法度的作用。只不过,在“绳墨布置”“首尾节奏”的基础上,他对法度有更高的要求。或曰“神解”,或曰“神明之变化”,都是强调文法的精熟与高妙。而“法寓于无法之中”的说法,大约最能体现他对法度的完整态度。

唐顺之在《董中峰侍郎文集序》中论道:“汉以前之文,未尝无法而未尝有法,法寓于无法之中,故其为法也密而不可窥。唐与近代之文,不能无法,而能毫厘不失乎法,以有法为法,故其为法也严而不可犯。密则疑于无所谓法,严则疑于有法而可窥。然而文之必有法,出乎自然而不可易者,则不容异也。”[①]汉以前之文“法寓于无法之中”,故其法“密而不可窥”;唐以来之文“以有法为法”,故其法“严而不可犯”。这“密而不可窥”“寓于无法之中”的“法”到底是什么样的法?“无法之法”和“有法之法”,究竟哪一个才是理想的法?唐顺之于此并没有明确的说法,却在上文一段譬喻性的文字中作了生动的说明:

> 喉中以转气,管中以转声;气有湮而复畅,声有歇而复宣;阖之以助开,尾之以引首。此皆发于天机之自然,而凡为乐者莫不能然也。最善为乐者则不然,其妙常在于喉管之交,而其用常潜乎声气之表。气转于气之未湮,是以湮畅百变而常若一气。声转于声之未歇,是以歇宣万殊而常若一声。使喉管声气融而为一而莫可以窥,盖其机微矣。然而其声与气之必有所转,而所谓开阖首尾之节,凡为乐者莫

① 《荆川先生文集》卷十,《唐顺之集》,第450页。

> 不皆然者,则不容异也。使不转气与声,则何以为乐?使其转气与声而可以窥也,则乐何以为神?①

所谓"转气""转声""湮而复畅""歇而复宣""阖之以助开""尾之以引首",对应的正是"开阖首尾""经纬错综"之文法。唐顺之认为声乐之法与文法都是自然法则,是不容置疑的。而"最善为乐者"则能在一定程度上超越这一法则,就技巧而言是"气转于气之未湮""声转于声之未歇",就效果而言则是"湮畅百变而常若一气""歇宣万殊而常若一声""喉管声气融而莫可窥"。转而又强调"所谓开阖首尾之节""则不容异"。可知,唐顺之所谓"寓于无法之中"之法,"密而不可窥之法",以至"神解""神明之变化",并非突破乃至背离基本的创作法则,实则不离乎"开阖首尾""错综经纬"之法;只是要更加精熟、更加巧妙地运用这些法度,努力追求自然圆融、了无痕迹的运用效果。这一追求同时充分地体现于其古文创作中。

唐顺之的文章与唐宋古文在文化精神上高度契合,他对"开阖首尾""经纬错综"之法的精熟运用亦与唐宋古文殊无二致。正如在观念表达上决不肯虚与委蛇,他在行文布局上也从不会敷衍了事。法度的运用,如何算是得其"神解",很难有一个明确的判断标准,但唐顺之的文章的确多有法度精严而行文高妙者。如《薛翁八十寿序》,章法井然而转换自然。首段论古之人贵义而贱利,皆劝其子弟以趋于仁义道德;今之人贵利而贱义,则望其子弟以趋于富贵利达,故而叹曰:"非有志之士,孰能自拔于此?"次段讲薛氏图南本亦汲汲乎功名利禄,后得闻仁义

---

① 《荆川先生文集》卷十,《唐顺之集》,第465—466页。

道德之说而皤然醒悟,其父亦鼎力支持,父子交相砥,遂“自拔于今之人”。三段论祝寿之旨,称若有闻于仁义道德,则寿命或修或短,礼仪周致与否,都无足重轻。四段论薛氏所居之夫椒山,民风浇薄,乃贵利贱义之尤甚者,进而论薛氏父子能“自拔于今之人”尚不为难,能“自拔于其所居”则难能可贵;继而以转移风气之任寄予于薛氏父子,曰“然则异日夫椒五湖之曲,有称乡先生能风其乡人者,必薛翁矣”,照应开篇“古者乡有耆老父兄,则率其一乡之子弟,烝烝然皆劝之于善”。最后以“是谓翁之能自寿,而图南能寿其亲也已”收结,回应主题。[①] 此文以祝寿和转移世风二事贯穿全文,二者密切关联又互为支撑,一以仁义道德为旨归,其间以“自拔”为关目,首尾照应,层次井然,夹叙夹议,不急不缓,深得欧、曾古文之致。

《钤山堂诗集序》则别见其为文之用心。《钤山堂诗集》是严嵩的诗集。为严嵩的诗集作序,对唐顺之来说着实是一大难题。称颂不可,贬抑不可,敷衍亦不可。如何能做到既符合序体的规范,不回避诗人与诗作,又能同时避免谄谀与讥刺之嫌呢?唐顺之需要找到一个合适的话题,一个正面的、严肃的、跟诗歌相关而又不甚紧密的话题。于是,他找到了“知人论世”这样一个古老的诗学命题,用其原始义,由诗而知其人、知其世,且只是叙述性的,而非评价性的。曰:“其人之进退隐显,往往自见于诗。”曰:“因其人之进退隐显,而时之休明衰替,变化而蕃,闭塞而隐,亦因可见。”此下论述皆沿此一线索展开。先是历陈严氏由隐居至显贵的生平经历及各时期诗歌之内容,从举进士、入翰林,到隐居钤山,再到任职南都,再到入内阁、任首辅,其诗歌内

① 《荆川先生文集》卷十一,《唐顺之集》,第504—505页。

容也从"多道岩壑幽居之趣",到"多纪留都冠盖之盛",再到"自为诗以纪其盛"。随后以杜少陵之"诗史"比拟严诗,称其堪称"时政纪"。论杜则称其"偃蹇无所与于世,以其忠义所发为诗",述严但云"况公诗所纪当世之国家大事,皆身所历而自为之者",其间幽微,不难领会。其后则以对话的方式,引严氏语以论其诗。首先申明:"公既以全诗授胡梅林总督使刻之,而嘱某为之序。某窃以文词受知于公,公颇谓可与言诗者。"表明其为严嵩作序,乃受其嘱托,非主动为之;其受知于严氏,亦因文词,而非其他。此下论其诗,一一引其自语。如其自谓:"吾少于诗,务锻炼组织,求合古调。今则率吾意而为之耳。"则对曰:"公南都以前之诗,犹烦绳削也,至此则不烦绳削而合矣。"是耶,非耶?逆耶,顺耶?皆据其自谓耳。又如,引其所称:"吾不与后辈谈诗,恐以诗人目我,而敝精于无益语也。"则曰:"夫公之诗雄深古雅,浑密天成,有商、周郊庙之遗,知音者自当得之。然公既不欲以此自著,而某又敢以此仰赞于公哉!特举公之诗,系于谈世故之大者,使论世者有考焉,遂书以为《钤山堂诗集序》。"虽赞其诗"雄深古雅,浑密天成",却又引其自言一笔抹去,则其诗之意义全在于"使论世者有考焉"。所考者何?是非、成败、善恶、忠奸,其中亦有深意焉。篇末复补入一笔:"公之诸稿隐显备矣,总而题之曰'钤山集',盖处贵显而不忘隐约者,公之志。而读诗者,则以为公之诗,钤山深蓄之力也夫!"①扑朔迷离之间,似亦有深味寓焉。"文章千古事,得失寸心知。"荆川此文,从立意到布局,从结构到语辞,其用心之良苦,虽读者亦可知之。

① 《荆川先生文集》卷十,《唐顺之集》,第463—465页。

唐顺之古文大都类此,立意独特,结构工稳,章法精严,层次细密,叙述详备,议论透彻,言辞或雅驯含蓄,或平实晓畅,不一而论。我们可以从其古文创作中清晰地体会到其法度的精严与细密,正应了其"文之必有法"的主张。至于"神明之变化",或曰"神解",我们大约可以从两个层面来体会,一是精熟高妙,二是灵活变通。我们可以通过上述文章明确地感知唐顺之法度运用之精熟及其构思之巧妙。同时,其创作手法又是灵活多变的。通读唐顺之文集,即便是同一文体之中,也很少有重复感,我们很难发现一种写作模式在不同文章中反复出现。不同话题,不同情形,会有不同的叙述策略和篇章布局。无定法而有活法,大概就是其所谓"法寓于无法之中"吧。

第三节　从"性情之效"到"得其风神":审美取向之转移

唐宋派早期文学思想主要靠法度维系,同时也有因其心性之学而形成的风格取向,王慎中将其表述为"性情之效"。至茅坤则多论"风神",其文学性较之"性情之效"显著增强。真正将"风神"落实于文学创作的则是归有光,其"质朴中得风神"的风格取向将唐宋派文学思想带到一个新高度。

一　"性情之效"与王慎中的文学风格论

王慎中的"文道合一"理论,本身即包含着风格论的内容。他在理论上强调性情修养与诗文风格之间的一致性,而他自身的性情特征也的确对其文学风格取向产生了深刻的影响。

有时候,王慎中也像韩愈那样,强调学术修养对文学创作的积极影响。比如他在《与林观颐》一文中论道:“足下之好古文,直好其词不类于时耳。如是,则其用意亦何异于时?故仆愿足下姑置得失而专力于道,苟于道有得,虽不吾问,足下将自得之。”①是说能够对道有所体悟,自然就能写出好的文章来。这似乎还只是官样文章,尚不足以说明王慎中真实的文学思想。而他在写给其弟王惟中的一封信中,则具体谈到修身养性如何能对诗文创作产生积极的影响:

> 今观其文,殊未为佳。虽有新美精爽处,然大约气不厚,力不昌,少明目张胆之言,而多装缀支吾之态。岂文章亦难论耶?本欲与言,但此日乃其发程万里吉辰,而直言其文字不好,太不近情。故说于汝,到京日可与论之。还须养得气厚些,方成一有力量文字。大抵气厚要神完,神完要心纯。诸子之病总是心不专精,故精神散越而气不得厚。中间有厚者又属之所禀矣。今既禀不及人,便当存心养性以充之耳。②

这话讲得很是诚恳,是对后学朋友的严肃批评和认真指教。他指出该友文章的弱点是“气不厚”而“力不昌”,欲作出厚重、有力量的文字,还须完养心神,从存心养性入手做工夫。惟有养得此心澄明纯正,才可能拥有神完、气厚的精神状态,方能写出醇厚而气势盛大的文章来。这样的观点的确有一定的道理,创作主体的气度、性情通常会在很大程度上影响文章的风格。况且,

① 《遵岩先生文集》卷三十九,第1072页。

② 王慎中《与道原弟书》其五,《遵岩先生文集》卷四十一,第1100页。

古文又不像诗歌那样，具有相对确定的审美形式，更多地是要靠内在的脉络或气势取胜；因此，创作主体的生命涵养对它的影响则尤其突出。以上观点均与韩愈“气盛言宜”的文学思想十分相似，并没有多少新鲜的内容。但是从论说方式来看，他与韩愈的思想来源显然有所不同，从而又导致不同的风格指向。韩愈主要是受孟子“知言养气”说的影响，是要通过培养生命的浩然之气，追求一种盛大刚键、气势充沛的文风。而王慎中的论述则明显体现出心性之学的特点，主要是通过存心养性、磨练性情来影响文章的风格。尽管在这段文字中，他也强调气厚、力昌，主张“明目张胆”，写“有力量文字”，似乎与韩愈没有多大区别。但其整体倾向则是强调性情修养与诗文风格之间的关系，并通过对温厚性情的培养，追求平和、雅正的文学风格。主要表现为其关于“性情之效”的风格理论。

王慎中《顾洞阳诗集序》一文，主要内容即是论述诗风与性情之间的关系：

> 刚柔舒促、淫滥泰约之变，人之性术情好动于中，美恶之形成矣。因形而有声，而得失邪正之言所由以出……约乎礼而不迫，优于兴而不放。文质相宜，华实各得。诵其诗不知其用意立法之至者，亦悦其有和平之声，洋洋乎其可爱玩而咏叹也……盖性情之效，而非熔铸意义、雕琢句律之所及也。①

王慎中认为，作者的性情可以决定诗文的基本风格。顾可久之

① 《遵岩先生文集》卷十六，第755—756页。

诗值得称道之处，是其悠游不迫、雅正平和的艺术风格；推究其诗风成因，则归之于“性情之效”。以“性情之效”论诗文风格是王慎中文学思想的重要特点。此处所谓性情，当然不是指人的自然性情，而是指学术熏陶、道德修养之下的性情。因此，有时候他也会将风格之美直接归之于学术之正。他在《张文僖公咏史诗序》中论道：

> 其词致庄重，音旨和畅，不为险怪苦刻，则熙朝馆阁之声。而指事寓教则意有独至，非徒役神于觚翰游戏如诗人所长，工于藻缋物态、嘲谑景光以资玩适而已……好恶大端惟其出于学问讲习之正，则一言之微亦可不倍于经，而有得于孔氏之旨，岂苟然哉！①

所谓“指事寓教则意有独至”“惟其出于学问讲习之正”，与其在《曾南丰文粹序》中“本于学术而发挥乎道德”正是同样意思。而该文中其所谓“醇而该”的文章风格，大约就是这里所说的“词旨庄重，音旨和畅”吧。而他在《虞山奏议序》称：“其持论主谏常依于平，而有忠厚之风。至其有所劘刺绳弹，一本于诚心坦切，非乐于攻恶发慝以见谓为直。观其言，知其心之所存如此也。”②将“忠厚之风”归之于心性道德，亦表达了文风、性情相统一的观点。前文已经指出，王慎中的学术思想与人格心态，最重要的转变发生在嘉靖十四年前后，其主要原因则是基于对早年气节行为的反思。此后，王慎中开始潜心于心性之学，其性情也

① 《遵岩先生文集》卷十六，第755页。

② 《遵岩先生文集》卷十七，第769页。

逐渐变得宽厚、温和。王慎中对文风的追求一如其性情取向,同样是向往一种平和、雅正的风格。也就是在这样的思想背景下,他接受了曾巩的文风,并作为自己终生的努力方向。从王慎中的诗文创作情况来看,虽然由于他过于追求文章结构的精心构造,使得其文章稍乏浑成、厚重之风,但平和、雅正的确是王慎中主要的文学风格取向。

上文在对“文道合一”理论的分析中指出,王慎中认为道德并不是唯一的影响文学创作的因素,因此他同时强调主体的创作才能及其独特感受。与之相关,平和、雅正的文风也不是其单一的风格取向。在《曾南丰文粹序》中,王慎中表示那些仅凭才气而作、徒具华美词藻而无关乎道德的文章是全然不足取的。但在其他的场合下,他却表现出对此类文章的接受乃至激赏。他在《陈少华诗集序》中论道:

> 由汉而下,为诗者多矣。其人大抵陵夸恣傲,睥睨倨虐,挟能盛气,遌众物而犯一世。或放浪诙谲,剽轻不根,喜自佚肆,脱去绳束而为慢侮,世皆可狎而人无足严。其忧愁狭迫,懑愤无聊,天地若无所容,而人不可与偶。好为不平诮刺,多怨而善悲。故能设奇托怪,钩深抉隐,穷四时之变,而引万物之类。作为语言,以道人情之所欲写而不能,本有而不得以已者。其诗之工往往极其至焉。虽其诗之工,然亦以傲虐慢侮、怨悲诮刺负世之累,有其才者固不免有其病欤……乃吾读陈少华君之诗,心有异焉。君简重修洁,禔肃宽穆,步趋衣冠,颀然成德君子也……观昔之为诗者,皆雄伟恢闳,绝伦特出之材,犹不免有其病,而仅能名其诗以见

于世。陈君独两得之，岂非难哉！[①]

这段文字体现了王慎中在性情与文章之间存有的矛盾态度。显然，王慎中最为欣赏的是那些性情之雅正平和与诗文之工兼而有之的人。然而，他又认为往往是那些性情乖张、恃才傲物之人才能写出好诗来。虽然他对这些人的狂傲性情及行为方式未必赞同，但对他们的诗歌却是赞许有加的，认为“其诗之工往往极其至焉”。他甚至认为诗文之道正是把握在这些人的手中。比如，上文所提及的《五子诗集序》称其人“相与作为语言，嘲侮风月，雕缋草本，以泄其气而乐其心”，而王慎中则认为“不泯之道将于斯人乎寄以存”[②]。这与其“本于学术而发挥乎道德”的文学价值取向，及其“词旨庄重，音旨和畅”的审美风格之间，差别是何其的显著！可知，其实王慎中对那种抒发胸中不平之气、放浪恣肆的诗风也是十分欣赏的。这应该与其自身的生命际遇有着密切的关系。尽管王慎中面对权奸的排挤、打击能够泰然处之，但这并不意味他心中完全没有遗憾与怨气。能够平静对待政治挫折，说明王慎中可以凭借其性情修养有效地调整其情绪与心态，但其心中的不平之气却很难彻底化解掉。受一定情形的激发，随时可能流露出来。王慎中在《碧梧轩诗集序》中所具有的那种曲折的表述实在是有趣得很。在这篇序文中，王慎中称作者之诗“冲融宽暇而有和平之想”。这本与其所谓“性情之效”的风格取向十分一致，然而他偏偏推测作者心中有很深的怨气，云：“孰谓君之心果能涣然以平，而其诗词虽不怒，盖其怨

① 《遵岩先生文集》卷十六，第757—758页。

② 《遵岩先生文集》卷十六，第763页。

之所存者尤深矣。”[①]诗集作者是宗室姻亲,故不得入仕。王慎中此论强调其因不得志而必有怨气,本有为其辨解之意,却显得甚是牵强。然而,我们却分明能感受到王慎中自己心中的不平之气积聚其中。大概这就是其在强调平和、雅正风格的同时,又能接受并赞赏这种怨愤、恣肆文风的缘故吧。

即便如此,他还是念念不忘其一贯推崇的“性情之效”,故既肯定陈氏具有诗人的恢闳之材,又强调其温厚的君子之风。但诗人之材与君子之风在这里显然不具有必然的关联,而只是共同体现于陈氏身上而已。这种略嫌牵强的辨证方式,正反映出王慎中在文学风格问题上的理论自觉与其真实取向之间的落差。应该说,王慎中的风格观在理论上有明确的取向,但同时又具有一定的包容性。他对张岳文章的评论最能体现这种特征:“故能笃信固守,不为异术小道所乱,而免于不纯之弊也。就其文观之,气象宏裕而激发时见,法度谨严而豪纵有余。如山岳之为重,河海之为涵,出云兴雨,姿态百变,怒浪悠波,伏起靡常。使人喜探乐玩而阻高逗深,又足惊悼惮畏,自失其所观也。观其文亦庶几可以得其所以为人欤!”[②]所谓“气象宏裕而激发时见,法度谨严而豪纵有余”,正完整地体现了他在文学风格上的主导倾向与包容态度。

二 质朴中得风神:归有光的文章风格取向

以“风神”论文,是茅坤文学批评最重要的理论贡献之一,也是唐宋派文学思想最富文学性的构成。茅坤“风神”论的内

① 王慎中《碧梧轩诗集序》,《遵岩先生文集》卷十六,第759页。

② 王慎中《张净峰公文集序》,《遵岩先生文集》卷十五,第750页。

涵与影响,学界已有充分的论述。[①] 归有光则以其创作实践,生动地诠释了其"质朴中得风神"的风格取向。

质朴是归有光文章风格的基本取向。它包含两层含义:简洁和朴实。这同样与其学术思想密切相关。归有光一向反对"别求讲说""别求功效",认为六经本自平实、简易,只需平心以求,即可得圣人之旨。道亦非高妙玄虚之物,"仁者爱人"而已。而文则是道之所形,当与道相称,故应简易、质朴。其于《雍里先生文集序》中论道:

> 以为文者,道之所形也。道形而为文,其言适与道称,谓之曰:其旨远,其辞文,曲而中,肆而隐。是虽累千万言,皆非所谓出乎形,而多方骈枝于五脏之情者也。故文非圣人之所能废也。虽然,孔子曰:"天下有道,则行有枝叶;天下无道,则言有枝叶。"夫道胜,则文不期少而自少;道不胜,则文不期多而自多。溢于文,非道之赘哉?[②]

这段文字所要表达的意思并不是十分明朗。所谓"文者,道之所形",好像是指自然之道或生生之道;而"皆非所谓出乎形,而多方骈枝于五脏之情者",似乎又包含性理之道的意思。所谓

① 代表性论著有黄一权《"六一风神"称谓的来源及其阐释》(《中国文学研究》1998 年第 4 期)、邓国光《古文批评的"神"论——茅坤〈史记钞〉初探》(《文学评论》2006 年第 4 期)、马茂军《宋代散文史论》(中华书局,2008 年,第 32—43 页)、林春虹《茅坤与明中期散文观的演进》(首都师范大学 2009 年博士论文,第 126—139 页)、刘宁《叙事与"六一风神"——由茅坤"风神"观切入》(《文学遗产》2011 年第 2 期)、黄卓颖《茅坤古文选本与批评——"逸调"的提出、运用及其意义》(《文学遗产》2017 年第 4 期)等。

② 《震川先生集》卷二,第 26 页。

"道形而为文,其言适与道称",其含义与"文以明道"也不完全相同,而是指文应该(在内容或形式上)与道保持一致。要之,归有光这段话是要通过文与道的关系论证文存在的合理性,同时又表示文似乎不应该写得太多。尽管归有光在此并没有明确地表达某种创作主张,但其"适与道称"的表述中,分明包含了他对文章创作有某种"度"的把握。他另一段关于"度"的表述大约可以说明这一问题:

> 文太美则饰,太华则浮。浮饰相与,敝之极也,今之时则然矣……以文为文,莫若以质为文。质之所为生文者无尽也。①

是说文不可以太过于华美,质朴一些才好,否则就会显得伪饰或浮浅。但其所谓"以质为文",亦非一味地追求质实。"质之所为生文者无尽也",即是要从质朴的文字中求取无尽的意趣、风神。归有光曾论文曰:"张、陆二文,不加议论,却有意趣,莫漫视也。"②这说明他对"意趣"的追求是有意识的。崇尚质朴,应该与其尚"真"的思想倾向密切相关。而对"真"的重视,又含有崇尚天然的意思。他在《与沈敬甫》中论道:"近来颇好剪纸染采之花,遂不知复有树上天生花也。偶见俗子论文,故及之。"③固知归有光追求质朴,有从真实面目中求得天然韵致的意思。因此,他反对前、后七子雕琢、模拟之习,称:"但今世相尚以琢

① 归有光《庄氏二子字说》,《震川先生集》卷三,第84页。

② 归有光《与沈敬甫十八首》,《别集》卷七,《震川先生集》,第868页。

③ 《别集》卷七,《震川先生集》,第865页。

句为工，自谓欲追秦、汉，然不过剽窃齐、梁之余，而海内宗之，翕然成风，可谓悼叹耳。区区里巷童子强作解事者，此诚何足辨也！”①对其表达了十分的不满与不屑。结合其尚“真”的思想倾向，可知归有光的主要创作主张，即是以质朴、简洁的文字，摹写人物的真实面目，表述自己的真实见解，抒发内心的真实情感，并从中体现出一种天然意趣或生发出无尽的感慨来。《张自新传》最能体现其精练而传神的创作风格：

> 张自新，初名鸿，字子宾，苏州昆山人。
>
> 自新少读书，敏慧绝出。古经中疑义，群子弟屹屹未有所得，自新随口而应，若素了者。性方简，无文饰。见之者莫不讪笑，目为乡里人。同舍生夜读，倦睡去，自新以灯檠投之，油污满几，正色切责，若老师然。
>
> 髫龀丧父，家计不能支，母曰：“吾见人家读书，如捕风影，期望青紫，万不得一。且命已至此，何以书为？”自新涕泣长跪，曰：“亡父以此命鸿，且死，未闻有他语，鸿何敢忘？且鸿宁以衣食忧吾母耶？”与其兄耕田度日，带笠荷锄，面色黎黑。夜归，则正襟危坐，啸歌古人，飘飘然若在世外，不知贫贱之为戚也。兄为里长，里多逃亡，输纳无所出。每岁终，官府催科，搒掠无完肤。自新辄诣县自代，而匿其兄他所。县吏怪其意气，方授杖，辄止之，曰：“而何人者？”自新曰：“里长，实书生也。”试之文，立就，慰而免之。
>
> 弱冠，授徒他所。岁归省三四，敝衣草履，徒步往返，为其母具酒食，兄弟酣笑，以为大乐。自新视豪势，眇然不以

① 归有光《与沈敬甫十八首》，《别集》卷七，《震川先生集》，第869页。

为意。吴中子弟多轻儇,冶鲜好衣服,相聚集,以亵语戏笑,自新一切不省。与之语,不答。议论古今,意气慷慨。酒酣,大声曰:“宰天下竟何如?”目直上视,气勃勃若怒,群儿至欲殴之。

补学官弟子员。学官索贽金甚急,自新实无所出,数召笞辱,意忽忽不乐,欲弃去。俄得疾卒。

自新为文,博雅而有奇气,人无知之者。予尝以示吴纯甫,纯甫好奖士类,然其中所许可者,不过一二人,顾独称自新。自新之卒也,纯甫买棺葬焉。

归子曰:余与自新游最久,见其面斥人过,使人无所容。俦人广坐间,出一语,未尝视人颜色。笑骂纷集,殊不为意。其自信如此。以自新之才,使之有所用,必有以自见者。沦没至此,天可问邪?世之乘时得势,意气扬扬,自谓己能者,亦可以省矣。语曰:“丛兰欲茂,秋风败之。”余悲自新之死,为之叙列其事。自新家在新洋江口,风雨之夜,江涛有声,震动数里。野老相语,以为自新不亡云。①

区区七百余字,完整地叙述了张自新坎坷而不幸的一生,并生动地描绘出其质朴、刚直而又略嫌迂憨的个性特征。叙其读书经历,只是“随口而应,若素了者”数字,便鲜明地刻画出一副敏慧而自信的书生形象。“性方简,无文饰”六字则极其凝练地概括了其整体的性格特征。“涕泣长跪”的一段悲情告白,表现了张自新强烈的心灵撞击与心境的极度悲苦。读书仕进乃亡父遗

① 《震川先生集》卷二十六,第600—602页。按,此处引文的段落划分,与校点本有所不同。

命,更是自新极其执著的生命追求;然而,他又岂能忍心让寡母为此承受衣食之忧?于是,只得硬生生地将此种热烈向往掩藏心底。“带笠荷锄,面色黎黑”与“危襟正坐,啸歌古人”的生活方式,则体现了其于困顿生活之中的挺立人格。“里长,实书生也”,此一简单对白正说明张自新始终以读书人自命,于其内心深处是对此种贫贱、落魄的生命处境的极度不甘。设馆授徒之后,“敝衣草履,徒步往返”的生活方式与“兄弟酣笑,以为大乐”的生命态度,则充分体现了张自新质朴而醇厚的天性。“目直上视,气勃勃若怒”,更是传神,一副自信、憨直、可爱又有些好笑的书生形象跃然纸上。而“群儿欲殴之”,则从侧面进一步烘托出张自新突出的个性特征。“学官索贽金甚急,自新实无所出,数召笞辱,意忽忽不乐,欲弃去。俄得疾卒。”得疾而亡,本自平常;而临终之生命处境,却着实令人心酸。只因家贫,无资奉迎学官,故屡遭羞辱,这对自负其才而性情刚直的张自新来说,实在是极其难堪、极度郁闷之事!“自新之卒也,纯甫买棺葬焉”,既充分表明了吴中英(纯甫)对张自新的赏识与厚爱,又体现出张自新去世时的凄凉处境。而震川对张自新“丛兰欲茂,秋风败之”的不幸遭遇之哀叹,显然寄寓了其自身的人生感慨,故尤觉沉痛。“自新家在新洋江口,风雨之夜,江涛有声,震动数里。野老相语,以为自新不亡云。”此语尤为神来之笔!以“风雨之夜,江涛有声”象征自新久久不肯离去的灵魂,凄清、悲苦、不甘、执著与痛惜,种种意味尽融于这一令人心悸的图景中;引而不发,含蓄隽永,令人回味无穷。另如《顾夫人杨氏七十寿序》一文,通过对杨氏一生简明的叙述,表现出丰富的人生滋味:

夫人归于昆山,为中宪大夫桴斋顾先生之配。中宪少

> 贵,官自禁林为御史,督学京畿。已而不得志,出守边郡。罢归。日闭门读书。性简伉,少所当意,独于夫人为宜。去中宪之世,于今二十余年矣。夫人三子,皆非已出。而今雍里方伯以壮年致政,与仲、季二君,恂恂孝养,子妇欢然无间,如中宪在时。①

“中宪少贵”“已而不得志”“罢归”“日闭门读书”“性简伉,少所当意”,寥寥数语,即勾勒出顾潜(桴斋)一生的得意与失意,及其孤僻性格。“独于夫人为宜”,则一语道出桴斋于宦海沉浮之中,从夫妻感情中得到的心灵慰藉,进而体现出夫人之贤良及夫妇之欢洽。“壮年致政”,似不经意之笔,其实同样隐含着惋惜之情。而“皆非已出”与“恂恂孝养,子妇欢然无间”的两相对比,既突出了雍里兄弟的淳厚品行,又勾画出母慈子孝、其乐融融的和睦关系。“如中宪在时”一语,尤能令人深感慰藉。如此,夫人之妇德,顾梦圭(雍里)之孝道,亲情之温暖,乃至人生之感慨,都浓缩在这一小段叙述生平的文字中了。通过简洁而平实的叙述,刻画出鲜明的人物形象,并表达出无限的人生感慨,正是归有光散文最突出的特点,也最能体现其所受《史记》的影响。

质朴并非木讷无文。之所以归有光能以质朴的文字传达出无尽的风神,很大程度上取决于其独特的文笔。首先,震川善用点睛之笔。如《项脊轩志》中“庭有枇杷树,吾妻死之年所手植也。今已亭亭如盖矣”②;《张自新传》中“风雨之夜,江涛有声,

① 《震川先生集》卷十二,第 292—293 页。

② 《震川先生集》卷十七,第 431 页。

震动数里。野老相语，以为自新不亡云"，等等文字，皆神来之笔。富有诗意，引而不发，从而造成言有尽而意无穷的艺术效果。其次，震川善作穿插。如《六母舅后江周翁寿序》中"夫人生百年如旦暮，此亦过者之论。先孺人长母舅一岁也，以今追先孺人之世，岁月遥遥，何其久也"①；《侗庵陆翁八十寿序》中"余少时，尝之虞山下老子之宫，有桧，盖萧梁时物也。余始识翁于此。是时翁年尚少，同游有三四人。婆娑古桧之下，相与太息，以为此树自天监至今一千二十有八年，来观游者，不知几世几人也！今同时游者皆化去，而翁独高年寿考。信知万物之得于天，其短长之相悬绝，念之不能不怃然也"②，均于平实的叙述之后宕开一笔，抒写自我深透的人生感慨，使得本来平淡无奇的文章顿时变得余韵悠长。此外，震川亦善于描绘与渲染。比如《项脊轩志》中的一段文字："万籁有声，而庭阶寂寂，小鸟时来啄食，人至不去。三五之夜，明月半墙，桂影斑驳。风移影动，珊珊可爱。"③再如《侗庵陆翁八十寿序》中云："由吴之葑门，东出皆湖荡，又东为沉湖；沉湖之东为甫里。余尝泛湖中，水波浩渺，遥望西山如一抹。湖上人家，隐见烟雨中，舟人指点故冢宰陆公之居在焉。"④或细约静谧，或疏宕杳缈，莫不令人无限神往。在《王母顾孺人六十寿序》中，震川极力渲染了王子敬的人生感受："回思二十年前，如梦如寐；如痛之方定；如涉大海，茫洋浩荡，颠顿于洪波巨浪之中，篙橹俱失，舟人束手，相向号呼，及夫风恬浪息，放舟徐行，遵乎洲渚，举酒相酬。此吾母今日得以少安，而执礼兄弟所

① 《震川先生集》卷十三，第 331 页。

② 《震川先生集》卷十三，第 337—338 页。

③ 《震川先生集》卷十七，第 429—430 页。

④ 《震川先生集》卷十三，第 337 页。

以自幸者也。”[①]一系列的比喻，将一种劫后余生的心灵悸动与庆幸之情表现得淋漓尽致。在平平淡淡的叙述中插入极其惊艳的一笔，顿时能令整篇文章光彩四溢，正是震川笔力老到处。

此外，震川亦极其重视文章的结构布局。以《徐封君七十寿序》为例：

余往来嘉定，与其贤者游，而识子言。于是时固已奇其文，每言之于人。因遂识东楼翁，慷慨乐易人也。已而子言举京兆，计偕北上，翁实携之以行。余时遇于彭城，遂于僦车共茵而载，历齐、鲁、燕、赵二千余里，走风雪尘埃中，欢然忘其行役之疲。余盖察知翁父子有福德，享富贵者也。

其后子言登第，以天官属直内阁；寻改大宗伯属，领祠事。余至京师，每见，辄叹其议论之进。是时天子隆郊祀之礼，子言殆所谓侍祠神语，能究观方士祠官之说者矣。至语及其职事，未尝不有志于古之守道以守官者也。而东楼翁居家，日治园圃亭榭，与士大夫饮酒为乐。子言间迎至京师，则诸公贵人日来欢宴，退而莫不叹翁之贤，而又称其有子。已又得诰命推封，既贵显矣。然子言在部曹，郁有清望，议者以为兰台秘阁之选。顷以外补为郡，莫不惜之！会东楼翁方七十，子言将之荆州，过家上寿。以余游其父子间相知之素，属使为序。

夫予知子言有不释然于此行者矣。然以方刚之年，出粉署为二千石，得归荣其亲，于人子之愿，殆未易得也。吴中士大夫登朝者，不为不盛，然能追禄养，少矣；已追禄养而

① 《震川先生集》卷十四，第358页。

> 至大官,益少。今惟长洲钱工部德徵,位至九列;海虞严学士敏卿为馆阁,而二公之亲,皆康强无恙,得封如其子之官。此不独吴中所无,而世亦未之多见。今以子言之年与其才望,名位岂在二公之后?余以是知东楼翁之福禄盖未艾也。子言能自驰骋于文辞,其于江山故宅,云雨荒台之间,必能追踪屈、宋而上之,为《南陔》《白华》之篇,以抒其仁孝之心。余之朽拙,何能为役?猥以斯序见属,愧而不敢辞云。①

文章截取三个时期,夹叙夹议,讲述徐学谟(子言)父子之生平,并称赞其文才与品行。最初,因游嘉定而识子言,并以其文才为奇;因识子言而识其父东楼翁,并识其"慷慨乐易"之品格。既而,以偕计北上的愉悦行程印证其当初之体察。此为子言及第之前,即第一时期。接下来叙述子言作京官时的情形。先论子言为官之守职守道,复叙东楼居家之欢愉。子言之及第,即可证其文才;东楼之潇洒,亦能明其品格。两相应衬,离而能合,意趣横生。当此之时,极言子言之清望,必为馆阁之选;已而风云突变,不意竟遭贬谪而出守外郡。却又恰逢东楼翁七十之寿,反倒又成就了父子欢聚的天伦之乐。此后,震川避实就虚,宕开一笔,极论钱、严二氏位居大官而能迨禄养之盛事,以此预示子言、东楼父子来日之辉煌。此一段议论,既令文章意境开阔,又使行文自然巧妙,非大家不能为也。最后,以子言必能为不朽之祝文而收束,又照应了开篇所云"已奇其文"之论。通篇而论,震川在谋篇布局上最可称道之处约有两点:东楼、子言父子之生平实为两条线索,而因其行迹之聚散,遂令其乍离乍合而了无痕迹;

① 《震川先生集》卷十三,第313—315页。

叙述之中处处生发议论，而作者时时强调其与二人过从甚密，因而所有议论皆以亲身体验的面貌出现，故使得叙述、议论浑然一体而相得益彰。行文如此精妙，真可谓巧夺天工！在震川笔下，寿序文也能达到这般境界！其他文章，如《顾夫人八二寿序》《杏花书屋记》《顺德府通判厅记》等，亦可见震川文章结构布局之胜处。况且，其对行文结构的重视是一种自觉的创作意识。归有光在致沈敬甫的信中称道：“大概谓钦甫经学多超悟，文字未能卓然得古人矩度耳。当由看古作少也。”[①]又在另一封信中说：“为文须有出落。从有出落至无出落，方妙。敬甫病自在无出落，便似陶者苦窳，非器之美。所以古书不可不看。”[②]可知，归有光在散文创作上所取得的巨大成就，与其对古人尤其是对唐宋诸家的揣摩与学习有密切关系。[③] 至少在这一点上，他与王、唐、茅的见解与主张十分一致。

然而，同样是注重行文法度，王慎中的文章虽也结构精严，却总留有太过明显的转承痕迹。而归有光作文何以能够如此自然浑融？这当然有天赋的因素在其中，同时也与其对法度的透彻领悟与灵活运用密切相关。归有光虽然重视法度，却能够做到以情统法，而非以法役文，故能挥洒自如而无不中度。《见村楼记》一文很能说明他这一特点：

> 昆山治城之隍，或云即古娄江。然娄江已湮，以隍为江，未必然也。吴淞江自太湖西来，北向若将趋入县城。未

① 归有光《与沈敬甫》，《别集》卷七，《震川先生集》，第865页。

② 归有光《与沈敬甫四首》，《别集》卷八，《震川先生集》，第903页。

③ 归有光对唐宋八大家的推崇与效法，沈新林在《归有光评传·年谱》第六章第二节有详尽论述，兹不赘述。

二十里,若抱若折,遂东南入于海。江之将南折也,背折而为新洋江。新洋江东数里,有地名罗巷村,亡友李中丞先世居于此,因自号为罗村云。中丞游宦二十余年,幼子延实,产于江右南昌之官廨。其后每迁官,辄随。历东兖、汴、楚之境,自岱宗、嵩山、匡庐、衡山、潇湘、洞庭之渚,延实无不识也。独于罗巷村者,生平犹昧之。

中丞既谢世,延实卜居县城之东南门内金潼港。有楼翼然,出于城闉之上。前俯隍水,遥望三面,皆吴淞江之野。塘浦纵横,田塍如画;而村墟远近映带。延实日焚香洒扫,读书其中,而名其楼曰"见村"。余间过之,延实为具饭。念昔与中丞游,时时至其故宅所谓"南楼"者,相与饮酒论文。忽忽二纪,不意遂已隔世。今独对其幼子饭,悲怅者久之。城外有桥,余常与中丞出郭造访故人方思曾。时其不在,相与凭槛,常至暮怅然而反。今两人者皆亡。而延实之楼,即方氏之故庐,予能无感乎?中丞自幼携策入城,往来省墓,及岁时出郊嬉游,经行术径,皆可指也。

孔子少不知父葬处,有挽父之母,知而告之。予可以为挽父之母乎?延实既能不忘其先人,依然水木之思,肃然桑梓之怀,怆然霜露之感矣。自古大臣子孙,早孤而自树者,史传中多其人。延实在勉之而已。①

全文五百余字,名曰"见村楼记",而正面描述此楼者不足百字;其先追寻亡友李宪卿之故宅,其后追忆昔日之交情,似乎有些漫无边际,且有喧宾夺主之嫌。而全文浑融无迹、一片氤氲,并无

① 《震川先生集》卷十五,第369—370页。

断裂、游离之感,是因为有一种生命感慨贯穿其中。“昆山治城之隍,或云即古娄江”,而“娄江已湮”,无以为考。开篇即营造出一种沧海桑田的情感基调。其后备述江流之蜿蜒、周匝,其实只是蓄势;于此迂回、萦绕之中,求得亡友之故居,更增强了追究、探寻的意味。复云延实随父游历海内,亦是反衬,只在突出其“独于罗巷村者,生平犹昧之”之情实,遗憾之中含微讽之辞。因延实之“具饭”,念及昔日与中丞“饮酒论文”之情形,顿感生命之流逝;遂追忆当年与中丞造访故友而不遇,于城外桥上徘徊不定,至暮怅然而反之光景;而中丞与故友皆去世已久,岂不令人感慨丛生!复云此楼即方氏故宅,而中丞之行迹历历如在眼前,更有世事沧桑之感与物是人非之痛!最后自比“挽父之母”,勉励延实不忘先人,遵其遗志,能自树立。而所谓“依然水木之思,肃然桑梓之怀,怆然霜露之感”,正是全文的情感宗旨。对世事沧桑与生命流逝的感慨,以及对先世的尊崇,正是震川于各体文章中表现最多的思想情感。观其行文,由今及昔,前呼后应,一脉贯通;落笔处却似轻松自如、随意挥洒,是遵岩所不能及处。通篇而论,“见村楼”只是纽带,将种种相关情形串联起来,蕴含其中的生命感慨才是文章真正的主线。《项脊轩志》又何尝不是如此?该文以“项脊轩”为叙述背景,将许多零散的生活场景或瞬间感动置于其中,从中表现出浓郁、深沉的真挚情感。关于此类文章,方苞称其“至事关天属,其尤善者,不俟修饰,而情辞并得,使览者恻然有隐。其气韵盖得之子长,故能取法于欧、曾,而少更其形貌耳”①。此种评价十分准确地把握住了归

① 方苞《书归震川文集后》,刘季高校点《方苞集》,上海古籍出版社,1983 年,第 117 页。

有光质朴中得神韵，及其真情感人的文章风格，并指出了其与《史记》及唐宋古文之间的继承关系。另外，茅坤引唐顺之评欧阳修《菱溪石记》一文曰："行文委曲幽妙，零零碎碎作文，欧阳公独长。"茅坤亦云："事虽不甚紧要，却自风致翛然。"[①]其实，这样的评价，用于归有光的文章是再恰当不过了；由此亦可知震川受欧阳修之影响。之所以他们能将一些"不甚紧要"的事情"零零碎碎"道出，即可实现"风致翛然"的行文效果，正是由于他们有足够充沛的情感体验与纯熟的创作技巧，故能将种种情形天衣无缝地统合起来。其行文落笔，正如庖丁解牛，目无全牛而莫不切中肯綮。此乃文之化境！

茅坤在《庐陵文钞引》中称赞司马迁云："西京以来，独称太史公迁，以其驰骤跌宕，悲慨呜咽，而风神所注，往往于点缀指次，独得妙解。"[②]论欧阳修则云："一切结构裁剪有法，而中多感慨俊逸处，予故往往心醉。"[③]与史迁、欧公相比，归有光于俊逸处或有不及，却能于指画之间抒发感慨、妙得风神，深得二家之精髓。茅坤亦多于行文中抒写悲慨情怀，却往往失之直白，缺少一种深沉、含蓄的韵味。因此，以"风神"概括《史记》与唐宋古文的艺术特征，是茅坤重要的理论贡献；而真正能将此种"风神"落实于文章创作中的则只有归有光。以质朴的文字传达精妙的意趣、风神，是归文最突出的特征，也最终决定了归有光在文学思想史及散文史上的杰出地位。

---

① 《唐宋八大家文钞》卷四十八，《景印文渊阁四库全书》第 1383 册，第 538 页。

② 《唐宋八大家文钞》卷二十九，《景印文渊阁四库全书》第 1383 册，第 324 页。

③ 茅坤《唐宋八大家文钞论例》，《茅鹿门先生文集》卷三十一，《茅坤集》，第 832 页。

结束语：唐宋派文学思想发展的几个理论问题

关于唐宋派文学思想的发展，有三个理论问题有必要作集中的探讨。一是阳明心学与唐宋派文学思想的关系问题，二是八股文与古文的关系问题，三是唐宋派文学思想的整体认识与评价问题。

一、阳明心学对唐宋派文学思想的影响

阳明心学深刻地影响了唐宋派文学思想的发展，此一判断业已成为学界之共识。然而，具体而论，唐宋派成员对阳明心学的理解与接受程度有显著差异，因此阳明心学对他们的影响，其内涵、途径与程度也各不相同。

唐顺之对阳明心学的理解与接受程度最深，他对心学思想的宗旨、工夫与境界均有深刻的探究和体认。黄宗羲《明儒学案》将其视为南中王学之代表，将其学术思想概括为“以天机为宗，无欲为工夫”，精准地揭示了其学术思想的核心特征。正是在深刻理解心学思想的基础上，唐顺之提出其“本色论”的理论主张。“本色论”将创作主体的内心体验视为文学创作的决定

性因素，唐顺之称之为“真精神与千古不可磨灭之见”。一方面强调体认之真，一方面强调识见之高。“真”又包含真切和独特两个层面，两者实则是一体两面的关系。既然创作主体成为文学创作的决定性因素，法度自然沦为无足轻重的东西。“本色论”的另一面即是对法度的颠覆，其所谓“直据胸臆，信手写出”“横说竖说，更无依榜”，正是要打破法度的制约，实现创作的无拘无束。这是唐宋派文学思想中最激进、最有理论突破性的一面，对其后李贽“童心说”、公安派“性灵说”的影响是显而易见的。然而，唐顺之“本色论”的底色依然是心性主义的，他所强调的“真精神”是对儒家思想及生命境界的体认，而非指向自然人性以及日常化的生命体验。过于浓重的心性色彩客观上弱化了唐顺之文学思想的“文学性”，以至于李攀龙讥其“惮于修辞，理胜相掩”，今世学者乃以道学家目之。事实上，这也恰恰说明虽然阳明心学对当时的文学思想有积极的影响，但两者之间的结构性矛盾却也自始便显现出来。

王慎中对阳明心学也抱有真诚的态度，但他对心学思想的理解远不如唐顺之深刻。虽屡屡言及“求之于内”“自得其心”，但王慎中始终没有建立起对于心体的充分自信，其所讨论的心学话题也明显滞后于他所处的时代。正是在这样的思想背景下，王慎中提出“道其中之所欲言”这一具有明显的折衷色彩的创作主张。同样是受阳明心学的影响，如果说唐顺之的“本色论”更多地体现了唐宋派对传统文学思想的突破，王慎中的“道其中之所欲言”则是在传统的“文以明道”观念之内赋予其新的思想内涵。

茅坤热衷于功名，罢黜后则孜孜于文事。他显然缺少探究义理之学的热情，虽涉猎广泛，且好发议论，却没有多少理论深度。他论文多称“本之六籍”“圣人之道”,却从不曾指出明确学习六籍的方法,其所谓“圣人之道”也只是“其辞文,其旨远”的圣人为文之道。然而茅坤核心的文学主张“万物之情,各有其至”,却与心学思想以及唐顺之的“本色论”有暗和之处。其于《复陈五岳廷尉书》中称:“公之所言,并庖牺画象以来文章之旨,而仆少所自好,抑妄谓天地万物之情,各有其至,而学者惟本之吾心,以求之六籍之深,则固有释氏所谓信手拈来,头头是道者。”①“本之吾心”虽也是茅坤常提的话头,其本身或许无多少心学的意味,然而却不是空洞的口号,而是与“万物之情,各有其至”的理论相适配,指向表现对象具体的、独特的特征,与作家个体的、独到的体会。其于《文决五条训缙儿辈》中论八股文之“认题”一段文字,可作参照:“题须从一章本旨处识得‘真种子’,因而一句一字以求其隽永之深。我尝谓,孔子所见,与群弟子颜、曾而下,迥有不同;即如子贡、季路、子张、子游、子夏辈,种种见解,种种话头;至于孟子,又自一番光景矣。”②虽不是讨论心学问题,但他对圣贤见解各具特点的认知,却与阳明心学的理路相一致。鉴于他明确地讲其“万物之情,各有其至”的思想是受唐顺之的启发而形成,则其所受阳明心学间接的影响应当是能够成立的。

归有光表面上对阳明学多有批评,实则深受其影响。心学思想对归有光最重要的影响表现为其对个体生命价值的体认与肯定。其所谓“学者当识吾心亦如此,非独尧、舜、孔、周之心如此也”,正是阳明“人人心中有仲尼”的另一种表述。其对个体

① 《茅鹿门先生文集》卷六,《茅坤集》,第 317 页。

② 《茅鹿门先生文集》卷三十二,《茅坤集》,第 862—863 页。

生命价值体认与肯定,既表现为他对自我识见、能力的自信,又表现为他对个体情感的认可,此两者分别影响了其“主自得”与“重真情”的文学观。归有光的文学思想并不以良知说为直接的理论基础,却深受心学重主体、重自我思想的影响,从而展现出阳明心学影响文学思想的另一层面,我们也可借以发现其影响情形的复杂性。

综合而言,阳明心学对唐宋派文学思想整体的、根本的影响,体现为对人的主体价值、对创作主体的心灵体验的体认与重视。无论是唐顺之的“本色论”,王慎中的“道其中之所欲言”,茅坤的“万物之情,各有其至”,还是归有光“主自得”“重真情”的文学观,均不同程度地体现了他们对创作主体的重视。总的来说,阳明心学对唐、王的影响是直接的、显性的,而对茅、归的影响则是曲折的、隐性的,但归有光所受到的真实影响却比王慎中还要深刻。更重要的是,唐顺之的“本色论”,对于文学思想的发展不尽是积极的影响。一方面极大地张扬了主体心灵的作用,突破了传统的条条框框的束缚,为晚明性灵文学的发生奠定了理论基础;另一方面,浓重的心性主义色彩很大程度地消解了其文学性,对法度的颠覆性主张也会在一定程度上带来消极影响。而经由唐顺之带给茅坤的间接影响,则令其最大限度地避免了心性主义的制约,将主体心灵导向对“万物之情”的真切体验。归有光“主自得”“重真情”的文学思想则体现了心学思想影响的双重导向,而其对个体化、日常化情感的重视与抒写,最终打破了心学与文学的壁垒,实现了其积极的影响。阳明心学影响唐宋派文学思想的复杂情形,提醒我们探讨哲学思想对于文学的影响,不要停留于理论表面,尤其不能做简单的、平行的理论主张的比照,而要具体分析影响发生的途径、方式、程度与实际效果,要超越形式逻辑,走进事理逻辑,尽可能真切、精确地剖析其内在关联。

二、八股文与唐宋派的古文观

唐宋派的主要成员均是八股名家,尤其是唐顺之和归有光,在明清八股文史上占据显赫的地位。八股文与古文的关系,在唐宋派的研究中,是一个很难回避的问题。因为这在很大程度上关系到唐宋派文学思想的品格判断问题。清人即颇以茅坤《唐宋八大家文钞》"为经义计"而轻忽之①。则唐宋派诸人对待举业和八股文的态度,以及对其古文观的影响,是我们理解其文学思想的一个重要角度。

总体而言,唐宋派诸人对举业及八股文持积极的态度。唐顺之、王慎中、茅坤三人的科试道路都十分顺畅,理宜对举业持有正面的评价。归有光科途偃蹇,虽时发怨愤之辞,却始终对举业保持端正的态度。一方面,他们基本认可科举制度选拔人才之功能,即便认识到具体过程中存在的弊端,也是努力寻求其发挥积极作用的途径。另一方面,他们认同经义文阐发义理、陶铸性情的作用,因而也以揣摩发挥圣贤意蕴作为经义文的应有之义。如归有光训示门下诸生:"第今所学者虽曰举业,而所读者即圣人之书,所称述者即圣人之道,所推衍论缀者,即圣人之绪言。无非所以明修身、齐家、治国、平天下之事,而出于吾心之理。夫取吾心之理而日夜陈说于吾前,独能顽然无慨于中乎?

① 参见付琼《简论明清学人对茅坤〈唐宋八大家文抄〉的负面评价》,《文学评论》2012 年第 6 期。

原诸君相与悉心研究,毋事口耳剽窃。以吾心之理而会书之意,以书之旨而证吾心之理,则本原洞悉,意趣融液。举笔为文,辞达义精。去有司之程度亦不远矣。”①乃是将举业与圣贤事业视为一体。茅坤亦称:“举子业一节,浅视之,似属儒者末技;苟于中极其深而研其几,古人所谓非六经之旨,不以存于心而措于辞,非吾所蕴之为心而吐之为辞,粹然得圣人之至者,则亦不能如百川之流行浩荡而注之海。”②也是将举业朝着向上一路引导。基于以上两点认识,他们对待古文和八股文并无明显的价值区分,因而为其留下文体互动的理论空间。

唐宋派诸家直接讨论古文与八股文关系的文字并不多见,但从他们分别的论述及创作实践中,我们可以清楚地发现相同或相近的创作观念。茅坤曾对古文和时文的关系作正面论述,云:“妄谓举子业,今文也;然苟得其至,即谓之古文,亦可也。世之为古文者,必当本之六籍,以求其至;而为举子业者,亦当由濂、洛、关、闽以溯六籍,而务得乎圣贤之精,而不涉世见,不落言诠。”是从古文和八股文与六经的关系中发现其间的共性。“真精神与千古不可磨灭之见”,作为“本色论”的最佳注脚,是唐顺之论文的宗旨与命脉,也是他会通古文与八股文的理论基础。唐顺之主张书写“真精神”,似乎主要是从创作主体的角度,强调体会之真切与识见之独特;而从其实际的创作情形来看,其思想实质实则不离乎儒家“文以明道”的文艺观。儒家思想的基本性质和文化品格,与作家个体真切而独特的思想形态,共同构成其“真精神”的完整内涵。对“真精神”的强调,同样体现于唐

① 归有光《山舍示学者》,《震川先生集》卷七,第151页。

② 茅坤《与胡举人论举业书》,《茅鹿门先生文集》卷六,《茅坤集》,第313页。

顺之八股文的创作观念与创作实践中。他在《与冯午山》一文中论道:“必秀才作文不论工拙,只要真精神透露。如有真精神,虽拙且滞,必是英俊奇伟之士。不然,虽其文烨然,断非君子。公看文考试,不必论奇论平,论浓论淡,但默默窥其真精神所向,如肯说理、肯用意,必是真实举子。如无理、无意,而但掇取浮华,以眩有司之目,必是作伪小人。”[①]唐顺之对八股文创作同样要求透露“真精神”,所谓“说理”“用意”是也。整体而言,八股制义原本就是要阐发儒家义理,“说理”“用意”乃是应有之义。唐顺之于此作特别的强调,实则是要求八股文的写作要建立在对儒家义理有深刻的理解与切实的体会的基础之上。此所谓“如有真精神,虽拙且滞,必是英俊奇伟之士”,与其在《答茅鹿门知县》(其二)中所论“虽其为术也驳,而莫不皆有一段千古之可磨灭之见……其所言者,其本色也,是以精光注焉,而其言遂不泯于世”思路如出一辙。

唐宋派诸人并不质疑八股文的价值,也不将其与古文割裂开来,而是在功能、法度、风格等各个方面寻求两者的会通、融合,从而在其笔下形成古文与八股文双向渗透的趋势。具体的创作形态包括两个不同的方向:“以古文为时文”和“以时文为古文”。正德、嘉靖时期,八股文创作兴起一股“以古文为时文”的潮流,而唐顺之、归有光正是这一潮流中最突出的代表人物。所谓“以古文为时文”,是指八股文在趋于成熟与完备之后,有意识地借助古文改进八股文作法、提升八股文境界的文体创新。茅坤对此有明确的主张,他在教导子侄写作八股文的过程中提

① 袁黄《游艺塾续文规》卷一,《续修四库全书》第1718册,上海古籍出版社1995年,第166页。

炼出五个要点，分别是“认题”“布势”“调格”“炼辞”“凝神”。其中“调格”与“凝神”两条，均体现出明确的借古文提升八股文品格的思路：“三曰调格。格者，譬则风骨也。吾为举业，往往以古调行今文。汝辈不能知，恐亦不有遽学。个中风味，须于六经及先秦、两汉书与韩、苏诸大家之文涵濡磅礴于胸中，将吾所为文打得一片凑泊处，则格自高古典雅……五曰凝神。神者，文章中渊然之光、窅然之思，一唱三叹，余音袅娜，即之不可得，而味之又无穷者也。入此一步，则《庄子》之《秋水》《马蹄》，《离骚》之《卜居》《渔父》诸什；下如苏子瞻前后《赤壁赋》，并吾神助也。”[①]唐顺之、归有光虽然没有直接的表述，但他们的八股文创作鲜明地体现了“以古文为时文”的特点，大约体现为三个方面。首先是对八股文语辞的丰富与改造，把经典文本和先秦时期的历史典故融入阐述经文的言辞中，一定程度上改变了单调枯燥的宋儒讲义的面貌，方苞称之为“溶液经史”[②]。其次是法度的突破与创新，具体表现为两方面：一是破，打破时文成规，突破“体用排偶”的语体限制和刻板、单调的叙述模式，寓骈于散，追求结构布局的新奇多变；二是立，引入古文法度，追求行文的细密、巧妙与灵动；再次是在思想的深刻与情感的厚重或细腻上下功夫，提升八股文的境界与趣味。[③] 同时，我们还可以从唐顺之的古文创作中发现“时文”的影子。唐顺之古文受八股文的影响，主要体现在三个方面：一，开篇立意的形式，颇受八股文破

① 茅坤《文决五条训缙儿辈》，《茅鹿门先生文集》卷三十二，《茅坤集》，第863页。

② 方苞《钦定四书文》凡例，《景印文渊阁四库全书》第1451册，第3页。

③ 参见拙文《“以古文为时文”的创作形态及文学史意义》，《文学评论》2012年第6期。

题的影响;二,层层推进,每层文意两两相对的结构模式,明显受到八股文股体的影响;三,对仗、散句的大量使用,无疑也是受到八股文独特语体的影响。[①]

以上现象表明,唐宋派诸家无论是在观念还是在创作上都有将古文与八股文融合、互动的倾向,则唐宋派的文法理论所受八股文的影响自然也是顺理成章的了。关乎此,我们也大可不必为古人讳。茅坤本人在《唐宋八大家文钞》中就有坦率的表述,如其称苏轼《大悲阁记》等"狃于佛氏之言,然亦以其见解超朗,其间又有文旨不远、稍近举子业者,故并录之"[②],又称苏洵《衡论序》"议论多杂以申、韩,余第谓其与举子业较近,故并录之"[③]。这表明茅坤无意于掩饰其"为举业设"的编选动机,而于此作专门的交待恰恰也说明《唐宋八大家文钞》的选文自有举业文字之外的标准。进一步讲,即便茅坤编选《唐宋八大家文钞》主要是为了指导八股文的写作,也不妨碍唐宋派整体上对古文法度的探索主要出于古文自身的需求。毕竟,他们大都以古文家自命,八股文只是他们创作的一部分。从这个意义上讲,八股文对唐宋派古文观的影响,并不影响我们对唐宋派文学思想的整体判断。况且,通过对唐宋派古文与八股文关系的探讨,我们可以发现这两种文体之间的确有实质性的互动关系,而且这种互动乃是建立在作者明确的主观意愿的基础上。从散文史

① 参见拙文《从观念到文本:唐顺之古文与八股文的文体互动》,《西北大学学报》2021 年第 4 期。

② 茅坤《唐宋八大家文钞论例》,《茅鹿门先生文集》卷三十一,《茅坤集》,第 822 页。

③ 茅坤《唐宋八大家文钞》卷一百十四,《景印文渊阁四库全书》第 1384 册,第 369 页。

的角度,我们可以借助这一视角,更加准确地把握古文文体的新变化,及其变化的原因与机制。从文章学的角度,我们可以从具体的八股文创作形态中,感知当时文章家探索文法的现实驱动力及其用力之所在。

三、唐宋派文学思想的整体认知与判断

欲完整而准确地理解唐宋派的文学思想,需从两个角度加以观照:一个角度是将其视为一种历史存在,力求发现其本来面貌,并在明代中期文学思想的发展过程中给予准确定位;另一角度是把它作为一种思想资源,看它拥有什么样的理论与成就,分别对当时与后世的文学思想产生了怎样的影响。前者意在说明它是什么,必须准确描述其演变过程,并辨明各个层面或侧面之间的关系;后者主要关注它有什么,对各种不同的理论或倾向可作分别观照。只有将二者结合起来,才能做到既不误读其历史原貌,又能充分理解其存在价值。

(一)唐宋派文学思想的演变与明中期文学理念之变迁

严格地说,唐宋派只是一个散文流派。因为只有在散文创作问题上,他们才表现出足够的一致性。具体来说,以义为本、义法并重,是他们最基本的创作思想。他们主张文章要言之有物,并格外重视创作主体的真切体验。他们以唐宋古文和《史记》《汉书》为主要的师法对象,从中学习其“首尾呼应”“错综变化”的行文法度。然而,仅从散文创作的角度加以观照,显然不足以说明其完整的文学思想。而在其他一些重要问题上,各主要成员之间既呈现出一些明确的传承关系,又存在着十分显

著的差异,总体上经历了一个从重道到重文的转变过程。从这种角度出发,我们不妨将其视为一个在小范围内不断演变的文学思潮。由于前后期之间的差异太过于显著,我们只能以划分阶段的方式来描述其完整的文学思想。第一阶段以嘉靖十五至二十二年间王慎中和唐顺之的文学思想为代表,“文以明道”与“师法唐宋”的相互支撑是此一阶段的基本特征。他们此期以阐发心性道德为文章的第一要义,同时也十分重视创作技法与行文风格。唐顺之嘉靖二十四年之后的文学思想是唐宋派第二阶段的代表思想,主要体现为“本色论”与“师法唐宋”的悖立与并存。“本色论”的提出,对包括“师法唐宋”在内的文法理论造成了极大的冲击,但事实上两者又并存于唐顺之的文学思想之中。“本色论”将文章的表现对象推至创作主体的内心世界,主体心灵的重要地位亦随之而彰显。但从根本上讲,心性主义依然是唐顺之此期的文学思想的底色。嘉靖二十六年之后,茅坤对王、唐文学思想有选择地吸收与改造,可以视为唐宋派文学思想的第三阶段。一方面,他通过理论陈述与具体的文章批评,最大限度地发挥了王、唐“师法唐宋”的创作思想;另一方面,在“本色论”的影响下,他提出“万物之情,各有其至”与“得其神理”的创作主张,逐渐摆脱了心性之学的影响,最终将唐宋派的文学思想引向审美。归有光是唐宋派中一个比较特殊的人物,他与其他成员交往甚少,却拥有与之大体一致的文学思想;将日常化的个体情感引入古文创作,是他对唐宋派文学思想作出的独特贡献。

从格法到性灵,是明代中、后期文学思想最重要的转变。在此过程中,无论是格法理念的解体,还是性灵思想的形成,均与阳明心学密切相关。但历史并不是一种线性的发展过程,通常是在动机与效果、理想与现实、激进与保守、跳跃与反思的种种错位中曲折前行。唐宋派文学思想的演变过程，生动地体现了这样一种曲折而充满矛盾的转变。如上所述，唐宋派文学思想的最初形成，是在正、嘉之际“弃文从道”的思潮下对文道关系的重新调整，而王慎中“文以明道”的创作主张与性灵文学思想的方向恰恰是背道而驰的。尽管他也强调“道其中之所欲言”，但这并不足以改变其文学思想道学化的主体倾向，只能视为他在传统的“文以明道”思想中注入了一些新鲜的元素，从而在某种程度上预示了其后文学思想的发展方向。就文学表现方式的层面而言，王慎中最初的动机也只是寻求另样的审美风格，而不是针对盛行一时的格法思想而发。这说明，尽管唐宋派文学思想在其后的演变过程中体现了当时文学发展的大趋势，但这并非他们最初的意愿。唐顺之的“本色论”真正体现了阳明心学对明代文学思想的深刻影响，它将文学创作的决定权完全归结于创作主体之心灵，并对创作法度形成了最彻底的消解与颠覆，从而在理论上为日后性灵文学思想的形成提供了几乎所有的必要条件。这对明代文学思想的影响是极其深远的，然而却没能改变唐顺之文学思想的根本性质。因为他终归是要表达自我的心性体悟，而且依然在事实上对创作法度保留了很大的兴趣，这与性灵文学思想自由抒写自然情感的创作思想之间还存在很大的差距。茅坤“万物之情，各有其至”的文学思想，主张抒发慷慨、悲愤的个人情感，或表现优雅、闲逸的文士风流，将唐宋派的文学思想再度从道引向了文。这对唐宋派本身的发展来说当然有极其重大的意义，却同样与性灵文学思想有很大的差距。因为其所要表达的主要还只是传统的文人情怀，并不具有鲜明的个体化特征。但从情感类型上讲，茅坤在创作中体现出的情调追求,与晚明的文士风流倒是颇为相似。归有光最终将文章的表现内容引向了个体化的情感世界,向着晚明的性灵文学思想迈进一大步。然而其传统士人的文化品格决定了其情感内容的人伦属性,及其中正平和、有理有节的抒情方式,明显区别于晚明文人的旷达不羁。倘若将茅坤的文士风流与归有光个体化的情感结合起来,大约就与晚明性灵比较接近了。综合而论,在格法的一端,从句法到章法,唐宋派对文章法度的理解与运用显然要比前七子灵活许多,唐顺之的"本色论"更是在理论上完成了对一切创作法式的颠覆,但事实上他们依然对文章的结构之法表现出极大的兴趣;在性灵的一端,经过曲折而反复的演变,唐宋派艰难地将文章创作引向了个体化情感的抒发,但终究与晚明文学自然情感的自由表露还有很大的距离。这就是唐宋派在明代中、后期的文学思想发展中所扮演的过渡性的历史角色。

(二)唐宋派文学思想的多种侧面及其复杂影响

从整体上说,唐宋派文学思想大约包含三个主要侧面,可分别以"文以明道""师法唐宋"与"本色论"作为代表理论。其中,"文以明道"集中表达了他们对文章功用的认识与强调,"师法唐宋"代表了他们对文章创作法度的理解与要求,"本色论"则意味着他们对主体心灵的推重与发掘。茅坤"万物之情,各有其至"的创作主张与归有光"主自得""重真情"的文学思想,皆可视为"本色论"向着审美的发展。总的来说,"师法唐宋"所代表的法度理论与"本色论"对主体心灵的强调,均可极大地推动文学的发展。然而,由于受到"文以明道"思想的制约,它们并没有对唐宋派的整体文学思想形成突破性的推进。但这并不影响它们在不同层面、不同领域对后世文学产生积极的影响。

唐宋派在散文领域的贡献主要体现为两点：一，以义为本、义法并重的创作思想；二，对唐宋古文“首尾呼应”“错综变化”的行文法度的细致探讨。清代桐城派的创作理论正是围绕“义法”理论而展开。明末艾南英则因赞赏其法度理论而大力推扬，他在《答陈人中论文书》一文中明确表达了崇王、唐而抑李、王的评价态度，并述其理由云：“若乃王、李之文，徒见夫汉以前之文似于无法也，窃而效之，决裂以为体，饾饤以为词，尽去自宋以來开阖首尾、经纬错综之法，而别为一种臃肿窘涩浮荡之文。其气离而不属，其意卑，其语涩，乃真无法之至者。”①其实，即便是对今天的散文创作而言，这种行文技巧同样是极有价值的。需要特别说明的是，王慎中对义法关系的探讨，正是他在阐述“文以明道”思想的过程中提出的；其以“文以明道”与“师法唐宋”相互支撑的文学思想，也正体现了义法并重的创作倾向。从这一层关系来看，其“文以明道”思想的积极影响也是不容忽视的。

概括地讲，“本色论”对文学发展的积极影响，主要体现为两种理论指向：一，对主体心灵在文学创作中重要地位的彰显；二，将文学向着抒写自我的方向引导。适度地强调主体心灵的重要性，重视创作者真切而独特的心灵体验，对文学的积极影响是不言而喻的。茅坤“万物之情，各得其至”的创作主张与归有光“主自得”的文学思想，均在此一层面体现了他们对真切体验的重视。而“本色论”对主体心灵的极度彰显，则会产生一些复杂的影响。它对创作法度的彻底颠覆，并不完全符合文学自身的发展规律。但更重要的是它为文学的自由发展提供了无限的

① 《明文海》卷一百五十九，第3225页。

空间,为其后文学思想的变革奠定了坚实的理论基础。“本色论”强调抒写自我,同样会对文学发展产生较为复杂的影响。唐顺之论“本色”,主要是强调创作主体的心性修养与生命境界。如果过于强调“本色”的心性色彩,有可能会导致诗文作品审美性的缺失。但如果能将超迈、卓绝的生命境界成功地转化为审美境界,将会形成高雅、超脱或空灵的艺术风格。王阳明及唐顺之本人的部分诗文作品即可达到此种境界。更重要的是,“本色论”往往又会把主体心灵向着自然性情的方向引导,于是“本色”便成为“瑜瑕俱不容掩”的本来面目。如此一来,日常化、个体化的情感进入诗文的表现领域,将把文学引向率真、自然的审美风格。茅坤、归有光的散文即已体现出此种趋势,而稍后的徐渭则相当彻底地将“本色”推向了本来面目与自然情感。李贽的“童心说”与袁宏道的“性灵说”,也均系沿此方向而一路发展下来。[①] 可知唐顺之的“本色论”对后世的影响是何其的深远!

尽管“文以明道”对唐宋派文学思想的进一步发展形成很大的制约,但对于王慎中的“文以明道”理论本身,我们还要加以辩证地认识。首先,王慎中对“文以明道”这一传统理论有所突破。一方面,他提出“道其中之所欲言”的创作主张,尽管其抒写对象主要是指道德体验,但它毕竟强调了创作主体的真切体会;另一方面,他将创作法度明确地纳入“文以明道”的理论体系之中,这是他对此一传统理论的重要贡献。更重要的是,王、唐“文以明道”思想的形成,本来就是对正、嘉之际“弃文从

① 参见左东岭《王学与中晚明士人心态》第三章第五节、第四章第二节和第四节中的相关论述。

道”思潮的积极回应。这是唐宋派之所以能在当时的文坛形成较大影响的重要原因之一。此一判断可以在当时人对他们的评价中得到印证。比如，薛应旂在《遵岩文粹序》中论道:“乃思荆川子往称遵岩之文类于固者，岂直以子固之文为极致哉？盖以昔人谓子固文章本原六经，要之非诬。而遵岩高才殊质，岂不能凌跨西京，掩迹东都，其文乃独与子固相类者，盖不溺于习尚，不逐于时好，而卓有定见，其于道也几矣!”[1]可知薛氏看重的就是子固与遵岩文章“本原六经”“卓有定见”的特征。由此亦可窥知王、唐在当时的影响之一斑。

综上所述，虽然唐宋派文学思想各个侧面之间的相互肘掣制约了其整体进展，但这并不影响各种具体的理论主张或创作倾向在不同领域、不同层面对不同时期的文学思想产生极其深远的影响。或许，作为多种理论集合体的“唐宋派文学思想”，较之其有机整体，更便于在后世的文学发展中发挥积极的作用。

① 《明文海》卷二百四十，第 5046 页。

参考文献

古人著作

阮元校刊《十三经注疏》,中华书局影印本,1982 年

朱熹《四书章句集注》,中国书店,1994 年

朱熹《中庸辑略》,《景印文渊阁四库全书》本,台湾商务印书馆,1986 年

程树德《论语集释》,中华书局,1990 年

司马迁《史记》,中华书局,1989 年

班固《汉书》,中华书局,1982 年

张廷玉等《明史》,中华书局,1974 年

《明实录》,台湾"中央研究院"历史语言研究所校勘本,1962 年

夏燮《明通鉴》,中华书局,1959 年

谷应泰《明史纪事本末》,中华书局,1977 年

万斯同《明史》,上海古籍出版社影印本,2008 年

谈迁《国榷》,中华书局,1958 年

王世贞《弇山堂别集》,中华书局,1985 年

朱元璋《皇明祖训》,张德信、毛佩琦主编《洪武御制全书》,黄山书社,1995 年

傅维鳞《明书》,康熙三十四年诚堂刻本

焦竑《国朝献征录》,《续修四库全书》影印明万历刻本,上海古籍出版社,2002 年

廖道南《殿阁词林记》,《景印文渊阁四库全书》本,台湾商务印书馆,1986 年

王世贞《嘉靖以来首辅传》,《景印文渊阁四库全书》本,台湾商务印书馆,1986 年

李贽《藏书》,中华书局,1959 年

李贽《续藏书》,中华书局,1959 年

黄宗羲《宋元学案》,中华书局,1986 年

黄宗羲《明儒学案》,中华书局,1985 年

李清馥《闽中理学渊源考》,凤凰出版社,2011 年

孙岱《归熙甫先生年谱》,清刊本

黄佐《翰林记》,《景印文渊阁四库全书》本,台湾商务印书馆,1986 年

俞汝楫《礼部志稿》,《景印文渊阁四库全书》本,台湾商务印书馆,1986 年

申时行等《明会典》,中华书局,1989 年

龙文彬《明会要》,中华书局,1956 年

永瑢等《钦定四库全书总目》,中华书局,1965 年

扬雄撰,陈仲夫点校《法言义疏》,中华书局,1987 年

程颢、程颐《二程遗书》,上海古籍出版社,2000 年

朱熹《朱子语类》,中华书局,1986 年

李光地撰，陈祖武点校《榕村语录》，中华书局，1995 年

向新阳、刘克任校注《西京杂记》，上海古籍出版社，1991 年

叶盛《水东日记》，中华书局，1980 年

陆容《菽园杂记》，中华书局，1985 年

黄瑜《双槐岁钞》，中华书局，1999 年

郎瑛《七修类稿》，上海书店出版社，2001 年

余继登《典故纪闻》，中华书局，1981 年

邓士龙《国朝典故》，北京大学出版社，1993 年

顾起元《客座赘语》，中华书局，1987 年

沈德符《万历野获编》，中华书局，1980 年

郭庆藩《庄子集释》，中华书局，1982 年

唐顺之《重刊校正唐荆川先生文集》，嘉靖三十二年虽氏宝山堂本

唐顺之《重刊校正唐荆川先生文集·续集》，嘉靖三十五年金陵书林本

唐顺之《唐荆川文集》，四部丛刊初编本

唐顺之撰，马美信、黄毅点校《唐顺之集》，浙江古籍出版社，2014 年

王慎中《遵岩先生文集》，北京图书馆古籍珍本丛刊影印隆庆五年刻本，书目文献出版社，1998 年

王慎中《遵岩先生文集》，清康熙五十年闽中同人书社刻本

王慎中《玩芳堂摘稿》，《四库全书存目丛书》影印明嘉靖刻本，齐鲁书社，1997 年

茅坤《白华楼藏稿、续稿、吟稿》，《四库全书存目丛书》影印明嘉靖刻本，齐鲁书社，1997 年

茅坤《玉芝山房稿》《耆年录》,《四库全书存目丛书》影印明万历刻本,齐鲁书社,1997 年

茅坤撰,张梦新、张大芝点校《茅坤集》,浙江古籍出版社,2012 年

归有光《震川先生文集》,四部丛刊初编本

归有光撰,周本淳点校《震川先生集》,上海古籍出版社,1981 年

陶渊明撰,逯钦立校注《陶渊明集》,中华书局,1982 年

韩愈撰,马其昶、马茂元校注《韩昌黎文集校注》,上海古籍出版社,1986 年

柳宗元《柳河东集》,上海人民出版社,1974 年

欧阳修《欧阳文忠公集》,四部丛刊本

苏洵《嘉祐集》,上海古籍出版社,1993 年

邵雍撰,郭彧整理《邵雍集》,中华书局,2010 年

曾巩《曾巩集》,中华书局,1984 年

王安石《王文公文集》,上海人民出版社,1974 年

苏轼撰,孔凡礼点校《苏轼文集》,中华书局,1986 年

苏辙《苏辙集》,中华书局,1990 年

朱熹撰,郭齐、尹波点校《朱熹集》,四川教育出版社,1996 年

宋濂撰,黄灵庚编校《宋濂全集》,人民文学出版社,2014 年

刘基撰,林家骊点校《刘伯温集》,浙江古籍出版社,2011 年

方孝儒《逊志斋集》,《景印文渊阁四库全书》本,台湾商务印书馆,1986 年

杨士奇撰,刘伯涵、朱海点校《东里文集》,中华书局,

1998 年

陈献章撰,孙通海点校《陈献章集》,中华书局,1987 年

李东阳撰,周寅宾、钱振民整理《李东阳集》,岳麓书社,2008 年

吴宽《匏翁家藏集》,四部丛刊本

王鏊撰,吴建华点校《王鏊集》,上海古籍出版社,2013 年

王守仁撰,吴光等编校《王阳明全集》,上海古籍出版社,1992 年

李梦阳《空同先生集》,《明代论著丛刊》,台湾伟文图书出版社有限公司,1976 年

边贡《边华泉集》,《明代论著丛刊》,台湾伟文图书出版社有限公司,1976 年

顾璘《顾华玉集》,《景印文渊阁四库全书》本,台湾商务印书馆,1986 年

王九思《渼陂集》,明嘉靖刻本

康海《对山集》,明嘉靖刻本

王廷相《王廷相集》,中华书局,1989 年

何景明《何大复集》,中州古籍出版社,1989 年

徐祯卿撰,范志新编年校注《徐祯卿全集编年校注》,人民文学出版社,2009 年

严嵩《钤山堂集》,《四库全书存目丛书》本影印明嘉靖刻本,齐鲁书社,1997 年

郑善夫《少谷集》,《景印文渊阁四库全书》本,台湾商务印书馆,1986 年

杨慎《升庵集》,《景印文渊阁四库全书》本,台湾商务印书馆,1986 年

薛蕙《考功集》,《景印文渊阁四库全书》本,台湾商务印书馆,1986 年

高叔嗣《苏门集》,《景印文渊阁四库全书》本,台湾商务印书馆,1986 年

皇甫汸《皇甫司勋集》,《景印文渊阁四库全书》本,台湾商务印书馆,1986 年

皇甫涍《皇甫少玄集》,《景印文渊阁四库全书》本,台湾商务印书馆,1986 年

黄省曾《五岳山人集》,《四库全书存目丛书》本影印明嘉靖刻本,齐鲁书社,1997 年

王畿《王龙溪先生全集》,《四库全书存目丛书》本影印明万历刻本,齐鲁书社,1997 年

罗洪先《念庵文集》,《景印文渊阁四库全书》本,台湾商务印书馆,1986 年

赵时春《赵浚谷诗集》,《四库全书存目丛书》本影印明万历刻本,齐鲁书社,1997 年

赵时春《赵浚谷文集》,《四库全书存目丛书》本影印明万历刻本,齐鲁书社,1997 年

陈束《陈后冈诗集》,《四库全书存目丛书》本影印明万历刻本,齐鲁书社,1997 年

陈束《陈后冈文集》,《四库全书存目丛书》本影印明万历刻本,齐鲁书社,1997 年

李开先撰,卜键笺校《李开先全集》,文化艺术出版社,2004 年

屠应埈《赌渐山兰晖堂集》,《四库全书存目丛书》影印明嘉靖刻本,齐鲁书社,1997 年

熊过《南沙先生文集》,《四库全书存目丛书》影印明泰昌刻本,齐鲁书社,1997 年

蔡汝楠《自知堂集》,《四库全书存目丛书》本影印明嘉靖刻本,齐鲁书社,1997 年

薛应旂《方山薛先生全集》,《明别集丛刊》(第二辑)影印明嘉靖刻本,黄山书社,2016 年

吴维岳《天目山斋岁编》,《四库全书存目丛书》本影印明嘉靖刻增修本,齐鲁书社,1997 年

李攀龙《沧溟先生集》,《明代论著丛刊》,台湾伟文图书出版社有限公司,1976 年

李攀龙《李攀龙集》,齐鲁书社,1993 年

王宗沐《敬所王先生文集》,明万历刻本

王世贞《弇州山人四部稿》,《明别集丛刊》(第三辑)影印明万历五年世经堂刻本,黄山书社,2016 年

王世贞《弇州山人续稿》,《明别集丛刊》(第三辑)影印明万历刻本,黄山书社,2016 年

王世贞《弇州山人读书后》,《明别集丛刊》(第三辑)影印明天启崇祯刻本,黄山书社,2016 年

宗臣《宗子相集》,明万历刻本

徐中行《天目先生集》,《四库全书存目丛书》影印明刻本,齐鲁书社,1997 年

谢榛《谢榛全集校笺》,江苏古籍出版社,2003 年

王锡爵《三易集》,《明代论著丛刊》,台湾伟文图书出版社有限公司,1976 年

徐渭《徐渭集》,中华书局,1982 年

李贽《焚书・续焚书》,中华书局,1979 年

焦竑撰，李剑雄点校《澹园集》，中华书局，1999 年

袁宗道撰，钱伯城标点《白苏斋类集》，上海古籍出版社，1989 年

袁宏道著，钱伯城笺校《袁宏道集笺校》，上海古籍出版社，1981 年

陶望龄《歇庵集》，《续修四库全书》影印明万历刻本，上海古籍出版社，2002 年

钱谦益《牧斋初学集》，上海古籍出版社，1985 年

艾南英《天傭子集》，《明别集丛刊》（第五辑）影印清康熙张符骧淳如堂刻本，黄山书社，2016 年

吴伟业著，李学颖集评标校《吴梅村全集》，上海古籍出版社，1990 年

陈子龙《安雅堂集》，《续修四库全书》影印明末刻本，上海古籍出版社，2002 年

黄淳耀《陶庵全集》，《景印文渊阁四库全书》本，台湾商务印书馆，1986 年

朱鹤龄撰，虞思徵点校《愚庵小集》，华东师范大学出版社，2010 年

黄宗羲《黄宗羲全集》，浙江古籍出版社，1985 年

汪琬撰，李圣华笺校《汪琬全集笺校》，人民文学出版社，2010 年

田雯《古欢堂集》，《清代诗文集汇编》第 138 册，上海古籍出版社，2010 年

朱彝尊撰，王利民等校点《曝书亭全集》，吉林文史出版社，2009 年

方苞撰，刘季高校点《方苞集》，上海古籍出版社，1983 年

刘大櫆《刘大櫆集》,上海古籍出版社,1990 年

姚鼐《惜抱轩集》,嘉庆刻本

薛福成《薛福成集》,《桐城派名家文集》,安徽教育出版社,2014 年

马其昶《马其昶集》,《桐城派名家文集》,安徽教育出版社,2014 年

萧统《文选》,上海古籍出版社,1986 年

唐顺之《文编》,《景印文渊阁四库全书》本,台湾商务印书馆,1986 年

茅坤《唐宋八大家文钞》,《景印文渊阁四库全书》本,台湾商务印书馆,1986 年

黄宗羲纂辑,黄灵庚、慈波点校《明文海》,人民文学出版社,2023 年

严可均辑《全上古三代秦汉三国六朝文》,中华书局,1958 年

王同舟、李澜校注《钦定四书文校注》,武汉大学出版社,2009 年

刘勰著,范文澜注《文心雕龙》,人民文学出版社,1998 年

真德秀《文章正宗》,《景印文渊阁四库全书》本,台湾商务印书馆,1986 年

吴讷《文章辨体序说》,人民文学出版社,1965 年

王世贞《艺苑卮言》,周维德编《全明诗话》本,齐鲁书社,2005 年

胡应麟《诗薮》,上海古籍出版社,1958 年

贺复征《文章辨体汇选》,《景印文渊阁四库全书》本,台湾商务印书馆,1986 年

钱谦益《列朝诗集小传》,上海古籍出版社,1983 年

朱彝尊著,黄君坦校点《静志居诗话》,人民文学出版社,2007 年

陈田《明诗纪事》,上海古籍出版社,1993 年

丁福保辑《历代诗话续编》,中华书局,1983 年

郭绍虞《中国历代文论选》,上海古籍出版社,1980 年

今人著作

孟森《明史讲义》,上海古籍出版社,2002 年

〔美〕牟复礼、〔英〕崔瑞德编《剑桥中国明代史》,中国社会科学出版社,1992 年

朱保炯、谢沛霖编《明清进士题名碑录索引》,上海古籍出版社,1979 年

唐鼎元《明唐荆川先生年谱》,唐肯仿宋排印本,1939 年

张梦新《茅坤年谱》,中华书局,2001 年

张传元等《归震川年谱》,民国上海商务印书馆排印本

沈新林《归有光评传·年谱》,安徽文艺出版社,2000 年

马美信《唐宋派文学活动年表》,台湾圣环图书出版公司,1997 年

郑利华《王世贞年谱》,复旦大学出版社,1993 年

卜键《李开先传略》,中国戏剧出版社,1989 年

郭培贵《明史选举志考论》,中华书局,2008 年

潘星辉《明代文官铨选制度研究》,北京大学出版社,2005 年

胡吉勋《“大礼议”与明廷人事变局》,社会科学文献出版社,2007 年

尤淑君《名分礼秩与皇权重塑:大礼议与嘉靖政治文化》,台湾“国立”政治大学历史学系出版,2006 年

杨廷福、杨同甫《明人室名别称字号索引》,上海古籍出版社,2002 年

冯友兰《中国哲学史新编》,人民出版社,1982 年

侯外庐主编《中国思想通史》,人民出版社,1980 年

李泽厚《中国思想史论》,人民出版社,1985 年

徐复观《中国思想史论集》,上海书店出版社,2004 年

徐复观《中国思想史论集续编》,上海书店出版社,2004 年

余英时《士与中国文化》,上海人民出版社,1987 年

牟宗三《心体与性体》,正中书局,1968 年

牟宗三《从陆象山到刘蕺山》,上海古籍出版社,2001 年

侯外庐等编《宋明理学史》,人民出版社,1987 年

张立文《宋明理学研究》,中国人民大学出版社,1987 年

蒙培元《理学的演变》,福建人民出版社,1984 年

蒙培元《理学范畴系统》,人民出版社,1989 年

蒙培元《中国哲学主体思维》,人民出版社 1993 年

蒙培元《心灵超越与境界》,人民出版社,1998 年

嵇文甫《明代思想史论》,东方出版社,1996 年

陈来《宋明理学》,辽宁教育出版社,1995 年

陈来《有无之境》,人民出版社,1995 年

杨国荣《王学通论》,华东师范大学出版社,2003 年

杨国荣《心学之思——王阳明哲学的阐释》,生活·读书·新知三联书店,1997 年

邓志峰《王学与晚明的师道复兴运动》,社会科学文献出版社,2004 年

郭绍虞《中国文学批评史》,百花文艺出版社,1999 年

罗根泽《中国文学批评史》,上海书店出版社,2003 年

朱东润《中国文学批评史大纲》,上海古籍出版社,2001 年

方孝岳《中国文学批评》,生活·读书·新知三联书店 1986 年

张少康、刘三富《中国文学理论批评发展史》,北京大学出版社,1995 年

刘明今、袁震宇《中国文学批评通史》(明代卷),上海古籍出版社,1996 年

罗宗强《明代文学思想史》,中华书局,2013 年

郑振铎《插图本中国文学史》,人民文学出版社,1957 年

宋佩韦《明文学史》,商务印书馆,1934 年

钱基博《中国文学史》,中华书局,1993 年

刘大杰《中国文学发展史》,百花文艺出版社,2007 年

章培恒、骆玉明主编《中国文学史》,复旦大学出版社,1997 年

袁行霈主编《中国文学史》,高等教育出版社,1999 年

木斋《宋诗流变》,京华出版社,1999 年

陈正宏《明代诗文研究史》,上海文化出版社,2000 年

郭英德主编《中国古代文学通论》(明代卷),辽宁人民出版社,2005 年

陈柱《中国散文史》,商务印书馆,1998 年影印

郭预衡《中国散文史》,上海古籍出版社,1999 年

马茂军《宋代散文史论》,中华书局,2008 年

罗宗强《因缘集》,南开大学出版社,2004 年

罗宗强《隋唐五代文学思想史》,中华书局,1999 年

罗宗强《魏晋南北朝文学思想史》,中华书局,1996 年

张毅《宋代文学思想史》,中华书局,1995 年

张峰屹《西汉文学思想史》,南开大学出版社,2001 年

蒋寅《古典诗学的现代诠释》,中华书局,2003 年

张毅《儒家文艺美学》,南开大学出版社,2004 年

朱刚《唐宋四大家的道论与文论》,东方出版社,1997 年

陈书录《明代诗文的演变》,江苏教育出版社,1996 年

简锦松《明代文学批评研究》,台湾学生书局,1989 年

陈文新《明代诗学的逻辑进程与与主要理论问题》,武汉大学出版社,2007 年

陈书录《明代诗文创作与理论批评的演变》,凤凰出版社,2013 年

左东岭等《中国诗歌通史》(明代卷),人民文学出版社,2012 年

郑利华《明代诗学思想史》,上海古籍出版社,2022 年

何宗美《明代文学还原研究》,人民出版社,2014 年

廖可斌《明代文学复古运动研究》,上海古籍出版社,1994 年

廖可斌《诗稗鳞爪》,浙江大学出版社,1999 年

黄卓越《明永乐至嘉靖初诗文观研究》,北京师范大学出版社,2001 年

汤志波《明永乐至成化间台阁诗学思想研究》,上海古籍出版社,2016 年

黄卓越《明中后期文学思想研究》,北京大学出版社,2005 年

杨遇青《明嘉靖时期诗文思想研究》,三秦出版社,2011 年

余来明《嘉靖前期诗坛研究》,武汉大学出版社,2009 年

饶龙隼《明代隆庆、万历间文学思想转变研究》,西南师范大学出版社,1995 年

孙学堂《崇古理念的淡退——王世贞与十六世纪文学思想》,天津古籍出版社,2004 年

陈建华《中国江浙地区十四至十七世纪社会意识与文学》,学林出版社,1992 年

陈文新《中国文学流派意识的发生和发展》,武汉大学出版社,2003 年

熊礼汇《明清散文流派论》,武汉大学出版社,2003 年

刘化兵《士风与诗风的演进:明代成化至正德前期士人与诗派研究》,社会科学文献出版社,2007 年

司马周《茶陵派与明中期文坛研究》,湖南人民出版社,2010 年

周寅宾《李东阳与茶陵派》,湖南师范大学出版社,2008 年

薛泉《明中后期文学流派与文风演化》,中国社会科学出版社,2012 年

郑利华《明代前后七子研究》,上海古籍出版社,2015 年

陈国球《明代复古派唐诗论研究》,北京大学出版社,2007 年

黄毅《明代唐宋派研究》,上海古籍出版社,2008 年

吴金娥《唐荆川先生研究》,台北文津出版社,1986 年

张梦新《茅坤研究》,中华书局,2001 年

贝京《归有光研究》,商务印书馆,2008 年

郑利华《王世贞研究》,学林出版社,2002 年

陈广宏《竟陵派研究》,复旦大学出版社,2006 年

孙春青《明代唐诗学》,上海古籍出版社,2006 年

蔡瑜《高棅诗学研究》,台湾大学出版委员会,1990 年

雷磊《杨慎诗学研究》,中国社会科学出版社,2006 年

陆德海《明清文法理论研究》,上海古籍出版社,2007 年

马积高《宋明理学与文学》,湖南师范大学出版社,1989 年

韩经太《理学文化与文学思潮》,中华书局 1997 年

左东岭《王学与中晚明士人心态》,人民文学出版社,2000 年

左东岭《明代心学与诗学》,学苑出版社,2002 年

左东岭《李贽与晚明文学思想》,天津人民出版社,1997 年

宋克夫《心学与文学论稿》,中国社会科学出版社,2002 年

周群《儒释道与晚明文学思潮》,上海书店出版社,2000 年

黄卓越《佛教与晚明文学思潮》,东方出版社,1997 年

罗宗强《明代后期士人心态研究》,南开大学出版社,2006 年

史小军《复古与新变:明代文人心态史》,河北教育出版社,2001 年

周明初《晚明士人心态及文学个案》,东方出版社,1997 年

叶晔《明代中央文官制度与文学》,浙江大学出版社,2011 年

刘建明《明代政权运作与文学走向》,光明日报出版社,2010 年

郑礼炬《明代洪武至正德年间的翰林院与文学》,中国社会科学出版社,2011 年

郑利华《明人中期文学演进与城市形态》,复旦大学出版

社,1995 年

郭万金《明代科学与文学》,商务印书馆,2015 年

黄强《八股文与明清文学论稿》,上海古籍出版社,2005 年

郭皓政《明代状元与文学》,齐鲁书社,2010 年

何宗美《文人结社与明代文学的演进》,人民文学出版社,2011 年

冯小禄《明清诗文论争研究》,云南人民出版社,2006 年

夏崇璞《明代复古派与唐宋文派之潮流》,《学衡》1922 年第 9 期

曾远闻《论李开先与唐宋派》,《上海师范大学学报》1985 年第 1 期

李泽平《试论唐宋派的师法特点》,《南京师大学报》1986 年第 2 期

刘鸿达《归有光文论思想述评》,《哈尔滨师专学报》1995 年第 2 期

廖可斌《唐宋派与阳明心学》,《文学遗产》1996 年第 3 期

黄毅《归有光是唐宋派作家吗?》,《中国典籍与文化》1997 年第 1 期

黄毅《茅坤〈唐宋八大家文钞〉述评》,《古典文学知识》1997 年第 4 期

黄一权《“六一风神”称谓的来源及其阐释》,《中国文学研究》1998 年第 4 期

刘绍恒《论唐宋公安二派的文学主张之异同的成因》,《西南民族学院学报》1998 年增刊

熊礼汇《唐宋派新论》,《文学评论》2000 年第 3 期

周群《论王畿对唐宋派文学思想的影响》,《齐鲁学刊》2000年第5期

孙之梅《归有光与明清之际的学风转变》,《文史哲》2001年第5期

赵伯陶《归有光散文简论》,《苏州大学学报》2001年第3期

孙学堂《嘉靖前期承前启后的文学思想》,《殷都学刊》2001年第3期

夏咸淳《〈唐宋八大家文钞〉与明代唐宋派》,《天府新论》2002年第3期

刘心《唐宋派诗文首领王慎中之文学理论》,《河北理工学院学报》2003年第4期

宋克夫《论唐顺之的学术思想》,《华侨大学学报》2003年第4期

宋克夫《论唐顺之的天机说》,《湖北大学学报》2004年第2期

沈新林《论归有光的乡曲应酬之作》,《南京航空航天大学学报》2004年第2期

刘墨《由性理转向经史:明清之际学术的新趋向》,《南京师范大学文学院学报》2004年第2期

赵园《关于唐顺之晚年之出》,《南通大学学报》2005年第3期

贝京《唐宋派称名论略》,《求索》2005年第4期

宋克夫、余莹《唐宋派考论》,《湖北大学学报》2005年第3期

王齐《〈归评史记〉对〈史记〉的接受》,《文艺研究》2005年第6期

何天杰《归有光非唐宋派考论》,《华南师范大学学报》2005年第3期

王文荣《王慎中与明代心学》,《上饶师范学院学报》2005年第4期

刘尊举《"嘉靖八才子"的分化与唐宋派文学思想的形成》,《2005明代文学国际学术研讨会论文集》,学苑出版社,2005年

雍繁星《阳明心学与唐宋派》,《首都师范大学学报》2006年第1期

雷磊《明代六朝派的演进》,《文学评论》2006年第2期

邓国光《古文批评的"神"论——茅坤〈史记钞〉初探》,《文学评论》2006年第4期

冯小禄《唐宋派和前七子派关系原论》,《上海交通大学学报》2006年第5期

黄霖《论震川文章的清人评点》,《上海师范大学学报》2007年第1期

郑利华《"嘉靖八才子"与明代正、嘉之际文坛的复古取向》,《深圳大学学报》2007年第2期

李光摩《八股文与古文谱系的嬗变》,《学术研究》2008年第4期

余来明《唐宋派与明中期科举文风》,《武汉大学学报》2009年第2期

王文荣《王慎中生平及著作若干问题辨误》,《中国文化研究》2009年秋之卷

陈广宏《王慎中与闽学传统》,《文学遗产》2009年第4期

杨遇青《论"嘉靖十才子"的文学活动和创作趋向——以唐顺之早期文学思想演变为中心》,《中国文学研究》2009年第

4 期

全华凌《论唐宋派对韩文的接受》,《中国文学研究》2010年第1期

冯小禄、张欢《从论争看唐宋派的文学思想建设和文派要求——以茅坤为中心》,《中华文化论坛》2010年第2期

吴正岚《唐顺之的"道器不二"论与欧阳修思想的渊源》,《福州大学学报》2010年第2期

黎春林《明代任翰诗文初探》,《内蒙古农业大学学报》2010年第6期

吴正岚《归有光的文学思想与欧阳修经学的关系》,《南京大学学报》2011年第2期

陈书录《唐顺之与明代"毗陵诗派"考论》,《文学遗产》2011年第4期

刘宁《叙事与"六一风神"——由茅坤"风神"观切入》,《文学遗产》2011年第2期

陆德海《文法理念差异与秦汉派、唐宋派之争》,《江西社会科学》2011年第6期

林春虹《茅坤风神论与古代散文叙事美学的形成》,《福州大学学报》2011年第6期

朱志先《明代"〈史〉、〈汉〉风"与归有光著述探析》,《湖南科技学院学报》2011年第9期

杜志强《论赵时春》,《甘肃理论学刊》2011年第6期

付琼《简论明清学人对茅坤〈唐宋八大家文抄〉的负面评价》,《文学评论》2012年第6期

陈广宏《"古文辞"沿革的文化形态考察——以明嘉靖前唐宋文传统的建构及解构为中心》,《文学遗产》2012年第4期

罗书华《唐宋派“文法论”的三个层面》,《船山学刊》2012年第4期

罗书华《唐宋派与中国文统的建立》,《学习与探索》2012年第5期

刘尊举《“以古文为时文”的创作形态及文学史意义》,《文学评论》2012第6期

莫山洪《论茅坤对柳宗元文章的接受》,《钦州学院学报》2013年第1期

罗书华《从神圣到庸常:“唐宋派”文道的新变》,《广西师范大学学报》2013年第4期

姜云鹏《唐顺之古文评点初探——以〈文编〉为中心》,《理论界》2013年第6期

罗书华《“唐宋派”辨略——兼说文学流派研究中的称名问题》,《燕山大学学报》2013年第2期

孙彦《从〈文编〉看唐顺之的“文法”说》,《南京师范大学文学院学报》2013年第4期

张德建《茅坤的知识世界与精神境界及其散文模式》,《中州学刊》2015年第7期

邓国光《天机与无欲:唐顺之经学义理探要》,《“中华传统美德的承扬实践”学术研讨会论文集》2015年12月

陆德海《论茅坤的唐宋派领袖地位》,《苏州科技学院学报》2016年第1期

孙学堂《“大礼议”与嘉靖前期重情重韵的诗学思想》,《文学遗产》2017年第1期

诸雨辰《被塑造的经典——清代文评专书中的归有光》,《求是学刊》2017年第2期

薛欣欣、朱丽霞《王世贞与唐宋派关系新辨》,《苏州大学学报》2017 年第 5 期

黄卓颖《茅坤古文选本与批评——“逸调”的提出、运用及其意义》,《文学遗产》2017 年第 4 期

黄卓颖《茅坤〈汉书钞〉及其评点价值》,《新世纪图书馆》2017 年第 6 期

杜志强《“嘉靖八才子”考论》,《嘉兴学院学报》2019 年第 3 期

邬国平《归有光的精神世界》,《文汇报》2019 年 3 月 8 日

何诗海《“明文第一”之争》,《文艺研究》2019 年第 8 期

刘尊举《从观念到文本:唐顺之古文与八股文的文体互动》,《西北大学学报》2021 第 4 期

林春虹《茅坤古文观的发展与嘉靖万历时期复古思潮》,《北方论丛》2022 年第 6 期

向云、陈文新《20 世纪上半叶中国文学通史中的唐宋派》,《天中学刊》2023 年第 1 期

郑雄《陆弘祚的“文统说”及其对明文统绪的建构——以陆氏对唐宋派论说的因革为中心》,《复旦学报》2023 年第 4 期

张爱波《论归有光的抒情散文》,山东师范大学硕士论文,2001 年

梁海柱《李开先与嘉靖八才子交往考论》,广西师范大学硕士论文,2001 年

崔衡《试论归有光在散文史上的地位》,华南师范大学硕士论文,2002 年

王永志《唐顺之的文学理论与诗文创作研究》,山东大学硕

士论文,2005 年

杨峰《归有光研究》,复旦大学博士论文,2006 年

金云琴《论归有光古文思想对桐城派的影响》,首都师范大学硕士论文,2007 年

张鹏《归有光与唐顺之比较研究》,山东师范大学硕士论文,2008 年

王伟《唐顺之文学思想研究》,北京语言大学博士论文,2008 年

张荃《〈史记钞〉研究》,北京语言大学硕士论文,2008 年

尚振艳《归有光散文研究》,兰州大学硕士论文,2008 年

林春虹《茅坤与明中期散文观的演进》,首都师范大学博士论文,2009 年

梅篮予《茅坤〈唐宋八大家文钞〉渊源与流传考论》,复旦大学硕士论文,2010 年

刘蕾《归有光与嘉定文坛关系研究》,上海大学博士论文,2010 年

孟庆媛《唐顺之书信编年考证》,华东师范大学硕士论文,2010 年

解光书《唐顺之诗歌研究》,湘潭大学硕士论文,2010 年

李雅兰《归有光文学散论》,湘潭大学硕士论文,2010 年

吴恬《唐顺之晚节与事功考辨》,南京大学硕士论文,2011 年

董娈娈《韩愈散文理论与创作对归有光的影响》,安徽大学硕士论文,2012 年

袁珩《唐宋派墓志碑文类文体风格研究》,安庆师范学院硕士论文,2012 年

黄文敬《明嘉靖时期的文人与党争》,浙江大学硕士论文,2012 年

颜清《归有光考论》,华中师范大学硕士论文,2013 年

陈玉领《唐顺之的出处及其思想转向》,东北师范大学硕士论文,2013 年

刘岩《归有光古文文法论研究》,沈阳师范大学硕士论文,2013 年

赵如冰《归有光文学的传承与接受考论》,安徽大学硕士论文,2014 年

赵康利《唐顺之文学思想研究》,河南师范大学硕士论文,2014 年

刘禹涵《归有光运河诗文研究》,东北师范大学硕士论文,2014 年

沈思《唐宋派对韩愈文论的继承与发展》,湖北师范学院硕士论文,2014 年

唐桂英《陈束研究》,湘潭大学硕士论文,2014 年

邹书《明代唐宋派论曾巩散文》,福建师范大学硕士论文,2014 年

付姝《归有光碑志文研究》,扬州大学硕士论文,2015 年

孙彦《唐顺之文学思想研究》,南京大学博士论文,2015 年

纪田田《唐宋派〈史记〉接受研究》,西南大学硕士论文,2017 年

孙硕宇《归有光赠序文研究》,广西师范大学硕士论文,2017 年

周洁《茅坤〈汉书〉评点研究》,兰州大学硕士论文,2017 年

周楚茵《归有光经学思想与其散文创作》,扬州大学硕士论

文,2017 年

何梅《明代〈史记〉选本及茅坤〈史记抄〉意义探析》,西南大学硕士论文,2018 年

刘朝华《唐宋派的碑志文理论研究》,辽宁大学硕士论文,2018 年

甄杨林《归有光评点〈史记〉研究》,陕西师范大学硕士论文,2018 年

孙伟《宋明理学视域下的唐宋派定位研究》,南京师范大学硕士论文,2019 年

李益《震川先生文统观研究》,西藏大学硕士论文,2019 年

唐利平《明中后期诗文"本色论"研究》,西南大学硕士论文,2020 年

郑艳静《归有光的女性题材散文研究》,闽南师范大学硕士论文,2020 年

韩俊雅《〈荆川先生精选批点史记〉研究》,西北大学硕士论文,2022 年

徐琼《唐顺之古文理论研究》,湖北民族大学硕士论文,2023 年

后　记

此书是在我博士论文的基础上修改而成的。

2004年夏天，我的导师左东岭先生让我从他主持的教育部重大项目“明代文学思想综合研究”的子课题中选一个题目，尝试着开展独立的研究。根据老师帮我做的学术规划，以及个人的学术兴趣，我从中选了“唐宋派文学思想研究”。后来这一题目成为我的博士论文选题。指导过程中，老师对学术态度和规范有着十分严格的要求，却很少对具体的论证思路和学术结论发表意见，给了我充分的学术自由。在跟老师学习“先秦儒道哲学与文学思想”的过程中，我在课堂上谈了我关于孔子之“义”的理解，跟老师的观点不尽相同。后来我写成文章，老师阅后说可以自圆其说，非但没有纠正我的观点，还鼓励我投稿发表出来。我的博士论文就是在这样的氛围下写成的。但具体的写作过程还是让老师费心很多，主要由于我的懒散和拖沓。2005年春夏之际完成开题报告，我就开始了一段逍遥的日子，每天在学校和国家图书馆古籍馆之间往返。那时候古籍馆大约是上午九点开馆，下午五点闭馆，去除取书、还书的时间，中午还要出去吃饭，一天实在抄不多少书。离馆后，通常还会沿着故宫的护城河走一走，再不紧不慢地回学校。就这样一个夏天过去，论文还没有动笔。八月底,老师终于耐不住,把我叫到书房狠狠地训了一通。我终于开始动笔,但依然进展不大。十月初的一天,我正在宿舍玩电游,突然收到老师的短信,嘱咐我抓紧时间写论文,要努力写得好一些。当时他正在前往美国做学术交流的路上,登机后特意发信息给我。于是,我迅速退出游戏,打开了论文写作的界面。自此进入快速写作期,十二月底完成初稿。几经修改,于 2006 年 5 月通过答辩。

2006 年 6 月,我暂时离开了学习、生活十年之久的首都师范大学,来到南开大学做博士后研究工作。博士后合作导师张毅先生建议我关注八股文的研究,还可以进一步思考八股文对明代文学的影响。博士后出站报告的最初设想,是研究明代古文与八股文的关系。然而随着研究的深入,逐渐发现当时八股文研究的精细程度还不足以支撑文体关系的研究,于是就索性从头做起,细致考察明代八股文的文体特征与发展流变。至于博士论文,本来也想沉淀一下,再慢慢修改,于是就暂时放下了。

2008 年 7 月,我有幸回到首都师范大学工作。最初的几年里,在教学上投入了很大的热情,又承担了学科、教研室的一些日常工作,科研就不免放松了。2009 年获批的国家社科基金青年项目“明嘉靖至万历前期古文思想研究”,直到 2016 年才勉强完成。博士论文更是被束之高阁了。2019 年,我到美国伊利诺伊大学香槟分校访学,可以有大段的时间做研究,博士论文的修改工作才算提上了日程。这期间重新梳理了唐宋派的概念生成及学术史,补充了 2006 年以来的一些新成果;并尝试加强对唐宋派历史背景的探讨,重点讨论了“大礼议”对嘉靖前期士人心态的影响。不料好不容易调整好的工作节奏,又被 2020 年初突如其来的新冠疫情给打乱了。其后的半年里,受各种因素的影响，时常处于恐慌、焦虑的状态，工作效率大打折扣，最终也没能完成论文的修改。回国后又承担了一些行政工作，平时几乎没有时间读书、写作。于是，博士论文的出版，又拖延了两年，最终竟成了一个心病。步入 2023 年，终于下定决心，无论如何要在年内出版；也终于做了较为全面的修订，增删了一些内容，并适当调整了结构，最终形成这样的面貌。

毕竟太过匆忙，还是留下很多缺憾。一是 2006 年以来的研究成果，包括自己的若干论文，并未能充分地吸收。二是一些已经意识到可以扩展或深入的论题，尽管已经有了一些准备或积累，但由于还没有思考成熟，也没能体现在这部书稿里。三是因结构的调整而造成的文章意脉的不连贯，甚至是断裂，也没能从容地处理。还有一个莫大的遗憾，由于一直想把比较成熟的书稿呈现在老师面前再请他作序，而修改的过程时断时续，终究没能给老师留下写序的时间。所有这些缺憾，只能等修订的时候再弥补了。

是为记。

刘尊举

2023 年 11 月